とても短い長い歳月(としつき)

古川日出男

THE PORTABLE FURUKAWA

再編集・三田村真

Mixed by DJ Ubusuna

河出書房新社

目次　Songs

私の全作品は失敗作である。

――ウィリアム・フォークナー

とても短い長い歳月(としつき)

THE PORTABLE FURUKAWA

Introduction　とても短い

プロローグ

私は東京でいちばん短いものを探した。それはこのような物語である。ある人物の死の瞬間に、最後の息が発せられた。そこには一つの子音があり、一つの母音があった。それらは日本語における一音節(シラブル)を形成し得るものだった。しかしながら俗に五十あると言われ、実際には五十はないのだと断罪されることも多々ある日本語の音節(シラブル)の、たとえば五十の音のどれか一つが発せられたとする——**だ**が発せられたとする。さて、**だ**からはじまる言葉がいったい、どれほどあるか？大工、駄馬、伊達眼鏡(だてめがね)、濁流、大地、駄菓子。これらは故人（この瞬間の次なる瞬間に故人になる）の生涯の記憶の、あらゆる場面に糸を通す。あるいは、この声を聞いた者たち、看取る者たちの記憶に糸を通す。**だ**、および沈黙だけで。この一瞬によって、東京のあらゆる亀裂は埋められるだろう。おまけに死んだのはお前かもしれないのだ。

神楽坂のレバノン

『サウンドトラック』より

レニは俗称レバノンで生まれた。行政上の地名は新宿区新小川町、しかし新小川町から東五軒町、西五軒町までの界隈は本来の地名を失ってレバノンと呼ばれている。二〇〇四年六月に入管法と外国人登録法が改正されて、その年にレニは十歳だった。そして小学校に通うのをやめた。もともと日本人の子供たちの間にいると苛立ちを覚えた。教室が嫌いだった。教室という閉じた場の感覚に、いつだって冒された。単一の色彩で、そこは閉塞していたから。おなじゲーム、テレビの話題、おなじ学級崩壊。いちど上級生たち全員の携帯電話を盗んで焼却炉にブチ込んだことがある。校庭の隅で不燃物は高熱にさらされ、蒸気機関のような炉の上部から黒煙をモウモウと吐きだした。電子音が悲鳴をあげて火刑の瞬間に着メロが鳴った携帯電話もあった、施錠された焼却炉の内部で。あれは九歳の年だった。のちにレバノンの一部となる製本街の上空に立ち昇る黒煙はダイオキシン騒ぎを引き起こして、何台もの消防車がただちに出動して、サイレンは高らかに唸った。校舎の屋上から騒動を眺めてレニは、タカミノ見物、と囁いて解放感に胸を躍らせた。運動場の片隅から熱気がゆうらゆうら揺らめきながら昇り、蜃気楼のように空気の向こう側の光景がいっさいがっさい、歪む。

砂漠ってこんなんじゃないのか、レニは思う、こんなんじゃないのかな、だったら砂漠のほうが絶対マシだよ。

生地、新小川町の変遷をずっとレニは見てきた。初めて「神楽坂（かぐらざか）」に移住した始祖の家族の一員だったから、何でも知っている。レニはだいたい日本語とアラビア語を完璧に話した。もっとも後者はアルフスハーと呼ばれる正則アラビア語ではない。湾岸方言だ。耳で聞けば、いまではエジプト方言や北アフリカのそれも理解できる。

原油の価格低迷がベネズエラを筆頭とする南米地域とカスピ海周辺の中央アジア諸国の将来を暗雲に閉ざして、それから湾岸アラブを直撃した。しかもレニの父祖たちの地では大地の恵みは涸渇した、黒い水は。親類がいっせいに押し寄せはじめたのは、二〇〇四年の夏からだった。前年に比べれば酷暑だったが、最高気温の七月平均はまだ三十六、七度で、いまのレニの記憶にはいい涼しい年だった。

同郷の人間が、日本という異郷でつどい、それから神楽坂の北東部、現レバノンにアラブ人街が生まれたのだった。

停滞およびマイナス化しつづける経済成長に、日本は前世紀末からむしばまれていたが、輸出大国の座に返り咲こうとする野望は棄てられることはなかった。円安は結果として、味方した。日本の輸出関連企業はこぞって国内に大規模な生産施設を新設した。海外に出るほうがコストが要る時代に突入していたのだ。現場は単純労働力を求めた。それも長引く不況によって、できるかぎり賃金の低い労働力を。外国人労働者の需要は十数年前のバブル期を超えた。新たな移民政策が真剣に検討された。だが、それ以前に、ラテンアメリカの経済圏に属する各国での政情不安とそれらの地での三割から四割に達した失業率、ニューエコノミーの夢破れてからの米経済の低迷、そして決定的だったユーロ崩壊が、日本に実数として存在している不法就労者を七桁台に到達させた。インドとパキスタンの軍事衝突以降は、合法非合法の移住者はアジア圏からも殺到した。おなじみの集団密航、入管難民法違反者たちの逮捕劇、暴力団の関与や海上自衛隊の活躍などは日常茶飯事となりすぎて当初は新聞の第一面を飾ったもののやがてニュースバリューを加速度的に失っていった。その一方で、輸出市場でのシェアは回復軌道に乗りはじめた。日本は経済再生をなし遂げつつあった。同時に、不法就労者の扱いにおいて国際的な批難を集めつつもあったが、先手をうつように為された関連の諸法と諸規制の改正、再改正によって、事態は激変したのだった。

　レニの一家はそれ以前から日本に移住している。商社員として正規の在留資格を得て日本に暮らして、レニはこの新小川町のマンションで誕生した。一九九四年の二月。それから十余年でいっさいが変わった。いずれは帰るはずだった湾岸アラブの祖国には、現時点で経済的な希望はない。レニの一家は親類を、それから同郷人を迎え入れる立場になった。とうてい同郷とは呼べない地中海沿岸諸国のアラブ人も、情報収集とある種の居心地の良さを求めて、この界隈に群居しようとする。

　レニは、新小川町の変容を見た。同潤会江戸川アパートメントからアッラーに対する礼拝を呼びかけるアザーンが聞こえるようになったのはいつか？　アラビア語で書かれたコカコーラの看板が、ビルの屋上に立つようになったのはいつか？　羊肉の串焼きや蚕豆(そらまめ)のコロッケを売る屋台が、路上に立ち並ぶようになったのは？　波瀾はいろいろ起こっていた。町内掲示板に「鳩を捕らないで下さい」とメッセージが貼りだされて、差別だ、と揉めた。アラブ人は鳩料理に目がないから捕まえているのだ、との噂がたったのだ。だが食用にされるのは飛び立つ寸前の雛鳥(ザグルール)だし、だから公園で網を投げたり駅舎に罠を仕掛けたりしているわけではない。悪質な、誹謗だ。

それに、とレニは思う、鳩に餌をやらないでとか連中の糞が街を荒らすとか騒いでおいて、捕まえて絞めて料理しちゃうのは、何がダメなんだ？　レニは二枚舌という言葉を憶えて、あいつら全員、ニマイジタなわけだなと鼻で笑う。いちど小学校や中学校に忍びこんで、給食に出しちゃおうか、神楽坂の鳩のグリルを。むりに口にさせてやろうか、不味い親鳥を。たいていの衝突に日本人は屈して、中低所得者用の集合住宅からは自発的に立ち退いていった。アラブ系の家族が数組コーポ等に入居すると、時を置かずに日本人は続々転居した。まるで、入れ替わりが規則でもあるかのように。新顔たちの、異なる文化習慣が耐えられないのみならず、外国語すらも耐えられないらしかった。廊下や庭先で英語やフランス語といった権威ある言語以外の外国語が響いたら、もう気分を害するのだ。訴訟騒ぎがあって、それはイスラムの礼拝がうるさいという内容だったが、一審、二審、三審のすべてで敗訴した。これをほぼ歴史的な契機に、新小川町はアラブ人街に雑じり気なしの変貌を遂げた。勢いはとどまらず、東五軒町から、さらに西五軒町にかけての界隈まで、短時日に住民の国籍が入れ替わる連鎖反応が起き、いつしか全域がレバノンと俗称されて現在にいたる。

企業や製本街は残った。印刷工場も宅配トラックの駐車場も、出版社のビルの数々も。それらを残存させながらレバノンは二十四時間の居住者を大半、つまり土地の人間をだが「非日本人」に変えた。トーハン本社の裏手の舗装道路がアラブストリートと呼称されて、実際にレバノン人やシリア人たちが商売を牛耳った。日本語とアラビア文字の併記された立て看板が出た理髪店、鬚を生やした年配の男たちが水煙草を喫っている喫茶店、廃業に追いこまれていた銭湯が買いあげられて、ハンマームと呼ばれるアラブ風の公衆浴場に改造されて再出発し、繁盛している。たむろする若者たちが鳴らすラジカセは、ライ音楽を響かせる。そして飛び交うのはマグレブ方言のアラビア語だ。

レニも商売する。小学校を途中で抛棄(ほうき)して、だから、いずれにしても働かなければならない。工場での単純労働？　そんなのはイヤだとの思いがあるがまともな就職は望めない。年齢が年齢だけに両親(ふたおや)も早急な就労は強いないし、勤務可能な現場もたぶん見つからなかっただろうが、智慧(ちえ)を働かせればポケットマネーは攫(つか)めたから、小銭のために動いた。そうした行為は家族からも奨励された。なかには、内容を知られては困る類いもあったが。わりのいいのは郵便配達やその他の小荷物の戸別配達の又請(またう)け仕事で、表札のアラビア文字や稀に封筒のおもてや伝票に書き込まれているアラビア語表記の住所氏名が読めない配達人のために、案内を買ってでるのだった。レバノン内のすべての地理はレニに把握されている。それに、運送会社の一つとは契約もしていた。少額の報酬だが定期的な収入だ。レニが学校に通わずに昼間の時間をもてあましていることも、この又請け仕事に関しては強みだった。夜は、また別な仕事をする。レニはレバノンを出て「神楽坂」の南の区域に入る。

まるで「神楽坂」を庶民の土地と非日常区に割(さ)き離す、河川のような大久保通りを越える。和泉長屋(いずみながや)横丁を進むレニは、その時、女になっている。レバノンでは少年として生きているレニは、石畳の料亭街を右手に見て三念(さんねん)坂を左手に見る一帯にその歩を運ぶ頃あいには、どこから眺めても少女にしか思えない。恰好を変えるといった些細なことでは全然ない。レニは女装をするのではない。ただ、レバノンを出ればレニの性は変わる。

新小川町に生まれて以来、レニの性別は両親以外には明かされていない。たしかに、小学校に入れるために男児としては届けた。届け出の用紙に空白の項目を残したままでは通学が許可されないからだ。が、日本の教育制度は外国籍の児童の拾いあげに真剣ではないし、いっさいが基本的には自己申告で、届け出された事項の実態を調査する職員もいない。レニの両親は、この国で男性であるのが有利かそれとも、女性であることを前面に押しだして生きるのが有利なのか、まだ決めかねていた。見極めることができず、ならば二十二歳で国籍を自ら定(き)める多重国籍の子供のように、いずれレニ自身に決定させればいいのではないかと考えた。とりあえず、小学校には男児として届け、とりあえず、現時点でレバノンの内部に限定すれば少年とみなされていた。だが、別の場所では別の性別(ジェンダー)を選んで、生きる。

　可能性を模擬実験していた。

　生存戦略としての性別不明。いや、多性だ。意図されたところをレニは十全に理解していた。意識レニは、自分が女だと思うだけで周囲に少女とみなさせる、技術というよりも力を具えた。意識がアウラを左右する。同様にたちまち少年にも切り替わった。やがて思春期を迎えれば肉体そのものが意思を、主人であるレニを裏切りだすだろうが、新小川町に生誕してから十歳となるまでの歳月、さらに十一歳、そして十二歳となっても、意識だけでレニは男にも女にもなれた。例えば軽子(かるこ)坂から神楽小路にかけては異国風(エキゾティック)なアラブ系美少女であるように、場所ごとに、周囲の人間にとって。また性の変容のために積極的に日本語の特性を利用した。僕、俺、あたし等、場によって一人称を変えた。柔軟かつ変幻自在に乗り換えた。

　性のないレニは狡猾でエレガントだった。

　大久保通りを渡って、まるで渡河(とか)するように南部の市域に入って、夜からの小銭稼ぎをこなす。むずかしいことは何もない仕事だ。一杯飲み屋が軒を並べる神楽小路の、みちくさ横丁にほど近いバーの裏側に設けられた小部屋で、正面にある鏡を見つめる。一時間か、二時間か、ボッとしていればいい。時どき舌を出したり、その舌で上唇を舐めたりすればもっといい、と雇い主にいわれている。鏡が置かれた壁の反対側から、荒い息づかいが漏れることがある。ハアッハアッと、呻きをまじえて。店の若い中国系のウエイターが、あの鏡マジックミラーだぜ、と馘になる前日にレニにへらへら笑いながら囁いた。あいつら、あんたを見てマスターベーションに励んでるの。マスだよマス、マス掻いてるの。外人のロリータが好きなの、素人の、普通の美少女が。手は出さないけどな。向かいの部屋にはエロ雑誌とビデオがある。そして、あんたを見つめて、なあ。ニッポン人の変態オヤジが――

「だから何」冷たい声でレニはいい、青年は怯む。

自分が、現実的に穢されないかぎりは物事をなにひとつ厭わない。レニは徹底している。知らないでもいいことは知らないままで十分だ。だいいち性行為の知識すら不完全で、そんなものは気にならない。

レニにはレニの性と結びついた「神楽坂」の地図がある。女性であるのがふさわしい場所はこの軽子坂の一帯、地下鉄大江戸線の牛込神楽坂駅の周辺、最高裁長官公邸を囲んだ小フランス、それから、横寺町も安全だ。少女とみなされたほうが比較的、束縛をうけずに動きまわれる。移民の少年はむしろ犯罪予備軍と捉えられて、不利だ。だが横寺町を除いた大久保通りの北部の市域では、たいてい少年の認識を持たれなければ生きのびられない。レバノン、赤城下町の族たち、そして地蔵通り商店街を呑みこんでいる「神楽坂の角」の住人たち、レニは少年としてその場所に立ち、その土地に少年として見られる。

土地が鏡としてレニを映した。

だが「神楽坂」は発展途上だ。外縁の膨張は一応は収まった。JR中央線の飯田橋駅西口前の牛込橋から続いている神楽坂通りと、地下鉄東西線の神楽坂駅周辺地域だけが「神楽坂」だった時代の記憶はメディアの乱舞によって喪失して、東と北の境界が目白通り、西の境界が江戸川橋通りとなる宏大な北部領域が「神楽坂」に加えられた。複数の移民コミュニティが孕まれた。目白通りが神田川という水路に沿って走っているためか、それ以上の拡張はなかった。南方のボーダーラインには江戸城の外濠も流れていて、島のように「神楽坂」は区切られたのだ。その内部で、「神楽坂」はうごめいている。生物（いきもの）のように区域の一つひとつが毎年（まいねん）相貌を変えている。

だから、レニがまだ性を定（き）めかねている土地もある。

十一歳をすぎてから最大の注意を払うようになったのが赤城神社の周辺、モトマチと称される赤城元町だった。レバノンとは西五軒町の南域や東五軒町の端のほうで接している。モトマチの神社は高台に建ち、その境内の裏手から、急斜面が雪崩れこむように落ちはじめていて、コンクリートで崩落防止の処理がなされていた。その急斜面、モトマチの北方のカーブする境界線でもある半弧の傾斜（スロープ）地帯に、不法占拠者たちが現われた。法的規制をまるで無視した違法のバラック小屋が建ち並ぶ。誰が群居しているのかわからないし、斜面にむりやりに張りついた小屋は、まるで岩礁のフジツボだ。レニは、夕刻に、見たことがある。太陽が沈みだすと特異な地形に建ち並んだ小屋に、珊瑚が発光するように明かりが灯った。電気が来ているのか？　あるいは配電所から盗んでいるのか？　レニには実際はわからない。その、いっせいに点灯した明かりに、影絵芝居のように人間のシルエットが従属した。密集した傾斜（スロープ）のバラックの家屋内に、動いている。何十人も、広い斜面一帯に散らばって、そしてレニはなぜかゾッとした。十一歳のレニは、その視野の情景がもたらした予感に。

なんなんだあいつら？　誰だ？　いきなり群れて、小屋を建てて、住んで。

回答も情報も得られない。赤城神社の背域、モトマチの斜面地帯のバラック集落はその後も戸数を漸増させて、そこに暮らす傾斜人たちは増加をつづけた。レニは、その土地に接する機会があっても、瞬時には対応できない。自分が少女であるべきなのか、少年であるべきなのか。だから避ける、モトマチの北方の境界線を、そこに群居する傾斜人を。そもそも神社というのがレニには不穏に感じられる。鳥居の象徴性、赤城神社の境内に置かれた出世稲荷、祀られている神の前にいるのは狐だし、その小さな狐たちの耳は赤い。モトマチの縁には寺もあって、地蔵が入り口にいる。石の皮膚をした地蔵尊。その狐、地蔵、鳥居を思い、レニは多神教の土地柄を唾棄して、グウゾウ崇拝、と囁いている。もちろん、レニは新小川町に生まれて日本の文化にひたって育ったから、日々の慣習をのぞけばムスリムとしての敬虔さはない。信心も皆無に等しい。それでも、アッラーの唯一性のほうがシンプルに思われる。そしてアッラーの信仰を天降らせた砂漠を想像する。暑い、なにもない、地平線まで熱気に揺らいでいる、幻の父祖の郷。

暑さだけは東京にもある。路上に出された毎朝の生ゴミを十分間かそこいらで腐敗させる蒸し暑さ。その臭いを界隈に滲みつかせて浄化させない日々の熱気が。それも、年ごとに記録を更新する夏の暑さが。

全然シンプルじゃない。むだな現象ばっかりが付属している。

故郷の砂漠は、映像でならレニも見ている。親類がビデオを持ってレバノン移住を果たしたためだ。それは移民の血族の第二陣だった、はるか湾岸からの。レニは当時十歳と十一歳のあいだだった。アラビア半島の砂漠のビデオを示されるきっかけは、その縁者の新居で催された食事会で、遊び半分に覗いていたトランクから出てきた布製の王冠のようなものを手にしたことだった。砂と獣の匂いがする球形の物体だった。何かに冠せるように、V字の切れ込みが入っていて、人形のための衣裳にも似ている。

それは鷹のための目隠しだった。ブルガと呼ばれていて、鷹の頭部を覆う。「知らないのか？」と親戚の男はレニにいった。「お前の大叔父は王族のサッカールだったんだぞ」その言葉の意味はレニには不明だった。サッカール、それは鷹匠(たかじょう)だった。「誇るべき名人だったんだぞ」黒い目のハヤブサや黄色い目の大鷹を調教する専門の技術者。

ビデオを見せられた。いまでは大叔父の長男と次男の一家だけが、その職業を継いでいる。ブルガを着けられている時の猛禽たちは、人間の手や肩、鷹類を乗せる用具であるマンガラの上でじっとしている。狩りに出て、砂漠でブルガをとられる、たちまち獲物に向かって動いた。飛翔する、最高時速は三百キロに達する、視力は人間の八倍あるという、翔(か)けて、練習用に放たれた獲物のホロホロチョウを、空中で蹴落とした。

その速度。地上の砂紋(さもん)とアラブの穹(そら)を背景にして、絶望的に美しかった。イメージが播種(はしゅ)されて、十有余年間を日本に暮らしたレニは飢えた。

レニ、十三歳。その夏に太陽に灼(や)き焦がされた黒い都市鳥たちの衝突の現場に出会い、欲望を満たす。その日の午前十時半に、すでに気温は三十五度を超えている。レニは歩道橋を渡っている。それは神田川に架けられている。「神楽坂」のボーダーラインを越えて、レニは文京区側の大曲(おおまがり)にあるコンビニエンスストアに涼味の調達に出かけた帰路だった。猛暑限定のソフトクリームを買った。関口一丁目を除いた文京区は神田川を渡河して現われる人間を嫌う。店内に入れば、露骨にいやな顔をされるか、あるいはやけに親切にニコニコして応対されるか、どちらかだ。壁には、避暑禁止、立ち読みなど無購入のステイは10分まで、と書かれた貼り紙がこれでもかとばかりに多数ある。冷房の十二分に効いた店内で、レニの出現は店員たちの体温をさらに数度下げる。すッと敬遠の表情が顕つ。

冷えてろ、馬鹿。あたしがそんなにハズレ顔なの、ねえ？　店員をレニは睨みる。

すでに溶け出しているソフトクリームの尖端を舐めとろうと、その足を歩道橋の途中で止めた。たちまち神田川の腐臭が真下から鼻を衝いて、その瞬間だけ「神楽坂」を嫌悪する側の心情を理解する。レニは、甘いコーンを齧りながら欄干から身を乗り出して神田川の流れを覗いた。視界いっぱいに不法繋留船があふれている。そして船には人間が暮らす。正規の移民ではなかった。そこに群れるのは違法の入国者ばかりで、ほぼ全員がパスポートを所有せず、ボートピープルと呼称される。日本の法律では船主のわからない廃棄船を取り締まれない現実を利用して、粗大ゴミ同然ながら公共水域に放置されていた約千艘のプレジャーボート等が大田区の新呑川や旧江戸川から集められて、改造されたり部品を交換されたりしてブローカーの手を経て「神楽坂」の外縁に登場した。非常時には移動も可能な土地代もかからないボートピープルたちの住居として。

だから、生活者たちの臭気が満ちる。川がしばしば澱み腐るために。

レニは、視線を転じて頭上を仰いだ。上空、しかし穹はない。神田川という水路にパラレルに首都高速5号池袋線が走っている。見上げるレニの目に映るのは架かった屋根、首都高の裏側は鉄骨やコンクリートがむきだしになっていて涼しさを感じるほどに陰鬱に暗い。この二つの流れ、頭上の首都高と、眼下の神田川の左岸に「神楽坂」境界である目白通りが走る。文京区側から見れば神田川、首都高、目白通りが三つ巴のボーダーラインだ。歩道橋も含めた河川上の橋が、関所になる。地上部分の橋は十一カ所ある。橋らしい橋を認めることができない飯田橋を除いて、北上するようにカウントするならば。隆慶橋。白鳥橋。新白鳥橋。中之橋。小桜橋。西江戸川橋。石切橋。古川橋。掃部橋。華水橋。江戸川橋。そして外部の人間はいっさい関所を通過せず、

「神楽坂」をゲットー視する。

　空中関門の歩道橋でソフトクリームは溶けて、舐められる。その時だった。飛翔音が下方から耳を撃った。バサバサバサッと翔(と)びたつ、あきらかに群れなす羽音(はねおと)。レニの視線が反射的に駆ける。首都高の橋脚と歩道橋の降(くだ)り階段の間の地面に、まさに膨張の途上の黒い山がある。黒い爆発？　レニの目が凝(こ)らされる。それは不法投棄されたゴミ袋の集積から、いっせいに発つ十数羽の鴉(からす)だった。叫んでいる。カーッ、ギャーッと。さらに凄まじい啼き声が上がる。カカカカッ、カウ！　カウ！　ひき裂かれたゴミ袋から沸騰するように鴉たちは飛翔し、四方に散った。

　ゴミ袋からは内容物が抽(ひ)きだされている。野菜や果実は残り、もっぱら肉類が食い荒らされていた。ハシブトガラスだった。本来は雑食性だが都市環境に適応するにつれて嗜好を発達させた。菜食主義者のハシボソガラスと異なり、ジャンクフードや脂分の多い肉を好む。獰猛で、東京の食物連鎖を制して、その生態系の頂点に立っている。

　なぜ翔びたつのか？　理由は、ただちに明白になる。別の鴉集団が襲撃をしかけて来ていた、機動的な動きで、俊敏に、首都高の勾欄(こうらん)の高みから降下して。こちらも同様に太い鋭い兇暴な嘴(くちばし)を有して顎ひげめいた羽毛を膨らませたハシブトガラスだが、所属(グループ)が違う。採餌の縄張りを賭けての衝突がいま、まさに勃発する場面がそこにあった。レニは、襲いかかる者の速度に震えた。速い、高度な飛行技術を誇りながら分団で、約五羽単位で飛来する。視野に空白が生じるほどに速い。襲いかかった。散る側よりも襲撃する側のほうが圧倒的に数で勝っている。

　喧噪(けんそう)を沸かしながら二つの集団がいっきに水平方向に移動した。神田川という「神楽坂」の縁から南方、レバノンと水道町が隣接する地域内に。追わずにはいられなかった。それは全身の行為をうながす速度であり、喧噪であり、見届けろとレニに告げていた。カカカカッ、カウ！　カウ！　れに、れに、れにれにれにれにれに、コノ抗争（タタカイ）ヲ見届ケロ！

　だからレニは包装紙に被（おお）われた部分のコーンを投げ棄てて、歩道橋の階段を駆け降りて視線を頭上に走らせるのを止めずに地疾（ちばし）った。送電線から送電線へ、鴉たちが跳ねる。賃貸マンションのベランダで一羽が七羽に囲まれて援軍が五羽来て洗濯機に尾羽（おばね）が符牒のように残される。レニは水道町に入る。そこはレニにとっては僕の土地だ。あたしは、見届けると考えていたレニは、僕は追うと一人称の主語をオートマティックに切り替えて思考しはじめる。少年の筋肉が躍動して地面を蹴る。アスファルトは熱に溶けそうに揺らめいている。午前十時四十分すぎ、すでに酷暑の予兆があり、東京はヒートアイランドをみずから任じて呻いている。鴉の二集団は狂熱に憑かれたままだ。道幅の狭い横丁に入る、見上げる、蓋（おお）いのように空に黒い都市鳥たちはもつれあっている。細い路地の商店のガラスにレニが映り、その姿は柔和な外貌の少年だった。路地と車道が交叉する、ふた桁の人間を積んだトラックが前方を過（よぎ）る、荷台に移民たちが満載されている、単純労働力としてどこかの現場に運ばれる。トラックには幌もない。苛烈な陽射しがレニと鴉たちと空ろな表情のトラックに積まれた人間たちを、照らしている。

　それから雑踏のなかを走り抜けて、勝手知ったるレバノンの境域に入り、俺は鴉に追いつこうとしている、と感じて、ギャーッという鳥類の悲鳴とともに建築資材が転がる空き地に踏み込んだ。そこに、鴉たちが、舞い降りて血を見ていた。

　在来の鴉集団は、襲撃組にいつしかちりぢりにさせられて、この空き地に降りたのは一羽だけだった。その一羽が、正確に九羽に襲われている。猛攻されて、完全に嬲（なぶ）られている。襲撃組は建築資材のピラミッドのいただきに見張りを配して、背後や左右といった死角にまわり込んで、できるかぎり卑劣に、陰惨に、在来の一羽を攻撃した。非のうちどころのないリンチだった。

それがレニの視界に飛びこんできた情景で、空き地に足を踏み入れた瞬間に、レニの脳内にはなにかが弾けた。

平然と弾けた。光速の閃きとなって。

群れによって、排除されようとしているものを、レニは救出に向かった。無意識に向かっていた。威嚇の叫びをあげていた。レニの叫びは鴉の擬声だった。ガアッと哭(おら)びながら鉄パイプを引き出して、途端に九羽はあせって散る。確信していた数の勝利は揺らいだ、恐慌に落ちた、たちまち遁走した。

レニは見下ろす。惨事のその場所を。背景で啼いているハシブトガラスが何羽もいる。レニの耳はその声を認めない、意識はただ眼下の映像に専有されている。血まみれの一羽。だが直感できた。致死(ちし)の痛手はない。そこまでの深傷(ふかで)は。まだ死なない。生きている。

在来組の、仲間の鴉たちが空き地をとり囲んだビルの屋上にいて、事態の推移を見ていた。レニを見下ろして。そして鉄パイプをいまだ握るレニは手負いの鴉を透明な眼差しで見下ろして、凝視される鴉はその黒い眼(まなこ)を双(ふた)つともレニに据えて、ここに一人と一羽は見つめあう。

ハシブトガラスやハシボソガラスといった種を問わず、鴉は人間の顔を認識する。実例を挙げれば初夏、市街地での子育ての時期には敵対的と思われる通行人や電気工事関係者をきちんと一人ひとり観察して、識別して攻撃する。雛に危害を加えられるのを避けて。観察力と、なにより記憶力に優れる。その知性はまるで侮(あなど)れない。鴉類は一般に犬猫より脳化指数が高い。採餌においては道具を利用し、ニューカレドニア諸島での観察例では石器時代の人間と同等の餌採り用具の製作能力を示した。北米では車道を利用して貝を割る。仙台では市民の自家用車に轢かせるクルミ割りが知られている。ノルウェーやスウェーデンではワカサギ釣り同様の結氷湖での仕掛けを、見て学び使いこなして釣果を得た。学習能力は非常に高度で、貯食行動という、緊急事態に備えて食糧を保存する生態によって未来を認識する能力も確認されている。

この知性に「強靭」な身体能力が相俟(あいま)って、いわゆる人類随伴鳥類の中でも覇者として鴉は都市に適応した。

東京はハシブトガラスを住人のように養った。一九八〇年代なかばに七千羽、一九九〇年代なかばに二万羽をすでに数えて、二〇〇〇年代なかばには四万五千羽を超した。理由はたっぷり挙げられる。ハシブトガラスは英名Jungle Crowといい、本来はインドやマレーシアなどの東南アジアの森林に暮らす。早い時期に北上して日本にも棲息するようになったが、やがて種の出自にふさわしい環境を発見した。それが東京で、無論その他の大都会もそうだったのだが、林立する高層建築群は擬似ジャングルを誕生させていたのだ。高度経済成長期からそれは始まり、すべては加速した。ビル化、豊富な食糧資源、つまり残飯は排出されつづけて減る傾向は一度も、わずか一瞬たりとも見せなかった。それから日本国内で森は奪われた。森林破壊も加速して、ハシブトガラスは都市部に出るしかなかった。それから東京の「熱帯化」が進行した。わずか十年弱でさまざまな都市鳥が淘汰されたが、ハシブトガラスは悠揚と数を増やした。もともと熱帯多雨林原産の鳥なのだ。むしろ快適さの度合いを増しただけだった、「熱帯化」した東京が。

ハシブトガラスにも脅威の季節はあった。かつて。元来が熱帯適応型の種のために冬には弱かったが今の東京に冬はない。

レニは次の日もおなじ時間に空き地に行った。鴉たちが抗争を繰り広げて一羽が敵対する集団のリンチに遭い、レニに救われた次の日。いた。怪我をした鴉が、空き地に隣接する共同住宅のベランダにいて、固まっていた。見るからに硬直して動きがない。だが黒い双眸が、出現したレニを認めた。レニは立ち止まった。空き地の、建築資材の無造作な積み重ねのひとつの縁に腰を下ろして、ベランダの手負いの鴉に視線を投げながら右に、左にと小首を傾げた。数分経って、鴉は動いた。バサバサと翅を展げるが痛々しい。なめらかにはなり切れない動作で、翔び、建築資材のピラミッドの端に、レニからは距離を置いて留まる。

レニを観察している。レニとおなじように、左右に小さな頭をふって。レニはその手負いのハシブトガラスに、声はかけない。人間の声でも鴉の擬声でも、そして距離もつめない。ただ並んでおなじ場所にいる。ただ怪我の程度をつまびらかにしようと見る。左脚が、酷い。いまだ鮮血が滴っていてチョコ、チョコッと鉄材から足指を上げ下げしている。歩行障害は多分あるだろう。いや、絶対に、ままならないだろう。レニは思う、餌を捕ったりするの、大変か?

声には出さない。鴉も答えない。

さらに翌日、また同時刻にレニは空き地に向かう。すでに手負いの鴉は来ている。また共同住宅のベランダにいる。レニは紙袋を提げている。あの建築資材のピラミッドに歩を進める。と、今回は同時に、鴉も翔んだ。レニは紙袋を提げている。おなじように建築資材の積み重なりをめざして。一人と一羽は昨日と同様の位置についた。それからレニは紙袋を開ける。香辛料の匂いがブワッとひろがる。クミンと香菜の。

「食べられるか?」

今度は、レニは声に出して訊いた。羊肉のミンチと茄子、トマト、鶏肉の炒め物の残飯が、地面に置かれた。鴉は、バサバサッとまた飛び、まるでレニに脅威を感じていないかのように至近に降りた。残飯に興味を持ち、だが左右に首を傾げつづけて、少し低い姿勢となって嘴をそれらの食物に向ける。「食えるぞ」とレニは小声でいった。囁きのように、鴉に警戒などおぼえさせない平坦な音で、いった。

　鴉はまず嘴で羊肉のミンチをひきずり、咥えて呑みこみ、それから、いっきに啄ばみはじめた。レニを恐れず、レニの存在にみじんも不安など感じていない気配で。時には傷めた左脚をピョコピョコと弾かせて震わせながら、それでも夢中で貪った。

　次の日にもレニと鴉は同時刻に、約束でもしているかのように落ちあって、用意された餌を鴉は喜んで頬ばった。来る日も、来る日も、おなじ時間に一人と一羽は会う。鴉の負っていた怪我がおおかた癒えても、空き地での交流は続いた。三週目に鴉はレニから手わたしで仔羊の肋肉を受け取って、その場で口にした。レニは鴉に触れた。その肩に、翼の付け根に。はじめての身体的な接触だったが鴉は嫌がらなかった。

　四週目には頭を撫でられて、喉をジリジリと鳴らした。甘えた声であることがレニには直感できた。レニはその日、かつての手負いで現在は完治したからだを持つ鴉に名前をつける。クロイ。もちろん、黒い、だ。呼びかけるようになる。鴉は数日で自分の名前を理解する。命名されたことを理解して、クロイは自身にとってもクロイになる。

　レニは触れる。クロイの胸の羽毛、陽光の加減によってはさまざまな色彩に染まる。クロイの鱗状の皮膚に覆われた両脚、そこは体毛が欠けているためにむきだしになって温かい。クロイの瞬膜のまばたき。それは危険がちかいことを知らせる。

　五感が一人と一羽を交流させる。むしろ共生めいた関係が生じ出す。文京区の豊島ヶ岡御陵に塒を持つクロイは、群れで行動して早朝に「神楽坂」の大久保通り以南に飛び、その「神楽坂」非日常区の飲食店街で採餌に励むが、それが済めば昼間、さらに夕暮れまで単独で動いた。レニを追って「神楽坂」の上空に遊び、レニに澄んだ啼き声で言葉をかけて、もはや空き地にゆかずとも一人と一羽はいっしょにいた、時間を共有した。

　ケヤキやイチョウの梢、ビルの屋上の欄干、広告塔、街灯等に留まるクロイに、レニが地上から声をかければ、応じて野生のハシブトガラスは舞い降りた。レニのからだに、レニの肩に。翌年になった。二〇〇八年、レニの十四歳の誕生日は間もない。レニは肩に乗るクロイの、その強(したた)かな指を見る。前方に三本の指、内趾(ないし)と中趾と外趾があり、後方に一本の指、後趾がある。左脚も常態に復している。レニは、衣類の肩の部分にはいつも厚みを持たせていて、クロイを留まらせても支障はない。それに鋭い鉤爪(かぎづめ)。レニは、自分が望みを遂げたのを知る。猛禽のような時に剽悍(ひょうかん)で高度に知的なハシブトガラスのクロイ、レニが合図すれば肩から羽搏(はばた)いて飛翔する、この「神楽坂」の穹(そら)に。変形したサッカールとして、鷹匠の血筋に列(つら)なる者として、鴉匠としてレニは在る。

　そしてクロイは認める、いかなる「神楽坂」の境域にレニがいても、その土地でレニが女の性を持っていても男の性を有していても、上空からレニを認識する、いつでも。


　三月なかばからクロイは営巣をはじめる。前月に番(つが)う相手を見つけた。求愛飛翔でレニも直覚して知った。恋人同士の、鴉の愛情はこまやかだ。そして結ばれた雌雄は生涯添い遂げる。クロイの連れも、それが雄なのか雌なのかレニには判然としなかったが、レニを視覚的に認識した。決してレニのもとに降りて来はしなかったが、レニの顔は憶えて、警戒はしない。

　クロイたちの巣木はケヤキだった。白銀(しろがね)公園かどこかに営巣してもらえればうれしかったが、選んだのは赤城神社の境内の大樹だ。モトマチは不穏で、無闇に偶像崇拝的な印象を与えるために、依然としてレニはあまり近寄らない。ただ営巣の地とするには静謐(せいひつ)さに満ちていて条件はいい。北部の「神楽坂」圏から見れば高台というのも便利、あるいは有利なのだろう。だからレバノンの相生坂方面から週に何度か見に行った。巣の材料はレニの想像を超えた。もっぱら針金製のハンガーで、他に有刺鉄線やビニール紐、枯れ枝が基底部を作った。ハンガーは当然民家の物干し台から盗まれている。曲げやすいし、引っかけやすいし、多彩な色あいが鴉の美意識にうったえる。鴉は、色彩を十全に把握する。そして個体によって色の嗜好は異なる、人間同様に。産座はシュロの樹の繊維やさまざまな枯れ草、犬の毛などで柔らかなベッドとして完成させられた。犬の毛は、生きたままの犬からクロイが毟って調達した。散歩のさなか、背中にクロイに乗られて長毛を引きぬかれる大型犬の姿に、やや離れて目撃していたレニは笑った。喝采した。

　巣には妙なものも運ばれていて、例えば鏡だ。嘴ではさんで、持って飛べる程度の手鏡。クロイは光に興味を抱いている。だから人間たちのキラキラした装身具には目がない。クロイ、お前、仕込めば指輪とかイアリングとか、あとダイアモンドやサファイアみたいな宝石とかあたしに盗んできてくれる？　レニはふざけて訊いてみる。いや、頼めば実行するんじゃないかなと思う。でも、そんなの、いまは要らない。鴉類は他にツルツル滑る物体、さらには燃えるものにも興味を持つ。日本の各地にも鴉が火遊びするという伝承、観察例が残されている。火炎を恐れないわけではないが、好奇心がそれにまさる。もちろん個体それぞれだが。

　いつのまにか産卵は済んでいた。クロイは雄だったようだ。四月中旬に雛が孵った。樹上に甘い声をレニは聞いた。いっせいには孵化せず、雛の声は順番に一羽ずつ増す。最終的には三羽になった。レニは、子育てに協力する。餌集めに忙しいクロイに、食用鶏の、肉の残ったガラ、筋肉、それから羊の内臓を調達して手渡した。前夜にアラブストリートの飲食店街でもらい受けて、翌日午前にクロイに与える。鴉には食糧の貯蔵の技術があるので手わたすのはその一回で済む。

鶏の筋等より、むしろホルモンを雛用に好んだ。豚臓物はレバノンでは手に入らなかったが。牛の内臓は日本国内では六、七年前から全面廃棄されていて、手蔓があれば大量に入手可能なはずだったが、レニにはその手蔓はなかった。当面は、しかし雛鳥たちの食欲は満たされている。三週間が経ち、雛はそれなりに幼鳥になる。長男か長女の一羽が、巣立ちを目前にしているようにレニには思われる。樹上のその気配を、耳と目で感受する。

ある日、クロイが叫んでいる。本気で喧狂している。レニを呼んでいる。ケヤキの梢頭をワサワサワサッと揺らして、はるか白銀坂からレニに気づかせる。非常事態。レニは、駆ける。クロイ！　ぎゃあああああと応答。啼き声が裏返っている。赤城神社の鳥居をぬけた、潜った、境内へ。巣木のケヤキを見上げる。巣がない。

ない。

重さ十キロはある巣がない。忽然と消失して、樹枝の空間は虚しい。宙を回旋して警声をあげるのはクロイの番いだ。恋人であり雛の母親であるハシブトガラスだ。しかし声の警報ではもう遅い。巣と三羽の雛がいない。レニは仰がずにケヤキの幹の周囲をまわってみる。梯子の跡？　痕跡は簡単に看てとれた。はがれた樹皮、落とされた小枝、淡黄緑色の花と新葉が地面に散っている。レニは洞察した、奪われたんだ。クロイの巣は人の手で強奪された。でも誰に？

「クロイ！」尋ねる。返事がある。滑空してクロイは参拝のために敷かれた、殿舎に向かう石畳の道を示す。ハンガーが点々と落ちているのがわかった。それは殿舎を迂回して裏に続いている。レニは追う。出世稲荷の何基もの鳥居を横目に、廃園になった幼稚園と神殿の狭間の細い道を、上空のクロイといっしょに、導かれるようにして境内の裏手に出る。数軒の民家と狭い公園がある。エノキの喬木とシイの樹が生えている。それが赤城神社を中核に据えたモトマチの高台の、北端だった。民家の路地をぬけると視界はふいにパノラマにさらされる。池袋の高層ビル群が容易に認められた。なぜなら、そこから急斜面がはじまる。斬られたように土地は落ちている。傾斜地帯（スロープ）、その寝そべる蛇状のずるりッとした半弧の境界線に沿って鉄柵が設けられていて、ところどころ錆びて半壊したり、それが有刺鉄線で補修されたり、放置されたままで逆に人間が一人通りぬけられるように口を開けている。裂けている。レニは、有刺鉄線に引っかかっていたハンガーを発見して手にとる。巣の基底部を作っていたオレンジ色のハンガー。

　そしてレニの眼下にフジツボめいた小屋、無数のバラックがそれぞれの庇（ひさし）を接している、分裂と集積と増殖のすさまじい別世界があった。トタン板の屋根と壁と正体不明のコンクリートブロック、陽光を反射するビニールシートと表層（うわかわ）がスベスベの加工ずみの合板類、ＦＲＰと呼ばれる繊維強化プラスチック、ありとあらゆる材木、屋根の重石（おもし）となる自動車のゴム製タイヤと、屋舎（おくしゃ）そのものに再利用されている廃車、そうした一切が眼下の急斜面に、はりついている。

　無音（しじま）。しんとしている。その別世界には、人間の気配がない。なぜだ？　俺、だって傾斜人がここにワンサと居着（いつ）いているの知ってるぞ。あたしは知ってる。だって連中はウジャウジャいるから。レニの自称が乱れる。モトマチにいてレニの性は定まらずに、少女として思考しながら少年として思案する。レニは偵察して駆ける。クロイは頭上でエノキの葉叢（はむら）から鉄柵の支柱めいた凸部のひとつに飛ぶ。傾斜人のうごめきの匂い、巣の行方を捜して。東手にまわり込んだ箇所で、傾斜（スロープ）のただなかから生え出した一本の巨樹を視認する。その滑り落ちる大地をおのれの樹根で支えているような、しかしなかば枯死した巨樹。幹の半分はバラックのフジツボに隠されて、上方の大枝や樹冠は灰色の蔦（つた）に絡まれて、あたかも「掘っ建て小屋」世界に同化して、擬態してレニの目に発見されないでいた。これまで。クロイがハシボソガラスのように声を濁らせてガァァァッ！　と啼いた。レニは直感する。盗られた巣と雛たちの奪還のためには、この傾斜人の土地に侵入しなければならない、巨樹の聖域に近づかなければならない。あたしはやらなければならない。どうやって？　とりあえず、飛び降りろ。あのトタン板の屋根を渡って、いまなら無人かもしれない、いや捕まるかもしれないけれど、だからって僕はアホウ！　畜生、ひるんでられるか？

　レニは飛ぶ。一秒の半分の時間で鉄柵にのぼり、最上部のバラックの、屋根に。ギ、ギャン、とトタンが鳴る。ゆがむ。走る。跳躍する。巨樹をめあてにして。重石のタイヤが滑り落ちて、連なりとなった屋根は、レニを撥（は）ねらせてしなりつづける。

　突然一軒の屋根がぬけた。レニは落ちた。バラックの床に、大地に落下して叩きつけられるだけでは済まなかった。その大地がグボッとぬけた。まるで地中のトンネルのような場所に墜落していた。唖然としながら、自分が降ってきた空を見上げれば揺れる床板の断片、突き出しているコイル、遅れて落ちるポリバケツ、鍋、割れたマガジンラック、そしてコイルが拾われたソファから合皮のカバーを破って食（は）み出しているのだ、と理解しながらぬけてしまった屋根を裏側から眺めて空に出会う。クロイが翔んでいて、屋根であったトタン材の縁にフワッとホバリングして降りた。啼いて声をかける。何度も頭部を左右にふって、レニに視線を注ぎつづけて。レニは立つ。落ちたトンネルで、真上に抜けたバラック小屋の穴を位置させて。クロイがそんなレニの肩に、バサッバサッと翼を鳴らしながら降りてきて喉を震わせる。嘴でなにごとかを合図する。

　離れないで、クロイ。レニはいう。風が感じられた。空気がトンネルの内部を流れている。周囲の気配を探る、ひそッひそッという囁きのような音の揺れ。音楽にも思われるそれはトンネルの闇のはるか彼方から、来ている。あたしから離れないで、レニはもう一度クロイにいって、勇気は必要だったが勘にしたがって歩を進めた。いきなり薄暗い夜の世界に、レニの肩に留まり同行するハシブトガラスは恐怖した。左右の脚の四本の指がそれぞれレニに痛みをもたらすほどの強さでひきしまる、八カ所の傷がレニの肩に点としてつけられる。黒い瞳の瞬膜が、激しいまばたきを繰り返す。

進む。やがて、腰をかがめないと歩けない。だが通路は続いている。まるで蟻の巣だ。枝道がある。そういう箇所には明かりが灯る。たいていは蠟燭だったがコードが通路の端を這っていて電灯のこともあった。レニは、通路内の温度に圧倒された。この土中のトンネルは涼しい。ずっと一定していて十七度は確実に切っている。市販のエアコンの最低設定温度を下まわる。そのために傾斜人は地面を掘ったのだろうか？　ここは傾斜人の巣なの？　あたしはそんな巣のなかを歩いていて、俺はそんな巣のなかでクロイの雛たちと鴉の巣を捜しているのか。蠟燭は揺らめいていた。風は吹きつづけていて、つまり新鮮な空気は流入をつづけている。換気口が複数存在するためだが、もちろんレニの思考はそこまで高度な推理には至らない。ただレニは、俺は危険領域に侵入した、と実感するだけだ。そのとき強烈な明かりが分岐点に出現する。そこには十数本の蠟燭が束になって立つ。

種類のわからない羽虫がその光源の前に飛翔した。ブゥゥゥン、ブゥゥゥンと。深みから羽虫は出現したようにレニには思われた。あるいはその羽虫は通路の壁や天井から現われる地虫を餌にしているのかもしれない。レニとクロイは、その羽虫の予期せぬ出現よりもブゥゥゥンという羽音の唸りの到来に、それまでが静寂と幽けき音楽の予感だけだったから、耳が、目が離せない。レニは歩みを止め、クロイはその肩で羽虫の飛翔を注視する。いや、羽虫を見てはいない。その現実にレニは気づいた。

クロイは通路の壁を凝視している。そこに影が投げかけられている。十数本の蠟燭の強い光があるために、羽虫の舞いは影となって壁面に放たれる。動いている。むきだしの土壌が、その羽虫の影のためのスクリーンであり、投じられた映像はそこで奔放に踊る。時に光線そのものに消え入るように、しばしば顕現の強弱を変えて、しかし消えない。クロイは魅せられている。ハシブトガラスの黒い双眸は、いまでは瞬膜のまばたきの回数を減らして、息をつめて影を観察した。

本物の羽虫を見ずに、スクリーンのそれに夢中になった。

「鳥の王」日誌

私はその戯曲をものにするために出かける。すでに題名は決まっている。「鳥の王」というのだ。他にも決定事項はあって、たとえば登場人物表は、戯曲の冒頭に、以下のようなシンプルさで付されるだろう。

日本人たち
ボーダーの外の怪物たち
鳥の王および鳥たち

まずはこのようにしたためて（いずれにせよ大枠はできた）、戯曲の完成後に、あるいは推敲を重ねる過程で、この大枠の下部に**日本人たち**ならば何という名前の人物か、**鳥たち**ならばどのような種類の鳥か、が記されるだろう。いったい、何人が——あるいは何羽が——このリストに連ねられるのだろうか？　ずらずらと連なることを私は期待する。そのほうが迫力が出るから。ひもとかれた途端に「この戯曲はシンプルではないのだ」と訴えられるから。
私は、世間的には小説家と思われている人間だし、いや、実際そのように自認しているのだが、私の散文にはどこか「詩」があるとか、どこか「音楽」があるとか、そのように言われることもある。ある、というか、始終言われている。しかし私は詩はほとんど書かない（一篇も書いていないとか、発表していないというわけではない。しかし、人目につかない形でしか発表していないことも事実だ）。詩と小説は、どこで分かれるか？　読み手が、すなわち受け取った側が、そちら側で完結させるのが詩、ひとまずこちら側が完結させて、そして読み手に渡すのが小説、と私は考えている。もちろん、いずれにしても、読み手というのは「受け取ったら発展させてしまう」のだが。

私は、たぶん、完成――ひとまずの世界の完成――にこそプライオリティを置いている。

そういう類いの表現者だ、ということだ。

そんな私にとって、完成には意味のない文芸の形式があって、それがつまり戯曲だ。戯曲は、つねにプロダクションの過程にある。途上にある本、が戯曲だ。ほとんどの本は「仕上がったからこそ本になる」というのに、はっきりと途上を意識しながら本を名乗ることが、戯曲の凄味であり、独特の自由度なのだと思う。なにしろ、通常、戯曲はスタッフ（演出家を含む）、演者にしか読まれない。この人たちは一般的な意味での読者ではない。この人たちにとっては、戯曲は「自分の表現」を完成させるための、素材でしかない。

その意味では、詩の、さらに向こうに戯曲はある。

受け取った側が、そちら側で完結させて、それを「さらにそちら側」の者たちの感官の前に、なかでも目と耳の前に晒すのだから。

もちろん「さらにそちら側」にいる人間たちを観客と言う。

表現があり、表現される世界があり、その内側に著者がいて外側に読者がいる、と断じ切れるのが小説だ。詩は、読者はまだ内側にいる。戯曲は、読者というものはほとんど想定されない。読者、というものは意識されず、観客というものは（プロダクションの着地点に）意識されつづけて、観客は「読者としてのスタッフ、および演者を感知する」にとどまる。言ってみれば、表現があって、表現される世界があって、その内側に著者がいるのだが、読者は外側には――決して――見出せない。一、二段階を経た外に、観客がいる。

それにしても、読者がいないということが根本から見極められている本とは、著者にとって何か？

私はそれを考えている。

私は、そのことに惹かれている、と言い換えるのがよいのだろうと思う。そして、たぶん、表現があり、表現される世界があり、その内側に著者がいて、さらに一、二段階内側に**何かがいる**ことを確かめたいのだろうと思う。

だから時おり、戯曲を執筆する。あるいは構想する。登場人物表は、その最たる例だ。私は（どうしてだか説明はできないのだが）小説の執筆時には、人物リストだの、おのおのの人物の背景だの、そうしたものを用意できない。主人公の趣味はこうです、音楽ならば何々を聞きます、家族構成はこうでした、等のリストアップができないのだ。

しかし、戯曲でならば、やすやすとできる。

これは何を明らかにしているのだろう？

いったい、何を証すための事態、事実なのだろう？

たとえば先ほど挙げた登場人物表――の大枠――にある**ボーダーの外の怪物たち**だ。いろいろと私の脳裡に、もう、視(み)えているのだ。どんな**怪物たち**がいるのか？　その世界に揃わんとしているのか？　それぞれのプロフィールは？　いや、それこそ、家族構成はどうだった？　等。一人を挙げよう。その怪物は、さまざまな獣に追われている。しかも都市獣たちに。

怪物の後ろに七頭の犬と十八匹の猫と三十一匹の鼠がいる。追われている。しかし、追う、という行為に否定的な側面だけを見るのは避けたほうがよい。たとえば私たちは、夢を追う、としばしば言う。理想を追う、としばしば言う。また、先頭のランナーを懸命に追う、とも言う。どれもこれも積極的、肯定的だ。そして、怪物を追う犬も、猫も、鼠も、これと同様なのだ。追うのは、その怪物を慕っているからなのだ。しかし、誰かが本当に慕われているとして、そこに無惨さが生じないと言い切れるのか？　いっさい惨さは生まれない、と？

見よ。

三十一匹いた鼠が、三十四に減った。

二十七匹に減った。

猫が喰らった。

しかも逃げる鼠を追いかけて、隊列を離れた猫もいて、勘定するならば猫もまた十七匹に減った。

考えよ。

猫は、その怪物を慕い、鼠もまた、その怪物を慕い、しかし、猫は鼠を慕わない。決して愛慕の情をつのらせることがない。

だとしたら、ここに——その移動する隊列に——満ちている「純粋な怪物への愛」とは何なのか？　愛は、ここでは鼠を殺す。

また、猫たちは犬を恐れてもいる。

あまりの恐怖から、十七匹の猫がたまらず十二匹に減った。

もちろん犬は、猫たちを威嚇した。

甘咬み、というのをした。一頭の大型のドーベルマンが。

怪物の左肩から血が噴き出す。右肩には、過去に幾度も咬まれた跡が残る。歯形にまみれている。

しかしそこには愛しかない。「純粋な怪物への愛」しか。動脈を咬まれれば、怪物とて死ぬだろう。

それでも犬と、猫と、鼠と、怪物とは、その隊列のままに移動する。そこには愛があふれ、あふれ過ぎて、殺戮がひき続き、弱者は屠られつづける。

鼠は今、何匹だ？

想像せよ。


この怪物に名前を授ける時、怪物は、年齢も、経歴も、もちろん家族構成も、持つようになる。しかし、それはもっと後のこととしよう。私はもっと、もっと大枠のところから戯曲の全体を進めよう。**劇的であるとはどういうことか**を、しっかりと——その過程で——掘り下げよう。そうだ、途上なのだ。戯曲は（戯曲という本は）つねに途上にある。そして、さあ、私は出かける。その戯曲をものにするために、だ。題名が「鳥の王」であるそれをものにするために、だ。これは私の日誌だ。おおかた歩行の日誌だろう。私にとって出かけるとは歩き、行く、ということなのだから。なにごとかがすでに存在し、その先を視るためには、私は大概のところ歩行しなければならない。これは鳥たちの物語なのだし、鳥はまあ飛翔するわけだが、私は翔べない。だから歩き、行こう。ほら、七月だ。この日誌はここからスタートする。


七月四日、鳥籠がある。

鳥籠が視える。


七月七日、鳥籠が消える。どこからどこまでの範囲で、鳥籠は消えたのか？　そもそも鳥籠は、幾つ、この都市に仕込まれていたのか？　私は、いちども「私の暮らしている街に（駅名のついたその街に）、鳥籠は幾つあるのか？」と考えたことがなかった。私は、たとえば一つの街に、どれほどの数の自動販売機が平均値としてあるのか、は考えたことがある。また、日本列島内に、どれほどの数の鳥居が立っているのか、を真剣に調べようと努めたこともある。街路樹が気になり、東京都内の、その街区ごとの街路樹地図を手に入れたこともある（こうした地図は実在する）。しかし鳥籠……鳥籠だって？　人々のいったい何パーセントが鳥を飼うものだろう？　ある街の住人の、そのうちの何パーセントが？　零コンマ何パーセントが？　歩きながら私は考える。もちろん私は、出かけていて、歩行のさなかにある。そうして観察すれば、わかると思ったのだ。必ず「答え」または「答えに近接させる問い」が得られると思ったのだ。観察する、すると、目の代わりに耳が見た。どこかで鳥が鳴いている、鳥はいる、と。

鳩だ。鳴き声を聞いて、見ないでもいることを知った。（言い換えるならば）聞いて、見た。

雀だ。雀の群れも鳴いている。

鴉だ。二羽か三羽。鳴き交わしている。

それらを——音で——見た。

四十雀(しじゅうから)？

見上げる。耳では見られなかったから、目で見ようと意図する。するとマンションの二階のベランダに、鳥籠がある。あった。飼われている鳥の姿が視認できない。しかし鳥籠はあった。耳では見られない鳥が鳴いている。この、近所に見出された、一つめの鳥籠。他には？　他にはどこにある？　私は、頻度、というものを考える。発見の頻度がつかめれば、あとは計算できる。

私は、坂道を下りた。商店街の坂だった。いや、途中で右手が墓地になる。墓地の石塀がずっと続く。そのあいだ商店は消える。十数メートル、商店街の片側が欠ける。そして塀のその上部に、私は卒塔婆(そとば)の先っぽを見る。突き出している先っぽ、空を突こうとする細い板の尖端たち。

尖端。

尖端。

尖端。梵字(ぼんじ)——サンスクリット文字。

雀が留(と)まっている。思わず足が止まった。私の両足が。

しかし墓地には、鳥籠はない。

ないようだった。背伸びしてうかがった範囲では。

範囲。また範囲だ。私は今日、ずっと範囲ということを考えている気がする。あるいは、今、これで二度めとなる思考に入った気もする。鳥籠が消えるという、戯曲「鳥の王」のためのこのビジョン。そして、どこからどこまでの範囲で鳥籠は消えたのかという、この疑問。つまり大事なのは範囲というコンセプトか。止めていた足を動かす。二百メートルは歩いた。三百メートルは歩いたかも。煎餅屋があって、その店先に鳥籠が二つあった。鸚哥（いんこ）か鸚鵡（おうむ）が中にいた。ちなみに鸚哥と鸚鵡に、厳密な区別はないのだ、と聞いたこともある。分類学的に意味があるような分け方はない、ということだろう。それは海豚（いるか）がじつは鯨であることと同じなのだろうと思う。単に体長十メートル以下、具体的には五メートル前後のものが海豚と呼ばれているだけだ。

私は、もう全部を鸚哥にしてしまおう、と思う。

私は、鸚哥か鸚鵡を目の前にしているが、そうではない。鸚哥たちを目の前にしている。

全部、鸚哥だ。

というか鳥の種類が問題なのではなかった。鳥籠が問題なのだった。とりわけ鳥籠の数が。これで三つめ。そうなのだ、これこそが頻度だ。

道沿いに発見される鳥籠の頻度。そこから推量される、道沿いには見出されないであろう（屋内に秘められた、あるいは敷地内の庭なり、どこかなりを向いて、屋外には出されているけれども敷地外からは目撃の叶わない）鳥籠の数。さらに私は、今、ここにはない鳥籠も観察する。過去にあった鳥籠だ。私の脳内にあった鳥籠だ。つまり私は、記憶を浚（さら）った。以前、私は鳥を飼っている人間に会ったか？　会ったことがあるか？　話を聞いたことがあるか？

「うちでは、鳥を飼ってるよ」

そう言った同級生は、いたか？　小学校に、中学校に。

高校に、大学に。

いなかった。一人も思い出せないのだった。

この頻度。

そして私は考えるのだった。鳥籠はどの程度あるのだ、この街に？　と。ある、というのは揺るがない事実で、現に今日、今日というのは七月七日だが、私はほら、三つも見つけた。すでに三つだ。そうした程度には鳥籠はあり、鳥たちは飼われていて、種類もさまざまで、とはいっても一つめの鳥籠で飼育される種は把握できず、二つめ、三つめは鸚鵡がいたとしても鸚哥にまとめてしまっていて、これでは現状では一種類しかいなかったのだとも言える。私は何か、騙されている気がする。あるいは私がこの私自身を騙している気がする。それから私は考える。

鳥籠が消える。

それはどれほど致命的なことなのか。そして、誰にとって致命的か？　どこから消えたのか。

この都市から消え、この列島からも消えたのか？

列島……日本列島？

私は、さっきまで自分がこの街を歩いているのだと思っていた。確かに私は、この街を歩行していた、が、それと同時に、私は日本列島を歩行しているのだった。このことに初めて気がついた。今日、起床してから、こうした認知は初めてだった。私は日本列島にいる。では、そのスケールで問い直せばよい。どこからどこまでの範囲で、鳥籠は消えたのか？　どのような北の果てから、どのような西の端（はじ）まで？

私は呻いた。鳥籠よ！　鸚哥が答えた。オセンベイ、オイシイ、オイシイ、ゴハンデスヨ。

七月十日、鳥だ、とわかる。

それがわかるのは鳥だけだ、とわかる。

日本列島のサイズを認識できるのは、鳥瞰し、また、渡る者たちだけなのだ。

そうか、と私は思った。「鳥の王」は鳥たちの物語で、鳥は飛翔できて、そうして獲得するのが、この認識なのだ。これこそが**鳥の王**や**鳥たち**だからこそ持てるものだ。すなわち登場人物表の大枠の、**鳥の王および鳥たち**の下部に名を連ねられるであろう者たち（のみ）が持つ、他に凌駕する点。

渡る鳥たち。渡り鳥たち。

開け放たれる鳥籠。

消える鳥籠。

鳥籠から鳥籠へ。

つぎつぎとビジョンが、来る、ある。ビジョンが顕つ。鳥籠から鳥籠への渡り鳥たちは、どうだろう？　Aという鳥籠から、Bという鳥籠へ。その移動が、この戯曲の内部で「シーンを運ぶ」ことになる、それはどうだろう？　そして鳥籠の消失とは、シーンの消失を意味する。ひと幕の崩壊？

いや、溶解？

この恐ろしいイメージはなんだ？

しかし、少し考察を戻そう。巻き戻そう。**鳥たち**が日本列島のサイズを認識する。あるいは、日本列島のサイズを……現状のサイズを確認する。そのために鳥瞰と渡りがある。ちなみに鳥の渡りは、英語ではmigrationで、これは人の移住、転住も意味する。そして英語のtransmigrationは、やはり移住も意味するのだが、霊魂の輪廻も意味する。そのことが気になる。私は、そのことを脳裡に彫り込む。

——transmigration.

——migration.

鳥瞰と、渡りがあって、日本列島のサイズを**鳥たち**が確定して、その範囲内にある／いるのが日本人、ということになる。そうなのだ、すなわち**日本人たち**なのだ。ほら、戯曲の主要人物たちはこのように到来した。現時点で予想される主要な人物たち、すなわち大枠の**日本人たち**は、鳥に見下ろされることによって、この列島にある／いるのだと、だから日本人なのだとアイデンティファイされる。さあ、何かが構造的に動き出した。構造的に、あるいは劇的に。今の洞察を台詞に換えてみよう。台詞として、言い換えてみよう。発言者は**日本人たち**の下部に名前を記される者としよう。その名前は、今、作ってしまおう。私は命名するのだ。ヤマザキ、と。フルネームがいいかもしれない、と下の名前も授けるのだ。ノブ、と。

ヤマザキノブ　鳥だけがあんたを日本人だと判断する。あんたに、日本人だってゆうパスポートを与える。いいかい？　これが真実のパスポートなんだ。真実の、なんて言うと、ちょっと笑える。なぜ笑えるか？　それが真実だからだ。笑っちゃうほど真（まこと）なことだから、あんたは笑うんだ。笑わないとさ、真実の重みに、耐えられないからな。だろ？　潰されるだろ？　ほら、押し潰されるってゆうやつ。それでだ、こっからが俺の誘いだ。俺の、お誘いだよ。真実のパスポートは鳥が授与する。いや、パスポートだから、授与よりも発行か……。鳥が発行する。これをきっちりと伝えるためにだ、大衆に教え込むためにだ、叩き込んで、がっちり理解させるためにだ、真実じゃないほうのパスポートは、破り捨てたほうがいい。破り捨てたり、焼き捨てたり。で、それが「いやだ」ってやつらからは、奪（と）ったほうがいい。いいか？　つまり、パスポート狩りだ。

第一幕第一場、と私は思う。あるいは三場か四場め、とも思う。シーン名・「パスポート狩り」。この場面の発端から展開（急転）までの間に、鳥、人、列島の関係は明らかになる。台詞だけで。ヤマザキノブと会話を交わすのは、誰だ？　女か、男か。**日本人たち**の一人なのは当然で、年齢は……やや上。姉？

姉だ。名前はシノブ。ヤマザキシノブ。

このノブとシノブの姉弟。

そして鳥、人、列島の関係がクリアに見えはじめれば、人、列島のうちの「列島の範囲」との問題から、ボーダーの内、外が定められ出すことが、わかる。私には、わかった。ボーダーの外に何かがいる。ボーダーの外に**日本人たち**ではない者たちがいる。**怪物たち**が。

「近づいている、俺は」

私はそう確信する。私は声に出す。私は、答えか、答えに近接した問いを求めて、また歩行に出る。

東京都庁のある界隈へ。そこに、パスポートの交付所がある。私は西新宿を歩いた。西新宿の地下も歩いた（ここは地下街と地下通路ばかりだ。地下一階と地上一階の区別もつかない。私が言っていることは、実際に歩いてみればただちに了解される）。そして私は、歩行しながらの、あるいは立ち止まりながらの、観察に入った。

私は見張ったのだ。誰かがパスポートに羨望の眼差しを注いでいるぞ、と。

今、現にこの東京で、この日本列島で、パスポートを狩りたいのは誰か？

何者が欲しがっているのか？

知れ、と私は私に言った。あるいは私は、あなたたちに言った。前にあなたたちに、見よ、と言ったように。考えよ、と言い、想像せよ、と告げたように。

知れ。

私は歩き、行った。そうか……もう七月か。七月になってたのか。今、改めて気づいた。私は毎日、改めて気づいている。明日もきっと、「ああ七月だ」と思うのだろう。暑い。汗が流れる。頻に。軽い殺意が生じる。パスポート狩り。


七月十一日。

日本列島が縮んでいる。

それがこの世界だ。


予言者は登場しなければならない。誰かが高らかな、印象的な、露骨に宗教的なモノローグを発しなければならない（そのモノローグは、のちに、合唱団(コロス)たちに群唱されてもよい）。もちろん予言者は**日本人たち**の内側から現われる。名前は、予言者のままでいいのか？　それとも？

コンビニエンスター、という奇妙な名前が浮かぶ。

コンビニエンス・ストアの、スター。

夜な夜な、廃棄される食品をもらって回り、あらゆるコンビニの顔役となっている人物。あるいは、賞味期限切れ、消費期限切れの食品を、強奪するスター。コンビニエンスター。

コンビニエンスター　ここにお弁当がある。また、ここに、野菜ジュースがある。このお弁当を、ワタシはあなたに分ける。あなたにも分ける。あなたにも。この野菜ジュースを、あなたに配る。あなたにも配る。あなたにも。あなた方よ、知るがいい、ただ一個のお弁当、ただひとパックの野菜ジュースが、こうして無限に配られているのだと。しかしあなた方よ、これを奇蹟と呼んではならない。奇蹟という言葉は、この時代に用いるには、惨(みじ)めすぎる。誰からも求められていない言葉であり過ぎる。ワタシの行為は消費社会への警鐘か？　否。そんな言葉もまた、ぞっとしない。しかしこれならばどうだろうか。ワタシは、視えるものを視ているのだ、と、この言葉はどうだろうか？　そのように視えるようになるために、ワタシは、鳥の目を借りているのだ、と。どうだろうか？　その目を通せば、ワタシには視える。ワタシは、ある条件下のある時間帯に、いや、その条件のことやその時間帯のことは明かせないのだけれども、いずれにしても調(ととの)った時に、拝借する、拝借しうる、するとワタシは見下ろしている。わかるか？　ワタシは、そうやって眼下にこの世界を捉えているのだから、浮いている。浮いているから見下ろせる。これが正確に、わかるか？　あなた方よ、ワタシはどこに浮かんでいるのか？　当然ながらこの列島の上空に、である。この日本列島の空に、である。となれば、ワタシにはわかる。列島のサイズが、ワタシには視認しうる。聞きなさい、あなた方よ。この列島の、陸(おか)の範囲は一ミリも減ってはいない。何も変わっていない。いっさい縮んでいない。いないのだ、しかし。日本のものと言える領土は、縮んだ。縮みつづけている。毎日、毎日……毎夜！　あなた方よ、人よ！　認識するがいい、日本はこの列島の上にあって、縮小する国家になったのだと。萎(しぼ)みはしない列島に乗りつづけながら、縮みあがる国家になったのだと！　あなた方よ、日本人よ！　あなた方は、とうに気づいていたのだった。あなた方は、そんなことは察知していなかったとは言えないのだった。しかし理屈がわからないでいたのだった。

今、あなた方はわかった。そうだろう? なにしろ、ワタシが教えた。ワタシが、鳥の目を借りて、視て、今……教えた! 今宵(こよい)!

このモノローグを書き留めながら、私は思う。
私のアイディアを、この台詞は、すでに越えている。
そのアイディアとは「日本列島が縮みはじめた」というものだった。が、縮んではいないのだ。日本が縮んでいる。ここでは**国だけが縮む**のだ。生み落とされる台詞は、私の思考を追い抜いた。アイディアなど、遅い、鈍(のろ)い、と——。

コンビニエンスター　対応策はあまりない。もしも国土が狭まるのならば、もしも国土が、西から、南から、東から、北から狭まるのならば、この平面の動きに垂直でもって応じる以外にない。平面方向では減るのだから、垂直方向に増やす、それしかない。むろん、すでに近い過去において日本は上には延ばした。高層ビル群、タワー群、たとえば東京の名前のついたタワー、ツリー。ツリーとはなんだ? 木だ。T、R、E、E、だ。それらは上へ、上へとめざした。だとしたら。さらに延ばし、さらに領土を獲得するためには、逆さの方面を志向するしかない。下だ。下に、下に、地中に……。すると、どうなるか? 地中数十階の、あるいは百数十階の、ビル群が続々と生まれる。そこだ。そこに日本人が。そこにあなた方が。そこに、そこに、ワタシたちが。さあ、イメージしなさい。そうした空間にもまた、日常はある、と。新聞配達は、地底でも行なわれるだろう。あなた方はどの新聞を購読するのか? 朝日か? 毎日か? 読売か? 産経か? 日経か? 日刊紙は配達される……配達される……地下へ！　朝日ですら、地の底へ！　太陽が地下の深みへ――太陽、サン！　S、U、N、だ。

私は予言者を書いているが（正しくは予言者の台詞を書いているが）、その予言者が叩き出す言葉に、やや（あるいは大いに）、おののいている。

なぜこんな言葉が生まれるのか？

これは煽動者だ。すると煽られれば、人々は、ボーダーに柵のようなもの、壁のようなものを設け出すだろう。その柵／壁の向こう側にいる人間たちは、以下のように命名されて、攻撃の対象となるだろう。そうだ、**怪物たち**。

新聞配達のシーンを用意しなければ。シノブが、配達員と会話している、あるいは配達員は自転車に乗っている、そのことを描写し、ステージでは視覚化されることを意識しなければ。舞台の袖から自転車のシャアアアアアアッという音がまず聞こえてきて、それから、本当に自転車に乗った新聞配達員が現われる。その画だけでも印象的（なはず）だ。こうした演出家的な視線を、私は戯曲を執筆するだけの立場にありながらも、どんどん投入する。

それで、自転車だった。シノブは――ヤマザキシノブは、その自転車に強い視線を注ぐ。欲しいのだ。渇望するのだ。「これも狩らねば」と思うのだ。そして、弟に語りかける。

ヤマザキシノブ　鳥がどうしたっていうのよ。鳥の目が、あの似非予言者にしかないから、だからなんだっていうのよ。それがどうしたっていうのよ。自転車があるわよ。自転車を強奪して、それに乗るのよ。
ヤマザキノブ　姉ちゃん、二人乗りか？
ヤマザキシノブ　馬鹿。
ヤマザキノブ　え？　俺、馬鹿か？
ヤマザキシノブ　ＩＱは高いわよ。それは知ってるわよ。あんたがＩＱ低かったら、姉のほうも、きっと家系的に低いよねなんて陰口ガンガン言われるわよ。そんなの厭よ。だからあんた、高いわよ。違うのよ。そうじゃないのよ。二人乗りは機動性が低いわ。二人で二台、ちょうだいすればいいのよ。
ヤマザキノブ　（ギラッとした目で）奪る。
ヤマザキシノブ　そうよ。
ヤマザキノブ　俺に一台、姉ちゃんに一台。俺には……産経新聞のロゴ付きの籠のやつ。姉ちゃんには、報知はどうだ？
ヤマザキシノブ　いいわね。ナイスよ。さすが、あたしの弟よ。かっ飛ばすわよ。で、あたしたちも、かっ飛ばすのよ。列島を、自転車で、走る。
ヤマザキノブ　え？　列島を？
ヤマザキシノブ　そうよ。
ヤマザキノブ　この地下を出て……このちっちゃい、地中の、日本を出て、かい？
ヤマザキシノブ　そうなのよ、ノブ。
ヤマザキノブ　（非常に悪魔的な笑い顔で）いいねえ。
ヤマザキシノブ　全国行脚だわ。もとい、元全国行脚だわ。

ヤマザキノブ　本州も、四国も？

ヤマザキシノブ　九州も、他もよ。

ヤマザキノブ　他もか！

ヤマザキシノブ　青函トンネルがあったら、行けるわ。

ヤマザキノブ　トンネルとかか！　はるばる来たぜ、函館！

ヤマザキシノブ　北島三郎よ！　そしてあたしたち、確認するのよ。本当のところは、何が、どうなっているのかを。あたしたちがコンビニエンスターの向こうを張れるのかを。贋物の予言を、崩せるのかを！　あたしたちが……あたしたちが、鳥に、匹敵しうるのかを！

ヤマザキノブ　姉ちゃん！

ヤマザキシノブ　新聞配達だけを狙う必要はないわ。郵便配達だって、やってやる！

ヤマザキノブ　シノブ姉ちゃん！

ヤマザキシノブ　たぶん、本州の隅っこに、能登半島だの紀伊半島だの、男鹿半島だの、あとは鳥取砂丘の、ちょっと手前っぽいとこだのに、きっと取り残された日本はあるわよ。限界集落みたいな日本よ。限界国土のニッポンよ。それを、発見して、連帯させるわ。あたしたちが自転車を漕いで、次へ……次へ！　ニューニッポン！

新日本（ニューニッポン）。姉の台詞をしたためながら、私は、呆然とする。この姉弟（きょうだい）は何を語っているのだ？　何を謀（はか）っているのだ？　速い、速い、登場人物たちの動きのほうが私よりも、高速だ。

私は、ふり落とされないように、歩行しつづける。

地下に拡張した日本（という国家）。そこにも鳥はいる。**鳥たち**は到来しなければならない。だとしたら、そんな**鳥たち**のための地下通路が要る。そこで一つのドラマが発生するであろうことを私は予感する。私は、そんなドラマを構想する。

しかし、その前に、私はいまだ脳裡に**鳥の王**を視ていないことに、気づいた。はっと気づいて、総毛立つ。

七月十七日、私は東京を離れて、北上している。新幹線で岩手県に入った。盛岡に一泊する。盛岡は、岩手の県庁所在地で、ひと言で描写すれば都市だ。私は盛岡がとても気に入っている。盛岡は、かつては杜陵とも森岡とも書いたという。つまり以前のモリオカには、杜が、森が響いていた。樹木が茂る地が。いわば鳥類の聖域が。なかでも杜とは神社を囲んでいる木立を指す文字なのだから、そこには神霊が宿っている。やはり聖域である。すなわち鳥にも聖なる者がいるだろう。すなわち……王？

いればよい、と私は思って、盛岡駅に降り立った。

盛岡は、元は南部氏——陸奥の豪族——の城下町だから、城址（しろあと）がある。公園になっている。そこまで歩いた。私は、歩いて、行った。途中、北上川を渡った。北上川を渡るたびに、この下流、河口のことを想う。岩手県の川は宮城県の川になり、海につながる、その認識に打たれる。本州、と私は思う。本州という島の輪郭をイメージして。公園は、城址の石垣が印象的だ。濠（ほり）があるが、贋物の亀のオブジェが複数置かれていて、やや嫌気がさす。余分だろうに、と。

鳥の声がする。

旧い知人が経営しているカフェが盛岡にあるので、そこに顔を出す。

新しい知人たちが経営しているカフェも盛岡にはあるのだが、この日は定休だった。

顔を出したほうのカフェで、画家を紹介される。その画家は、カフェ内でも展示をしていたし、同じ建物の二階にあるギャラリーでも展示をしていた。人に挨拶する。人と話す。夜は、もっと、人と話す。七、八人で焼肉屋に集まる。どうして焼肉屋か？　私が冷麺を好んでいるからだ。肉は、ただの添え物でしかない。しかし、盛岡でも一、二を争う冷麺は、焼肉屋でしか口にできない（と私は言われている）。入口に凄い行列ができていた。店内はもちろん、埋まっていた。私は地元の知人たちの講釈を受けながら、この夏初めての冷麺を食べる。

冷麺には独特の食感がある。その麺の、異様に強い腰がある。私はどうして冷麺が好物なのだろう？　盛岡出身でもないのに、盛岡冷麺に感激するのだろう？　いや、そんなことを言ったら、そもそも強烈な酸味や、辛味は、私の故郷の料理にはなかった。なのに私は、酸っぱい料理、辛い料理、をしばしば歓迎する。メキシコ・シティにひと月ほど滞在した時、現地の人間よりもハラペーニョ（およびハラペーニョが材料の調味料）を好んで、ぎょっとされたほどだ。私は、懐かしいから好物だ、との理由を持たない。むしろ、故郷を出てから出会った味のほうに、すなわち未知であった味のほうに、郷愁を憶えている。ああ、これは上京直後の十八歳で出会った、だの、タイ料理は二十歳過ぎの俺を変えた、だの。

それは郷愁なのか？

懐かしさ、と呼べるのか――。

そんなことを考えていると、私はどこか、深いところを見てしまう。私は、私自身の内側を観察してしまう。郷里ではないところに郷里を感じ、そこから郷愁を抽き出している、そうした傾向を検証しはじめる。私の内側には、何があり、誰がいるのか？　私の、一、二段階内側にいる私は、誰なのか？

そんなことを考えながら、私は冷麺を食べている。

美味しい、と感激しながら食べている。

知人たちと談笑している。

混雑した店内を見渡している。依然満員だ。そして、私には、同じテーブルについた人間以外で、この店内に知り合いはいない。盛岡は大都市だから、客同士もそんなに知り合いだ、ご近所だ、というわけでもないだろう。あまり東京の焼肉屋と変わらないな、この雰囲気は、と私は思う。この冷麺以外は、そんなには変わらないな、と思う。この冷麺はスペシャルだけれど。

しかし本当にここにいる客同士に——テーブルを別々にする客たちの間に——縁（えにし）というものはないのか？　ふと、真剣にそう考える。地縁ではないものが、ない、と言い切れるのか？　ある、と言える可能性もあるのではないか？　その可能性を私は探る。私は、いかにも小説家のようにこのことを考察する。さっきエニシという言葉を脳内に浮かべた。そこからの連想は簡単だ。ここにいる客たちは、全員、前世ではつながりがあったのだ。それが、今生（こんじょう）でこの一瞬だけ、この焼肉屋での二時間前後だけ、ほとんど同じ場所にいる。再会していて、その再会を、自覚できないでいる。そういうことだ。そういう可能性は、ある。もちろん「小説的には、そういう可能性がある」と言っているのであって、私は前世があるなどとは言っていない。私は、仮に私の前段階（一つ前の段階）というものが私の内側に発見されるならば、それは私の前世と命名しうるだろうと惟（おもん）みているだけだ。

しかし……待て。

逆は？

「え？」と思わず声を洩らしてしまった。

「どうしたんですか？」と一人に問われた、同じテーブルの。

「いや、……大盛りにしたかったな」

「二杯め、オーダーしますか」

それもいいな、と答えた。

答えながら、私の脳は考えつづけていた。

この店内に、二時間前後だけ、同じ空間をともにする数十人がいる。もしかしたら百人超がいる。

その全員が、来世で、一つのつながりを持つのだとしたら？

そして、今この場にいることは（この二時間超は）、ほぼ意味がないのだとしたら？

その場合でも、この二時間超は、前世と今、の関係に似るのか？

鳥肌が立ちそうになった。私には、答えが出せなかったからだ。答えに近接できそうもない。

私は、この状況を時間を超えて見下ろす以外に答えは見出せない、と悟った。すなわち鳥瞰だ。

前世と今生とを、連ねて、眺める。今生と来世とを、連ねて、俯瞰する。それができない限りは、答えは獲（え）られない。

時を渡る？

時間の——あるいは時代の——渡り、すなわち migration というもの？

そして、それは transmigration を俯瞰するもの？　輪廻する霊たち、人間の霊魂たちを？

私は、やっと捉まえた。**鳥の王**は時間を渡っている。鳥の王だけが、この列島の、時間すらも渡れるのだ。

だからその一羽は、王となる。

鳥の王　タッタ今、誰カガ私ノ存在ヲ感知シタ。私ノ視線（マナザシ）ハ、現世ニシカ生キテイナイ者ニハ捉エラレナイハズナノニ。ソノ、者、ノ範疇ニハ鳥タチガイテ、ソレダケデハナイ、人類モイル。私ハコノ列島ヲ担当シテイル。コノ日本列島ヲ管轄シテイル。コノ列島ノ、過去・現在・未来、スナワチ三世（サンゼ）ダガ、ソレヲ渡ルコトデ守ッテイル。トコロデ守護スル対象ガ滅ブ時、守護神ハトモニ滅ブノカ？　私ハ、日本ガコレホド縮ンデシマッタコトヲ歎カナイ。シカシ鳥タチガ数ヲ減ラシテイルコトハ、ムロン傷歎（ショウタン）セザルヲエナイ。私ハ鳥タチニ命ジタ。ぱすぽーとガアル時代ニ、鳥タチヨ、人ニ勝（マサ）レ。

七月十八日、私は**鳥の王**の夢を見る。私は、この戯曲に、地中、地上（ボーダー内＝日本）、地上（ボーダー外）の三つの空間があり、かつまた、現在、非現在（前世？）、非現在（来世？）の三つの時間があることを、知る。

そうだ、私はただ知った。

それらは截然（せつぜん）とは分かれないだろう。シーンとシーンは、溶ける。そして「溶けてよいのだ」との根拠を、唯一登場人物として携えているのが、言うまでもない、**鳥の王**だ。

七月三十日、鳥籠が帰ってきた。

鳥籠から鳥籠へ、というビジョンが帰ってきた。

そのように訓練された**鳥たち**がいる。それは新しいタイプの渡り鳥だ。Aの鳥籠の鳥は、Bの鳥籠に渡り、その瞬間、リレーでバトンを渡されるように、Bの鳥籠の鳥はCの鳥籠をめざし、翔ぶ。そしてDへ。E、F、G、もっと……。アルファベットでは足りない。この渡りは、数百の鳥籠、数千の鳥籠の規模で起きる。

ただし、日本という国家が縮小している世界において、その鳥籠の数は減る。

が、これは大きな問題ではない。

大きな問題は、他にある。

鳥たちに会話をさせよう。会話を成立させるために、命名を開始しよう。そうなのだ、登場人物表において**鳥の王および鳥たち**という大枠の下部に連なる者たちを、今、きちんと創造しよう。

その名とは、鳥の、種名か？

だとしたら。

たとえば恣意的には書かず、先行する文学者のテキストから、暫定的に採ってみる。たとえば宮澤賢治の童話『よだかの星』をひもとけば、夜鷹、雲雀(ひばり)、翡翠(かわせみ)、蜂鳥——ハミングバード、鷹、そうした鳥たちが現われる。そうした鳥たち。

そこから思考を深める。

必要な名とは、鳥の、種名ではない。

そうではないのだ。

夜鷹は、羽虫を食べる。蜂鳥は、花の蜜を啜る。翡翠は魚を摂(と)る。さらに鷹は、小鳥も獲(と)る。

これだ。ここから考えることが、正しい命名だ。つまり、虫を食する鳥、蜜を食する鳥、魚を食する鳥、鳥を食する鳥、こうした分類に基づいた名前こそが求められている。

ほら、**鳥の王**以外に、もう四名もの人物が……鳥なのに人物が……登場した。

人物なのだから、語る。

蜜を食する鳥　（愛らしい声で）あの鳥籠から、この鳥籠に渡るのは、いつでも簡単だった。

でも、例の伝説が、来た。

虫を食する鳥　例の伝説だね。

魚を食する鳥　どの？

鳥を食する鳥　恐ろしい伝説さ。違うか？

魚を食する鳥　（わざとらしい身振りをともない）ひゃあああ、身震いする！

蜜を食する鳥　（裏返った声で）あの鳥籠から、この鳥籠に渡ったら、前の時代の鳥籠に入った。

虫を食する鳥　違う時間の鳥籠に出たのか？

鳥を食する鳥　出たんじゃない。入ったんだ。

虫を食する鳥　入った……。

鳥を食する鳥　（威圧する声で）いいか？　過去に渡る鳥籠がある。

蜜を食する鳥　（裏返った声が悲鳴調になる）そんな鳥籠は、厭！

虫を食する鳥　しかし、例の伝説には続きがあってね。

魚を食する鳥　どんな？

虫を食する鳥　次の時代に出る鳥籠も、ある。

鳥を食する鳥　出るんじゃない。入るんだ。そうゆう鳥籠に、な。気づいたら、入っている。

魚を食する鳥　（悟った声で）それも、渡りだ。断言できるってわけなんだな？

蜜を食する鳥　断言するわ。

時間を移動（マイグレート）する構造は得られた。

劇的に得られた。それにしても、どうしてこの**鳥たち**は、こんなにも日本語で話す？　これではまるで童話だ。これではまるで、童話劇だ。

一見すると、そうだ。

では、一見しないと？　二、三と……深めて、見ると？　もっと内側を、掘って、見ると？

日本語を話しているのは、全員が、日本人だからだろう。あるいは、日本人であったからだろう。前世？

いや、待て。

こうも言える。あるいは、日本人になるからだろう、と。来世——。

七月三十一日、私は自問する。これは戦争の劇なのか？　そうした劇のための、戯曲なのか？

私は**ボーダーの外の怪物たち**を必要としている。または、そうした**怪物たち**と、姉弟（きょうだい）の遭遇を、求めている。ヤマザキシノブとヤマザキノブ。そして、そうだ……そうだ……コンビニエンスターに鳥籠を持たせたい。コンビニエンスターは聖者だ。この聖者に、鳥籠を。

もしかしたら……もしかしたら……空の鳥籠を。

空の。

そこに**鳥たち**をおびき寄せる。そこに**鳥たち**を入れる、捕る。

そして**鳥たち**に語らせる。鸚哥のようにだ。

いや、鸚哥と同様にではない。なぜならば、コンビニエンスターは**鳥たち**と語るから。聖者は鳥と対話するのだ。しかも聖者は、現世を渡る**鳥たち**だけを求めているのではない。前世のそれも捕獲しようとしている。あるいは来世のそれか。

あるいは、……**鳥の王**を？

いいいいいいいいか

それを捕ろうとしているのか？

いったい、最初に書かねばならないシーンは、なんだ。挙げたもののうちならば、どれだ。どれが最初だ？

まずは怪物だろう、と私は自答する。それから私は、さらに問う——さらに自問する。私に歩行は足りているか？　七月のうちに、私は、歩き切れているのか？

そうなのだ、と私は私の肝に銘じた。刻みつけた。もう七月になっていたのだし、もう七月は終わるのだぞ。さあ、また気づけ。暑い、と。今は夏だ、と気づいて、そうした今さらの気づきにうんざりしろ。呆れ果てて、軽い殺意を覚えろ。

私に。

世界に。

今日の日本に。

今日、行なわれているのは、東京都知事選か？

投票所まで、歩き、ビジョンを磨け。

投票所は小学校だ。私は、入らなかった。私はこの小学校の構造をだいたい摑んでいる。校舎がどのようにL字型に配置されて、体育館がどこにあって、グラウンドがどのような狭さか。なぜ把握しているかといったら、毎度毎度、私はこの投票所に足を運んで、票を投じているからだ。しかし、今日の私は、票は投じない。私は棄権すると決めていた。この都知事選がいわゆる政争の道具でしかないことに呆れていたから。しかし、まあ、投票所の前までわざわざ歩いてきて、にもかかわらず棄権するというのは、馬鹿げたものだなと思った。俺は馬鹿だな、と。そして、俺を馬鹿だと思わせることがそもそも苛立たしいな、とも。暑い。いい具合に私は不機嫌になりつつある。軽い、軽い……殺意。怪物はどこだ？

　小学校を離れる。

　少し歩きまわれば、総合病院のある街区に出る。薬局も多い。この病院には私の妻が複数回入院した。妻が入院すると、私は毎日病室を訪ねた。そこは不思議な場所だ、と（そのたびに毎度）思う。たとえばある土地に人間がいるとする。そうした人間は何種類かに分類しうる。その土地に、一、定住している。二、仕事の都合で訪れただけである。三、旅すなわち観光として訪れただけである。平均値を挙げれば、一、が長期そこにいて、二、は中期か短期そこにいて、三、はだいたい短期の滞在だ、となるだろう。こうした分類は、病院で患者になることにも適用できる。通院は観光に相当する。入院が、一か二となる。一の場合、病院に定住する、とは、そこで生命（いのち）を終えることを意味する。私の妻は、ほとんど一の可能性はなかった。どの入院でもそうだった。だから私は、「仕事の都合でそこを訪れた人」をさらに訪れる家族のように、日々妻を見舞っていた、となる。そして辺りを観察していた。一にも三にも、自らの意識を払っていた。

　ここは一つの土地なのだ、と私は思っていた。

　あるいは観光というものが、ある人々にとりどこかの国を訪れることを指していて、パスポートと切り離せない行為を指しているのだとしたら、ここは一つの国なのだ、と私は結論づけるのが真っ当だということになる。この総合病院、ここは一つの国なのだ。私は、ここに赴任している妻を毎日訪れているツーリストなのだ。いや、サイトシーヤーと言うか? Sightseer――観光客、風景(サイト)の目撃者。この国には、日本人以外もいた。妻は四人が同室する部屋に入っていて、うち二人は、国籍が中国らしかった。うち一人の母親が始終……本当にいつも面会に来ていたので(それも、朝いちばんから)、部屋には中国語の響きがあふれていて、私は、ああ、ここは病院の敷地外よりも国っぽいな、この環境は、ここが日本なのだということをより印象づけるな、普段は自分が日本に住んでいるとはそんなに自覚しないのにと思ったのだった。以前にも、そうだ、私は何度もそう感じていたのだった。

ここは国だ。

ここは――縮んだ日本だ。

日本列島は決して縮小していないのに、ここには縮んだ日本がある。

つまり、あれか、と私はやっと気づいたのだった。三週間以上も前に、街なかに鳥籠を探して歩行し、ああ、今、私は日本列島を歩行しているのだと気づいて愕然としたように、そんなふうに私は唐突に知り直したのだった。私が戯曲「鳥の王」に描こうとしている世界は、その世界の設定は、もう――実在しているじゃないか。ほら、ここで**国だけが縮む**という事態が事実、展開している。

すでに展開しているのだし、過去にも展開していた。これからも展開する。

現在、過去、未来。

三世だ。「スナワチ三世(サンゼ)ダ」と言った**鳥の王**の声が聞こえる。

私は視る。脳裡に。

ビジョンはやすやすと視える。

しかし簡単には怪物に到達しない。まずは病室を視るのだ。誰かが入院している。四人部屋か六人部屋か、そうしたところに入っている。この時、私は妻をモデルにはしていない。私は、ただ私がそこに入院している、私は女性だ、私はベッドに横たわっている、と想う。私にはこうした想い描き方しかできない（他の小説家は、あるいは劇作家、詩人は、どうなのだろうか？　自分ではない人物をイメージする時、それを「他人だ」と完全に突き放して思える……想い描けるのか？　あるいは「それはモデルの某（なにがし）だ、もちろん私ではない、ただの観察対象の**作中**（**劇中**）**人物化**だ」と？　私には不可能だ。私はそれが「自分だ」と思い込める次元でしか、視られないし、物語れない。これは私の弱さか？　はたまた強みか？）。私はベッドに横たわっていて、私がそんなふうにしている時間帯は、夜だ。病院では消灯が早い。私は窓ぎわにいる。私が窓ぎわにいるのは、私のベッドがそこに置かれているからだ。私の病床が、と言うほうが正しい？　この位置は不思議だ。入院していると、病棟内の音に敏感になる。消灯を迎えたらなおさら。でも、この窓ぎわというポジションだけは、消灯の時刻となった途端、外にも音があることを強烈に伝え出す。もちろん、いつでも聞こえた。日中、病院の敷地外のノイズはどんどん入ってきていた。しかし、夜の、暗い世界……視界がそんなには意味をなさない世界では、音は、もっともっと主張する。

私は、片方の耳に、「外――院外の音」を感じて、もう片方に「内――院内の音」を感じる。

もっと言えば、私は、片方の耳で「ここではないところ」を捉えて、片方の耳で「ここ」を捉える。

ここではないところは、出られないところだ。私が。

窓にはカーテンが引かれている。

夏だから、そんなには厚いカーテンではない。

いいえ、むしろ薄い。

私の耳は鋭さを増す。特に、夜中、二度めに目覚める時に、ほとんど私の耳は目になる。

耳が見ている。ほら、夜にも……鳴いている鳥がいる。

この都市の**鳥たち**が。

カーテンを見る。今度は目で見た、私は。

ある夜（の二度めに目覚めた、ある時間帯）、私は鳥の影をそこに認めた。

鳥がいる。いるのね。こんにちは。


鳥だけが外界を運ぶのだ、と私は知る。この私とは、戯曲をしたためている私だ。あるいは戯曲をものにするために、出かけつづけている私だ。私はもう、病床に横たわる女性の私ではない。では、と私は考える、「鳥の王」の戯曲内の――その世界での――病院はどこにあるのか？　どこに建つか？　病院ばかりは地上に建つのか？　やはりそのほうが、地下よりも、患者たちに優しいか？　その健康状態に、プラスをもたらすか？

かもしれない。

陽光は必要だろう。

病院は、縮んだ日本国の、地上にあるのだ。

〈病院は地中に置いてはならない〉条例が発せられている。いや、条例というよりも法か。

病んだ人間、事故に遭った人間は、みな、至急地上に——地上の病院に運ばれるのだ。

そして、光、風、そうしたものを感じる。光は、陽光だけではないな。月光がある。星も見上げられる。

そして**鳥たち**と交流する。病んだ時に、事故などに遭って傷ついた時に、縮んだ日本国内の**日本人たち**は患者となり、囀りに癒されるのだ。病室の窓越しに**鳥たち**との交わりをはじめるのだ。たとえばカーテンの、影……。いや。それだけではない。私は、風、とさっき記した。患者たちのことを風も癒している。窓は、時に開いた。医師たち、看護師たちの手でほとんど全開にもさせられた。

すると、鳥が。

鳥たちが——。

病室に翔び込んできた。

蜜を食する鳥　（愛らしい声で）医療器具に注意しなさい。メスに、鉗子（かんし）に注意しなさい。
曲がっている金属性の医療器具があったら、アテンション！
虫を食する鳥　オペ室では、要注意だね。
魚を食する鳥　どうして？　どうして？　どうして？
鳥を食する鳥　（威圧する声で）曲がっている金属を、直すあいつが、来るからさ。ここにな。
魚を食する鳥　「どこから？」ってみんな訊きたそうだよ。ここにいる人間たちが。人間の患者たちが、全員。

蜜を食する鳥　（あっさりと）外から。つまり、そうでしょう？「どこから？」って問われたら、答えるしかないわ。
虫を食する鳥　外からだ、ってね！
鳥を食する鳥　ボーダーの、外から。

一九七四年、その怪物は、テレビの画面を凝視している。その怪物は、まだ五歳か六歳、しかし番組に釘付けになっている。出演者はイスラエル人、超能力者であると名乗っている。念力で、物体（もの）を曲げられるのだ、と説いている。そして、君も曲げられるのだ、と視聴者に暗示をかけている。この暗示は効いた。番組放映後から、日本列島の各地に「僕は／私は、念力が使えるようになりました」と訴える少年／少女が続出した。まさに簇（むら）がり出たのだ。彼らは、その力を証すために、もっぱらスプーンを曲げた。そして、その怪物は、どうだったか？　曲げられなかった。スプーンも、フォークも、曲げられなかった。ぐにゃり、と念じて折るようなことはなかった。しかし——本当にぜんぜん曲げられなかったのかと言えば、嘘だ。曲げられはしたのだ。たとえば、すでに曲がっているものを真っ直ぐにできた。誰かが念力で曲げたスプーンを、フォークを、直せた。それも念力で直せた。しかし、**正しい方向には直せる**のだが逆は無理だった。わざわざ**悪しき方向に曲げる**ことはどうしてもできない。どうしても、どうしても——。

背景には家庭環境があった。

父に叱られる、だから曲げられない。

殴打される、モノをソマツにしたならば。

「ソマツにするようなやつは、この家（うち）を出ろ！」

そう言われて、撲(ぶ)たれる。
だから、その怪物には、資質はあったのだが期待される形で開花する超能力は、なかった。直すのだった。スプーン曲げが流行(はや)り、ある土地で大量に歪められたスプーンが出た、フォークが、ナイフが曲げられたと耳にしたら、「そこに行かねば」と思った。思ったが、簡単には出られなかった。十一歳で、ついに本当に家を出た。家庭の絶対君主である父親の――その支配の――もとから逃れて、「個による生存」の模索、実践に入った。全国行脚しつつ。先々で力を披露した。曲げられた物を、ボクに見せて！　数年前に、曲げられたスプーンを、ボクに出して！　ほら、曲げ直すから！

ほら、奇蹟だ！

ボクは神だよ！

この怪物はいつしか、ユリ、と呼ばれた。日本のユリ、と。しかし、いつしか「日本の」は取れて、ただのユリとなった。ユリは、日本が縮みはじめると――言うまでもないが日本列島のサイズは毫(ごう)も縮んでいない――「ボクはその国家の『内部(なか)』にはいない、いたいとは思わないよ」と言い放つ。「だって、そこでは、そんなに曲がったスプーンはないんじゃない？　スプーン以外の、曲がった金属器具は。ニッポンってさ、そうゆうの、たちまち廃棄しちゃうじゃない？　棄てるでしょ？　廃棄を、奨励しているでしょ？　そうしたら新しい物が売れるからって。馬鹿！　この経済至上主義！　経済オンリー礼讃(らいさん)のケーザイ教！　そうゆう異教を、この神は許さない。ボクはね、許さないよ。天罰下すよ。ボクの念力を、もっと、もっと、もっと磨いて、ニッポンのその国土の外からね、とっちめてやる！」

私はト書きを記す。

　　その時、七百本の曲がったスプーンが、舞台に降る。

と。もちろん七百という数はイメージ（「たとえば」）だ。実際の本数を決めるのは、演出家だし、予算を握るプロデューサーだということになる。しかし、脚本家である私の目には、屈曲した金属製の食器が七百本、きらきらと降下する様（さま）がはっきり視える。それは二十本では足りない。二百本でも。しかし、千本ともなると、過度のおびただしさに変ずる。

私は、そうした数には妥協しない。

八月一日には夏のシーンを書いた。真夏の一場。私はもちろん、歩き、行ってから、それを執筆した。そのモノローグを。私はいつも思うのだけれども、真夏、涼をとるためにコンビニに向から時、そのコンビニの横手、あるいは裏手が、むやみに暑い。輪をかけて暑い。まるで「今からあなたが店内に入って『涼しい！』と思えるように、店外は、いわゆる外気温にプラス二、三度になるように設定してあります」と言わんばかりだ。もしかしたらコンビニのエアコンの室外機は、事実そのように機能しているのかもしれない。あれは室外機のふりをして、一種の暖房なのかも。可能性がないとは言えない。この日本ならば、なんでもやる。経済効果が上がるためならば、ナリフリ構っていない。政府は黙認するし、いや、徹底的に支援する。するはずだ。こんなふうに考えるのは、戯曲の登場人物……ユリなのか？

私か？

私はもう、その怪物を、ユリを視てしまっている。のみならず、名づけ、家庭に言及して、経歴を語ってしまっている。年齢だって計算できるだろう。ユリは四十代後半の怪物だ。もしも——この日本が、もう縮んでしまっているのだとしたら。今が、「鳥の王」の時代なのだとしたら、そうだ。もしもそうなのだとしたら**ユリは四十代後半の神だ。**

そしてコンビニエンスターは、その神のための予言者ではない。

コンビニエンスターは、日本のための予言者だ。

だからボーダーを設けられた。だから人々を煽れた。

しかし、それでは、日本のための神とはなんだ？

コンビニエンスター　S、U、N。サン！　太陽！　それは地中にも、届いている！　あなた方がワタシに順（したが）っていることが、うれしい、ワタシはうれしい！　さあ、それではワタシたちの教会をここに、地中に築こう。地上から、陽光とともに、夏という季節も運び入れよう。夏だ。今、ワタシは確かに夏と言った。ワタシは季節の話をしている。ワタシは季節を、説教しているのだ。あなた方よ、春があり、夏があり、秋があり、冬があり、このうち夏にもっとも変容する風景（サイト）はどこか？　どのような敷地内にあるか？　あなた方よ、日本人ならば誰もが経験した。誰もが通過した、あそこだ。学校だ。夏の学校、夏休みのグラウンド、夏休みの校舎、あの変容！　どうしてあれほど、学校は……小中学校、それから高校も、学校というものは……夏に、趣きを激変させるのか？　そうなのだ、学校だけだ。校舎と、それに付属した施設、グラウンドと、いずれにしたって学校の敷地の内側、そう「内部（なか）」、そこだけだ！　だとしたら、あれらは聖なるサイトなのだ。だから、あれらも地下に延ばすのだ。学校の、垂直方向を、下に……下に！　校舎に地中数十階を増築し、かつ、必ず聖堂を設けよ。聖い(きよい)ホールを用意せよ。そこに潜れば、夏はある、そう訴えよ。たとえ十二月でも、二月、三月でも、真夏はそこに守られているのだと、告げよ……告げよ！　そうなのだ、日本人は夏を守ると、そう布告せよ！

布告。つまり宣戦布告だ。私には視える。校舎が（校舎の地上部分は、もちろん地上にある）、ボーダーの外側に向かって、スピーカーの位置を調え（屋上からそうする。もちろん、屋上も地上にある）、アナウンスを発する。そうした光景が、視える。

縮んでしまった日本が、夏を守るために、外部との闘争を宣言する。

もちろん**日本人たち**はつねにボーダーの外からの襲撃に神経を尖らせている。尖らせてきた、**怪物たち**がいるから。しかし、煽動者はもっと、もっと、もっと、事態を激烈に変える。そして、コンビニエンスターがある神に仕え、ユリが自ら神の一人／ひと柱であるのだとしたら（おそらくユリは教団のようなものを率いている。縮んだ日本の国外各地で）、これらは衝突する。じき、ぶつかる。

それで——まともな人間たちは何をしている？

また、鳥は？

いったい鳥たちは何をしている？

八月二日、私は自答する。「何をしているもないさ」と。

鳥は、囀る。人のためには働かない。

しかし、鳥籠を用意したのは人間だ。そして、鳥籠に入れる鳥たちを捕獲したのも。だとしたら人間は怨まれるに足る。が、その捕られた鳥たちが、以前、全員日本人であったとしたら？　それも戦中の日本人たちであったとしたら？　それも戦中の、日本列島の外部(そと)にいた、軍属だったり軍人だったりした日本人たちであったりしたら？

私は、この戯曲の構想と執筆を、八月十五日まで続けてはいけないなと思う。

そこまで行ったら、全ては直接的になり、みすぼらしい作品と堕す。

私は、捕らえられた鳥たちはやはり、来世において日本人になるのだ、と設定する。

恐ろしい台詞が、終幕近く、数羽の**鳥たち**の口から連打されるだろう。それは合唱団劇(コロス)の迫力を幾段階も超越するだろう。いや、二段階超越すればいいのだ。一段階でもいいのだ。一、二段階……。

私は何かを掘っている。

終幕がイメージされ出した。私はそろそろ構成に入れると踏んだ。ここまでに揃えた要素を、順に並べる。ゴール地点が予感されているのだから、それが可能だ。スタート地点にあることがもっとも相応しいエピソードは何か？　いずれの登場人物が先に、または後に出るべきか？　このことを私は「キャラの出順(でじゅん)」と呼んでいるが、戯曲の推進力というもの、駆動力というものは、かなりこれに左右される――と、私は経験から学んでいる。この「鳥の王」において、主役は誰か？　鳥にはならないし（たとえ題名が「鳥の王」と名指していても）、怪物にもならない、すると残る範疇は人だ。もちろんコンビニエンスターは物語の展開に捩れ(ツイスト)をかける役回りなのだから、いわゆる主役とは違う。主役は、当然ながら、姉弟(きょうだい)だ。ヤマザキシノブとヤマザキノブだ。

この二人は血縁関係にあって……そのことを観客が理解するのは、少し遅れてからでよい。開幕から、十分……二十分が過ぎてから。シーンで言えば、四つめ。または五つめ。その辺りが妥当だ。するとシノブは、先に出る。一人で。

ノブも、先に出る。他の登場人物たちと絡む？　ああ、たぶん絡む。

そして私は、三つのことを一度に考える。一つは、ヤマザキシノブにはそこそこ長いモノローグを吐かせたいな、との思い。弟、ヤマザキノブは他の登場人物たちと絡むのだとして、人と絡むのか、それとも**鳥たち**とか、あるいは**怪物たち**とか？　との問題。それから、私は今観客が理解するのはと考えたな、決して読者が理解するのはとは思わなかったな、との確認。そうなのだ、私は書いているのに（著者であるのに）、読者を念頭に置いていない。この奇妙さ——戯曲の特性。私は、それを再度、確認した。

そして同時にシノブの独白を想い描いた。圧倒的な艶がいる。言葉にだ。

そして同時に**怪物たち**には誰がいる？　**鳥たち**には？　と脳内をサーチした。**鳥たち**は、だいたい把握している。していないのは**怪物たち**だ。私は、この二点めの思考を深める。つまり「ヤマザキノブは誰と絡むのか？」の問題。ところでその大枠の**ボーダーの外の怪物たち**に関してだが、私が最初に脳裡に視ていた一群のうち、あれはどうなった？　あの怪物は？

都市獣たちに追われ、慕われている怪物。

たとえば七頭の犬と十八匹の猫と三十一匹の鼠の隊列を引き連れている、その、移動する怪物。舞台に出すのは難しいな、と判断する。犬を、猫を、鼠を出すのは演出的な困難となる。特に**鳥たち**がこの劇の肝になる（なっている）のだから、その他の動物の登場は——それも大量の登場はたぶんマイナスだ。するとこの怪物は、現われない、ということになる。現われないが、言及されることは可能だ。言及されて、恐れられる……人間たちに。つまり**日本人たち**に。そうした存在にすることは可能だ。その文脈において、名前が要る。畏怖の、恐怖の対象には、当然ながら名が要るのだ。そうでなければ、ある日本人とある日本人とが、「あれが来るぞ」「あれが彷徨（うろつ）いているぞ」「あれを目撃したぞ」等、囁きあえない。名前は、台詞のために必要なのだ。

だから用意する。

名は、ハーメルンだ。

この存在は（このハーメルンという怪物は）、いずれ**日本人たち**の煽動者となるコンビニエンスターの影となる。陰画――ネガティブ・イメージとなる。すなわち人々を煽り、誘（いざな）う者の出現は、すでに劇の冒頭から言葉によってのみ仄めかされていた……。

しかも**ボーダーの外の怪物たち**の一員として、だ。

この捻（ひね）り。やはり――コンビニエンスターならではの捩（ツイスト）れ。

そうなのだ、ハーメルンという存在には価値がある、と私は認識して、この登場人物は、最終的には人物として舞台に出せるのかもしれない、と考えを改める。犬と猫と鼠の隊列は、たとえば映像で処理したってよいのだ。だいたい、「どう処理するか」は演出家の領分なのだ。私ではない。

私は戯曲の著者であるだけだ。

そんな私は、登場人物表の、怪物、の部分を少し充実したリストに変える。

ボーダーの外の怪物たち
光の怪物

ハーメルン
永遠の彼氏
ユリ

あっさりと、四人、生まれた。ずらずらと四人の名前が並んだ。じゅうぶんだ。これで物語を一作品ぶん転がしうる。ロールさせるのだ。ロックンロールだ。ロックンロール！　岩転がし！　ではボーダーの外の怪物たちのリスト化がすみ、ロックンロールだ。**鳥の王および鳥たち**はすでに完了しているに等しいとして、残るは**日本人たち**となる。日本人には、どの程度それぞれが名前を必要とするか？――というのも、日本という「国家」のコミュニティ内では、ただの図式化が生じると予想されるからだ。

すなわち、と思って、私は次のように書きつける。

1　一般の――ありふれた――日本人
2　そこからはみ出した、ヤマザキシノブ（姉）、ヤマザキノブ（弟）
3　日本人たちを煽るコンビニエンスター

この分類1に関しては、ある部分、群集との認識でよい。しかし、まあ、ただ、自転車屋は出したいな、と私は思った。自転車屋とシノブの、その絡みはシーンとして描きたいな、と私は欲した。なにしろ、シノブはがつんと言うのではないかと予感したからだ。がつんと――たとえばこんな台詞を。

ヤマザキシノブ　さあ、空気を入れて！　入れるのよ、両輪に！　あたしたちにはこれから、長い試練が課される。あ、あたしたちって、あたしたち姉弟（きょうだい）のことよ。あたしとその弟、ノブのことよ。ここにはいないけど。ノブは、今ちょっと……。

自転車屋　あれかい、レストルーム行ってるのかい、お姉ちゃん？

ヤマザキシノブ　そんな平穏な日常の芸当を演じているのでは、ないわ！　食糧をね、あたしたちが全国行脚するための食糧をね、それをね……狩っているのよ！

自転車屋　え？　全国？

ヤマザキシノブ　もとい、元全国だわ。その、行脚！

自転車屋　（思わず叫んで）セクシー！

ヤマザキシノブ　その声援、ちょっと外（はず）れてる気がするけれど、よいわ！　細かいところは、アイドンケア！　アイドンマインド！　ただ、あれね……セクシーってゆうのも有効なフレーズね。あたし、地上に出たら、「人呼んでセクシー・シノブ」って名乗ろうかしら？

自転車屋　え？　地上に出るの？

ヤマザキシノブ　違うわ。

自転車屋　え？　違うの？

ヤマザキシノブ　そうではないのよ。正確には、地下を、出る。ここを出るのよ！

自転車屋　（深く納得して）そうかあ、そこに重きを置いたかあ。

ヤマザキシノブ　そして地下を出れば、未知が無限に拡がる。未知よ、道ではないのよ。そもそも道なんて、きっとないのよ。あたしたちは、それを拓（ひら）いて進む。この姉とあの弟の二人は、そうなのよ。そのアンノウン、アンノウンの未知から、知識を得るのよ。さあ、完璧な自転車を、あたしたちのために二台、整備して。ゲット・レディにして！

自転車屋　イエス・サー！

そして、自転車屋が「閣下（サー）」と言った瞬間に、ステージにはある軍司令官のシルエットが浮かぶ。口にパイプ、それからサングラス、丸腰の連合国軍最高司令官。一九四五年八月三十日に厚木飛行場に降り立つあの男の、あの有名なシルエットが。シルエットだけが。

「え？」と私は声を洩らす。

私は、ここで、ダグラス・マッカーサーを出すのか？　ここで……こんなふうに、影絵だけを？

だとしたら、続いて求められる場面がある。

その場面が挿入されることで、各エピソードの配置は決まる。

舞台上での時系列が——すなわち戯曲の構成が——見通せる。すっきりと見渡せる。固まる。

それでフィニッシュだ。

私は鳥の王の場面を挿（い）れる。そのシーンは、「戦場にて」とのト書きとともに、綴られる（だろう）。

そうなのだ。戦中に、一度、鳥の王は捕獲されている——内地の外で。そして、日本人たちは鳥の王に何かをした。その何かは、取り返しがつかない。

姉弟(きょうだい)が会話する。

ヤマザキノブ 姉ちゃん、俺たち、これでどっちからも追われることになったのか？ ニッポンからも、そのニッポンの外の、怪物とか、怪物その他の勢力からも。そうなのか？

ヤマザキシノブ そうよ。てゆうか、怪物その他の勢力って言い回し、いいわね。

ヤマザキノブ いいか？

ヤマザキシノブ いいわよ。（アドリブ風に）おまけに、よい台詞回しだわよ。さすが、セクシー・シノブの弟だわよ。

ヤマザキノブ うわあ、セクシー！

ヤマザキシノブ さあ、もっと……もっと漕いで！ あんたの自転車のペダルを、踏んで、前進して。あたしはあたしの自転車のペダルを、いつだって全力だから。全身がなんだか全霊！ もう全々霊！ そして、わかるわね、ノブ？ 追われたっていいのよ。夏なんてもののために戦争をおっぱじめているニッポンには、追われていいの。上等よ！ あたしたちは誰から襲われたっていいの、逆襲するから、よいのよ。上等よ！ だって、あたしたち、鳥には追われないいんだから。

ヤマザキノブ そうか……鳥。鳥かあ。

ヤマザキシノブ そうよ。鳥、……鳥よ！

ヤマザキノブ ああ、ニッポン全国、囀りだなあ。こんなに自由に鳴いちゃって。

ヤマザキシノブ 違うわよ。元全国。そこでは鳥たちは、滅びない。ぜんぜん、ないわ！

ヤマザキノブ　（ニヤリとして）滅びんぜ。

私は希望を視る。私は自転車の必然性を知る。はっきりと知る。私は日付を確かめる。八月三日だ。あらゆる情報端末が「今日は、そうだ」と告げていた。八月三日、私はそろそろだと察する。そろそろ、いっきに執筆する時機（とき）が来た。おそらく一週間で、私は戯曲の最初のドラフトをアップさせる。第一稿だ。もしかしたら四日間か、五日間の勝負になるかも。だいじょうぶだ、私はパーツは揃えた。言葉を換えるならば、私は**建材を集め切った**ということだ。だとしたら建てられる——設計図はあるのだから。私は、最後の歩行に出る。私は私自身に力をチャージしたい。こうしたフレーズを書き留める時、私は、奇妙だなと思う。たとえば、私はさまざまな作品の著者だ。それらの作品を私は書いた（はずだ）。しかし、実際の執筆中、私は、私に書かせたいだとか、私にそんなふうに書かせているのだとか、私は私のことを追いつめているのだとか、目的語に「私」を置いてしまう状態にしばしば、なる。あらゆる動詞を「他動詞」として用いてしまう。これはどういうことなのか？　どうして、私は書きたいだの、私はそんなふうに書こうと努めているだの、そう言えないのか？　どうして「自動詞」で語れないのか？

どうして私は、私自身を使役するのか？

あるいは私は、もしかしたら「他動詞」状態になる瞬間、私ではない者を「主語」にしているのか？

それは何者か？

……誰がいる？

私は、時刻を確かめる。午前十一時三分。私は街に、出た。歩き、行こう。駅をめざした。近道を通る。それから大通りに出る。街路樹がある。欅（けやき）並木だ。黄色いアクセントがいっぱい付いている。飾りがあるのだ。提灯だ。黄色い提灯、夜は光るのだろう、今は黄色いままだ。しかし、凄い数だ。どの黄色い紙にも商店の名前がある。この街の商店、そうだった、夏祭りが近い。この街には名物の夏祭りがあるのだ。それはアーケード状の商店街を中心に、張りぼてを下げて、その出来を競いあう、というものだ。とても賑やかだ。張りぼては組んだ木や竹に何枚もの紙を重ねて貼り、完成させる。それを言ったら提灯もだいたい同じ構造だ。そうか、だから提灯……？

駅のロータリーに至った。広場がある。噴水がある。駅舎に向かった方面には、パネル状に積みあげられた何十個もの提灯。厚みのある黄色い板もどきだ。それを眺める。眺めながら、私はあっと思う。思わず「あっ！」と声を洩らしもする。提灯は、籠だ。籠に紙が貼られたものだ。その大きさは、まるで鳥籠だ。そんなものが、今、私の眼前に何十個も積まれている。籠の内部（なか）には鳥を収めないで――たぶん電灯を収めて。鳥がいない、何十個もの籠。私はその言葉を反芻する。**鳥がいない鳥籠**と。たった数秒の反芻で、ほら、言葉は簡単に変形した。本当に鳥はいないのか？　それとも、その何十個もの鳥籠は、何かを（もちろん鳥類であるはずの何かを）捕獲しようとしているのか？　だから空なのか？　どうにかして捕らえようと、だから、こんなにも数を用意したのか？

私は頭を振った。

いい感じで、私は、作品の世界に嵌（はま）り込んでしまっている。きっと明日から、一気呵成に書けるだろう。いや、今晩からか。かもしれない。噴水のほうに目をやる。ベンチがある。そこに私は向かう。私は、この広場に集った人々に、あまり露骨ではない形で目をやる。まさに老若男女だ。夏休みであるからか、普段よりは男児、女児の率が高い。それと、その親たち。若い親たちだ。私はそうした親子とは無関係の、正面に座った、あるカップルと視線が合う。まさに、合った。女のほうの視線に、だ。二十……五、六歳だろうか？　ワンピースを着ている。ワンピースは緑色をしている。女は立ちあがる。緑色が立ちあがる。男は動かない。男は、私を見ている？　私を見て、ニヤリとした？　女の大きさが、増した。そうか、近づいてきた？　私に？　私のそばに？　もう目の前にいる。私に向かって、屈んだ。私の左耳のほうに、顔を、口を持ってきた。囁いた。「モウ、ウムワヨ」と言った。

私は聞き返した。「ウム？」

鸚哥のようなこの声はなんだ？

「生むわよ」と誰かが言った。「この国」

獰猛な舌II

『沈黙』より

米軍は日本上陸を恐れた。ポツダム宣言の受諾後、一九四五年八月の二十日をすぎて、いよいよ進駐という名の占領にむかうころ。日本軍はかつてアッツ島で玉砕し、これを蓋(ふた)あけにタラワとマキン島で、クエゼリンとルオット島で、エニウェトクで、サイパンで、テニアンで、グアムで玉砕した。全員殉死、集団自決をくり返した。沖縄戦でも、本島が占領される以前の、島じまでの悲劇はあまりにすさまじい。日本人はけっして捕虜とならない、最後(いやはて)のひとりとなるまで闘って果てるに違いない——経験からアメリカは感じていた。無条件降伏後も、進駐のために本土上陸をおこなうならば、徹底的な抵抗に遭うに違いない。ゲリラの、テロの。

なにもなかった。

一億玉砕などなかった。

無血進駐はすみやかに達成された。

はじめは進駐軍を懼(おそ)れ、しかし米英人に対する懸念が妄想にすぎなかったと知るや——懸念というのは男たちが殺され、あるいは奴隷にされ、女たちが姦(おか)されるというもの——陽気でスマートで物資にも恵まれた進駐軍の兵士たちは、憧れの存在、日本人に愛される存在となる。かつて日本軍はアジアの各地に覇権を拡げて、占領して嫌われた。はじめは欧米列強の植民地主義(コロニアリズム)からの解放者としてあらわれながら、ビルマで、フィリピンで、インドネシアで、憎悪された。しかし日本を占領した米軍は好かれた。

あたしは集団としての日本人を理解できない。アメリカ側の視点に立ったとき、あるいはアジア側の被征服地域の人びとの目から歴史のダイジェストを描きだしたときに、日本人は矛盾していないと説得力のある反駁を夢想することはできない。あたしは間違っている？　玉砕をとげたのには理由があった。前線で捕虜にならないのには事情があった。生き延びようとする意志はあったけれども、捕虜になったことが故郷に知れたら、家族がお国のために死ねない非国民を生んだ一家として隣り近所から迫害される。それを避けるために玉砕につき進んだ。ひとりびとりが直視した困難。ほんとうは誰もが平和を望んでいたのだ、と、主張することはたやすい。しかし、そもそもの困難のみなもとである迫害、白眼視、あるいは、ほとんど制度的な村八分といった待遇（あしら）いを生んだものこそが社会だった。その社会、その集団。その母体があるがために反駁は不可能となる。

あたしは集団としての日本人を理解できない。

祝田慶典（ほうだけいすけ）は敗戦を歓喜して迎えた。

修一郎さんの伯父。修一郎さんの産みの母である大瀧巴（おおたきともえ）、旧姓祝田巴の次兄が、この祝田慶典だった。学徒出陣によって駆りだされる前は、慶應義塾大学の自由なアカデミズムにどっぷり浸かり、ひそかに左翼運動にも傾倒した。劇作を手がけた。心魂（こころ）のよりどころに新劇をすえて、どうにも上演は不可能な（テーマ、思想的に問題のある）尖鋭な戯曲を書き継いでいた。

軍隊生活はなじめないなどという生半（なまなか）なものではない。地獄だった。若い劇作家は、上官たる職業軍人たちの鉄拳制裁にさらされつづけ、戦場では犬死にを覚悟した。

敗戦、そして復員。これはまさに地獄からの生還だった。祝田慶典は生きかたのコースを変える。まず、生きることを満喫した。街にあふれるのは極端な貧困ばかりだったが、しかし解放されてはいる。焼け跡に闇市。犯罪に娼婦。あらたなモラルの構築のための格闘が悪につながる。GHQに押しつけられた民主主義に乗っかる奴儕は、いまや阿房に思えたし、ストライキの、メーデーの行列は軍国主義の行進とダブって視える。誰かがわるい、と皆はいい、その誰かが敗戦を境にがらりと変わった。ただそれだけだ。自分がわるい、とは誰もいわない。

しかしおれは解放された。もはや左翼運動など子どもの遊びに思える。いや、子どもの本性はもっと勁い。飯をよこせ、とデモに列んで行進するよりも、奔って殴って他人の飯を盗む浮浪児。どちらが美しいか？　祝田慶典はその設問の大仰さに、思わず衆人環視の青空マーケットで声をあげて笑いだす。瘋癲め、と露店につどう客たちが指さす。

おれは浮浪児の盗みにも殺しにも暴力を感じず、メーデーの示威行進にこそ暴力を感じる。さて、ほんとうに生きるときが来た。

新劇の世界に飛びこむ気は失せた。リアリズム演劇に托すべき滾りなどないし、プロレタリア運動からの流れが相容れない。世の中では復興のエネルギーが沸騰している。娯楽の要求がいやましている。これに応じたのは映画だった。占領下の時勢、GHQのさまざまな検閲がなされたが、爆発的に映画が小屋にかかる。いつでも満員の立ち見。銀幕では日本人どうしの接吻シーンすら公開された。スクリーンのあちら側にも、こちら側にも、たまらないほどの熱気があった。決めた、と祝田慶典は独りごつ。映画鑑賞のざわざわごうごうの騒音のなかで、コースの転換をおのれに宣言する。

祝田家の次男、それなりに資産をもった一門の食みだし者は、かつては忌むべきブルジョアの特権として抛棄したであろう父親の威光を利用する。あちこちの映画会社が働き手を公募するなか、縁故採用で興行専門の老舗の会社にもぐりこむ。

もともとは映画の製作をやっていたのだが、戦時下の政府の方針で、興行専門の会社に強引に変えられていた。当時は大手である東宝、松竹、大映の三社のみが劇映画の製作を許されていた。しかし戦後は、笑いがとまらないほど洋画の配給興行で潤ってきて、いよいよ製作の再開に手をだす。ちょうどこの時期に、祝田慶典は入社した。満洲(まんしゅう)映画協会と独立プロダクションから人材が集まり、活潑に仕事がはじまる。

ある種のなんでも屋だった。製作者たちを驚かせたのは祝田慶典の理解(のみこみ)の速さと世わたりの巧さ。裏方のどのような作業も、一、二のポイントを押さえて指導すれば、たちまちものにする。誰もが助手につかいたがった。この新興の現場、撮影所では、スタッフの専門的な区分けもあらかた有名無実。祝田慶典のような人材こそが必要とされる。

ロケーション・マネージャーをまかされ、街なかでの撮影現場に妨碍(ぼうがい)にあらわれる暴力団をさばきもした。事前に親分衆にお目通りを願い、金を払って話をつけ、逆に当日のロケの現場での交通整理をヤクザたちに手伝ってもらう。親分たちとのつきあいはなかなかおもしろい。気に入られもしたし、仕事の効率のよさで会社と監督たちからももちあげられた。

こうして地力をつけた。映画界では、検閲、カット、再編集の横行の時期だった。GHQに対抗して主張をつらぬこうとする監督に脚本家と、ぬけ道を見いだして興行を推し進めようとする会社側、ラストが激変してしまった映画にも、たいせつなシークエンスをごっそりカットされてしまった旧作の再上映にも、観客は喝采を浴びせもする。愉快だ、と祝田慶典は思った。作り手の芸術的な意図など、小屋にかかるまでのあいだに雲散霧消し、しかし時として傑作、名作、痛快作として迎え容れられる。むろん駄作と罵倒される機会は多々あるが。映画、こいつは生きている。臨機応変に生き延びてしまう勁さをもっている。表の顔と裏の顔と、八方美人と。なんという愉快さ。

地力、それは独立のための地力だった。ここから興行師・祝田慶典が誕生する。かつてロケーション・マネージャーの仕事でつきあいのあった暴力団関係者が、話をもちかけた。戦前、ヨーロッパ映画を専門に買いつけていた弱小の興行会社が、倒産したという。借金の関係で、その倉庫を親分が無料も同然にもらいうけた。なかにはあまたのフィルムがある。これで利益をあげろという。おれと組め、と親分が誘う。きちんとした商売がしたい、堅気が必要だ。

祝田慶典はフィルムをたしかめる。戦前の旧作ばかり。芸術映画が多い。さて、どうしたものか。ビジネスにするには娯楽作が必須。山あり谷ありに展開する、大向こうを唸らせる類いが。対策を考えねば、むりだ。地味すぎる。

字幕がつけられた何本かの作品を瞥見したが、かなり絶望的だった。ほかに、字幕すら用意されていない作品が何十巻、いや何百巻も。倉庫に押しこまれていて正確な数はわからない。昭和の十年代になってから輸入されたヨーロッパ映画は、戦前に戦中という時節柄、上映が見送られた作品が多いのだった。当局に興行を許可されなかった。祝田慶典は外国語が得手ではない。学科として修めた言語に関しては、とりあえず読み書きは平均的にこなせたが、耳で理解できる能力はない。

一本、わからないままに、フィルムをまわしてみた。

ことばが不明だったから、ストーリーは頭でおぎなった。すなわち想像した。画面にあわせて、男優、女優の表情と動き、台詞に附属した感情のトーンにあわせて、物語を創った。おぎなったシナリオは、しかし、後続のシークエンスにしょっちゅう裏切られる。あたりまえだった。でっちあげのストーリーがぴたりと嵌まるはずもない。もとの展開とは関係のない設定と筋を考えているのだから。それにしても、意外性が娯しめはする。

劇の終わりを示す文字画面。

いったん観終わって、こんどはノートをとりながらもう一度フィルムをまわした。ひらめきがあった。けれども、実用に耐えるか。ことばのわからない映画を、真剣に観る。二度観ると、頭を冷やした。

咀嚼。検討。それから、画面の雰囲気のままにシナリオを創りはじめた。

字幕のなかった作品にあらたに字幕がつけられた。祝田慶典は恐ろしい才能を発揮した。ひとことでいえば、本来の内容とは無関係のストーリーを字幕に焼きつけた。映像に内蔵されていた台詞をたんなる異国語のＢＧＭのように聞き流し、けれども音響効果の役割には細心の注意を払って、ビジュアルの展開に矛盾しないオリジナルの脚本を準備した。もともとの作品からみれば出鱈目もいいところだった。だが、画面と効果音（ここには役者の演技の範疇、発せられる台詞のトーンも含まれる）とには、みごとに一致する。なおかつストーリーは一貫している。展開に破綻はない。わずかな瑕瑾すらない。なによりたいせつなのは、祝田慶典のオリジナル字幕台本が描きだすストーリーは、波瀾万丈、痛快至極、あざやかにおもしろいということだった。

親分は喝采した。いけるぞ、慶典、おまえはなんて頭が切れる。

天才とはまさにおまえのことだ！

凡庸な筋だての、駄作、芸術映画を娯楽作に。タイトルも颯爽たるものにあらためる。同様の手法で、何作もの「でっちあげ」を量産して、たちまち興行を軌道に乗せた。上映する小屋は、大手の系列におさまっている日本映画専門館にはもとより配給は叶わない。だが、個人経営の外国映画が対象の映画館にはやすやすと売りこむことができた。なにしろ新作が不足していた。法的な規制によって勝手な輸入は禁じられていたし、検閲を通った作品は、その何割かは民主主義臭がぷんぷん。市場はそれこそ双手をひろげていた——祝田慶典オリジナルに。

悪名高きストーリーテラー。それが祝田慶典だった。

規模は極道のサイドビジネスの枠を超える。地方の個人館などを日を逐って資りこみ、たっぷりと利益をあげる配給網をつくりあげる。一九五〇年六月、朝鮮戦争の勃発によって特需景気がもたらされ、日本経済は立ちなおりのきっかけをつかむ。一九五一年九月、サンフランシスコで対日講和条約が締結される。翌年四月に発効。日本は独立を恢復し、ＧＨＱは去る。

そして映画景気。娯楽メディアの世界で、映画はその王者として君臨しつづける。

業界通のあいだではストーリーの改竄で知られる興行師・祝田慶典は、輸入配給に本格的にとり組み、資金の出所があきらかではない興行会社を率いている。映画の買いつけは、完全に自由になったわけではない。思想検閲的な制限こそ解除されたが、外貨不足を理由に、外国映画の輸入には割りあての枠が定められている。この時代に、またも祝田慶典の特異な才能は冴えわたる。いったんは上映されながら不評だった封切り映画を、一部の字幕に手を入れるだけで、よみがえらせる。すなわち、すでに字幕があるものに、部分改訂をほどこして、再プリントして二番館に流し、しかもヒットさせる。

生きものめいた映画のエネルギーを手なずけて馭（ぎょ）した、魔術的なストーリー捏造。

ほとんど魔術師。映画渡世は祝田慶典の天稟（てんぴん）を、花ひらかせる。

一九五八年、日本では、ついに映画の観客動員数が史上最高を記録する。十一億と三千万人弱。

この盛りあがりに巨大なシステムの一部として加わるのではなく、つねに暗中飛躍する個人として、山師のような生きざまで祝田慶典はわだちを残しつづける。

　映画の黄金時代の闇の側に。


祝田慶典の妹、巴は、良縁だとして家財産のある大瀧鹿爾（ろくじ）に嫁いだ。両家の父親どうしが友人であり、いわば家父長の権威のもとに娶（めあ）わせられた。しかし、この結婚はじきに毀（こわ）れる。大瀧姓となった巴は、祝田慶典の甥となる男児・修一郎を産んでから、情夫と駆け落ちする。

　これについては、たんに大瀧鹿爾のかたわらを去りたかっただけだ、あれは情夫などというものではなかった、名ばかりの協力者にすぎない、もっともらしい口実にするための――と巴は後日、兄に語っている。

　旧い家族制度のもとでは、封建的な思想が支配し、結婚とはいかにも家どうしのつながりを第一義とする。全体主義のミニチュア。だが敗戦を経て新時代となり、価値意識は混乱して、個人主義が擡頭する。こうして「家」制度は崩潰する。その先駆的な例となったのが、祝田／大瀧巴のこの遁走の一件だが、だとしても早すぎた。いまだ大日本帝国崩潰から五年とたっていない。巴や慶典たちの父親は、激怒し、巴には絶縁をいいわたす。きわめてまっとうな態度だった。

　もっとも、絶縁状態という意味では、次兄の慶典も変わりがない。ほとんど実家のあれこれに関わらない、実質的な絶縁状態。顔をだすことも滅多にない。父親なり長兄なり一門の切りまわし、権威の継承、資産がらみのお家騒動はまかせてある。そんな勝手気ままな半絶縁者だったが、自分の妹が産んだ甥っ子には、わざわざでむいて対面した。

大瀧家。いずれその家を嗣ぐはずの赤んぼう。妹の似姿めいた部分が顔にある。大瀧修一郎。

この後、巴の出奔によって、大瀧家と祝田家は気まずい関係になってしまう。しだいに、つきあいらしいつきあいもない、こちらは家どうしの絶縁状態におちいる。大瀧修一郎と祝田家の紐帯は、喪失しはじめる。時を経るごとに。

しかし、最後まで親族としての務めを果たしたのは、祝田家からみれば公的な使者にはなりえない巴の次兄、慶典だった。姻族としてのつながりが年ごとに抛棄されるなか、この伯父は定期的に甥の前に顔をだす。妹が大瀧家を去っても、気にしない。自分の歩みぶりで、ほぼ年に二、三度、土産をもって修一郎を構いに来る。来訪するときは、まず前触れはない。勝手にすぎたが、無頼なところはみられず、訪(おとな)われる大瀧家からは歓迎された。なにより修一郎が歓んだ。

修一郎にとっては愉快で魅惑的な伯父だった。世間からは山師と呼ばれ、法事といった堅苦しい親族の集まりには出席したこともない親族で、甥の自分をたいそうかわいがる。正直、こづかいも弾む。やはり山師的なふるまい。慶典おじさんの家すじには、ほとんど顔を知った人間はいないから、もちろん煩型(うるさがた)の親戚などない。解放された空気。

その祝田慶典がまめに大瀧家を訪れるようになるのは、修一郎の父親、大瀧鹿爾の失踪以来。その委(くわ)しい事情は不明だが、いずれにせよ、十一歳の甥は両親(ふたおや)をともに失った。死別ではなしに、客観的にいえば捨てられるかたちで。

このころ、大瀧修一郎をもっぱら面倒をみていたのが、鹿爾の妹、大瀧静。

あるいは世間はこう見る。大瀧静が修一郎の母親がわりであり、祝田慶典が修一郎の父親がわりであったと。

祝田慶典は大瀧家にほぼ半月に三度、四度と顔をだすようになり、ふしぎに伯父としての責任を果たす。


東京オリンピックの年に、映画の輸入は自由化された。祝田慶典は英米圏のみならず、ヨーロッパ辺疆のさまざまな諸国の無名の映画を買いつけに走る。権利はたいてい安い。ここから、吹き替えの可能性も生まれる。

そのことを祝田慶典は考えていた。画面の（外国語の）台詞と字幕がまったく違う、との指摘、苦情は、とくに英米圏の新作に手を入れはじめた時期から、批評の専門家などに英語が理解されてしまうという理由で寄せられるようになり、若干の深刻なトラブルを惹き起こしていた。名の知れた新作、というのは難物だ。祝田慶典は策を練る。

普及をみせていたテレビ放送が、ヒントをあたえる。このテレビ放送こそが当時、映画館に足を運ぶ観客を奪いとっていた正真正銘の敵役、業界不振の元兇だが、そのことは祝田慶典は気にしない。おもしろいと思っていたのは、海外ドラマなどのオンエアのしかただった。ラジオ劇などをおこなっていた放送劇団の出身者や、演技派の舞台俳優たちが、日本語の台詞をあてている。いわゆる声優の誕生だった。吹き替えという概念はまだまだ一般には滲透していない。だから、ガイジンさんが日本語で演技している、と信じている者までテレビ視聴者のなかにはいた。強者（つわもの）俳優の、もとの台詞を無視したアドリブの演技も、好意的に迎えられるばかりで批判は喰らわない。ここには可能性がある、と祝田慶典は考える。字幕の問題、たとえば子どもがむずかしい漢字を読めないだの、年寄りが字幕のスピードに追いつけないだの、こうした厄介な問題が、解決できる。すなわち観客の層の幅がひろげられる。また、字幕についてまわる文字数の制限、台詞の長さの制約というむかしからの難問にも、対応できる——束縛をほとんどとり払える。これならば大胆なストーリーの改変も、声優たちの口で、語らせる台詞の情報量によっておぎない、実行できる。

そう、ストーリーの改変。吹き替えになって、もとの外国語の台詞が観客の耳に聞こえてこないならば、翻訳が違うとの苦情が来るはずもない。

世界的な映画史のレベルでみれば、日本での字幕の普及こそが、異端だった。サイレント時代からトーキー時代への変化のなかで、西欧は世界のコマーシャルな市場を相手にするために吹き替えを選択した。一九三四年には、すでに吹き替え版は実用化の段階に入っている。しかし、日本は違った。一九三〇年に字幕第一号の映画、ゲイリー・クーパー主演の『モロッコ』だが、これを上映すると以降、そのまま字幕方式を主流にして外国映画の興行をつづけた。吹き替え版が真剣に検討されることはなかったのである。

そして祝田慶典は真剣に検討した。

検討に値すると、作業をはじめた。

そもそも匿名のリライターだった。ヒットの立て役者。商業主義優先の、映画業界においてはめずらしくもない存在だが、物語そのものを（たとえばジャンルすら）変えられるという点で、異能を極める。世界的にもめずらしい存在だった。この祝田慶典がさらに挑撥（ちょうはつ）的な一歩を踏みだす。

スタジオに大瀧修一郎は遊びに来た。

吹き替え版の製作現場。まだ、十五歳だった。修一郎少年にとって伯父・祝田慶典の映画世界は、さながら物語の宝庫。いつでも未知の宇宙が展（ひら）ける場所だった。

「もちあげる必要はないぞ。おれはロクでもない脚本書きだからな」

甥にむかって、祝田慶典は自分の所業をつつみ隠さず、笑い飛ばす。

「どうして？　映画が作れるなんて、すごいよ」

「詐欺なんだよ。こうして作っ
ていることがばれると、やばい。冒瀆だといわれる」

「冒瀆って？」

「聖なる映画に対する冒瀆」

「おもしろくても？」

「すばらしくても、泣けても、笑えても、鳥膚をたたせても、儲けまくれるほどヒットしても」

「おかしいね。慶典おじさんは、おもしろくさせているだけなのにね。もとの映画を」

「ありがとよ。おまえにだって、能力はあるかもしれないぞ。おれと血がつながってるわけだしな」

「じゃあ、脚本の書きかたを教えてよ」

「ロクでもない脚本の？」

「それでいい」

「教訓からいこう」と祝田慶典はいう。「物語るとはどういうことか？　それは他人をあざむくことさ」

物語の洪水。大瀧修一郎はこの伯父のもとでフィルムを観つづけていたし、脚本、というよりもフィルムの端に流れる字幕にふれつづけてきた。いまはスタジオにいる。もうすぐ声優たちのレコーディングが開始される。

共演声優全員による一チャンネル録音なので、なにしろ準備には周到さが要められる。声優には事前に台本がわたされていて、練習に余念がない。それぞれが割りあてられた役者のムードを、声の演技力でもってつくりだす。俗にアテレコというが、画面を観ながら日本語の台詞をあてる作業のむずかしさに、何度もタイミングが計られた。緊張感の現場。声帯のプロフェッショナルたちが、最終的な調律をおこなう。見ていると、驚異的な声域の者もいる。大瀧修一郎は目を輝かせている。

「おもしろいか？」と祝田慶典はたずねる。

十五歳の少年はそれには答えず、声の変装だね、という。

「独創的な表現だな」

「父さんがいってたよ」

「鹿爾さんが？」

修一郎はテーブルの上におかれた、祝田慶典用の、吹き替え台本の予備の刷りに手を伸ばす。

「いつも教わっていた」と大瀧修一郎はいう。「こんなふうにもつかえるんだ」

「画面とあわせるんでしょ？」

「台詞をな。こいつは演技だぞ。やってみるか？」

「いいよ、いいよ」といいながら、台本をめくりつづける。「ただ、見学が終わったらためしてみてもいい？　愉しそうだから」

「ぜんぜん構わないが……ところで、鹿爾さんに——おまえは父さんになにを教わってたって？」

すると大瀧修一郎はいう。

「ぼくは獰猛な舌をもっているんだよ、慶典おじさん」

サイプレス

『アラビアの夜の種族』スピンオフ

西暦一八九八年　リュミエール社　リヨン、フランス

「エジソンのものは買わずにこちらを買い付けていただきたいのです。アメリカ人の貴殿にも。あちらのは何といいましたかな、ヴァイタスコープ？　二番煎じでございます！　そもそも、ヴァイタスコープはエジソンの発明になる装置でもない。おなじ名前のトーマス、そうです……トーマス・アーマットの開発した映写機を、トーマス・エジソンの会社が買い取っただけではありませんか。

　まちがってはなりません。機械式再現演劇を発明したのはわれわれです。たしかにエジソンは偉大でございました。キネトスコープこそは瞠目にあたいする、未来の装置でございました。よもや写真が生命を吹きこまれて、動きだすとは！　われわれとてエジソンのものを、キネトスコープの仕組みを研究したのです、実物を手に入れて……はい、はい、認めましょう。しかしながら、でございます。われわれのシネマトグラフは、大勢にいちどに見せるという着想から出発した。われわれはスクリーンをはじめから想い描いて、そして映写を発想した。発明したのです。

　いかにも、エジソンのヴァイタスコープも有料上映会をひらいたでしょう。いつですか？　一

昨年の四月です。では、われわれのシネマトグラフの最初の上映会は？　パリを熱狂させた、グラン・カフェ地下でのあれは？　ああ、半年もさきだつのです！

九五年の冬でございますから！

われわれの目はつねに将来を見て、射ております。わたしは来たるべき二十世紀の話をしているのでございます。見世物興行の可能性はこちらにあり、あちらにはない。ですから商談です。権利は、売りますぞ。シネマトグラフを購入していただき、帰国のさいにはわれわれの技師も同行させますので、ただちに興行をはじめられます。商売、商売です。代理人の貴殿には是が非でもご理解いただきたい。

これは稼ぎますぞ。

では、装置の優劣はここまでにして……当然ではございますが、機械式再現演劇に慣れた当代の衆人をホールなり劇場なり、あらためて上映会場に殺到させるには、もはや〝いかに映すか〟ではない、いまは〝なにを映すか〟なのです。

ご覧ください。われわれの撮影隊が世界をあますところなく捉えた、これらのフィルムを。

おい、まわしたまえ。

ああ、そうでございます。あのように手まわしで映写機を動かしまして——フラスコのレンズにアーク灯、あれこそは未来、あれぞまさに二十世紀であります。

ほら！　でました。あるいは貴殿は見慣れていらっしゃる？　そうメキシコでございます。インディオどもの食事です。ああ、やはり珍奇でしたか。さようでしょう、げに喜ばしいかぎりで……はははは、あのトンガリ帽子！　皆、手づかみで食べて！　こちらでも、たとえばパリの有料上映会において等、だれもがこのフィルムに魅入られて——大反響です！　そうです、そうです、たいせつなのは結局は、それなのです。それなのでございます。わざわざ料金を支払って上映会場に足を運ぶ観客たちの、その熱烈にして底なしの好奇心というものに、実際どのように応えるかなのでして。

そこで、われわれは世界各地に撮影隊を送りこんでいるのです。

つづいては……はい、ではアフリカの黒人どもを。アシャンティ族の娘たちでございます。いやあ、この踊りは――物珍しい。舞っているのか飛び跳ねているだけなのか。これに目を奪われぬ観客は皆無、なかでもご婦人がたの反応といったら！

裏話を申しあげますと、これじたいはアフリカで撮ったものではないので。昨年、ここリヨンで植民地博覧会が開催されまして、たまたま建設されたアシャンティの村を利用したのです。驚きで？　むろん、そのような類いばかりではございませんぞ。

たとえば東洋のシリーズ、撮影隊は冒険旅行にでて傑作をものにしております。中国にインドシナ、それから日本も。ああ、いま映させますので――これです。日本人の食事風景はこのようなもので。注いだのはお茶らしいですなあ。おや煙草も喫っておりますぞ！

どうでしょう？　われらが撮影旅行の成果は？　シネマトグラフは、このように、世界の距離を奪って人びとの度胆をぬいてしまいます！

さらにご覧になりたい？　どうぞどうぞ。期待に応じられるだけの厖大なフィルムがあると、自負しております。では、さきほどはアシャンティ族の踊りでしたので、こんどはシンハラ族の舞踊を――

ナイフの踊りといわれるものです。いかがで？

はい、うれしいですなあ。さらにゆきましょう。ああ、珍妙な動物が映っている異郷のフィルムも評判でした。少々お待ちを、ただいまスクリーンに――ほら、これ！　積み荷を運ぶ駱駝です。ベドウィンどもの隊商です。ははははは、何度見ても愛らしい！　これはエジプトの税関でして。はい、昨年、エジプトはカイロにて撮影させました。

そうですか、お気に召していただけましたか。

は？　アラブの、若い娘ですか？

ああ、アシャンティ族と同様の。いや、むずかしい註文ですが、ないというわけでは……あちらでは女性たちは顔をださないので。はい、ベールを着用しておりまして……ですが、ございます。

少女の踊り手が映るのは一瞬だけですが、これは婚礼の祝いの席を撮ったもので。でました、ほら！

この夏にカイロで撮影したばかりです。

そうですね、しかし、踊り手はこの十秒ばかりで――退場してしまう。代わりに、このように数人の女たちに支えられて、あの老婦人が登場します。あとは場の中央にいるのは、この者だけで……ああしてジッとばかりに、撮影するシネマトグラフのレンズを見据えて、つまりこちらを見つめて……ああ、そうです、終わってしまいました。

珍しいことは珍しいのですが。アラブの女性がひとまえにでてきて、撮られたわけですから。はあ、撮影隊の報告では、たいへんな人物らしいのです。たいへんと申しますのは、彼の地の〝語り部の母〟のような存在で、なにしろ邂逅するのがまず困難だとか。名前でございますか？アラビア語での本来の呼び名については、われわれも――撮影隊も――無知で。ただし、彼の地はご承知のようにイギリス統治下にありまして、はい、八二年にアレクサンドリアが砲撃されてカイロが占領されて……たしかフランスもおなじ所業をやったような、やって採めたような……ははははは、余談でございます。それで、現地のイギリス人たちは、この〝語り部の母〟をサイプレスと呼び慣わしているそうです。これはわれわれの母国語でいうシプレ（糸杉）で——ああ、翻訳の必要はございませんでしたな。お恥ずかしい。貴殿の国語がなにかを失念していたようで！

もういちどですか？　ええ、よろしいですとも。

おい、サイプレスを頭から、もう一回まわして映写だ！

ご興味は若い踊り手で？

ちがう？

それはまた……結構でございます。わたしも正直申しまして、なにか、この〝語り部の母〟の視線には惹かれるのです。おかしな話も撮影担当などからつたわっておりまして。貴殿は、この老婦人が何歳と——その、つまり年齢ですが、想像されますでしょう？　六十代、なるほど。わたしも同意見でした。はい、フィルムの初見時には。

自称は百六歳だそうです。

ええ、ありえないとは思うのですが。

あるいはそれがアラブなのでしょうか。老女が老けがたい民族であるとか。

ほかにも、いろいろと、その……つたわってきておりまして。

撮影隊は本来『エジプトの婚礼』という主題でフィルムにとりかかったのですが、この〝語り部の母〟、このサイプレス自身が、その、シネマトグラフの機材が祝祭の屋敷に運びこまれたときに、自分を写すように命じたのだとか。もっけの幸いでございますから、伝説的な人物の撮影に入ったらしいのですが、わからないのはサイプレスそのひとが語った理由です。

まずは炯眼で、われわれの世紀の発明品を指し、それは時間を超えてこの場所を、いまを記録するものだね、と看破したそうです。

それだけでも未開のアラブ人の発言としては驚きですが、まあ交流のあるイギリス人か若いエジプトのインテリにでも聞いたのでしょう。

百年を超えるだろう、といったそうです。

だから、撮れ、撮らせよう、と告げて。

それだけなら、わが社とわれわれの商売の、善き兆しとしてすばらしいでしょう？　まるで予言でございますから。

わからないのはそのつづきで。

いずれ声がつけられる、といったらしいので。

はい、われわれのシネマトグラフに。われわれの機械式再現演劇に。

だから撮れと。いずれ声をつける人間があらわれるから。いつか語る者が登場するから――砂塵にまみれて霞む未来に――と。遠い将来に必ず。

さて、なんのことでございましょう」

アット・ザット・カウンター・オブ・ザ・バー

『アビシニアン』より

フラッシュが焚かれた。ぼくは顔をそむけて目をつぶる。「なんでカメラにはいらないんだよ」とだれかがいって、ぼくは笑いながら手をふる。

「説明は不要」

「へんなやつ」

あきれられて放っておかれた。アボカドのディップにトルティーヤのチップスをつけて、ぼくは目をつぶりながらそれを噛む。写真撮影はつづいた。閉じた瞼のむこう側で、鈍い閃光が触覚のように感じとられる。店内の照明はそもそも薄暗い。こんなときにストロボは、まず、最悪だ。ぼくの目はきっと銀色の光をいつまでもいつまでも網膜に焼きついた残像として保持しつづけて、吐き気を喚起するにきまっている。

だが、もちろん、それを他人に説明するのはむずかしい。

事実はただひとつ、ぼくはクラスメートたちの記念撮影にはまざれない。だれもがめんどうな思いをしないように、ぼくは理由は語らない。

フラッシュが瞼のむこう側でひらめいて、みなが笑う。

チップスにつけて口もとにもってきた緑黄色のディップからは、弾けるようにライムの香りがする。料理はとても美味しかった。どれも美味しい。さっき食べたベトナムふうの焼きそばとかいうのも絶品だった。メニューに載っている料理にカテゴリーはぜんぜんない。和洋中はごっちゃになっていて、アジアも中南米の料理もじつに平然と挿入されている。だけれども統一感はあった。なぜだろう?

この店ぜんたいがそんな感じだ。

BGMはちょっと暴力的な音圧をもっている。これもジャンルはぜんぜんわからない。レゲエとかヒップホップとか、そんなもの。東京に来るまではだいたいポピュラーな邦楽にしかふれてないから、耳にふしぎに聞こえる。

カメラ・タイムが終わった雰囲気。ぼくはすぐに級友たちの会話になじむ。だれもが話をしたがっている。なにごともなかったかのように瞼をひらいて、その話の聞き役にまわる。ここに集まった新入生は、男が四人に、女が三人。唐突で複雑な関係だ。あるいは簡単な? いずれにしても、高校にはいったときとはちがう。ぼくはずっと出生地で育ったから、こんなふうに環境の(生い育った環境の)共通点がないことが共通点という集団には、はじめてふれる。なんだか、ほとんど全員が転校生のクラスに来ちゃったみたいだな。大学っていうのは、そうだな、そんな感じだな。中学や高校と比較して、ぼくはそう思う。

それで、ぼくは聞き役をつづける。

教室から学部のちかくの喫茶店に移って、それからこのダイニング・バーに直行した。だから、みな、腹が減っている。「すみません」と仲間のひとりが手を挙げて、お店のひとを呼んだ。高菜チャーハン、大根の梅肉韲え、タイ国ふう焼きビーフンが二人まえずつ、追加で註文される。テーブルにやってきて註文をうけたのは、タートルネックの黒いセーターにロング・スカートの長身の女性で、歳は二十代のなかばか後半だった。ふと気がついて、店内を見まわすが、どうやらここでは女のひとしか働いていない。カウンターの内側に厨房があって、そちらには二人ほど、調理に従事している女性がいる。女のひとたちだけで、切り盛りしている店なんだろうか。

とどいた高菜チャーハンを口に運ぶ。またもや感動する。「すごい、本気でチャーハンが美味い」と声にだして感じ入る。

ぼくたちのテーブルはみっちり二時間、会話が絶えずに盛りあがった。じつをいえばぼくがことばを発していた時間のわりあいというのは、まず数パーセントにもならないのだが、相手は気づかない。ぼくはていねいに耳を傾けているし、あいづちをうち、短いながらも質問をさしはさむ。だれもがちゃんと会話している気になるらしい。もちろん、じっさいにそうなのだが、寡黙なほうが相手に「対話した」との充実感をあたえるという現実は、なんだか撞着的だ。

早めに帰らなければならない女の子がいて、べつの女の子が「わたしも」といっしょに帰ることをきめた。すると男性陣のうちの二人が、電車の線がおなじだからといって、彼女たちとともに（会計をざっと割り勘ですませて）店を去った。解散にはならなかった。ぼくもふくめて三人が会話をつづけていた。ぼくは皿に残っている料理を——冷えて不味くなってしまいそうだった——たいらげにかかったが、そこでぼく以外の二人の会話がふいに、ロマンティックな熱を帯びた。ああ、そうか、と察する。

こいつら、意図があって残ったな。できてるか、できつつあるのだ。

まあ邪魔みたいだなと、頃あいを見計らって、ぼくはテーブルから離れた。トイレにたって、帰りにカウンターに席をとる。口説き、口説かれあってる級友たちは、「もうひとり」が小用からもどらないことにも気づかない。

カウンターの左手の隅にはテレビがおかれていた。

字幕つきの映画がながれている。ビデオ・テープの再生だろう。なにか、養蜂のようなシーン。蜜蜂の巣箱らしいものがアップで映る。画面は黄色というか、時間経過を体現したクリーム色というか、店内の落とした照明のせいで独得に目を惹いた。なんという色彩。古い映画だと思うけれど、なんだろう?

背もたれがオブジェ様になったカウンターの腰かけに倚りかかり、すこし落ちついて飲めるアルコールを頼もうと(もちろんグループの会計とはべつにだ)、ドリンクのメニューをもらった。お酒はずいぶんそろっている。なかでもビールが豊富だった。輸入ものの、メキシコやデンマークやイギリスやベルギーや、タイ、ベトナム、岡山の地ビールもある。それからカクテルが多い。ずらりとリストにならんでいる。

簡単な説明書きに判断をゆだねて、メキシコのビールを註文する。黒い液体で、空のグラスに注いだら、なかなか黯ぐろときれいだった。味は苦みがあって濃い。

カウンターの仕切りには、駄菓子がディスプレイされている。おつまみとして、註文できるらしい。小さなパックのエビセンとか、あとはベビースターラーメンとか。ひとつが二百円や三百円。なんだかやっぱり変わったバーだ。

テレビの画面に目をやる。ビールを啜りながら、ふり返ると、白黒の映像に変わっていた。べつの作品になったのではない。画面のなかにもうひとつの画面があらわれて、そこに映画が上映されているシーンになっていた。スクリーンがあって、そのスクリーンに投影されている。そういう設定だった。観客たちが息を凝らしてスクリーンに見入る場面が、しばしば白黒の映像——映画内映画——と切り替わる。

フランケンシュタインの怪物が登場する。

人物たちが見つめる白黒のスクリーンに。

字幕があるから、ストーリーは読めたが、テレビから音はだされていない。音声が失われているために、作品内の時間のながれがゆがみを発している。というか、店内のBGMが不必要な勢いをつけてしまっている。映像はレトロで情緒的だが、サウンドは現代的で攻撃性を帯びている。そういう齟齬だ。

五歳か六歳か、まだまだ稚けない年齢の少女がその映画の本篇のヒロインとなっている。ヒロインの少女は、村で催された（巡回映画のようなものの）上映会で観たフランケンシュタインの怪物の実在を信じる。すこしばかり年上の姉が登場し、どこか暗い感じがする父と母が登場し、荒寥とした風景がくり返し、くり返し、映しだされる。

映像と音声の齟齬がつらい。あまりにも興味ぶかいのに。

「これ、音、でませんか？」

ぼくは思い切って、カウンターの内側にいる女のひとに訊いてみた。

三十手前の、髪型と服装はボーイッシュなひとが――この女性がさっきまで調理の指示を一手に担い、キッチン内をとり仕切っていた。チーフなんだろうか？――こちらをふり返る。

「観たい？」と問い返した。クールな声だ。

「はい」

すると店内のBGMを制禦している、オーディオ機器のつみ重ねられた一画から、ヘッドフォンをコードの先端のさしこみから抜いて手にもってきた。

「これを、そこのジャックにいれるといいわよ」

テレビの前面の下部を指す。リモコン受信部のそばに、ヘッドフォンの絵文字がついた音声の出力端子がある。

「いいんですか、独占して観てて？」

「どうぞ。ビールは？」

「おかわりを」

ありがたい。ヘッドバンドを調節して、ＤＪ用みたいな大型のイヤー・パッドで左右の耳を覆った。

音量をあげる。世界が変わった。

ＢＧＭは遠景に却（しりぞ）いた。声が響いてくる。子どもたちの声、かすれた大人の声。じっさいに音声を耳にするまでは（なんの根拠もなしに）英語やフランス語の映画だと思っていたが、聞こえてきたのはスペイン語だった。スペイン語は、習ったことはない。ただ、人物の話す「ブエノス・ディアス」――おはようでわかった。ドイツ語やイタリア語も、おはようとさよならだけならわかる。

風の音、鳥の声、犬の鳴き声。

そしてスペイン語。全篇のスペイン語。ぼくはその異国語のトーンに耳をすます。地に足のついたような、と、譬えたい音調だった。子音よりも母音が多い、落ちついた音。腰のすわった言語。おだやかで、安心感がある。

この――ふしぎな――滲（し）み入る映画にあっている。詩情と、沈黙と、神話性。

ぼくは最後まで映画を観た。ヘッドフォンからの音声にひたりこんで、画面を注視して。ヘッドフォンの外側にひろがるノイジーな喧噪は、あいまいにも調和的な環境音（アンビエント）として存在した。

少女は……物語の終わりまぎわに、さまよう森の深奥でフランケンシュタインの怪物に出遭う。

強烈に余韻が残った。映画の印象はぼくのなかで尾を曳いた。もといたテーブル席をながめやると、口説き、口説かれあっていた級友の男女は消えている。ぼくをおいて立ち去っていた。あるいは帰りぎわに声をかけたのかもしれないが、ぼくは映画に集中していて、そのばあいは無反応だったにちがいない。

　スペイン語がぼくの体内(なか)で残響している。

「ありがとうございました」ぼくはヘッドフォンをさっきの、カウンター内の女性に返す。

「これはどこの映画なんですか？　ラテンアメリカ？」

「スペインの。スペイン内戦を背景にしているの」

　チーフの（とぼくがみなした）女性は答えた。このひとが、雰囲気からして店主(オーナー)なのかもしれない。こうして即答できることから観ても。

「なにか、ビールをお願いします」とさらにアルコールを註文した。「いままでのとおなじような感じのを」

　チーフは黙ってうなずいて、原産地にアイルランドと書かれたビールを、空のグラスとともにだしてきて目のまえにおいた。

　いまは何時だ？　店に来たときとは時間帯がまるで変わってしまって、客層もすっかり変化していた。カウンターにある隣接した三つの席を、会社員の装いをしているカップルと彼らの荷物が占めていた。ビデオ・テープ鑑賞のおしまいのころ、店にはいってきたようだ。ちょうど目下(いま)、註文しようとしている。

　忙しかったためか、チーフではない、カウンターの内側にいるもうひとりの女性がオーダーをうける。ずいぶんと若い。二十歳になっているか、いないか。ニットの帽子を冠(かぶ)っている。髪の毛をそのなかに蔵（しま）いこんでいる。のぞいている前髪は斜めのラインにカットされている。

そんな風貌をぼくは見るともなしに見つめていた。

カップルの男が、メニューを指して「これと、これと……」といいだしたが、ニット帽の彼女はそれをさえぎった。

「わたし、それ読めないから、口頭でお願いできますか」

「え？　ああ、そう？」戸惑いながら、会社員は応じる。「ええと、じゃあね、このゴーヤ、チャ、チャンプルーでしょ、それから……」

へんだな。読めないって。日本人じゃないのかな？

いや、顔だちはそうは見えない。帰国子女かなにかだろうか？

そんなことをぼくは考えた。意識をいきおい彼女にむけすぎていたのだろう、ニット帽の女の子は（こちらの視線に気づいたという感じで）ふいに、ふりむいた。ぼくたちのあいだは一メートルと離れていなかった。はっきりと、彼女はこちらを視た。一瞬ではない、一秒、二秒と、こちらを、ぼくを注視した。

瞳が信じられないほどきれいだった。透明で、吸いこまれそうになる、しかも繊細さというよりも野性味にあふれていた。野性味、強靭さ——そうしたもの。鼻筋がとおり、ほっそりとして、唇に意志がある。化粧をしているのかどうかさえわからない、だが顔におかれた要素の一つひとつがきわだっている。

そして彼女はほほえんだ。

あらかた魔術的な表情だった。それは、彼女のそれは。

低い世界

朝、わたしは十三歳になって目をさます。この日が来るのは知っていた。だって、きのうが十二歳の終わりだったから。低い日々の最後だったから。

いやな気分だ。

雨が降っていた。窓のガラスが叩かれている。パシッ、パシッ。のりきらなければならない一日には、いちばんむいていない。

重い、重い、ずっしりとした気もちに襲われながら、用意されていたテーブルの朝食をとる。体力はつけなければならない。境界線を越えてしまったわたしに、どんな罠がしかけられているか、全然わからないから。

それにしても、雨。最悪だ。

制服に着替えた。傘と、通学用の鞄を手にして、そっと玄関のチェーン・ロックをはずす。まだ午前八時をまわっていない。この時間にわたしが玄関のドアを開けるのは、いつもだったらありえない例外だから、だれも知らない。

一秒の千分の一のあいだに、通路の右側と左側を同時に右目と左目でたしかめて、人影の有無を把握する。

わたしの家は高層アパートの三階にある。通路は建物の北側に面している。そこで戸口が全部つながっている。人影はあった。隣りの隣りの部屋の奥さんがもっと年上の知らない中年の女のひとと立ち話している。

問題ない。背の高い人影だ。

低い影ではない。

わたしは「おはようございます」とあいさつして、かたわらをすぎる。わざとめだつように、ドタドタッと幅広の階段を降りる。見張っていてもらえるように。

ぶじに二階の踊り場を通過して、地上の高さに。管理人室の正面から、郵便受けがずらっとならんだ空間にぬける。傘をかまえる。即、ひらけるように。雨のにおいが鼻をつきはじめた。あとは建物をでるだけだった。

白い雨足が視野に入る。

それから、黄色い足。

ビニール製の長靴を履いた小さな足の群れ。

雨合羽を着た四、五歳の幼児が何人か、この建物のエントランスのむかいに立っていた。しっかりした降雨のなか、たたずむように。

こちらを見据えて。ギラッ、ギラッと、わたしを見据えて。

だめだ、閉じこめられた。

引き返す。エントランスからは、屋根のある通路づたいに西側の棟にも移れたが、そっちはもっと危ない。なにしろ一階部分が保育園になっている。とりあえず管理人室に籠城？　むだだ

――だれが《低い者》たちを疑うの？　幼い子どもたちは絶対的に純粋なのだから。

非常階段の側に行った。飛びだせはしないだろう。閉じた高層アパートの縄張りから逃げだせは。だから即座にターンをきかせて、手すりをつかみながら非常階段を駆けのぼる。二階に、三階に、そして四階。制服のスカートがびっちょり濡れる。ひるがえりながらも裾は重い。四階の内側の通路に。正確に二十三歩、進んだところで、ビニール製のボールが転がっている。いかにも子どもの遊び道具。ああ、警告だ。

途端に戸口が開いた。こんどは小学校の高学年の女の子。わたしを認めて、ニヤッと笑った。ことばにださずに「つかまえた」という。あるいは――

あんたは終わりよ、と。

もう、あんたは《低い者》じゃないもの。

仲間じゃないのに、秘密を知っているんだから、排除しないとね。

ハイジョ。されてたまるか。わたしは「この馬鹿！」といった。たぶん、そういい返した。汚い口調。でも、かまってられない。鞄を投げつけて、ただちに反撃する。部屋のなかに押しもどされて小憎らしい女の子はギャッと声をあげた。

戦闘開始の合図だった。


わたしは境界線を越えてしまった。わたしは十二歳から十三歳になってしまった。これをどう説明したらいいんだろう？

馬の写真を話題として採りあげるしかない。

その写真に馬といっしょに写っているのは幼稚園児のわたしで、黒い天鵞絨（ビロード）のような皮膚にふれている。馬の横腹に、小さな手でさわっている。だけど、わたしは実物の馬なんて見たことはない。記憶はない。ただ写真があって、写真が残されているから体験した気になっている。

憶えていないのに。

記憶はないのに。

だから――つまり――それはわたしではない。

馬を撫でている幼稚園児は。

だって、だって、わたしは馬なんて知らないのだ。ほんとうに見たことがないのだ。

その写真のわたしはわたしではない。


十三歳になった。ちがう世界にわたしは移行した。それをあいつらはわかっている。だから、わたしを始末しようとしている。

低い世界に包囲されているのを感じる。

この高層アパートのなかには、大人たちの知らない建物がある。一つの棟の内部に終わることのない高層アパートがもう一つ、入れられている。発見できるのが《低い者》に限られている通路があって、ある身長を超えればぬけられない場所が無数にある。隣りの家のバルコニーも、隣りの隣りの家の庭も、幼児のような《低い者》には通行手形がわたされているのも同然。見つかっても、せいぜいがたしなめられるだけで、犯罪にはならない。そんなふうにして《低い者》たちは第二の建物を目に見える高層アパートの内側に作った。通風口も、ダクトも、なにもかもが利用された。定期的なメンテナンスの業者が来ると、作業を――どんな種類のものでも――観察して、無邪気を装って質問して、あらゆる構造を把握した。いまや、秘密のルートは蜘蛛の巣以上の柔軟さで、この建物内に張りめぐらされている。どんな具合にルートがつながるのか、低さをもたない者には想像できない。

けっして。

だから、これは秘密結社もおなじだった。

けれどもひとはいずれ低さを捨てる。

「こっちに逃げたぞ！」どこかで幼い声がした。そして狩りをする集団の声。獲物はわたしだ。猟場(かりば)は雨に閉ざされている。この馬鹿、とわたしは思う。

コンクリートの壁に耳をあてる。いろいろな音が響いている。建物の腸内活動のように。冷蔵庫がうなり、電話のベルが鳴る。子機がそれにつづいて、合奏する。ピアノの演奏。主婦をしている奥さんたちの会話。洗濯機がまわる。どこに乾すのか？

それから、あいつらの足音がした。

わたしはふたたび、さらに上層の階をめざす。

悪意ははっきりと追いかけてくる。でも、どんなふうに回りこむのか、わからない。すでに低い世界はわたしにとって不鮮明になっている。フセンメイに。それでも憶えているかぎりの知識に頼って、歩幅の大きさを武器にして逃げる。

通路で新聞紙が吹きこむ雨に濡れている。牛乳瓶が転がった。どこかの戸口で。空き瓶が。つづいて、おもちゃをキュッと踏む音がした。変哲もないアパート内の騒音、それが送られたサインだ。

《低い者》たちのあいだの。

わたしは十二階の空き部屋に入る。裏からまわって、バルコニーを越えて。この空室を見つけて、縄張りに組み入れたのがだれであるかは、いうまでもない。

寝室から廊下へ。そしてキッチンへ。

玄関のドアがどんどんどんと叩かれた。低い位置で。小さな拳で。

わたしはキッチンを見まわす。

ただひとつの出口を発見する。

歩み寄って、引いた。ダスト・シュート。それは下層に通じている。それは《低い者》たちのルートの一部。

開けた投入口からは雨のにおいがした。

ドアを叩く拳が四つか五つにふえた。バルコニーのほうで、がたごとと音がする。「キャハハハハッ」という黄色い歓声があがる。幼児の声、憎い声。わたしは決意する。そして。

通れるか、通れないかわからないダストの通路（ルート）に、わたしは十三歳の肉体を押しこんだ。命綱はない。けれども意志は負けない。

野生夏桐

ヤセイナツギリ、と彼はとりあえず読んだ。野生夏桐。依頼人はこの四文字を、ただのコードネームのように彼に渡した。が、人名だ。彼はもちろん金に困っている。だから、この不可解な人名に疑問を呈さず、「引き受けましょう」と依頼人に言った。ほぼ即答だった。

ここで彼の調査対象は、野生夏桐、になった。

つまりヤセイナツギリに。

時おり、他に読みかた（というか、呼びかた）はないか？　と考える。ひたすら相手を監視して、暇をつぶすしかない瞬間、彼はたとえば夏桐をカトウと呼ぶことは可能だ、と思い至る。カトウ？　では、下の名前がファミリー・ネームなのか？　これはファースト・ネームを先に、ファミリー・ネームを後に置いた、欧米風の呼称なのか？　では、最初の二文字・野生は苗字ではないとしよう、と彼は考える。すると、どう読める？

たとえば、ノオイ。

ノオイカトウ。

悪い感じじゃないな、と彼は自分のその思いつきに対して、採点する。たとえばノオイを平仮名で書いてみる。いま、彼が手にしているノートに、書いてみる。のおい。ほら、女性的じゃないか？　それに、あの調査対象には、ぴったりじゃないか？

彼は監視の目を強める。

その視線の先に、野生夏桐がいる。野生夏桐は女だ。

いままでは調査対象は二つの呼び名を持ってしまった。ヤセイナツギリ、または、ノオイカトウ。

それにしても、と彼は思う。名前を受け取った時点で性（セックス）が――その人物が男なのか、女なのかが――まるっきり当て推量もできなかったのは、初めてだ。俺にはその手の勘が、けっこう強力にあるんだがな。年齢とか、家族構成とか、職業とか、つまり生活環境や年収やらをほとんど誤差なしに、最小限のデータで見通す直感が。

いわば職業的霊感。

なにしろこの道十三年、東京でやってきた。これは俺のプライドだ。

だが、その直後に彼は、たったいま誇った「プライド」なるものを自嘲している。十三年やってきて、これか？　事務所に籍を置いているのは俺一人、片腕（パートナー）に裏切られて、ほんの二十三時間前に、業界大手に四人も調査員を引き抜かれた。俺が現場でしごいた、叩きあげの、あの四人の腕の立つ連中を（男が二人に女が二人だった、と彼は冷静に想い起こす。このバランスは、現場で大いにプラスに作用した。それが、それが、それが！　彼はたちまち激昂して、冷静さをうしなう。しかし、その感情は顔には表われない。決して浮上することがない。職業的訓練の賜物、単なる「探偵」という名の調査マシーン）。

おかげで俺は、この野生夏桐の観察を、たった一人でやる破目になっている。

依頼人が満足する報告書を書きあげるまで、ずっと。

何日つづく？

想像するとゾッとする。それまで俺は、不眠不休か？

だが、キャンセルはできない。なにしろ金がいいのだ。報酬が。そして俺は、事務所を立て直さなければならないのだ。立て直して、俺がいつか逆に業界を荒らす。何人も何人も、凄腕をヘッドハンティングしてやる。金に物を言わせて、だ。

たぶん四日間なら、俺は寝ないでも耐えられるだろう。

俺は野生夏桐の観察をつづけられるだろう。

観察、と彼は表現する。張り込みや尾行といった用語は使わない。それは警察の、デカ語だ。だから俺は、観察、と言う。彼は同時に、監視、という言葉も用いる。

そこにはニュアンスの差はほとんどない。観察、監視。ただし、調査対象を下に見る時に、無意識に監視という言葉を用いがちな気はした。だが彼自身は、そこまで分析はしない。

いま、この瞬間は、ひたすら野生夏桐を監視している。自分の行為が監視だと、彼は納得している。

〈アフタヌーンティー〉の店内に野生夏桐はいる。その〈アフタヌーンティー〉は伊勢丹の、三階にある。喫茶室。時は二〇〇五年、季節は春と夏のはざま、場所は立川。立川は東京都西部の市だ。そして、彼はどこにいるのか？　野生夏桐の二つ隣りのテーブルに。

三十分前から。

卓上にノートをひろげていて、そこに観察の（あるいは監視の）記録をつけている。早書きのメモ。たいてい調査対象は、誰かが目の前でなにかを書いていたとしても、それが「自分のことを書いている」のだとは、まず見越せない。写真を撮れば気づかれる、スケッチは反対に目を惹きつける、録音しても不審に思われる。が、手で書けば？

問題はない。

だから彼は書いた。


伊勢丹。アフタヌーンティー。Yの頼んだ紅茶、種類不明。

俺はアールグレイ。ポットで。

二時間粘れる？
Y、新聞をひろげた。朝刊。
顔を隠して。熱心。いわゆる熟読。

周囲の客層、婦人ばかり。あいかわらずY、年齢の見当つかず。俺の驚異の直感はどこに？

伊勢丹立川店、入っているブランドにはエルメス、プラダ、ワイズあり。

レディースの階では追跡、難。

しかし、伊勢丹立川店、俺の普段着でも違和感なし。むしろ客層、庶民。

さいわい。

Yは華やか。

ところでYがのおいいなら、Nか？

だんだんと腹が減る。

午後、動きがある。彼はすこし嬉々とする。立川駅北口、野生夏桐はタクシーを拾う。彼もただちに後続となる一台に乗り込む。車内で胸を躍らせて、さあヤセイナツギリ、どこに行くんだ？　これから俺に謎を呈示してくれるのか、ノオイカトウ？　と問う。もちろん声に出さずに。しかし、野生夏桐は遠出はしない。JR青梅線の西立川駅前で降車する。そこにあるのは昭和記念公園の、西立川口ゲートである。公園内を、野生夏桐は散策する。デジタルカメラを手にしている。気に入った風景をどんどん撮影している。彼も何度か、フレームに入ったかもしれない。しかしまあ、大丈夫だろう、と彼は判断する。同じ日に、同じ公園を、同じように散策していただけの他人だ。俺が観察しているとは、まさか思わないだろう。

アマチュアにはそういう想像力はない。

彼は自信を持っている。

他人の監視に気づける人間は、他人に監視されているのではとの被害者意識がある人間だけだ、と経験で知っている。その、自信。素人は推理をしない、との確信。現実はテレビの二時間サスペンス・ドラマとは違う。バスガイドは殺人事件を解決できない。家政婦も。

野生夏桐は携帯電話で数ヵ所に連絡を取りはじめる。しめた、と彼は思う。しばしば、聞き耳を立てるが、詳細を聞き取れる距離にまでは近づけない。だが誰かと（それも複数と）待ちあわせを検討している、とはわかった。それだけでも充分な収穫。それから野生夏桐は、一五〇ヘクタールもある広い公園で、結局、立川寄りのゲートとドッグランのそばにある一軒の茶屋に入って休憩する。名前は茶屋だが、いわゆるオープン・カフェだ。野生夏桐は有機栽培のコーヒーを注文する。彼はサラダバーガーを注文する。むしろ食事を注文したほうが自然な状況だったから。そこで彼は、ふたたびノートに文字を綴りはじめる。

Y（またはN？）、昭和公園に。ここはS52まで米軍の立川基地だったはず。その跡地の公園。

思わず蘊蓄をこうして記す。なにしろ、俺、蘊蓄と漢字で書けた。我ながらすごい。

それにしても昭和は遠くなりにけり。

園内、イヌが多い。もとい、イヌ連れ多し。

Yはしばしばイヌを観察。イヌ好きか？　撮影も数回。

イヌ用遊具に興味シンシン。

つづいてガウディ調の馬鹿げたデザインの休憩所に、しばし停止。

ガウディ好きか？

ちなみにガウディはスペイン人、カタルニアの建築家、サグラダ・ファミリア教会は未完成。

のはず。

死んでも創造のつづきをしてもらえるとは、不思議な人生。

ケータイを多用。Yのケータイ、AU。見間違い？


野生夏桐はそれから立川駅前に戻る。ルミネ立川で時間をつぶす（暇つぶし？　何のために？）。

彼はその行動のいっさいがっさいを観察する。野生夏桐はそれから散策の範囲をひろげる。コンビニに立ち寄る。彼も同じコンビニに入り、缶コーヒーを一本買い、野生夏桐がレジ前の「不用レシート入れ」に捨てたレシートを、巧みに盗る。あとでノートに貼り、それから報告書にデータとして記載する予定。

依頼人に届ける報告書は、できるかぎり冷たいデータで構成されていなければならない。

午後五時半、野生夏桐は立川タカシマヤ内で三人と合流。全員、女性。彼は首を傾げる。なぜなら、現われた三人が揃って、野生夏桐と同じような年頃で、すなわち正確な年齢というのがいまひとつ読めない。俺の目はどうなったんだ？　俺の職業的な、人間観察力は？　彼は苦渋を滲（にじ）ませたが、それは魂の表層に対してで、顔には出さない。

四人は、容貌はそれほどでもないが、体つきは似ている。背中を追跡する場合に、困るタイプだ、と彼は思う。しかし、着ている服がまるっきり特徴を異にしているから、今回は最初から戸惑わない。合流した四人は、タカシマヤ九階のレストラン街にある、蕎麦屋で食事。それからタカシマヤに道路を挟んで隣りあうシネマ・コンプレックスに。なんだ、と彼はすこしがっかりする、ただの映画鑑賞会か？　女四人の？

彼もいっしょに映画を観る。

意外におもしろい。

劇場は完全入れ替え制で、終映後に即、席を立たなければならない。彼はひと足先に出て、エレベーター・ホールで、野生夏桐とその他の三人を待つ。女たちは化粧室に寄っているらしい。遅い。やっと現われた時に（次回のための行列の、かたわらを過（よぎ）り）、彼は愕然とする。四人の女たちは、服を交換している。つまりAがBの服を着て、BがCの服を着て、CがDの服を着て……というふうに。それも上から下まで、履いていた靴まで。彼は眩暈（めまい）をおぼえる。なんだ？　どういうことだ？　こいつら、何をしてるんだ？　困惑の渦中にもどうにか同じエレベーターに乗り込んで、観察しうる距離は保つ。監視しつづけようとする。しかし、頭はクラクラしている。むしろグラグラしている。俺は眠いのか？　と疑う。まだ調査の一日めだっていうのに、もう？　もう現場に粘れるほどの体力は、つまり若さはない？　そうなのか？

ところで野生夏桐はどれだ？

彼はエレベーターの狭い箱の内部（なか）で、野生夏桐を捜して、顔は野生夏桐である女にまず目を留める。当然だ。それから、恰好が野生夏桐である女に、目を移す。え？　と彼自身、思う。彼は惑う。こっちは野生夏桐じゃないのか？　俺はずっと、この女を追ってたんじゃないのか？

エレベーターは地上に着いた。そして、そこで、また混乱がある。女たちは「じゃあね」も言わずに、何ら挨拶を交わさずに、二手に分かれて散った。しかも二手のうちの一方はシネマ・コンプレックスの入っている建物の角で、ただちに二手に分かれた。そして彼は、まだ恰好が野生夏桐である女に目をやっていた。すでに彼は、顔が野生夏桐である女を（たぶん、最初の調査対象を）見失った。

呆然とした。

おい、俺は一人しかいないんだ。おい。

しかし、彼の決断は早い。他に選択肢はなかったからでもあるが、彼は決然と、その「恰好によって野生夏桐とされた女」をこれ以降の追跡対象に変える。この女を追っていれば、と彼は思う、必ず接点は結ばれる。

焦るな。慌てるな。糞、いきなり謎ばっかりだ。何を仕掛ける気だ、ヤセイナツギリ？　それとも……ノオイカトウ？

三十分後。彼は憔悴した表情を示す。そこに違う名前がある。表札に。彼の予想は裏切られて、女は電車には乗らず、タクシーも拾わなかった。女は徒歩で、立川駅の南側のエリアにむかった。住宅街だ。しかも緑が多い。それは一軒家だった。たぶん女の自宅だ。表札にはまず、「桐生」

とあって、その下に四つの名が並んでいる。博史。野夏。いずみ。凜之輔。ただし、最後の凜之輔は、後からマジックで書き加えられていた。彼はイヌの名前だろう、と当たりをつける。飼い犬の、リンノスケ。そして俺が追っている女は、たぶん（いや十中八九）、野夏。つまりキリュウノナツ。

キリュウ家の、ノナツだ。

しかし、そんな名前、あるのか？

何かがおかしい。何かが間違った方向に流れつつある。桐生野夏だって？　これも四文字の、ただのコードネームじゃないか。しかも、家族が暮らしているはずの一軒家は、その女・桐生野夏が戻るまで、真っ暗だった。庭先にはイヌはいなかった（その程度は気配でわかった）。即断するのは早いが、独り暮らしか？　だとしたら、この表札と、この一軒家は、なんだ？

頭がグラグラする。俺の経験値が役に立たない。俺は眠いのか？

彼はなかば茫然自失しながら、しかし見張る。その一軒家を、路地裏から、誰からも見咎められない形で。そして深夜十二時。家内の（たぶんリビングの）灯りは消えた。彼は思う、就寝？しかし、またもや読みは外れる。玄関に桐生野夏が姿を現わす、ジャージ素材のややスポーティなジャケットを羽織って。施錠。外出だ……どうして？　どこに？　彼は追う（その言葉を本人は使わないが、これは尾行という用語でしか表現できない）。十分とちょっとで、彼は、というか桐生野夏は、二十四時間営業のスーパーに到達している。

買い物。

深夜の買い物。

しかし、不審なものは購入されない。

彼は真剣に目を凝らして、桐生野夏が犯罪めいた行為をしないか、と期待している。なにしろ変な時間帯で、唐突な（と彼には思われる）外歩きだ。期待するのは当然だった。たとえば、この女は、万引き主婦ということはないか？　俺はその真相の調査を……依頼されたのではないか？　そこまで考えて、ふたたび彼は頭のグラグラ、グラグラという揺れに襲われる。違う、と彼は自らに訂正する。俺の本来の調査対象は野生夏桐で、これは桐生野夏だ。これは。これは。これは。

不審なものは購入されない。万引きもない。彼の失望。そして、レジ。

レジで、彼は、桐生野夏がレジ係の女に何かを渡すのを見る。そっと。

何かを握らせる。現金。

彼はまた唖然とする。俺はどういうシーンを盗み見ているんだ？　これは万引きの、まるっきり逆のパターンじゃないか。つまり反・万引きじゃないか。レジ係の女は、現金を受け取って微笑する。たしかに微笑した。そして桐生野夏の耳もとに顔を寄せて、なにごとかを囁いた。

　何かを報告した。

レジ係の女は、パートの主婦だ。それを彼は見通した。しかし、何が報告されたかは、見通せない。

何が……何が。俺の職業的霊感はどこへ行った？

それから桐生野夏は帰宅する。またもや真っ暗な自宅へ。その一軒家へ。

　彼は寝ずの番をする。調査の二日めに入る。その朝は、早い。消灯が前日、午前二時過ぎだったというのに、桐生野夏は午前六時前には起きている（その程度は気配でわかった）。六時半、桐生野夏は玄関に現われる。現われて、施錠する。外出だ。その恰好は、前日の三つのパターンのどれとも異なる。つまり立川タカシマヤで野生夏桐および他の二人と合流したシーンに着ていたもの（すなわちパターン1）ではないし、劇場の化粧室で野生夏桐から譲られたもの（すなわちパターン2。しかし……と彼は悩む。はたして譲られたのか？）でもないし、さらに深夜の、二十四時間営業のスーパーにむかった際のもの（すなわちパターン3。ジャケットの内側は未確認。パジャマの上衣ではなかったと想像される）でもない。あきらかに通勤スタイルだ、勤めている女性の。

パンツ・スーツ。

では、桐生野夏は主婦ではないのか？

ひたすら疑問。そして疑惑。彼は調査マシーンである自分を取り戻して、「探偵」として桐生野夏を追う。繰り返しになるが、つまり尾行だ。結局は尾行。彼が何を思おうと、まあ実際には。桐生野夏は、JR立川駅にはむかわなかった。その手前の、多摩モノレールの立川南駅に入った。背中は「わたしは毎日こうして通勤しているのよ、毎日、毎朝」と語っている。そうとうな説得力で、雄弁に語っている。しかし彼は、騙されないぞ、と思う。俺はまだ判断しない。まだ、こんな段階じゃ。電車は上北台駅行き、そして桐生野夏はその二つ前の、玉川上水駅で降りる。それから、西武拝島線に乗り換える。小川駅まで。そこで西武国分寺線に乗り換える。東村山駅まで。それから、西武新宿線に乗り換える。本川越駅まで。時刻は八時に近づいている。通勤電車は満員になりつつあり、だから彼には追跡が容易だ。だが、川越の市で（そこは埼玉県内だった）十五分ばかり歩いて、JRの川越駅に着き、そして今度は埼京線の上り（新宿止まりの通勤快速だった）に乗り込んだ時に、何かがおかしい、と思う。思わざるをえない。どこをめざしているのかが、読めない。また読めないい、と彼は呻いた。

そして桐生野夏は先頭車輌に乗り込んだ。ラッシュ時なのに、空いている車輌。番号としては十輌め。それはこの年の四月四日から導入された、朝の女性専用車輌だった。

彼は乗れない。

彼は愕然とする。

俺は翻弄されているのか？

彼は必死に、九輌めの、できるかぎり十輌めとの連結部分にちかい箇所に乗り込む。そして、その女性専用車輌の内側（なか）を盗み見ようとする。停車駅が来るたびに、調査対象がそこで降りてしまわないか、確認する。必死だ。女性専用車輌はガラガラとはいかないまでも空いていたが、それ以外の車輌は、超満員だ。だから、監視には無数の困難がともなう。

彼は揺られる。

彼は眠い。

俺はもう、何時間寝ていないんだ？　ふいに彼は考えはじめる。俺は眠いのか？　眠い？

寝ている？

そして終点の新宿駅。九輌めの進行方向の扉からいちばんに降りて、ホームで彼は見張る。女性専用車輌から降車する、全員を。全部の女性を。そして例のパンツ・スーツを発見する。見間違いはない。絶対にないが、着ている女の顔が違う。

その女は桐生野夏ではない。そして、顔が桐生野夏の女は、この終点で降車したのかもしれないが、彼は見逃している。

それから、ここでも当然の決断がある。彼は桐生野夏の恰好をした桐生野夏ではない女を追跡する。その女は、中央線快速の、下りのホームをめざす。キヨスクで新聞を買い、そして電車に乗り込む。終点は高尾駅。やや離れて彼はシートに座り（この間（かん）、彼はずっと自問しつづけている。俺は寝ているのか？　もしかして俺はとうに寝ちまってるのか？）、しかし、観察の目は休めない。強い視線（まなざし）、むしろ監視。そう、微妙なニュアンス。

糞、糞、糞。お前を下に見てやる。

女は（桐生野夏ではない女は）新聞をひろげて、その顔を隠している。

新聞は朝刊で、昨日〈アフタヌーンティー〉で野生夏桐が――ヤセイナツギリ、あるいはノオイカトウが――熟読していた全国紙と、いっしょだ。

それから、女は立川駅で降りた。

そのように彼は弄ばれる。弄ばれている、と感じる。二日が過ぎて、三日が過ぎる。調査対象はしばしば入れ替わって、いまでは何人めなのか、ノートに記したメモを読み返さなければ把握できない。しかし、彼は追跡している。彼には報酬が必要なのだ。彼には「ざまあみろ」と言ってやりたい、世間が、この業界があるのだ。そして彼は、自分が寝ていないことを自分に証明しなければならないのだ。俺は四日も持たずに寝てしまうヤワじゃない、そんな新人（ガキ）じゃない、とも証さねばならない。三日めの夜には、調査対象は立川駅前のカプセルホテルに泊まる。それは女性専用のホテルで、雑居ビルの内部（なか）にある。そんな時も彼はあきらめない。エレベーターと階段の前に張って、ホテルにチェックインする女性と、外出あるいはチェックアウトする女性の数を、カウントする。イン、アウト、イン、アウト。頭のなかで大文字で、OUT、と刻む。

その程度にはとどまらない。ホテル内の自販機の、ドリンク配達係を買収して、そこを訪れたらフロントの人間を買収してもらうように頼む。この日、いったい何人がそこに泊まっているのか、その数を把握したい。それだけでいい、と頼む。フロント係に対する報酬は五千円札が一枚、ドリンク配達係に対する報酬も五千円札が一枚。この計画は成功するが、彼はたとえば誰が、誰の、そして何の買収に成功したのか、文脈が読めないことに気づいて、しばし茫然自失する。俺の思考は、と彼は思う、もう支離滅裂なんだ。

不安になる。だから論理的に考える。

論理的に考えるために、彼は一時間だけ、カプセルホテルの監視を放棄して、近くの〈スターバックス〉に入る。そこで彼が取りだしたのは、いつものノートではない。メモ書きのために、始終手にしているノートではない。依頼人に届ける報告書の、それ専用の白い紙と（彼の探偵事務所のロゴが入っている）、万年筆である。

それから彼は書いた。

野生夏桐の調査。

わたしは一日め、野生夏桐を追跡しました。彼女は午前いっぱい、伊勢丹立川店にいて、それから昭和公園に行きました。それからルミネ立川に行きました。それからａｍ／ｐｍに入りました。それから立川タカシマヤに行きました。それからシネマシティで映画を観ました。

映画が終わると、野生夏桐は桐生野夏になっていました。

そして桐生野夏は家に帰りました。

ここまで書いて、彼は深くうなずく。そうだ、と思う。これが論理的だ。これが論理なんだ。
彼は依頼人に対する報告をつづける。

四日が過ぎる。彼は途中で、もっと大胆な行動に出る。彼は調査対象が立川グランデュオの内部(なか)の、立川中華街で遅い昼食を摂っている時に（食べているのは「ふかひれ麺」だった）、それを実行する。調査対象が化粧室にむかった際、何気ない顔でテーブルにむかって、椅子から、荷物を掏(す)る。

後で調べる。そこにはＩＤとなるものはあった。一枚の葉書で、そこには宛て名に「夏桐生野様」とある。彼はその宛て名を、読む。ナツギリイクノ、と読む。あるいは、カトウショウヤ、と読む。また名前が増えている。それから、掏った荷物のなかには、聖書のようなものもあった。

だが、それは聖書ではない。

判型と厚みが近かったから、勘違いした。それは辞書だ。国語辞典だ。

彼は、辞書？　と疑問を抱いた。どうしてナツギリイクノは辞書を持ってる？　どうしてカトウショウヤは国語辞典を持ち歩いてる？

その夜、彼は何度も見知らぬ女たちからデジタルカメラで撮影された気がする。あるいは携帯電話の撮影機能で。彼は、不気味だ、とつぶやく。彼は、撮影するならば俺だ、探偵の俺だ、俺のほうだ、逆撮影はするな、とブツブツつぶやいている。

それから彼は、ヤセイナツギリ、ノオイカトウ、キリュウノナツ、ナツギリイクノ、カトウショウヤ、といろいろな名前を囁いてみる。

囁いているうちに朝になる。

五日めの朝。彼は朝刊を買う。いつも調査対象の女が（女たちが）読んでいる、同じ全国紙。あの女が（女たちが）熟読している、あの紙面。そこにヒントがあるかもしれない、と職業的霊感に衝かれて。そして、彼は連載小説に——その連載小説の欄に、目を留める。著者名は、桐野夏生。彼は、この四文字はなんて読むんだ？　と反射的に考える。二秒か三秒、あるいは三時間ばかり、考える。最初、キリノナツバエ、と読んで、違うなキリノナツオだ、と思い至る。それから、そのキリノナツオの小説を読む。そこには自分を（自分というのは小説のなかのわたしだ。つまりヒロインだ）監視する探偵のことが書いてある。その行動が逐一書いてある。そして彼はつぶやいている。糞、俺が書かれた。

　こっちが書かれた。

川、川、川、草書で

吉増剛造トリビュート

1

　草書が歌いだす。

それは最も疾走している書体だ。草書。崩された文字、走る文字。そして、ここには町がある。この町にはむろん地形があって、だが地形もまた、不安定な草書で書かれている。

だから、町はひとつの思念である。

町は草書の地図しか有していない。

それでは地形を語ろう。いちばん大切な部分に、いちばん最初に触れよう。それは町において、いちばん危険な存在(もの)でもある。川だ。名前はうしなわれている。だから、これからは単に、川、と呼ぶ。

川のこちら側には東京がある。あちら側には神奈川がある。ただし、神奈川とは県名であって、川の名前ではない。

その川には名前がないのだ。うしなわれた。

川には中洲がある。

そこではパスポートが発行される。

あるいは、没収される。

碑は、その中洲のセントラルにある（と目撃者は言う）。その碑には**東京と神奈川が引き裂かれるところ、想像力も引き裂かれる**と刻まれているという。

すなわち、そこは都県境（とけんざかい）である。

わたしたちがその碑の側に立っている、と想定しよう。わたしたちは、そこからこちら側を眺めている。わたしたちは高層ビルを見る。ビル群だ。そこは新宿である。新宿には群衆がいる。わたしたちは妄想する。群衆とは、姓が群（ぐん）、名が衆（しゅう）の、一人の人間ではないのか、と。たぶん巨人だろう。手は、百本以上あるだろう。かなりの上背を有しているから、高層ビルなどという住居（すまい）が必要なのだろう。

わたしたちは新宿には行ったことがない。

わたしたちは川のこちら側の住人だが、なにしろ、ほとんど川縁（かわべり）に住んでいるのだ。


そこを一人の子供が歩いている。ずっと昔から歩いている。川縁のいちばん端（はし）を。

何十年も前から歩いているのを、何十年も前からわたしたちは目撃している。

子供の背中には、概念としての子供の定義が彫られている。**大人に達しないかぎり、それは子供でありつづける**、と。もしかしたら、とわたしたちは思う。もしかしたら、この世に大人というものが生まれてしまったから、引き裂かれるように子供は誕生したのではないか？　その確信は、わたしたちには（わたしたち自身にも）意味不明で、瞬間、戦慄する。わたしたちは子供に声をかける、やあ、と。すると子供は答える、やあ、と。そこから会話がはじまる。

「何が気になるの？　ああ、僕が頭にかぶっている、これ？　これはね、帽子だよ。これはね、野球帽だ。どうしてって、僕は野球少年だから。はははは。これは笑い声だよ。はははは。それで何が訊きたいの？　噂のシンソー？　そうか、あなたはほんの数十年前に、越してきたんだね。シンザンモノなんだ。だったら、僕が教えてあげないとね。うん、たしかに沈む銀行は、ある。あの川底だよ。ほら、あそこだよ。目を凝らして。中洲の横っちょだけれども、ちゃんと東京だよ。都内なんだ。こちら側なんだ。あの川底の、沈む銀行は。しょっちゅう名前を変えるよ。

なぜかって？

さあ。

僕は預金はしていない。

僕は五百円札を持っているんだ。

ちょっと歩こう。ほら。

ね？　ここには無数の化石があるよ。貝類だよ。これがアンモナイトだね。あと、これはメタセコイアだ。ああ、あれは化石じゃないよ。あれは庚申塚、それから、あっちが馬頭観音。いろいろな石の……いろいろなものが祀られているね、この川岸も。

なにしろ、川には時間を埋めているからね。

タテマツル必要があるんだよ。

鎮め奉る、必要が。

うん、沈めるの。

あ、見て。あそこの川面。そう、銀行のそばの。あそこに鵜がいるね。鵜飼いの、鵜だ。ほら、紐がある。でも、その紐をひいている鵜飼いが、いないね。そうか、鵜が紐をひいているだけなんだ。

そうか、鵜って、凄いね。

気をつけないと、僕たちはひかれちゃうね。あの鵜に。

鵜に、飼われちゃうね。

ほら、川を渡ろうと、するでしょう?

ちゃんとした〝渡し〟を使わないで。僕はね、野球少年であるけれども、水泳少年でもあるんだ。だから、何度も企んだよ。企み。た、く、ら、み。でも危険だったね。川が許さない。あちら側とこちら側はね、引き裂かれているんだよ。とても……とても注意深い泳ぎかたをしなかったら、想像力がね、奪い取られるんだよ。そして想像力がない人間はね、川に沈む。

うん、それは銀行とは違う沈みかただ。

銀行はちゃんと、東京都の管轄下に、あるからね。

中洲には〝渡し〟を使うこと。これはきっと、都(ト)の条例で決まってるんだよ。東京都公安条例とか? 僕は読んだことがないけれど。ああ、そうさ。この発言は無責任さ。

もうちょっと、歩こう。

洪水について、あなたに教える必要がある。もちろん、この川のさ。やっぱり知らないんだ! だからあなたは駄目だね。あなたは大人だから駄目だし、もしかしたら、ちゃんと大人になってしまう子供だから駄目だ。洪水はね、ある。六十年に一度、あるんだよ。本当に知らなかったの? 噂も聞いたことがないの?

ああ、いったい、皆(みんな)どうしちゃったんだろう!

いいかい、洪水が来て——

――そいつは時間を流すよ。

奔流になって、こちら側とあちら側で、大暴れするんだ。

だからさ、だから危険なんじゃないの。川は。だから、いちばん危ない存在（もの）なんじゃないの。

そうかあ、そんなことも忘れちまったんだね……町は。押し流されたんだなあ、時間が。だから〝歴史〟だって洪水に呑まれちゃった。町はこんなに……こぉんなに不安定で。

うん。

安心できないね。

おや？　僕たちはずいぶんと歩いたね。ほら、もう線路が見えるよ。あそこ。橋のように、川に架かってるでしょ。あの鉄路（レール）。あれは小田急線だよ。中洲の上は通らない。新宿から出発してね、神奈川に……あちら側に入る。でも注意して。小田急線の電車はぜんぶ十輌編成でしょう？　それでね、車輌の内側にも時間が流れている。各駅停車に乗っていると千七百年が過ぎるし、準急と急行でも千二百年が過ぎて、快速急行では九百年、特急ロマンスカーなら五百と五十と五年かっきりが経過するからね。ただ、先頭車輌から後ろに……連結されている最後の車輌のほうに、だから十番めの車輌にだね、その電車の内側（なか）で歩けば、引き算はできるよ。

時間の引き算だ。

ちょっと冒険だけど。

いわば、ギャンブルかな？

博奕（ばくち）だ。

どうだろう、そろそろ満足？　それなりに充分になった？　この辺でたぶん岐（わか）れ道だね、僕とあなたは。それじゃあ、お終（しま）いの忠告。いい？　河童（かっぱ）にはちゃんと警戒して。見ることとさ、触れることはさ、違うんだから。だから、聖なる河童にはさ、悪戯をしちゃいけないって。

わかった？

ね？

さあ、さようなら。あなたは帰るよ。そこに……あなたの川縁に。そして僕は、まだ、まだ、まだまだまだ歩きつづける。ここを……ずっと昔まで。昔の昔のオオムカシまで歩いていっちゃう勢いで、さ。はははは」

2

これは目撃情報である。むろん河童の。その聖なる生物（いきもの）は両棲類であると定義される（ただし、神奈川では魚類に認定されている）。頭頂には、毛のない部分があり、それは〝皿〟と呼称される。それから口には嘴（くちばし）。背中には甲羅。手足には、水搔き。

河童には天敵がいるという。

それは猿であるという。

ただし、この川縁には猿は棲息していない。

源流ではべつだ。源流にはたしかにニホンザルがいる。そこは山であり、川は、その山に抱（いだ）かれた湖から発している。ニホンザルたちはしばしば湖に戦いを挑み、その戦績は年間でつねに五勝四敗であることを、わたしたちは知っている。

噂だ。噂に聞いて、知っているのだ。

いずれにしても、わたしたちはニホンザルを目撃したことがない。

この町には棲息していない。


わたしたちは女に会う。

その女は対岸を見ている。川の対岸、すなわちあちら側の、神奈川だ。遠望すれば、建物のシルエットが認められる。

「そうよ。あれが病院なのよ」と女は言う。

病院？　とわたしたちは尋ねる。

「そうよ。あれは川を渡ると消えてしまう、病院なのよ」と女は言う。

わたしたちは思い出す。その病院の噂なら、たしかに聞き憶えがあることを。なにしろ、この町には病院がない。だから、ほとんど病人というものが生まれない。生まれないから、病院は必要とされていない。

ただし、とわたしたちは指摘する。

病院を必要とする、病人ではない人間もいるのだ、と。

「そうよ。あたしよ」と女は言う。それから、ぽっこり突き出した腹を撫でる。「あたしは臨月だもの。病院が要るの」

あと何日で生まれるのか？　とわたしたちは尋ねる。

「予定日までは、三日よ」と女は答える。

それは大変だ、とわたしたちは言い添える。

「あなたは大変じゃないわ。大変なのは、あたしよ。そして、あたしたちよ」

あたしたち？

「そうなのよ。わからないの？　あたしは、一人に見える？　違うでしょう？　ここに、子供がいるでしょう？　もちろん生まれてはいないわ。あたしがまだ、産み落としていないから。でも、それは生まれるのよ。

　ほら、三日で。

　わかる？

　だから病院が要るのよ。

　ちょっと来なさい。説明してあげるから。ね、見える？　あそこが病棟の、たぶん耳鼻咽喉科なの。その隣り、ほら、空中通路でつながった建物、あそこに産科があるの。あたしは、あそこに行きたいの。

　あ、蜃気楼のように、揺らいだ！

　……怖いわ。

　あたし、川が。

　この川が、初めて。

　ねえ、あなた、河童の話をしてたわね？　あたしが目撃したのかどうか、たぶん知りたいわね？　知りたいのね？　いいわ、教えてあげる。あたしは、見ていない。あたしは、河童には、会っていない。

　この子もよ。

　だから、まだ生まれていない子供もよ。

　ねえ、あなた、答えてちょうだい。あたしは母だと思う？　あたしはまだ母になっていないと思う？　あたしは産まないかぎり、母じゃないと思う？

あ――

――汗。

あたしの額から、こんなに汗が。駄目ね。じゃあ、つづけるわ。あたしは違うものを目撃したの。それは生物だけど、生物ではないの。わかる？　それはね、亡霊だったの。

亡霊にあたしたちは会ったの。

あたしと、この子がよ。だから、まだ生まれていないお腹の子供と、あたしがよ。その亡霊はね、東京の亡霊じゃなかった！　対岸のね、神奈川の亡霊だった！　女よ。あたしと同じように、女。でも経産婦。三人を産んだのですって。人間ばかり、三人。ねえ、何かを産めるのならば生物だけれど、それが亡霊だと、やっぱり生物じゃないわねえ。

あたしはいろんな助言を受けてよ。

その亡霊さんから。

あなたは出産しないとならないわ、って言ったわ。あなたは妊婦なのよねえ、って言ったわ。あたしは病院で生まれて、って言ったわ。あたしは病院で産んで、って言ったわ。それも三人も分娩して、って言ったわ。あたしは病院で死んだの、って言ったわ。だから素晴らしい病院よ、って言ったわ。

ほら、あの病院よ。

ほら、ちゃんと在る。

川のあちら側に。

あ、揺らいだ！

それから亡霊さんは、消えてしまうのよねえ、って言ったわ。あなたたちが渡ると、消えてしまうのよねえ、って言ったわ。だって、あれは神奈川の病院だものねえ、って言ったわ。あなたは東京の妊婦だものねえ、って言ったわ。でもあたし、産みたい産みたい産みたいのって、言って。懇願して。すると亡霊さんは、この〝渡し〟を使いなさい、って言ったわ。

しー、黙って。

こっちに来て。

付いてきて、ちょうだい。

そう——

——そこ。

ね、あるでしょう？　渡船場(とせんば)が。あれはね、ただの渡船場じゃないの。あれはね、中洲を通らない〝渡し〟の、それなの。渡り場なの。だから、ね？　わかる？　中洲に上陸しなければ、中洲のセントラルを通過しなければ、あたしたちは想像力を強奪されないでしょう？　だから……だから、合法の、想像力よ。だから……だから、その渡し守は、非合法よ。

ほら！

あの一軒家、あれが、渡し守の。

そして、あの筏(いかだ)。あれこそが、その〝渡し〟で——。

ああ、不思議ね。あそこには、川で食器を洗っている家族がいるわね。あの小屋の前には、つながれた白鳥がいるわね。ああ、そして、燃えている手紙の束があるわね。そう、一軒家の、ポーチによ。

行きましょう。

そうよ、ちょっと来なさい。あなたも。

あら、やだ。携帯電話が燃えはじめたわ。捨てないと。あなたも捨てなさい……火傷するわよ！

そう、素直に。

素直に、なってちょうだい。

いい感じね。ほら、あたしたちの携帯電話が……沈むわ。川底に。

そう、そこに。

川底には何が棲むのかしらねえ。

さあ、ここから階段を下りるの。滑らないように気をつけて。あたしなんて、足を滑らせたら流産しちゃう。あら、この階段の、ほら壁。これは絵ね。それも古代の、洞窟壁画ね。まあ……これって、麒麟ちゃん？

心を奪われるような絵ねえ。

ほら、踊り場！

露天商がいるわね。

この踊り場で、本を売っているのね。

そう、白紙ばっかりの本だわ。あなたは買わないの？　だって、炙り出しかもしれないじゃないの！

わかったわ。

急ぎましょう。

一段……また一段……また一段……めざしているのは一軒家……。

さあ、着いた。

その空き缶を叩いて。

そう、それ。それで、渡し守を呼ぶの。

ほら！

来たわ、言いなさい、こんにちはって。

あたしも言うわ、こんにちは。

あたしの子は、まだ生まれていないから、言えないわ。

残念ね、でも。

行きましょう、渡船場に。と、せ、ん、ば、に。これが、それよ。亡霊さんが教え示した、その〝渡し〟よ。乗るわよ。もちろん、あなたもよ。だって、病院にたどりつかないと。そうでしょう？　あたし……あたしたち。まだ母ではない母と、まだ母ではない母の、子。だから、あそこに。川を渡ると消えてしまう病院に。落ち着いて、大丈夫！　あたしたちは川に許されるから。

保証するわ。

あたしと、あたしの子と、亡霊さんが。

さあ」

そしてわたしたちは出発する。わたしたちは〝渡し〟に乗り、渡し守に導かれながら、女に同行する。わたしたちは、途中までは付いていける。わたしたちは、しかし途中で放り出される。

わたしたちは、都県境を越えられない。その都県境は川中（かわなか）にあって、線としては書かれていない。

いや、書かれているのだが、流されつづけている。だから線は崩れて、走り、草書になって。

わたしたちは町の、不安定な地形に翻弄されて、川縁に戻る。

わたしたちは〝渡し〟から放り出されたのだ。だが女は違う。女は渡し守にマモラレテ、いまも病院にむかっている。

川の水面を。

そしてあちら側に見える病院は、その建物のシルエットは、消えていない。

3

これは未確認情報である。ふたたび河童の。河童は、淡水性の生物（いきもの）であるという。しかし、川はいずれ海につながる。すなわち河口では、淡水と海水が混じる。そこでは河童は生きていけない……。

もちろん**わたしたちの町はそこでは終わっている**。

たぶん、そこでは不安定に消えているのだ。この町が。

あるいは名前がうしなわれた川に、強引に名前が付与されて、それで町が終わるのだ。わたしたちの。

川がいずれ海につながる場所を、品川という。

それは川の名前ではないはずだが（神奈川が単なる県名であって、川の名前ではないのと同様に）、しかし、あるいは。

それは無理矢理に授けられた川の名前であり、だからこそ、川は品川となって海に呑まれるのかもしれない。

かつ、そこには河童は棲息していない。これは未確認情報である。

わたしたちは男に会う。

その男は疾駆してきたのだ。わたしたちが暮らしている、川縁を。何年もの、何十年もの距離を疾(はし)ってきた。それもオートバイに跨がって。

わたしたちは最初、轟音を耳にして、男の到来に気づいた。

わたしたちは最初、風が来たのかと思った。

風ではなかった。

「どこから来たのかって？」と男は言う。

わたしたちはオートバイを停めたのだ。

「河口だよ。もちろん、河口だよ。品川だ。俺のことを知らないの？

あんたはもぐりだねえ。

いやあ、この町も変わったねえ。久しぶりだ。この町も、ずいぶん不安定になったねえ。あれさ、〝地形〟がさ。俺は往(い)き来(き)している。何度も……何度も……だからこの川の、河口と、源流とを。

本当に知らないの？

俺のこととかさ、その他のこととかさ。

じゃあ、噂だけ……。

あれは、もう、ないのかい？　ほら、公共交通機関。ほら、源流行きの、犬印のバス。乗るとさ、車掌さんがさ、全員に犬印の牛乳を配ってた……。

そうか、廃止されたんだ。

残念だね。

俺が子供の頃は、ちゃんとあれがあったから、疑念や迷いを消せたんだけどね。

俺？

もちろん、いろいろ知ってるよ。ああ、ひとつ教えてやろう。あんたに。源流に湖があるだろ？　あの湖の名前。

心臓湖っていうんだ。

あ、ちょっと待って。俺は電話をかけないと。東京天文台に、いまから二十秒以内に。この携帯電話で。

それで、もしもし——

——一時、破滅ですね。

ふう。聞いた？　なんてアポカリプティックだ！　俺はね、最近ね、いろいろなことが腹立たしいよ。宇宙局の実在が信じられていないとか、こっち側の天使は背番号制になったとか。え？　知らないの？　やばいよ。それはやばいな。51番の天使、知らない？

そうか、昨日は五打数四安打で……。

ま、いいか。

あんたって、知らないことばっかりだね。もちろん、それがいいとか、悪いとか、判断を下してるわけじゃないけど。もう少し、教えよう。たとえば、このオートバイ。これは敬愛する生物に捧げてるんだ。そのレプリカの形態さ。わかるでしょう？　だから、これは、一角獣のレプリカだ。

ほら――

――走る。

わかってるって。置いてきぼりにはしないよ。俺はべつに焦ってないしさ。ただ……ただね。あんたを相乗りさせられるかどうかは、違う問題だ。だって、あんたは、ここからは出ない。この町からは。いっぽうの俺は、出てばっかりだ。出たり戻ったりだ。だから、ね？　違うだろ。俺たちは、人種が。たとえば秘密の合図がある。聞きたい？　いいよ。

下二段だ」

わたしたちは、下二段？　と聞き返す。

「下二段、下二段、下二段、活用だ！」と男は叫ぶ。


それから何かが起きる。わたしたちは、秘密の合図を反芻している。口中で、ごろごろ転がしている。シモニダン、シモニダン、と。あるいはまた、し、も、に、だ、ん、と。わたしたちは吃音者のように、わたしたちは読点を愛する。すると、わたしたちの（わたしたち自身の）輪郭が、不安定になる。わたしたちという肉体の地形が、解(ほど)けはじめる。

草書だ。

崩されるのだ。走る文字として、わたしたちの体の線が。

あ、とわたしたちは思う。

わたしたちは理解する、これは川だ。

わたしたちは川だ。

わたしたちは歌い出す。草書で。

それから何かが弾ける。わたしたちは若すぎて（そうだ、もう大人ではない。**大人は要らない**）、わたしたちは暴力に身を委ねてしまう。わたしたちは、オートバイの男を、そのシートから引きずり下ろしている。脅して、イグニッション・キーを奪っている。そして生物（いきもの）のレプリカに跨がる。男の代わりに、シートに跨がり、エンジンに点火する。轟音を感じる。何をするんだ！　男が絶叫する。わたしたちは叫び返す、下二段活用だ！

さあ、とわたしたちは思う。

どっちだ？　河口か、源流か？

それとも……それとも、あちら側か？

わたしたちは川中（かわなか）を見る。中洲を見る。神奈川側の、渡河すれば消えてしまうというあの病院のシルエットを遠望する。わたしたちは同じ川縁に、子供を探す。わたしたちは五百円札を持って歩きつづけている野球少年にして水泳少年の、めざされたオオムカシを目で探る。

さあ、とわたしたちは思う。

疾（はし）り出せ！

ハル、ハル、ハル

この物語はきみが読んできた全部の物語の続編だ。ノワールでもいい。家族小説でもいい。ただただ疾走しているロード・ノベルでも。いいか。もしも物語がこの現実ってやつを映し出すとしたら。かりにそうだとしたら。そこには種別なんてないんだよ。

暴力はそこにある。

家族はそこにいる。

きみは永遠にはそこには停まれない。

了解したか？　これはただの前口上だ。きみが読んできた全部の物語の続編をここに記しはじめるためのイントロダクションだ。ここから語りはじめるための。登場人物は三人いる。年少のほうから順に紹介する。十三歳。男。十六歳。女。四十一歳。男。

それらが順に登場する。


藤村晴臣は十月二日に生まれた。十三年と少し前に。だから十三歳になる。そして八歳の弟がいる。カウントダウンは三カ月前から始めている。あと9。あと8。あと7。

「お腹が空いたね」と弟が言う。

「ファミレス行こう」と晴臣は言う。

「何食べてもいいの?」と弟は言う。

「何でも」と晴臣が言う。「でも、絶対、残すな」

あと6。あと5。

「ねえお兄ちゃん?」と弟が言う。「またファミレスで、タンドリーチキン、食べていい?」

「だめだ」と晴臣は言う。「マクドにする。これからは節約にする」

「セツヤク?」と弟は言う。

「ごめんな。我慢しろ」と晴臣が言う。「そのかわり、このケータイやるから」

「これ僕のケータイ?」

「遊べ。でも電話には出るな。ゲームは好きにやれ。写真も撮れ」

あと4。

「ねえ」と弟が言う。

「どうした?」と晴臣は言う。

「僕臭い?」と弟は言う。

「ああ?」と晴臣が言う。

「みんなが僕を臭いって」

「服が? 洗濯、してるだろ」

「してる。うん。してる」

「な?」

「うん。お兄ちゃんといっしょにコインランドリーで」

「家の洗濯機の使いかた、おれ、わかんねえんだ。だから……。だよな？　おれたち、ちゃんと洗濯してるよな？」

「でも、ガッコのみんながね」

「臭いって？」

「言うよ」

「シカトしろ。全員」

あと3。

「僕ね」と弟が言う。

「このポテト、お前にやるから」と晴臣は言う。

「またファミレス、行けないかな」と弟は言う。

「ちょっとな、節約を真剣にやらないと、だめなんだよ」と晴臣が言う。

「だめなの？」

「東京都がおれたちを追い出しに来るよ」

「どうして？　ヤチン？」

「そうだ。あれは滞納すると、ばれるんだ。おれたちのことが、ばれるんだ」

「そうだね、そうだね。僕ガマンするよ。僕たちいっしょにいるためにガマンするよ。それでね、お兄ちゃん僕ね」

「ああ、どうした？」

「ケータイでゆーほーをとったよ」

「撮った？」

「うん。でも写ってなかった」

「UFOってな、未確認飛行物体っていってな、だから確認ってのが難しいんだよ。お前に撮れないこと、あるよ」

「そうか。そうだね、僕にだってあるね。それは安心だ」

「どこで見たんだ？」

「何？」

「ゆーほー、い、い」

「ふふふ」

「お、秘密にするのか？」

「だって本当だもの」

「だろうな」

「だから、本当のことだから、隠すの」

「お兄ちゃんにも教えないのか？」

「こんどね」

「こんどか？」

「きっと、こんど、教えるね。だってお兄ちゃんだから」

「秘密もいっしょだな？」

「いっしょだよ」

あと2。

部屋を出る時にはまず外部（そと）の気配を探る。扉のむこう側に誰もいないことを確認してから出る。**他人と交流するな。**晴臣のルール。もしも訊かれたらどうする？　最近お母さんを見かけないねって訊かれたらどうする？　ああそうですその仕事が忙しいんですって言っても全然だめだ。パートに二十四時間行ってるんですって言っても全然だめだ。僕たちも見ていないんです僕たちも会っていないんです僕たちここから追い出されたら困るんですって叫びそうになる。**叫ぶな。**晴臣のルール。だから他人と交流するなって。

ママ。

ママ。ママ。ママ。ママ。ママの顔は忘れちゃったよ。

ねえママ？　それでいいわけ？　一万円札を十枚でいいわけ？　どんどん減るよ。おれはわかったんだけどこんなんじゃ三カ月と持たないよ。全然まるっきり実際に持ちそうにないんだって。おれたち。ママの息子のおれたち。それで何これ？　テーブルに積まれてた十枚のこれ？　元気でねってどういう意味？

ねえママ？

世の中を甘くみてるンじゃねえよ。ママ。ママ。ママ。ママ。ママの顔は忘れちゃったよ。いいかげん忘れちゃったよ。あんたの顔。

「あと二万円しかないんだ」と晴臣は言う。

校長室に呼ばれる。沈黙する。修学旅行のための積み立て金が二人分クラスから盗まれた。体育の授業中だった。目撃者は三人いた。フジムラです。犯人はフジムラ・ハルオミです。あたしも見ました。「おれは下痢してただけです」と晴臣は言う。親御さんに連絡しないとねと校長は言う。

そうか母子家庭なんだ？

「留守です」と晴臣が言う。「二週間、ヨーロッパに行ってます。それで、おれは下痢してただけです。それで、おれは体育を見学にしました。それで、おれは見ました。坂井。あいつクラスをウロウロしてた」

翌日の早朝サカイという名前の少年が校長室に〝出頭〟する。太股と腹部に青い痣が無数にあるけれども他者(ひと)の目には触れない。


晴臣は自慰をする。ベランダに出て。暗がりで。星を見ながら。夜気にさらすだけで十三歳のペニスは硬さを増す。星。星。星。星。それと月。半円より少し大きい。隣りの部屋からは漏れでるテレビの音声。反対側の部屋からは沈黙。ここは都営の集合住宅だ。

五階建ての建物の五階のベランダに晴臣はいる。

使われていない洗濯機とともにいる。ただの鉄棒みたいな物干し竿の下方(した)にいる。弟はガラス戸を隔てた部屋の内側で寝ている。西に闇を感じる。集合住宅の敷地の裏手に大型の都立公園が展(ひろ)がっているから。夜気は冷たい。自慰をする右手は熱い。射精をするともっともっともっと熱い。

熱い。

解放してるんだと晴臣は思う。

「あいつらは宇宙人なんだよ」と弟が言う。

「誰がだって？」と晴臣は言う。

「ガッコのみんなだよ」と弟は言う。「僕は全員シカトしてる。だって、あいつら、宇宙人だから」

「お前は正しいぞ」と晴臣が言う。

あと1。持ち直したと思ったのに一万円札はやっぱり減る。盗んでも食費にしてしまえば減る。また盗んで増やす。あと3。

「宇宙人じゃなかったよ、お兄ちゃん」と弟が言う。

「違ったのか？」と晴臣は言う。

「僕はゆーほーにシツモンしたんだよ、そうしたらね、宇宙人じゃない、われわれは異星人だって」と弟は言う。

「難しい言葉、憶えたんだな」と晴臣が言う。

「漢字で教えてもらったんだよ！」

「会ったのか？」

「ふふふ」

「なんだあ、秘密なのか」

「ううん。お兄ちゃんには言うよ。僕ね、会ったよ。それでね、僕ね、番号も教えてもらったの」

「番号って？」

「電話の。ケータイじゃないのの」

「すごいな」

「すごい？　すごいよね？　僕すごいよね？」

「本当に自慢できるよ」

「そうなの。僕こんたくとしたの。それで、お兄ちゃんにもらった僕のケータイに、僕、異星人のも登録した。かけられるんだ。あのね異星人に。お兄ちゃん、知りたい？」

「何？」

「どんなだ？」

「異星人てどんなだか」

「あのね、人間みたい。目玉が大きい。パンツはいてるよ」

あと2。

「お兄ちゃん、僕は間違ってた」と弟が言う。

「どうしたんだ。話してみろ」と晴臣は言う。

「あいつらが宇宙人だなんて、間違ってたよ」と弟は言う。

「異星人なんだろ？」と晴臣が言う。

「だからね、それがね、すっごい間違いだった。あのねゆーほーに乗ってるのが異星人でね、だからあいつらは違うの」

「あいつらって？」

「ガッコの」

「そうか……そうか、お前がシカトしてる連中な」

「それも、違うの」

「どうして？　ガッコのみんなだろ？　お前が最初に『宇宙人だ』って間違って思ってたのは」

「シカトされてるのは、僕」

「それは誤解だ」

「ゴカイって？」

「お前がすばらしすぎるから、そいつらにはお前が見えないだけだ」


僕はお兄ちゃんが好きだなと弟は言う。

おれはお前のガッコのみんなに名前を付けるよと晴臣は言う。タコ星人にしろ。異星人はUFOに乗っててお前の友達でウルトラ・クールだ。パンツだって穿いてる。でもタコ星人はパンツだって穿けないんだぞ。足が八本もあるから。パンツの穴が足りねえ。

「きゃははははは」と弟は笑う。

お前は八歳なんだよと晴臣は思う。お前はたったの八歳なんだよ。


あと1。本当にあと1。

「体育館は危険なんだ」と弟が言う。

「危険なのか？」と晴臣は言う。

「うん、タコ星人がね、あいつらがね、僕を追いつめる」と弟は言う。

「それって……」と晴臣が言う。「いじめか？」

「違う、うるさいんだ、あいつら、うるさいんだ。僕のこと臭い臭い臭いって、タコ星人のくせに、ああ、あいつらうるさい！」

「お前、大丈夫か？」

「お兄ちゃん、僕、臭い?」

あと1を割る。

小数点以下のカウントにするしかないと晴臣は判断する。つまり〝あと1〟を分割して。10に分割して。あと9。あと8。**ポストに督促状は舞い込むな。**晴臣のホープ。ガスは止まったって大丈夫だ。料理なんておれたち自分ではしないから。送電だって止められても大丈夫だ。おれたちはテレビだって観ないから。でも弟が学校に行かないと言い出したのは悪い。教師なんかが訪問に来たら悪い。**誰も玄関のベルを押すな。**晴臣のホープ。タコ星人め、お前らタコ星人たちとその担任め、誰もおれたち兄弟に手を出すな。

あと3。あと2。

「お兄ちゃん」と弟が言う。

「どうした?」と晴臣は言う。

「僕はわかったよ」と弟は言う。「異星人なのは僕だよ」

「お前は、痩せたな」と晴臣が言う。

「うん、お腹、すいたね」

あと。


お兄ちゃんケータイをありがとうね。

どうして?

いろいろ遊べたもの。とれたもの。ゆーほーも。

なあ。そろそろ教えろよ?

うん？

どこでＵＦＯに遭遇したんだ？　どこに降りる？　ＵＦＯとどこで会うんだ？

本当のことだよ。

もちろん。

箱根山だよ。

*

東京都の二十三区内にも山はある。いちばん高い山は新宿区にある。名称は箱根山。標高は四十四・六メートル。都立公園の内側にある。林の中に。小高い丘としてそれはある。

晴臣が暮らしている集合住宅の敷地の裏手に。

この物語はきみが読んできた全部の物語の続編だ。繰り返す。たとえばノワールの続編だ。銃弾がびゅんびゅん飛び交う犯罪小説の類いの。いいか。もしもきみの現実にひとつも暴力が滲み込んでいないならこの種別(ジャンル)を無視しろ。きみの暮らしている土地にたとえば暴力団がまるで関与していないなら。きみの暮らしている国にたとえば軍隊がないなら。あるいは自衛隊という名前の国防組織がないなら。そして世界に武力闘争がないなら。**いま・この瞬間に。**それはある。

あるだろ？

だから晴臣は発見する。晴臣は夜の十時に箱根山をめざして途上で発見する。弟が眠ったから外出した。寝ているとあまりお腹が減らないんだよと弟が言うからじゃあ眠りなと言って寝かしつけて。ずいぶんと痩せてしまったなあと弟の頬をさわりながら寝かしつけて。それから定(き)めたルールを厳か(おごそ)に守って玄関の扉のむこう側に誰もいないことを確認してから。

水銀灯のエリアを移動した。

濃い二酸化炭素の気配を目標にした。

どうしてと晴臣は思う。どうして植物は酸素を作ってるのに夜になると二酸化炭素を出すんだ？　二酸化炭素を出すことは地球温暖化とは関係ないのか？　あるとしたらそれはアマゾンなんかで伐られてるジャングルが人間に復讐してるのか？

復讐？

都立公園と都営の集合住宅の敷地の境界に〝緩衝地帯(バファー・ゾーン)〟の空き地がある。ただし植物がモアモアと繁茂していて緑度の高さは園内とあまり変わりがない。しかし管理されていないために野生味で勝る。二つの側面が鉄パイプで仕切られていて集合住宅側の一画にはフェンスも張られているのだが人々はそこにゴミを捨てる。「公園でなければゴミ捨て場だ」と判断する。ゴミの大小は問われない。二輌の廃車までそこにある。〝緩衝地帯(バファー・ゾーン)〟に。

そのかたわらを通りすぎてから箱根山の麓にいたるのだが晴臣はしかし通過し切らずにむしろ手前で足をとめる。習慣からそうした。習慣というのは即ち晴臣のルールだ。あのルールだ。**他人と交流するな。**だから玄関を出る時に他人(ひと)がいないことを確認したしその後も廊下で。四階分の階段で。気配を消した。消す習慣。

ほとんど条件反射だ。その空き地に出入りしている人間を視界に捉えて身を隠した。咄嗟に。

そして見た。廃車と廃車のはざまに墓穴のようなものを掘って何かを埋めた人間。ただし墓穴とするならば死んだのはウサギか猫かそうした類いに過ぎない。小さい生物(もの)。あるいは物体(もの)。作業はほとんど終わっていて擬装工作まで完了した。雑草で地面を覆ったのだ。つまり緑度を高めて

〝緩衝地帯(バファー・ゾーン)〟のナチュラルな地表に擬した。しかし下手糞に。

　こいつ焦ってるなと晴臣は思った。

　こいつ何してるんだと遅れて晴臣は思った。こいつ何歳なんだ？　こいつ何人(なにじん)？　身をひそめて窃視しながら晴臣は矢継ぎ早に思った。

　三十歳とかに見える。でも帽子でわからない。ラッパーみたいなニット帽。

　日本人に見える。でもブラジルの格闘家のルイス・アゼレードなんかにも似ている。髯(ひげ)。

あ。こいつ。逃げた。

「逃げ……？」

　晴臣は囁いた。誰にも聞かれないように葉擦れの音よりも細(ささ)やかに囁いた。あいつは焦っていたと振り返る。あいつは逃げ出したんだと振り返る。それであいつは何歳だった？　それであいつは何人だった？　それであいつは何を埋めた？

　おれは目撃者だ。

　晴臣は数分こらえた。さらにプラス数分我慢した。きっと十分は経ったぞと胸の内側で囁いた。こんどは声には出さない。それから動いた。フェンスや鉄パイプで仕切られた空き地をめざして。箱根山のある都立公園と都営の集合住宅の敷地の境界のそこをめざして。しかも誰にも目撃されないように注意を払って動いた。おれには目撃者がいちゃならない。おれは気配をカンペキに消さないと。**他人と交流するな**。そして廃車と廃車のあいだに。灌木と灌木のはざまから腹這うようにして。

　雑草を掻き分ける。新しい雑草を。掘り起こされた土の匂い。

　地面が柔らかい。

掘る。

二十センチ掘っただけで出てきた。鉛のような柔軟性のある金属で薄い膜のように包まれた物体。これは死んだペットみたいな生物じゃない。全然ないな。

それから現場を駆け去る。そこから逃げ去る。

ああおれも逃げてると晴臣は一瞬思う。それから園内に。だが箱根山には登らずに公衆便所をめざして男子の大便のための個室に入って鍵をかける。そうだ小学生の時にここで三回もエロ本を発見したなと思いながら鍵をかける。でもいま発見したのはこんどのは違うぞ。こんどのは重いぞ。ずっしりと重いぞ。金属の被膜についた土を払い撫でる。被膜の継ぎ目を探る。ある。そこから剥がす。ぺりぺりぺりぺりと剥がす。すると油紙のような第二の膜が現われる。その膜を剥がせば二つの膜に被われていた物体が出現する。

正体を現わす。やばい予感のとおりだ。「やっぱりな」と晴臣は囁いて「……やっぱりって?」と自問する。

実弾十一発が装塡されたままの大型ピストル。それが晴臣の手の中にある。ベレッタM92F。

だけど名前になんて意味はない。そもそも晴臣がその名前を把握することがない。そしてピストルの由来もこの物語には無縁だ。無関係だ。**この物語。**きみが読んできた全部の物語の続編のこの物語。きみがピストルというものを全然イメージできないなら謝罪しよう。しかしきみはできる。

だから。

そのピストルは金属探知器に引っかからないように細工されていた。そのピストルにはエックス線のための対抗処置が施されていた。そのピストルは沖縄本島から流れてきていた。自衛隊員が流出に関わっていた。だが他に語る来歴はない。ここでは。それはこの物語の前の物語だからだ。だからきみは勝手に想像しろ。きみが読んだノワールだか何だかに登場したあらゆる銃器の類いをイメージしろ。それらのその後をきみは読んでいない。だとすれば。

続編だ。一挺のピストルはここに流転して来た。

それはベレッタM92Fだが晴臣はただ〝拳銃〟と呼ぶ。

「拳銃だ」と言ってしまってから口を閉じる。ただ圧倒的な暴力を感じる。

＊

犬が吠える。

「いま何時？」と弟が言う。

「もう夜中だよ」と晴臣は言う。

「マヨナカ？」と弟は言う。

「真夜中だよ」と晴臣が言う。

サイレンが聞こえる。救急車のサイレン。集合住宅の敷地に近づいている。

「僕、行かないと」

「どこに？」

「ゆーほーに」

「会いに？」

「うん。きっと待ってると思うんだ。僕は電話に出られないけれど、僕はケータイかけたから」

「ああ。お前のケータイな」

「お兄ちゃんからもらったの」

「あげたな」

盗んだケータイだよと晴臣は思う。いつかは通話が止められるケータイだよと晴臣は思う。おれたちは全部止められる。きっとガスも電気も水道も。それから追い出されて。東京都に部屋を追い出されて。それから。それから。それから。

なあ中古のケータイだよと晴臣は思う。口には出さずに思う。中古って何だっけな？　大人が使う言葉で何て言ったっけな？　死語で。

セコハンだ。

そうだセコハン。

「箱根山に行かないと」と弟が言う。

「腹は、減ったか？」と晴臣は言う。

「ご飯があるの？」と弟は言う。

「いや……。ねえや。ごめんな」と晴臣が言う。

「大丈夫だよ。僕はすかない。僕は、お腹すかない。あのね」

「何だ？」

「お兄ちゃんに教えたでしょ、僕が異星人だって」

「ああ、聞いたな。ちゃんと聞いた。おれは聞いたよ」

「お兄ちゃんには教えた。いちばんの秘密だから。タコ星人にはないいしょの。それでね」

「それで？」

「僕は大丈夫なの。お腹はすかないの。ここは地球だから。でも帰らないと」

「お前はここにいるぞ」

「箱根山なの」

「登るのか」

「乗るの」

「UFOに？」

「うん。迎えに来るの。こんたくとする。それで帰るの、僕」

サイレン。

救急車がうるさいなと晴臣は思う。真夜中なのにうるさいなと晴臣は思う。おれの鼓膜ジンジンするなと晴臣は思う。それから両腕でしっかりと弟を抱擁する。そんなことをするとは思っていなかったのに。**お前はたったの八歳なんだよ。**抱擁しながら全然足りないと思う。おれはこんなにもこんなにもこんなにもお前を。お前はこんなにもこんなにもこんなにも痩せて。弟の頭頂に鼻を埋(うず)めるとたしかに弟は臭った。でも。それで？　だからそれで？　**おい大好きだぞ。**そしてお前が帰りたいなら。お前が本当にそこに帰りたいなら。

帰してやる。

ほら。これは中古だ。セコハンだ。これはセコハンの拳銃だ。

左腕で弟を抱いたままの恰好で晴臣は器用に取り出している。ジーンズとパーカのあいだに隠された背中の物体(もの)を取り出している。右腕だけで操っている。セーフティをどう解除するかは公園の便所で練習済みだった。何度も何度も銃把を握ってそれを形だけ試した。子供の頃に同じ場所で性器を握って摩って自慰の真似事を試していたように。ほら。そっと銃口をこめかみに添える。弟のそこに。

ほら解放だぞ。

弾丸は抜ける。一瞬で終わる。屋外ではサイレンが鳴り響いている。呼応して犬が吠える。いまでは近隣の何頭もの犬が。

何十頭もの犬が。

吠える。

さよなら。さよなら。さよなら。

夜が分解する。晴臣は思う。ざわざわざわって夜が分解する。晴臣は部屋を出ている。すでに一つのルールが破られている。玄関でその扉のむこう側に他人の気配があるかどうかを確認しなかった。階段で気配を消さなかった。四階分をドタドタと降りて何も気にかけなかった。だから？　晴臣は自問自答する。だいたい他人はいないんだと晴臣は答えている。おれには家族がいたから他人がいて他人がいたから弟がいた。でも家族が消えたら他人は消滅だ。境界線がゼンメツだ。消えたんだと晴臣は思う。おれは弟を埋葬した。おれは弟を白い箱の内側に埋葬した。ベランダにいたら犬たちは一頭また一頭と順に口を噤んだ。救急車のサイレンはいつのまにか残響すら残さないで消失していた。それから。それから部屋を出て。ああ遺品は持ってきたよ。もう家には帰らないんだから大切に大切に持ってきたよ。ハロー携帯電話。お前は棺に副葬しなかった。おれはお前に訊きたいことがあったから弟から引き離した。なあ？　セコハンの携帯電話。ありがとう盗難の通報とかで契約が取り消されずに通話も停止されないで死なずにいて。ありがとう弟の埋葬まで保(も)って。どこだ？　どこにある？　どこに登録されてる？　ほら異星人。異星人の。番号。これはおれたちの約束だろ。なあ宇宙。おれと弟であんたと約束したろ。あった。これだ。かけるよ。違う。なんだよ議員会館って。なんだよ衆議院の議員会館の総合受付って。時間外ですってテープで応対するって。**それはUFOじゃないだろ**。でも登録してある。異星人って漢字にちゃんと変換して。

それとも暗号か？

これは暗号なのか？

お前は飛んでるのか？　着陸するのか？

晴臣は穹(そら)を見上げる。意識せずに都立公園の敷地に入り込んでいた。だから視界にあるのは樹影だった。木立の樹冠部分の濃い黒い柔らかい影。星は？　晴臣は思う。その瞬間に分解する。樹影が。樹々がざわざわざわっと騒(ざわ)めいてノイズは羽ばたきに変じる。千羽の鳥が生まれる。樹影が四桁の生物(もの)に裂けて散って飛んで。無数の鳥だ。黒い鳥だ。夜が分解したんだ。ざわざわざわざわざわざわざわ。**散れ**。分裂しろ。この夜。

晴臣は山を登っている。標高四十四・六メートルの東京都区部でいちばん高い山を。その頂にUFOを求めて。遭遇を求めて。三匹の黒猫と順にすれ違う。そこに猫がいることは眸(め)のきらめきでわかった。二枚のコインのようなものだ。それが合計六枚だ。晴臣との邂逅(かいこう)を気に病まない猫たちだった。ココハ違ウてりとりーナノヨ。そのように猫語でたしなめられたように晴臣は感じた。だが直後に許容されたように晴臣は感じた。デモアナタモてりとりーヲ変エタネ。

晴臣は返事をする。「うん」

そして山頂だ。箱根山の頂は展望台となっていて三六〇度が見渡せるように均(なら)され整備されている。柱だけの四阿（あずまや）のようなものがあって山がそれこそ傘（からかさ）をかぶっているようにも見受けられる。それも油紙を貼りつける前の骨だけの傘。そこで晴臣は見る。偶発的に。ＵＦＯは着陸していない。見るのは一つの人影だ。それは跳ねている。跳ねている。展望台の少し隅のほうの山頂標識のようなものがある場所で。それから転んでいる。転んでいる。転んでいる。偶発的に遭遇した異様な光景。晴臣は自問自答する。目玉は大きいか？　いいや普通だ。パンツは穿いているか？　たぶん穿いている。でもわからないなと晴臣は思う。あのジーンズの下は覗けない。せめてスカートだったら。そうだ。**あれは人間の女だ。**ただ純粋に転倒を反復しつづけていた人物はふいにスッと起（た）ち柱に触れる。四阿のようなものを構成する木製の柱に。何をするのかと思ったら登った。よじ登っていってそれから飛び降りた。単に二メートル弱の距離だったが落下した。晴臣は思う。**あれは何した？**　墜落だと晴臣は思う。

　でもＵＦＯじゃない。異星人じゃない。

　落下はしたが綺麗に着地した。そして再び。柱によじ登る。また投身の真似事をしようとする。その瞬間に月影がその人物の横顔を照らした。女。十五歳か十六歳か。おれより少し年長（うえ）だと晴臣は思う。両腕をひろげて少女は墜ちる。

　夜はすでに分解したんだ。晴臣は理解している。戸惑わない。ギョッとするのはどっちか。四度めの着地を果たした少女はそこでゴムのように寝転がる。平らになった箱根山の頂で。頂の地面で。それから脱け殻からの再生を果たす。ゴムに力が入ってス・ス・スと起つ。直立不動だ。反重力のような起立だ。少女はそこで初めて〝目撃者〟たる晴臣の姿を視界に入れる。だがギョッとしない。

「あんた気配ヘンね」と言った。

おれ？

「変質者でもないし。痴漢でも」と言った。

何のことだ？

「ねえ返事したら」と言った。

「あ」

「何？」

「おれ」

声出してなかったな。

「また黙る」と言った。「おれが何？」

「しゃべってると思ってたんだけど」

「やっぱりあんたヘンね」

「うん」

「うんだって」

「え？」

「ねえ小学生？」

「全然」

「違うわけ？」

「中一だから。おれ、その。あのさ」

「しゃべれるじゃん」

「何しているの？」

「会話だよ」

「ああ、これはね。てゆうか、さっき」

「ここで？」

「そう」

「踊ってた」

「踊り？」

「そう。おもしろいから」

「あれ……おもしろい？」

「あんたこそ」

「おれが？」

「何してンのよ」

おれが？　と晴臣は声に出さずに思う。問われて考えて答える。

「たぶんＵＦＯを見に来た」と言った。

「それであたしに遭遇したの？」

「たぶん」

「やっぱりあんたヘン」

そうだなと晴臣は思う。おれはＵＦＯには遭遇できなかったなと晴臣は自覚して握りつづけていた携帯電話の感触に即座に意識を奪われる。あれだ。セコハンの携帯電話だ。おれ持ちつづけてた。でもさ。なあ？　大切な遺品なんだけど通じなかったよ。異星人の番号にはかけられなかったしここでも。遭遇できなかったよ。ＵＦＯは着陸してなかったよ。お前が帰れたのか確かめられればおれはそれで。それで。オーケーだったのに。晴臣は弟に言う。声に出さずに言う。なあどうしてあっち側の連中に通じないんだ？　なあおれたち宇宙と約束したろ？　なあ宇宙？　返事をしろって。それで異星人ここに来いって。でも夜がさ。夜が。**散った**。だからケータイは無駄だった。「会えなかったな」と晴臣は言う。声に出して言って携帯電話を棄てる。握っていたものを離す。それから右手を背中に回す。ジーンズとパーカのあいだから蔵(しま)われていたものを取り出す。別のセコハン。弾が一つ減ったはずの拳銃。それを握って検分する。無意識に。

　誰かの視線が正面にあることを意識せずに。

「ちょっとさ」

「うん？」

「それってピストルじゃないの」

「ああ。拳銃」

「それって拳銃？」

「あ。ごめん」

「何が？」

「いや。危険で」

「ねえ、もっと訊いていい？」

　晴臣は頭がぼんやりしている気がする。**散った**。だから。**散った**。だから。**散った**。

「それって本物？」

　全然ほんもの。そう言おうとした。声は出なかった。だから単にうなずいた。

相手がすたすたと歩み寄る。晴臣の肩を叩いた。「あたしＵＦＯは見たことないけど」と言う。「あたし結構ここに来るけど目撃したこと全然ないけど、まあいいや。あたしが求めてるのは非日常っていうのは事実で。よかったら飯、食べない？　ファミレスとかでさ。じき、早朝よ。新聞配達だって出没するし。その前に山降りて、ね？　いっしょに朝食。ファストなブレックファスト。ほら。いろいろ、話、あるじゃん」

「話？」

「そう。ファミレスで。二十四時間営業中。あたしたち姉弟とか偽れば、身元怪しまれないし。年齢的にね、たぶん。たぶんだけど。年齢差が」

「てゆうか」

「何？」

「おれ、金ないし」

「それがあるじゃん」

「それ？」

「いいの。いいのいいの、いまは奢る。問題は腹だけど。ねえ減ってる？」

腹。晴臣は考える。そうだおれはずいぶん。ずいぶん。何だっけ？　食べてない。ああ空腹のことだ。おれはやっぱり腹が減っちゃうな。弟は違ったな。弟は言ったよ。**僕はお腹すかない。異星人だから。**おれは駄目だよ。おれは人間だから腹が減るよ。

「減ってる」と口に出した途端に涙が溢れる。「うん。減ってる」

「もしかしてあんた、絶望してる？」

「絶……？」

「そんな、泣いて。あのさ。絶望するのは厳禁だよ。そういう時は、かわりに、絶叫しな」

「叫ぶ？」

「そう。叫ぶの。思いっきり。ふふふ、とってもいいよ。まわりにいる人間、全員逃げ出す」

そのようにアドバイスされた。叫べと。ここで再び一つのルールが破られる。**叫ぶな**。決壊する晴臣のルール。**他人と交流するな**。決壊する晴臣のルール。境界線が消える。消滅する。あたしたち姉弟(きょうだい)？　そしてファミレス？

「それでね、あたしね」と彼女は言う。「名乗るのが礼儀って気がするから名乗るわ。あたしミハルよ。三つのミに葉っぱのハに難しい漢字のル」

＊

大坪三葉瑠は九月二十三日に生まれた。十六年と少し前に。だから十六歳になる。これが第二の登場人物だ。そして繰り返す。この物語はきみが読んできた全部の物語の続編だって。たとえば家族小説だ。いいか。ほとんどの小説はだいたい家族小説だ。なぜならある人間の前には時間が流れていて最低でも二人の人間が誕生に関わっている。その二人の人間の前にも時間が流れていて複数の人間が関わっている。つまり。家族はそこにいる。

そして時間は前に流れているように後ろにも流れる。

その巨大な流れの内側では〝家族〟を拒否できる人間はいない。そのことをきみも了解しておいたらいい。

三葉瑠も家族小説の一つを生きてきてここにいる。そして現在の三葉瑠は父母に依存していない。現在の父母には。もちろん経済的な依存はあるがここで問題にしているのは精神のそれだ。三葉瑠には父親が三人いて現在の父親が三人めのそれだ。だから。だからあまり甘美な家族ではないということだ。二人めの父親が四歳の時に現われて三人めの出現は十一歳の時だった。それらは母親の再婚と再度の再婚が原因だったがここでは詳細は問題とならない。**この物語では**。きみに語る三葉瑠の来歴はない。それは勝手にきみがイメージしろ。だが次の事柄だけはちゃんと伝えよう。三葉瑠は蝕(むしば)まれていた。そして十二歳から三葉瑠は蝕まれることに抗(あらが)う術を手に入れた。**釘付けにされなければいい**。何に？　どこに？　家族に。家庭に。だから。

　小さな家出を繰り返す。

月に数日は戻らない。

　しかし大きなトラブルには発展させない。そのために。学校には週四日は確実に通う。たいていは五日通う。そして授業には真剣に臨む。試験は決して欠席しない。それどころかクラス上位の成績をつねに保つように努める。難しいことではない。たいていの人間は真剣には授業に臨んでいないのだから。三葉瑠はスタンスが根底から級友たちと異なっていたから。そして。

　小さな家出を繰り返す。

　これは日常的に家出をしている少女の物語の続編だ。

　おれはハルオミだと晴臣は言う。おんなじじゃんと三葉瑠は言う。何がと晴臣は訝しんで問う。名前と三葉瑠はシンプルに答える。

「名前……名前？」

「あたしだってハル。ミのハル」

「あ」

「そ」

「つまり……ハルのオミ？」

「ねえ、ハルって呼びかた、いいな。あたし、これからハルってするわ。だから、あんた、どうする？」

「どうするって？」

「そうねえ。あたしのことはハル姉（ねえ）って呼べば？　あたしはあんたをオミって呼ぶから。あ、だから、便宜的によ。これからファミレスで姉と弟を演じるためによ。まあ気に入ったら永久にオミでもいいわよ」

「おれはハルオミなんだけど」と晴臣は言う。

「便宜的って概念は難しすぎたわね、オミ」と三葉瑠が言う。「ところであんたに本物の弟とかは、いたりするの？」

「いるよ。いたよ。ベランダの……洗濯機の中に」と晴臣が言う。

「それって複雑な事情だわね」と三葉瑠は言う。


あたしはあの都立公園を気に入っていたのよと三葉瑠は思う。なぜって緑地部分のことがあったからよと三葉瑠は思う。どうして誰も気づいていないんだろう？　木とかが生えてる場所に色付けしていったら地図がちょうど人間の形になるって。それも両足をひろげて倒れている人間の。そして膨らんだお腹があるの。ぽっちゃりと。膨らんだ緑が。その真ん中の臍（へそ）のところに。そう箱根山があるの。だからあたしは登った。あたしは膨らんだお腹ってもしかしたら妊娠じゃないのって思ってだったら倒れてる人間ってのは女の人じゃないのって思って。だったら山が赤ん坊？だから胎児？　それであたしは登った。あたしは大発見したから登ったの。たいてい真夜中に。そして踊った。

真夜中はすばらしいわと三葉瑠は思う。だってそんな時間にいるのは変質者と痴漢と幽霊マニアと不眠症のホームレスとあたしだけだから。そんな連中にだったら勝てる。そんな連中なら出し抜ける。だってあたしには負い目がないから。あたしは世間に羞じるところがないから。だってあたしはミハルだからと三葉瑠は思う。

世間だって。

ふふふ。

あたしはあなたがたをうんざりさせるためにこの世に生まれてきたの。

晴臣はタンドリーチキンを注文する。

「お金は本当に……」

「税込みで九二四円だわね」

「そう、その税込みの値段、いいの？」

「いいのよオミ。言ってるじゃないオミ。最初から、奢るって」

「オミ……」

「あたしはハル姉よ。どう、慣れた？」

「え？」

「呼びかたによ。何度か呼んだら慣れるでしょう？」

「その。まだ一度も呼んでないけど。おれ」

「当惑してるの？　オミ当惑してるの？」

「また難しいガイネン」

「当惑は概念じゃないわ。うわあ参っちゃったなあ頭グルグルするよってことよ。でしょう？　オミはいま現在そんな感じじゃないの？」

「そう。そうだ」

「あ。いい感じでため口になってきたわね」

「え？」

「それでいいの。あたしたちの間柄ってのは。タンドリーチキン遅いわね。でもあれメキシカンピラフもついてて、ＡＭ五時すぎてブレックファスト・メニューに切り替わってたら、ありつけなかったわね」

「ああ。うれしいよ、ハル……ハルね……」

「ハル姉」

おれは何をしているんだと晴臣は思う。


だが腹は確実に減っている。**おれは人間だから**。だから配膳されたものを平らげる。ライスをひと粒残さず。ピラフを。それから鶏肉をしっかり咀嚼して。そこにまつわる記憶を。タンドリー。**タンドリーチキン**。香辛料とヨーグルト。食欲があることはすばらしいことよと三葉瑠が言う。それは肉体を意識するってことなのよ。つまり自由を生むってことなのよ。いい？　健全な絶望は健全な肉体に宿るの。そして健全な絶望っていうのは絶望しないことなの。かわりに何をするかは知ってるわね？

　絶叫？

　晴臣は声に出さずに問う。

　あたしはまあ絶叫したりねと三葉瑠は言う。それから踊るわ。たっぷり踊るの。


　交流の時間が累積する。

「満腹になった」と晴臣は言う。

「あんがい小さい胃袋ね」と三葉瑠が言う。

「掻き込んだから」と晴臣が言う。

「胃液のポロロッカよ」と三葉瑠は言う。「ポロロッカってポルトガル語よ。それもブラジルの」

　経過する二十分。

「ねえ」

「何オミ？」

「ハル……ハル姉の年頃のおんなって、全員、つるむンじゃねえの？」

「そうよ女の子は連帯よ。グループを作って排除していつかは友達だって爪弾き（つまはじき）にして。ふふふ。

　馬鹿ばっか」

「違うの？」

「あたしが？　あたしもいっしょよ。あたしも馬鹿だし」

「馬鹿なの？」と晴臣は言う。

「馬鹿を理解しているから天才なんだなあ」と三葉瑠が言う。

「だから一人でいるのか」と晴臣が言う。

「だから家出するのよ」と三葉瑠は言う。

　経過する四十分。

「あれって踊り？」

「もちろん」

「でも。跳ねたりとか、転げたりとか、飛び降りたり……そういうのダンス？」

「ダンス、ダンス、ダンス。あのさ、頭の中でバレエとかばっかりイメージしてちゃ駄目だってオミ。まずは踊りとは何かを定義することよ。これは概念の話だな。つまり日常の身ぶりがあるでしょ？　それは日常なの。でもそこから逸脱する動きがあるとしたらね、たとえば片足あげてピョンピョン跳ねながら通学したらね、ヘンでしょ」

「ヘンだ」

「それは何よ？」

「ヘンなこと」

「それが踊りよ。社会から逸脱するもの。逸脱する動作、つまりアクションね、その類いが全部」

「本当に？」

「あたしはそう定義したね」

「ふぅん」と晴臣は言う。「どんな気持ち？」

「踊ってて？　もうパンツ脱いで走ってる感じよ。一〇〇パーセントの解放感。ざまあみろ世間」と三葉瑠が言う。

「おもしろそうだな。あそこ……あの場所、箱根山の頂上だったね。あとはどこで踊るの？」と晴臣が言う。

「たとえば空っぽのプールね。冬とかの、学校の。春先もグーよ」と三葉瑠は言う。

経過する六十分。

「家出って、寝る時にはどうしてる？」

「あ、あれよ。住宅街をめざすの。するとね、ほら、どこでだってマイホーム建ててるじゃない？　この頃の東京はあっちこっちで土地を均して、建て替えとか？　それでね、完成間近のホームに、侵入すればいいの。防寒ばっちり、雨風も凌げて、朝も六時前に出れば工事の関係の人間とかに全然、会わないし。ま、大切なのは可能なかぎり静かな住宅街にすることね」

「どうしてさ？」

「夜中にあたしが徘徊するとするじゃない？　あたしって若い女の子じゃない？　いちばん怪しまれない地域って、そこいらよ。帰宅の途中ですって顔すればいいもの」

「サカテに……？」

「そう、逆手にとるの。常識をね。これも逸脱よ。まあ繁華な地域だったらあたし身元隠すためならスーパーのレジ袋もかぶるけど。つまり何でもありだけど」

「そっか」

「あ、わかった？　了解した？」

「そんなレジ袋女、ちょっと怖いから。でしょ、ハル姉？」

「夜道で遭遇したらね。ＵＦＯ以上よ。さて」

「何？」と晴臣は言う。

「あんた、どこ行きたい？」と三葉瑠が言う。

「おれが？　おれがこれから？」と晴臣が言う。

「そうよ。だって朝よ。あたしたちの一日はこれから始まるのよ」と三葉瑠は言う。

経過する八十分。


犬が吠えていたんだと晴臣は言う。

あんたのそれがあればどこへだって行けるのよと三葉瑠は言う。それを持ったままで飛行機には乗れないけどね。もちろん。でも。かわりに何でも手に入る。どう？　オミは日本（ニッポン）国内ならどこ行きたい？　あたしはね。あたしは見れない景色が見れればいいのよ東京にはないのが。そして踊る。

東京都には追い出されずに済んだよおれたち。だってその前におれたち終わらせたから。弟は帰って。おれが帰らせた。その時だよ犬が吠えていたんだ何十頭って犬が。おれは思い出してしまうな。おれは永遠に思い出してしまいそうだなと晴臣は言う。

犬が吠えるところね。だったらイヌボウだわ。

イヌボウ？

犬が吠えるって書いてイヌボウって読むの。千葉県の犬吠埼。千葉県の東の端（はし）っこなの。だから関東の東の端っこみたいな感じなの。そこはこの東京の外（そと）よ。

それはいいなと晴臣は言う。それは本当に本当にいいな。行ったことはあるの。

ないわ。だから行きたいのよ。

じゃあＵＦＯを拾おう。

晴臣は三葉瑠に問う。おれたちは何でもしていいのかな。三葉瑠は晴臣に即座に答える。良識は一蹴しちゃいな。晴臣は三葉瑠に尋ねる。意味がわかんねえ。三葉瑠は晴臣に即座に解説する。イッシュウってひと蹴りってことよ。蹴りか。そうよ必殺のハイキックよオミ。二人はコンビニに入る。雑誌コーナーをめざす。そこで首都圏のドライブ・マップを手にする。これだね。これよ。イヌボウはここだね。ここよ。本当だね。何が？　この地名。あ漢字ね。うん犬が吠えるんだ。言ったでしょ？　三葉瑠はそのドライブ・マップを持ってレジスターに行き八〇〇円＋税の定価を払う。二人はコンビニを出る。晴臣は三葉瑠に問う。ねえハル姉がいっぱい物知りなのは何でだ？　三葉瑠は晴臣に即座に答える。昔あたしトイレで一枚ずつ辞書の紙を食べてたからよ。晴臣は三葉瑠に尋ねる。それも衝動？　三葉瑠は晴臣に即座に説明する。そうよ十二歳の時にズバッと生まれた衝動よ。そしてね。

「何？」

「衝動は真なり、よ」

「あのさ。それも意味が」

「真実味」

ふふふと三葉瑠は笑う。全員が生きる屍なの。ほらこの道路を走ってる車だって。運転手だって全員。二人は大通りでタクシーを待つ。一台を停める。ノー。再び〝空車〟表示の一台を停める。ノー。同じ問答がさらに二度。

そして五人めの運転手に三葉瑠が問う。ＵＦＯを目撃したことはありますか？　ありますねえと運転手が答える。すると晴臣が後部席に乗り込んで拳銃を出して「これ」と言う。

「ねえ運転手さん」と三葉瑠が言う。「あたしたちカージャックするわ」

＊

そこで運転手は冷静に応じた。

「でもさあ、本物？」

「あ、馬鹿にしてる」と三葉瑠が言う。

「本物だって」と晴臣は言う。

「だって、確かめられないでしょう？」

「オミ、あの植え込み辺り」と三葉瑠は言う。

「うん」と晴臣が言う。

それからドアが開けっぱなしの後部席から晴臣は半身を乗り出して銃口を路傍の植え込みにむけて引き金をひいた。運転手は納得した。


三葉瑠が助手席に掲げられている運転手証を読む。名前を読む。原田悟。ふりがなを声に出してハラダ・サトルと読む。それから写真を確認する。四十歳前後と思しい中年男の写影。運転手帽をかぶっている。だが実際にハンドルを握っている運転手はその運転手帽をかぶっていない。後頭部はちゃんとフサフサの髪を有しているが白髪が多い。ねえおじさんの名前がハラダ・サトル？　他にいるわけないでしょうと運転手は答える。タクシーには車掌さんとかいないの。わかるお嬢ちゃん？

「ねえオミ」と三葉瑠が言う。

「あン？」と晴臣は言う。

「ちょっと、無視しないでよ」と運転手が言う。

「この人もハルだよ」と三葉瑠は言う。

「どうして？　サトルさんだろ？」と晴臣が言う。

「ハルって何？」と運転手は言う。

「だってだってだって」と三葉瑠が言う。「ハのラダのサトのルだもの。ほら、最初と最後」

「あ」と晴臣は言う。「あ、あ、あ！　ハラダさんのハに、サトルさんのルで！　そうかあ、足すと」

「ちょっと、ハルって何？　だから何？　ちょっと？」と運転手が言う。

「これは運命だね」と三葉瑠は言う。

「おれも感心した」と晴臣が言う。

「だからハルって？」と運転手は言う。

あたしたち姉弟なんですと三葉瑠が挨拶する。あたしは姉のミハルでこちらは弟のハルオミで。あたしはだからハル姉って呼ばれていて弟のことはオミって呼んでいます。そんな時におじさんもハルだから感嘆してしまいました。まるであたしたちのお父さんですね。こうなったらお父さんにしましょう。あなたはわたしたちの父親ですハル。父親のハルだから〝ハル・シニア〟ですね。これって英米の呼びかた。ふふふ。これからは運転手のあなたのことはシニアとかお父さんって呼ぶわ。

「何で？」と運転手が言う。

「ところで星座は？」と三葉瑠が言う。

「あ、おれ天秤座」と晴臣は言う。

　原田悟は十月十日に生まれた。四十一年と少し前に。だから四十一歳になる。これが第三の登場人物だ。そして最後の。もちろん悟はいま自分がどんな物語に巻き込まれたのかを知らない。悟には悟の物語があってそれが突然ここに連結されたのだ。**この物語に。**続編。しかし悟のロード・ノベルは〝タクシー運転手〟という職を選んだ時点から始まっていたといえる。何しろ移動して移動して移動してきた。だからこれは素直に悟の物語の続編でもある。その物語を少々。子供の頃には誕生日が固定された体育の日といっしょで幸福だった。しかし西暦二〇〇〇年からハッピーマンデー制度が導入されて十月十日は十月の第二月曜日に劣る日付（デイト）に変わった。おれのツキはそこで落ちたよと悟は思う。会社のエリート昇進レースから脱落して。なんだかリストラされて。それから三度職を変えて。だんだん年収が減って。いいや〝タクシー運転手〟で数年凌げばって思って。気がつけば鬱で。妻が娘を連れて家（うち）を出ていって。それで。

　それで？

　この瞬間にこの物語に接続された。

　そして。いいか。ロード・ノベルには終着地が要る。放浪のためのゴールが。きみが読んだ物語もそのように終わったはずだ。だがこれは続編だ。だから。

　この三人にはゴールが要る。

　どうして犬吠なんだよ？　悟は舌打ちしそうになる。だってカージャックだろ。これがマトモな客だったらなあ。長距離で最高に稼げるんだけどなあ。千葉県の太平洋ンとこまで飛ばすなんて憧れだよ。晴臣と三葉瑠に拾われた時タクシーの表示板は当たり前だが空車になっていた。**空車**。拳銃をつきつけられて会話を交わして悟は発進させたわけだが空車の表示は変わっていなかった。二分ほど悩んでから悟は表示板を賃走にした。**賃走**。料金メーターが初乗りの六六〇円をデジタル数字で示してその瞬間に三葉瑠がうわあと叫んだ。ほとんど絶叫した。何何何と悟は思わず尋ねてしまった。あたしたちカージャックしたのに料金とる気でいる！

そんなつもりは。

もうお父さん！

お父さんじゃないって。

しかたないので表示板を回送にした。**回送**。これでおれいいのか？　強盗っていうかカージャックっていうか。だからカージャッカーか。そんなカージャッカーの女の子に叱られて。理不尽じゃないのか？　だいたい誕生日が十月十日だって告白したらやっぱり天秤座なのねなんて喜ばれて。あたしたち三人とも天秤座なのよ父親も姉も弟も。意味がわかんねえよ。なんだよハルって？　しかたねえなあ。運転日報には強盗って記入しよう。ああ表示板にも強盗って出ねえかなあ。**強盗**。そうしたらニュースとかになってな。何だか楽しいだろ。

こんなさ。あとは死ぬだけの人生よりは。

何でおれ四十すぎてんだよ。何でおれ四十一歳で。何でおれ妻子に逃げられて。何でおれエリートから転落して。何で。何で。何で。死ぬぞ。

あれ拳銃かあ。あのガキの。

「いや値段を確かめようと思ってね。ほら。いったい犬吠埼まで走ったら何円になるのかなあ、って。後学のために」と悟は言う。

「ふぅん？」と三葉瑠が言う。

「コウガクって何？」と晴臣が言う。

「後日、役立たせるための知識。それをゲットしましょうってニュアンスね、オミ」

「シニアも……物知り」

「四十一年も生きてるんで」と悟は言う。「シ、シ、シニア。そうシニアだからね」

「無線も切って、お父さん」と三葉瑠が言う。

「何円なんだろ。遠いんだろうか」と晴臣が言う。

「お父さん。そうお父さんだからね。無情だなあ」と悟は言う。「いや高いでしょう。何万円でしょう」

「それは遠いから？」

「遠いからよ、オミ」と三葉瑠が言う。「だって東京を出るもの。ね、お父さん？」

「長距離をロングって業界用語で言うの」と悟は言う。

「あら、タクシー業界？」

「引っ越し業界とかでも言うかもね」

「運送業界ではありそうね、お父さん」

「ロングは嬉しいですか？」と晴臣が言う。

「稼ぎが足りない時にはね。あのね、姉弟のきみたち、雇われの運転手にはノルマっていうのがあってね。営業収入をエイシューって言うの」

「業界用語で？」と三葉瑠が言う。

「言うの。それが一日単位で決まってるの。これが。エイシューが。で、運転手には帰庫時刻がある。キコ。車庫に帰るキコ。ぶっちゃけあがりの時間なわけ。でもね。ね？　午前四時になってもノルマを達成できてない時とか、あるわけ。たとえば今日よ。本日よ。稼ぎが全然足りなかったのよ。だから回遊してたの、ずっと、新宿区内を。こんな、朝になっちゃうまで。そうしたらきみたちを拾ったの。わかる？　だから、これが本当のロングだったら、値段は幾らになったのかなあって」

「好奇心ね、お父さん」と三葉瑠が言う。

「いろいろ大変ですね」と晴臣が言う。「シニアも」

「そう。シニア。シニアだからね」と悟は言う。

「でもね、お父さん」と三葉瑠が言う。

「何ですか？」

「同情しないわよ」

「そうですか」

「あたしたちだって生き残るためには手段を選ばないんだから。お父さんも、何か考えないと」

「そうだなあ」

「非日常ってものを追求しないと」

「そうだなあ、おれ、自分でタクシーセンターに苦情電話入れようかなあ」と悟は言う。

「それでペテンを仕掛けるのね？」と三葉瑠が言う。

「同僚を蹴落としちゃったり」

「あ。蹴り」と晴臣が言う。

「蹴り？」と悟は言う。

「そうだ。だいたい何キロかわかりますか？」

「何が……なぁにが何キロ？　その、少年よ。オミ君よ」

「オミでいいです」と晴臣が言う。

「おれ、脅されてる立場だから、幾らなんでも呼び捨ては」

「だったらオミ君で」

「あら、ため口だっていいのよ」と三葉瑠が言う。「だって息子だものね、お父さん」

「おれね、息子はいたことないんだけど」と悟は言う。

「娘は？」と三葉瑠が言う。

「……いたけど」

「いた？　って、過去形？」

「犬吠までの距離です。ここから何キロか」と晴臣が言う。

「過去形かあ。それって複雑な事情だわね」と三葉瑠が言う。

「単純。自滅するジジイってわけ」と悟は言う。

「自虐は駄目よ、お父さん」

「駄目ですか」

「はい、地図。お父さん」

「何ですか？」

「あたしたちコンビニで買って用意してあったの。首都圏の地図」

「マップはね、だいたい用意されてるの。常備されてるの。タクシーだから」

「いいから受け取って」

「プレゼントです」と晴臣が言う。

「サンキューベリーマッチ」と悟は言う。「うーん……うーん……うーん。直線距離で一〇〇キロあるね。ちょうど」

「すごい。超ロング」と晴臣が言う。

「本当だよ。惜しいよ。でさ、直線距離では進めないから」

「遠いのね、お父さん」と三葉瑠が言う。「本当に本当に遠いのね。わあお」

「高速は……？」

「使わないわ」

「だよね。高速料金、おれも自腹はヤだし」

「あたしたち、いちおう、カージャックしてるのよ」

「てゆうか」

「何ですか？」

「知ってる」と悟は言う。

「一〇〇キロか」と晴臣が言う。

「のんびり行こう」と三葉瑠が言う。「ねえお父さん？」

「あのね、いまルート決めてる途中」

「そう。じゃあ、あたし、ひと眠りするから。千葉県に入ったら教えてね」

「千葉は……千葉県は、結構あっという間よ」と悟は言う。

「じゃあ千葉市に入ったら。それとね」

「何ですか?」

「オミは拳銃持ってるの。忘れないでね」

「あっという間に東京の外に出るんですね、シニア」と晴臣が言う。

*

あたしは暖かい場所にいると三葉瑠は思う。何だか安全な感じがするシートにいると三葉瑠は思う。カージャックした乗り物の後部の。そして右手にはあたしの弟。運転席にはあたしの父親。ハルとハルとハルとハル。あたしたち全員天秤座で。あたしたち運命で結ばれてて。あたしたち安全で。安全な場所。移動していることを感じるために三葉瑠は目をつぶる。**あたしはひと眠りするの。**これから東京を出る。あたしは出るんだな。速度は安定していて暖かさはほとんど揺れない。三葉瑠は鼻から息を吸って口から吐き出す。深くて静かな呼吸を繰り返す。**肉体を意識するの。**それが自由につながっていると三葉瑠は思う。三葉瑠はジーンズを穿いている。色褪せていて踊りすぎて膝がぬけているジーンズ。裾はロールアップ。三葉瑠はそのジーンズの前ポケットに右手を入れる。そして摩(さす)る。ショーツのラインを。もっと内側を。三葉瑠は丁寧に自慰をする。**鼻から息を吸って口から吐き出す。**あたしは暖かい場所にいるのと三葉瑠は思う。

晴臣は気づいている。

晴臣は思っている。おれたちは良識をイッシュウしてるんだな。晴臣は思っている。

拳銃をぎゅっと右手で握り直す。左手を開いたり閉じたりする。おれたち。いったい何だっけ？　教訓は何だっけ？　そうだ。**健全な絶望は健全な肉体に宿る。**おれたち。

晴臣は瞼を閉じる。

晴臣は犬たちの吠え声を思い出す。

晴臣は左手を三葉瑠の腿にのせる。うん？　声にならない声を三葉瑠があげる。あのねあたし姉よ。でもね。ただね。ほら。前ポケットから自分の右手を抜いて三葉瑠はボタンを外しにかかる。ジーンズの前のボタンを。少しだけファスナーを下ろす。少しだけ。

腿にのせられた晴臣の左手をそれから握る。さわるだけならね。

暖かいと晴臣は思う。目をつぶりながら。ショーツの生地の下の陰毛を感じる。それから湿っているものの気配を感じる。そっと撫でる。そっと。そっと。そっと。**さようなら東京。**境界を越えるんだなと晴臣は思う。

勃起はしている。とても硬い。だからおれ。涙が溢れそうになって。

＊

ちょっと待てよと悟は思う。バックミラーから後部席を覗いて二人の姉弟の行為にふれて。何エロいよ。でも何？　あれ？　あのガキ泣いてる？　いきなり二人して黙って深夜に拾った不倫カップルみたいにねっ、い、とりやりはじめたんだと思ったら。糞。わけわかんねえ。つまりティーンかよ。おれは四十代だっちゅうの。しかも鬱病の。いまさら何で。何でいまさらフォーティーズ。

あのガキ。マジに泣いてる。

でもさ。近親でも相姦しないでオナニーの手伝いかよ。それはな。いいな。ティーン。

生きてる。

おれなんて最後にセックスしたの何年前だ？　一年半か？　二年？

勃起か。

糞。おれって四十一歳で。

だからお父さんだって。

オミとハル姉。そしておれ。シニア？

だから？

役を演じてるみたいだ。この世が書き割りみたいだ。おれも別人みたいで。ハル、ハル、ハル。

「江戸川越えるよ」と悟は言う。

＊

あと七十キロ。

「千葉市に入ったよ」と悟は言う。

「おはよう」と三葉瑠が言う。

「おはよう」と晴臣が言う。

「それで、休憩とかするの？」

「資金がね」

「シキンってお金？」と晴臣が言う。

「あのさ、二人揃って、持ち金ないわけ？」と悟は言う。

「おれは」

「あ。オミ君はね」

「あたしはあるわ、お父さん。でもね」と三葉瑠が言う。

「何でしょう？」

「それを使ったら、あんまり非日常じゃないから」

「ふぅん？」

「だからお父さんから奪おうって、タクシーの売り上げをね、思ってたんだけど」

「今日のあがりを？　おいおいおい」

「貧しいのよねえ」

「そうだ。同情しろ。娘よ」と悟は言う。

「ですよね、シニア」と晴臣が言う。

「二人って、非日常でゴーなんだろ？」

「お父さんもね」と三葉瑠が言う。

「強盗したら？」と悟は言う。

「え？」と晴臣が言う。

「だわよね」と三葉瑠が言う。

「え？」

「だってオミ、そのために拳銃はあるの」

「銀行はやめたほうがいいなあ。ＡＴＭも」と悟は言う。

「郵便局？」と晴臣が言う。

「農協（JA）？」と三葉瑠が言う。

「うーん」

「何、お父さん？」

「本格的なのは、駄目？　シニア？」

「やっぱりコンビニじゃねえか？」と悟は言う。

　あと六十キロ。

三葉瑠が調達に行っている。強盗のためにはそれなりの恰好が要ると判断して。だからジャスコ前で停めさせた。オミは降りちゃ駄目よと晴臣に命じた。うん拳銃でシニアを見張ってるからと晴臣は答えた。はいはいはいパパは大変な役目ですよと悟は答えた。変装道具はあたしが買うからと三葉瑠は言った。ジャスコで。あたしが自費で負担する。お父さんには迷惑かけられないものね。ありがたいねと悟は言った。ついでにガソリン代は出ない？　それは出ないのと三葉瑠は言った。だってあたしたちはカージャックだから。ね？

　そしてジャスコの店内（なか）に。

「二人きりだと静かだなあ」と悟は言う。

「あの」と晴臣が言う。

「何だい、オミ君」

「シニアはUFOって、どこで見たんですか？」

「……ぅぅんとね、そうだなあ」

「あ。何回目撃したんですか？」

「七回」

「七度も？」

「そう。やっぱりタクシーって、夜中に流してたりするからじゃない？　郊外が多かったね。あれだね、東村山で二回。ちょこっと小平霊園をすぎたとこでね。近いけれど、多摩湖で一回。あとはどこだったかなあ。そうだ埼玉のね、ほら巨いドームがあるじゃない？　あれだ」

「さいたまスーパーアリーナ？」

「そう。あれの上空にもモクゲキしたよ。葉巻き型ってゆうの？　リッパだったなあ」

「箱根山では見ませんでした？」

「あるよ」

「ある……。あ、あ、あるんですね、ね？」

「おう。憶えてるよ。恰好いい型のぎらぎらＵＦＯだったよ」

「そうか」

「ほっとした？」

「ほっとしました。おれ、安心した」

「なら、よか……。ぅぅんと、泣いてんのか？」

「喜んでる。おれ」

「そうか。いろいろ、事情、あンのか」

「うん。複雑な事情」

「だろうな。拳銃も持ってるしな」

「おれって」

「何だい？」

「おれって、この中で、いちばん幼いけど」

「この三人の中で？」

「そう。シニアとハル姉と、おれと。さっきから言葉考えてたんだけど。おれがいちばん幼い」

「だね。それで？」

「でもね、おれがいちばん罪深い。うん、おれが」

「オミ君さ」

「何ですか？」と晴臣は言う。

「人生はそこそこ長いよ」と悟が言う。

三葉瑠が調達から戻る。ジャスコから。入手してきたのはサングラスが二つ。値札はおのおの六八〇円。それから野球帽が三つ。ロゴはジャイアンツとジャイアンツと阪神。どうして三つなのかなと悟が言う。お父さんのはダッシュボードの上にケース入りであるでしょうと三葉瑠は言う。何がと悟は言う。だからサングラスがと三葉瑠が言う。あたし目敏いの。発見してたの。いやそのあのねと悟はあたふたして。どうしたんですかと晴臣が問う。

おれも参加するのかよ。焦って悟が言う。おれもコンビニ強盗？

そうしなかったらねと三葉瑠が言う。落ち着いて悟を諭す。お父さんタクシーで待ってるあいだに逃げ出しちゃうかもしれないし。

そうだねと晴臣が言う。

あと五十キロ。

「あのローソンにする」と悟は言う。

「あたしローソン好き」と三葉瑠が言う。
「おれも」と晴臣が言う。

本当はエンジンをかけっぱなしにして待ってたかったよ。悟は思う。おれ逃げ出したりしないのに。悟は思う。お前たちを置いてさ。見捨てたりしてさ。しないのに。でも。しかたねえかあ。おれは父親でこっちは娘でこっちは息子で。シニアとハル姉とオミ。そういう役柄で。何だかなあ。率先して突入しちゃうか。おれが阪神の帽子かぶるよ。

家族強盗団だぜ。

「オミ君」と悟は言う。
「白昼堂々ね」と三葉瑠が言う。
「シニア、何か？」と晴臣が言う。
「あとで拳銃、ちょっとさわらせて」と悟が言う。

＊

カーラジオを運転席の悟がつける。AM局に合わせる。ニュースを探して。そのニュースを探して。三葉瑠がまだやってないわねと言う。警察無線が傍受できたらなあと悟は言う。拳銃の弾はこれで残り八発だなと晴臣がひとりごちる。あのさと悟が二人にむかって言う。おれさ。昔さ。自殺願望があってね。晴臣がはっと顔をあげて尋ねる。シニアの昔？　三葉瑠が冷静さを保ったままで尋ねる。昔って何年とか昔？

ええとね。昨日とかまで。

それが昔？　三葉瑠がちょっと冷静さをうしなったように言う。

オミ君もそうじゃない？　悟が尋ねる。

どうしてシニアにわかったの？　晴臣が尋ねる。

直感。悟が答える。

三葉瑠がふいに言う。あたしたちに脅されたって言えばいいのよ。お父さんさ。もしも警察に尋問されたら。このカージャックさんたちに強引にコンビニ襲えって命じられたんだって。悟は車線を変える。追い越し車線に入る。エンジンの回転数をあげる。それからカーラジオを消す。いいじゃんと悟は言う。全然いいんだよ。三葉瑠が驚いて何で何で何でと連発する。あたしたちは絶望しない主義者だからいいけどお父さんは。

おれはね。悟はハンドルから一瞬両手を離して言う。おれはキレちゃったんだなあ。

どんな気分ですか？　晴臣が尋ねる。

「家族愛だよ」と悟は言う。


あたしたちはいつか捕まる。ぶっ飛ばして。そしてハモろう。ざまあみろ世間って。

ねえお父さん。

ねえお父さん。

ねえお父さん。あと何キロ？

あと二十キロ。

あと十キロ。

あと。


この物語はきみが読んできた全部の物語の続編だ。ゴールはある。終着地は用意されている。たとえばこの物語がロード・ノベルだから。**シニア**。四十一歳の原田悟はイグニッション・キーを回してエンジンを切る。切る。イグニッション・キーを引き抜いて運転席のドアを開ける。音がする。海の音がする。太平洋の気配がする。潮の匂いを嗅いでいる。駐車場には大型観光バス。おれはタクシーだぞと悟は思う。おれはシニアだぞ。ハル・シニアだぞ。自殺しないで強盗をしたぞ。**ハル姉**。十六歳の大坪三葉瑠はあちこちの看板にときめいている。地球の丸く見える展望台だとか貝串焼きだとか灯台近道だとか。灯台。ああ犬吠埼には犬吠埼灯台があるんだわ。あたし。あたしあたしあたし。ちゃんと逸脱した。千葉県の端っこまで。あれって太平洋？　あんたのこと大好きだわ太平洋。あたしこれから岸壁で踊るね。**オミ**。十三歳の藤村晴臣はしっかり拳銃を隠した。背中に。ジーンズとパーカのあいだに。あと八発。おれにはあと八発ある。そして犬は？　犬たちは吠えてる？　晴臣は犬吠埼灯台を見あげる。それは白い。それは小さい。おれはUFOに乗ってこのイヌボウまで来たよ。なあ。おれ。誰に話しかけてるんだ？

いまはいない奴に。

晴臣は歩いた。三葉瑠と悟とともに。いっしょに。灯台には入場料がかかると判明して三人は遊歩道を歩きはじめた。灯台の裏手をぐるっと廻っている遊歩道。そこは銚子半島の本当に先端で。太平洋に突き出していて。晴臣は言う。おれは来たんだって。このイヌボウに来たんだって。

晴臣は絶叫する。ああああああああああ！　怒濤にむかって。了解する。吠えてる。おれが犬だ。**おれが。おれが。おれが。**さよなら。頭の中が真っ白になる。すると。怒濤と絶叫のこだまを感じる。羽ばたきを感じる。眩暈を。鳥だ。千羽の鳥だ。戻ってきたんだ。

「ゴールね」三葉瑠が言って跳ね出した。踊りはじめた。

「おれはな」と悟はつぶやいた。「この犬吠埼に来た記念にな、いつか、犬を飼うぞ」

そして物語に終わりはない。全部の物語の続編にだって。この場面のあとにも場面はずっとずっと続いて。時間は後ろに流れつづけて。でも。とりあえず。乱暴で純粋な者たちの続編は終わる。ハルとハルとハルのそれは。世界は種別(ジャンル)を喪失してハルたち三人の物語はたった一つの現実に変わる。

静かな歌

元気ですか？

知ってると思うけれど、おれは未来のことなんか考えない。いまは、なんか、遠くへ来ちゃったなあ。と思ってるだけ。ここで何泊したのかも、忘れた。ずっと名瀬(なぜ)市にいて、だいたい歩いた。徒歩旅行(ワンデルング)だよ。

バスも使ったけど、ほんと、歩いたなあ。

国道58号線ってゆうの？　奄美小学校、奄美高校、名瀬中学校とその道路に沿って通過して、それから朝戸(あさと)トンネルに入った。1.7km 超のトンネルだった。長かったね。いやー長い。それから原生林めざしたんだけど。林道に入ってから、ほんの十分とかだったかなあ。

イヌ事件が発生した！

岩石削りの現場みたいな空き地に出たんだな。無人の林道が、フッ、て開(ひら)けてさ、いきなり横手から何頭ものイヌの吠え声が襲ってきた。ウォン！　ウォン！　ウォン！　おれは焦ったね。だって凶悪な、真剣に怒(いか)ってる吠え声だもの。だいたい、なんでイヌがおるわけ？

犬小屋があるからであった。

その現場にさ。これがまたひどい。あのさ、こうして手紙で書こうとすると説明が面倒なんだけど、排水溝を作るときに地面に埋め込む、コンクリ製でコの字の、ちょっと大きな部品があるじゃない？　あるの。それがさ、ひっくり返されて、超インスタントな犬小屋になってたわけ。もう、単純に逆さまに置いたってだけの。そうゆうのが、何列かね。でね、一列の逆コの字に一頭ずつ、イヌが収まってて、とりあえず鎖でつながれてる。

これが六頭。

かなり猛犬であった。

それで話は終わらない。もう一頭、いたんだよ。この犬小屋ゾーンを守る、放し飼いのが。まいったね。でかい。グレートデーンあたりの犬種だった。そんで七頭全部、おれにむかって吠えてるの。おれはね、にらみ返したね。しかし、思ったね。こりゃ勝てん。下手すると、襲われて死ぬな。てね。

死ぬのはやだな、なんて、おれは考えたよ。

正直にいうと、おまえのこと、おまえに会えないなってこと、それだけを考えたよ。

そうゆうのはマジやな未来だなあって思って、おれは自分が未来について考えてるんだって気づいて、啞然とした。

離れるんじゃなかったって実感した。こんな南の、奄美大島までひょっこり来ちゃって。

それでイヌ事件はどうなったかってゆうと、おれはなんか頭にきて、襲えるなら襲ってみろ一頭か二頭は道連れにするぞ、て気合いで唸り返したら、全然、最悪の事態は回避できた。いま、ふり返るとだな、あいつらは徒歩の人間ってのが怪しかったんだな。だって、ハブのいる原生林だもの、だれだってクルマで移動してるもの、あの林道。

不審人物でゴメン。でも、島のひとも、あんなふうに唐突に何頭ものイヌ、飼うなよ。無人の亜熱帯ジャングルのどまんなかで。

怖かったよ。

そもそも、おれは、なぜに奄美に来たのか？

けさ、ホテルを出た。「奄美空港」行きのバスに乗り、揺られて揺られて五十分。空港でロッカーに荷物を預けて、また歩き出した。あやまる岬ってとこを目指した。もちろん徒歩で。距離は6km。空港があるのは奄美大島の北東側で、こっちの土地はだんぜん景観がフラットだ。西のほうに低い山並みがつづいてる。あとは真っ平らな感じ。おれは車道をだらだら歩いたんだけど、ここって農業地帯で、なんだか道路は集落のただなかを突っ切ってる雰囲気なのね。そのとき。おれはヤギを見つけたんだ。

草地に、ヤギ。

一頭だけ。おれが寄っていったら、こいつ、怒った。ヤギの怒りの表情って、わかるか？　上唇をめくりあげて、目玉サンカクにして、すごい顔をするんだぜ。しかも雄。たとえば立派な角が、ヤバい。おれは今度はヤギ事件か⁉　と思ったね。でも、このヤギ、つながれてた。そばの電柱に。いやー、ほっとした。

そんで、ヤギに接近遭遇できたことで、ふしぎに気分がハイになった。

ポジティブな気もちになった。

おれは未来のことを考えなさすぎたのかなって反省して、いま、あやまる岬の展望台でおまえに手紙を書いてる。

おれは歩いてるあいだに歌を作った。『おれの声はちいさいよ』って歌だ。おれの歌は、ほとんど聞こえないよ、って歌だ。でも、それがおれのロックンロールなんだ、っておれは口ずさんだ。

それだって、かまわないだろ?

それだって、全然、オーケーだろ?

奄美に来たのは、だけれど、ここでならおれも大声を出さないとしかたがないことになるんじゃないかって、そう直感したからなんだけどさ。

じっさい、そしてイヌ事件がある。

おれなんか絶対フィットしそうにない場所で、おれはとりあえず、時間を持てあましてシサクしてみる。

ひたすら、歩いてみる。

『おれの声はちいさいよ』なんて、ロックンロールを作ってみる。

おれはこんな馬鹿な手紙は出さないことに決めた。あのヤギに食わせる。

ヤギがいない。帰り道だ、あのヤギ、つながれていた家畜の雄ヤギが、消えている。陽射しが強すぎるから、どこかの木陰に移されたんだろうか? おれは呆然とする。おれは、だから、空港でこの手紙のつづきを書いてる。

おれはこの運命を受け入れて、おまえに手紙を出す。

この空港で投函する。

おれは、おまえとやり直したい、って書いてみる。

たぶん、おれがさきにそっちに着いて、遅れて奄美消印のこれが届く。いまは重なっているのに、絶対に時間差ができる。おれは手紙が着いたとき、おれたちが元気だったらいいなと思う。おれはほんとうに、ほんとうに正直に、もういちど書いて尋ねてみる。

元気ですか？

響一と犬の少年

『13』より

木の葉が地面を歩いている。行列を作って。いや、歩いているのは蟻だ。刈り採った木の葉を旗のように掲げて、無数の蟻たちが地面を行進している。その列は数百メートルにわたり、雨林のなかを続いている。

ニカラグアのジャングルで響一は葉切蟻（ハキリアリ）を観察している。

通り道を遮る蟻の行列は、響一に不思議な感慨を抱かせる。葉切蟻は農業を営むという。こうして収穫した木の葉を持ち帰り、巣のなかで苗床にし、菌類を栽培する。つまり、茸を作るのである。食糧にする茸を。

生きた植物を刈り採り、農作業をする蟻。こんな蟻はアフリカのジャングルにはいなかった。行列を作って進む蟻、例えば流離蟻（サスライアリ）ならば馴染みの存在で、その親戚の軍隊蟻（グンタイアリ）は新大陸でも何十種類もが見かけられる。だが、農業をするような蟻は、あまりに特別だ。アフリカにはいない——遠縁となる一亜種もいない。別の森には別の顔がある。別の動物が暮らし、別の生態系が誕生している。

響一はそれを目で瞰（み）る。

双眼鏡とカメラを携え、必需品の山刀（マチェテ）を手に響一は生い茂った蔦を伐って進む。マント吠猿（ホエザル）のラウド・コールが森の奥から響いていた。抑揚に富んだ歌のような重い鳴き声。頭上を仰いで天蓋を垣間見る。梢に黄腿舞子鳥（キモモマイコドリ）が踊っている。大嘴（オオハシ）の声がやかましい。

十一時十六分、響一は蟻の行列から遠く離れて休息を確保する。火を熾（おこ）して、プランティン（スペイン語でプラタノ）と呼ばれる料理用バナナを細い棒に刺し、それを火群（ほむら）の周りの地面に突き立てる。プランティンは生食用のバナナよりも硬く、大型で、焼き上がると甘みの少ない焼芋のような味がする。コーヒーを用意して砂糖をたっぷりと入れる。ノートに記録をとりながら、響一は一服する。

中米蜘蛛猿（チュウベイクモザル）とマント吠猿の大雑把な分布調査を進めていた。関口が響一を雇った。磁石も効かない原生の熱帯林にサル学者の助手として派遣できる人間は限られている。関口自身はベネズエラにいて、響一が手掛けているのは本格的な生態観察に先立つ予備調査だ。基礎データの収集なら響一にもできる。いや、下手な大学院生や現地ガイドの数倍は人材として優れている。響一には霊長類学の広汎な知識があり、森歩きの経験と知識がある。特に後者は驚異的だった。

南アメリカと北アメリカをつないだ地域。大陸間を橋渡しする中央アメリカで、関口が調査のために足を運んだのはパナマとコスタリカの二ヶ国だけだった。それをさらに北上するように、関口は響一を派遣した。未知の調査地に、中米のジャングルに。

雨林の音楽が響一を包んでいる。

二十分の休憩の後に約二時間、歩いた。十四時を前にしてキャンプに到着する。目印は川岸に長い竿を差し、舫（もや）ってあるカヌーだ。その手前に、森側からアプローチする者の視界から隠れるように、簡単な差し掛け小屋が作られている。五日間のフィールドワークの拠点だった。ここを足場に響一はジャングルを動いた。

小屋に入り、響一は荷物を整理した。食糧は綺麗に消費されている。米、塩、香辛料、コーヒー、砂糖をちょうど五日分キャンプに持ち込み、計算通りに平らげた。副食は猟で手に入れた。差し掛け小屋のなかには大木の幹を利用してハンモックが吊られ、蚊帳がそれを覆っている。はずして、カヌーに積み込む準備をする。研究関係の重要物品は、調査日誌であるノートと雨天用ノート、カラープリント用フィルム、白黒プリント用フィルム、高感度フィルム。荷物をまとめて、水に濡れないようにし、小屋から運び出してカヌーに移した。小屋はそのまま放置して廃棄する。いずれ朽ちて森に帰る。

カヌーには数種類の蝶が群がっている。舟底に溜まった水に彩りも鮮やかな中型の蝶たちが水分の補給のために集(つど)っているのだ。響一が近付くと、それらが翅を広げて一斉に飛び立った。実に百匹を超える華麗な、絢爛たる乱舞で、全体で一つのモヤモヤとした亡霊のようにも見える。

カヌーのなかには釣り針のついた釣り糸がある。

響一はカヌーに乗り込む。ジャングルの川は蛇行に蛇行を繰り返す。その周囲に広がるのは極彩色の世界だ。パイナップル科の着生植物は真緋(あけ)と黄と藍色、金属光沢のある紫や翠色の羽に覆われた蜂鳥(ハチドリ)が川岸の緑の壁でホバリングしている。航路ではあちらこちらで川幅が狭まり、その度に両岸のさらに細やかな背景色のバリエーションが間近に迫る。一〇〇〇〇〇〇〇の緑。

三時間をかけて村に出た。土産はすでに準備してある。十キロを超える鯰を三尾、カヌー行のなかばの澱みで釣り上げてある。響一のカヌーが乗りつけた岸に村人たちがポーターのように集う。先頭は子供たちで、なまりの強いスペイン語を笑い声とキャーキャーという叫び声で装飾している。

おかえり!

セニョール、おかえり！

後方には顔馴染みの大人たち。村の住人はインディオと白人の混血（メスティソ）だ。ニカラグアの人口の七割は同じように混血人である。

雨林の村には鶏が群れている。家鴨が駆け回り、豚が走り回っている。その飼い豚の一匹に追われた鶏が、薄汚れた羽をバサバサと広げて飛び上がり、樹の枝の高みに避難して喚（わめ）き立てる。賑やかな情景だった。舟着き場からは鯰が、扁平な頭部と六十センチはあろうかという長い鬚（ひげ）が印象的な三尾の白身魚が陽気な騒ぎのなかで運ばれる。

村は、かつては武装ゲリラの支配地域下にあった。中米が第二のベトナムとなるのではと懸念されていた頃、何名もの村人が銃を手に戦闘にも加わっている。だが、ゲリラの目的は判然としなかったと村人たちは言う。語られざるニカラグア内戦の実情を村人たちは饗一に教えた。ジャーナリズムによって知られている内戦の図式は「合衆国政府の援助を受けたコントラ（反革命分子）が、ソ連やキューバ、リビア等の支援を得て社会主義を推し進めているサンディニスタ革命政権を打倒するために武力闘争を繰り広げた」というものだが、実際には三つ巴、四つ巴が展開していたらしい。ニカラグアの東部の農民、熱帯雨林の先住民はサンディニスタ政権を土地の国有化などを強引に行なう強奪者と見ていたし、それゆえに合衆国（ヤンキー）の思惑とは別に叛旗を翻した。コントラにも与せず、反政府のゲリラ闘争を繰り広げた。さらにはパナマに亡命してコスタリカに拠点を築いた革命家の勢力、そして暗躍する旧ソモサ独裁政権時代の国家警備兵の一団、のちには野盗化した、戦線離脱組のコントラの戦闘員がこの巴戦に加わった。何のための戦争か判然としない状況が続いて、村人たちはただ生活を守るためにゲリラに従い銃を取ったという。

いまは、平穏な空気が村とその住人の心を満たしている。

大型の鯰はジャングルの暮らしにおける重要な蛋白源だ。響一は日暮れ前、夕餉の材料として間に合うように村にこの大物の三尾を持ち込んだ。鯰の仲間はその肉に骨が少ない、また味もいい。基本的には、シンプルな塩焼きか、空揚げか、あるいは唐辛子と油とトマトに玉葱などの野菜で煮て料理する。乾燥させた保存用の塩漬肉はスープにも向いている。

山刀(マチェテ)でぶつ切りにする。敷いた椰子の葉のマットに、その肉の塊を転がす。取り囲んだ村の主婦たちはムチャス・グラシアス、グラシアスと合の手を入れるように響一に言い、その労をねぎらいながら鍋に一切れ、二切れと鯰の肉塊(ししむら)を抛り込む。

作業が終った途端に子供たちが響一を捕まえる。雨林の村の子供たちは尋ねる。セニョールはどうして釣りや動物の狩りがうまいの？　日本(ハポン)でジャングルの猟師だったの？　響一はカヌーのある舟着き場の岸辺に戻り、手足と、マチェテを洗いながら、静かに笑みを湛えて返事をする。

「日本(ハポン)にはジャングルはないよ」

ジャングルがないの？　ジャングルがない国なんてあるの？　無邪気な問いは続いた。ジャングルがない国じゃあ、とても猟師にはなれないでしょ？

「ほかの国ならジャングルがあるし、そこで狩りを学べるよ。俺は、ジャングルに暮らす兄弟を持っていた、ほかの国のジャングルに兄弟がいたんだ。黒い膚の兄弟が。その兄弟と、兄弟の一族が猟師だった。偉大なジャングルの猟師だった。それで俺は学んだんだよ」

人種の血が複雑に淆(ま)じり合うニカラグアでは兄弟が〝黒い膚〟と説明しても誰も違和感を覚えない。子供たちは感心したように精悍さを満身にみなぎらせる響一を眺めている。

どこからか錬金術のようにビールが湧いて出た。生ぬるいビール。壮年の村人が森でジャガーの魚獲りを目撃したという冒険譚を語っている。法螺話ではない。ジャガーは木登りもうまいが泳ぎも達者だ。だから樹上では猿を捕えるし、水辺では魚や蛙を捕食する。ビールに酔う村人の語りを、響一は興味深げに、楽しげに聴いている。その男が、間の悪いことに、いかに魚獲りをするジャガーに出喰わしてしまったか、そして人をも殺傷するジャガーの前から、いかに巧みに遁走したか。語り手は熱烈に語り、ビールを呷る聴衆は沸きに沸いた。物語りの伴奏は、ギターと、雨林の蛙の鳴き声が務めた。

誰もが夕餉で満腹だった。日はすでに暮れている。だが就寝には一刻、いや二刻は早い。

大笑いのジャガー目撃譚が終ると、次いで響一が物語る順番になった。

「犬の少年の話を聞いたのは、もっと南の、コスタリカとの国境に近いジャングルの村でだった。知ってるだろうけど、俺はこれから、ずっと、ずっと北に向かい、抜けられるならばホンジュラスとグァテマラに入る。最後には合衆国のサンディエゴという大きな町を目指している。サンディエゴは軍隊のある、何十万も人の住んでいる、港の都市だ。そこでサルの調査の報告をするんだ。『サンディエゴ生物環境科学研究所』という場所でね。

だから俺は、アメリカの陸橋を南から北に、南から北にと向かっているわけだな。

南のジャングルの村にいた、その犬の少年の名前はウンベルトといった。ウンベルトは戦災孤児だった。十年前に十歳、いまは二十歳になっているはずだが、もういない。この世にはいない。これは、死んだ少年の話だ。

十年前のその日に、ウンベルトは三頭の猟犬を連れて狩りに出ていた。父親のかわりに、一人きりで。父親は熱病を患い、村の家に臥せっていた。ウンベルトはまだ十歳だったが狩りの腕は十分に確かで、猟犬らもウンベルトを主人とみなし、猟銃を預けられてジャングルに狩りに分け入っていた。

日暮れまでに、ウンベルトは鳳冠鳥(ホウカンチョウ)とアグーチを捕まえた。だが、これは小物だ。ウンベルトには満足できない。羞かしい、と歯軋りしていた。俺は全然、親父のかわりになっていない——と。そこで、さらに大物を狙った。

結局は無駄骨だったんだが。

だが、それが運命を分けた。ウンベルトと、家族、親戚、友達との。村のあらゆる人間との。

こういうことだ。ウンベルトが留守にしている間に、村を、ジャングルに展開する暗殺部隊が襲ったんだ。掃討作戦だった。六十三名の村人の全員が戮(ころ)され、さらに村は焼かれた。誰が村を焼いたのかだって？　政府軍がそうしたんだとも言うし、いや、パストーラ軍の部隊が焼き払ったとも言う。本当のことは地元の人間も、マナグアや新聞社の事情通も知らない。つまるところ、村は、どちらの勢力からも相手側のゲリラの拠点だと考えられていたらしい。

そしてウンベルトだけが生き残った。

ウンベルト——狩りでの大物狙いのために、誰よりも遅れて村に帰ってきたウンベルトだけが、この日の殺戮からまぬがれた。本物の孤児の誕生だった。誰ひとり身寄りはいない。三頭の猟犬だけがウンベルトの縁者であり、またウンベルトの財産だった。ウンベルトは、この三頭の猟犬とともに、怒りを、怒りを、何よりも怒りをと胸に抱きながら森に野生児として生きることになった。

同じ怒りが別の場所にもあった。

シェパードという犬を知っているかい？　頭のいい犬だ。ヤンキーが軍用犬に使っている。対人殺傷の訓練を受けて、英語（イングレス）の発音をもじりK9ソルジャーと呼ばれている。このシェパードが森にいた。そもそもは森のコスタリカ側の領域に、七頭、八頭、いや十頭はいたとも言う。もちろんシェパードは森の犬じゃない。ヤンキーが飛行機に乗せて、陸軍の部隊と一緒に運んできた犬だった。

その陸軍の部隊というのは特務作戦に就いているチームで、言ってみれば軍隊のCIAみたいな存在だ。シェパードの一団を連れてきたのは、とにかく理由があったんだろう。警戒勤務か、シェパードは爆弾の発見もできるし、負傷兵の捜索にも役立つ。部隊は、ジャングルに前進基地を作ろうとしていたらしい。物資の補給は万全で、通信線も確保した。あとはコスタリカ側からの越境のミッションを待つだけだった。だが、そこで問題が持ち上がった。これまでの部隊の動きはすべて隠密行動で、国際的な規約や憲章には反する。なのに、コントラ軍事援助に対する非難がその時期、瞬間風速で高まっていた。人道主義者の非難に——国際的な圧力に根拠や口実を与えてはならない。そうして、合衆国軍の上層部は、コスタリカに潜入した部隊にあらゆる施設の拋棄を指導した。

十二時間以内に撤収せよ、との命令だった。

輸送用のヘリコプターが編隊を組んで出動し、部隊は急遽、国境のジャングルから引き揚げた。夜陰に乗じての撤収作業で、優先されたのは軍事設備と装備のピックアップだ。だから、シェパードたちは、必然の帰結として基地の跡地に置き去りにされた。

ジャングルに取り残された。七頭、八頭、いや十頭はいたと言う軍用犬が。

その時、どれほどの怒りをシェパードたちは抱いたことか！

もともとジャングルに棲めるような犬ではない。友好的とはとても言えない苛酷な環境のなかで、シェパードの集団は野犬化した。頭のいい、体力にも優れた大型犬だったが、しかし熱帯には当たり前に氾濫している寄生虫も、細菌も知らず、皮膚に卵を産み付ける蠅も知らない。ジャングルに適応するのは、あまりに儘ならなかった。

ジャングルの生態系は純血種のシェパードたちを敵視し、シェパードたちもまた。

これが――別の場所の怒りだった。まずはウンベルトと三頭の猟犬、そして七頭、八頭、いや十頭はいたと言われるシェパードたちが、ともに怒りを、怒りを、何よりも怒りをと胸に抱きながら、コスタリカとの国境地帯に広がるジャングルで、野生に帰り、ひたすらに生き延びようと彷徨していた。

邂逅は、半年後に訪れた。

ウンベルトの猟犬は逞しさを増していた。ウンベルトが、犬を、けだものではない、血族（うから）として認めたからだ。同胞として扱っていた。狩りをすれば必ず、獲物の骨だけではない、たっぷりと獲物の肉を与えた。人間の自分と同じ分量を、三頭のそれぞれに分け前として与えた。猟犬らは肥えて逞しさを増し、つれて狩りの腕を増し、王としてウンベルトを信頼した。

その日の狩りは、直後にスコールの到来となった。

獲物は首輪（クビワ）ペッカリーだった。肉のうまいペッカリーを一匹。ナイフでその肥った腹を割き、赤みの勝った肉を切り取り、ウンベルトは三頭の猟犬に投げ与える。それから、雷鳴を聞いた。森は、たちまち沛然たる白雨となった。

三頭の猟犬が猛然と吠え立てた。

シェパードたちが現れた。ついに出喰わしたんだ。

だが、野犬化したシェパードの群れは、見るも無残な有様だった。まず、頭数が減っていた。

かつては七頭、あるいは十頭もいたと言われるエリート軍用犬の集団が、四頭になっていた。わずか半数ほどに。飢え、傷つき、疲れ果て、仲間を失い、毛がボロボロに抜け、皮膚も細菌にやられてズタズタにあちこちで爛れ、だが、生き残っていた。憎しみに眸を光らせていた。

『ウ・ウ・ウ……』と威嚇した。

三頭の猟犬とウンベルトを。

一触即発の空気があった。シェパードは、無残だが、強い。闘争心の塊であり襲撃訓練を受けている。そして人間を憎んでいる。ジャングルに置き去りにした人間どもめ！ 憎しみに充たされた四頭のシェパードが、さらに餓えて肉を狙い、ウンベルトらの獲物のペッカリーを横取りしようと狙い、スコールのなかで『ウ・ウ・ウ……』と唸った。

濡れそぼち、四頭が、一人と三頭と対峙した。

ウンベルトはどうしたか？ 猟犬の三頭をけしかけたのか？ いいや、憎しみを籠めて威嚇する対峙者のシェパードを、ウンベルトはただ、雨のなかに瞶た。じっと見据えていた。

そして——ウンベルトは、薄肉を、投げ、分け与えた。

四頭のシェパードに。

驚いたのはシェパードたちだった。薄肉に、飛びついていいのか、罠なのか。しかも四頭のそれぞれにナイフで切られた首輪ペッカリーの薄肉は投げ与えられた。また、猟犬たちも驚いた。主人の行動に戸惑う三頭の猟犬たちを、ウンベルトは制止した。低い声で、シェパードらを、襲うなと。

十歳のウンベルトはその本能と六感から気付いたのだ。このシェパードらもまた、同じ境遇にある生き物だと。

戦事に巻き込まれ、故郷を喪った者たちなのだと。

やがて四頭のシェパードは肉を喰らった。

その日から、遠巻きにだが、四頭はウンベルトらと行動をともにするようになった。ウンベルトが四頭を追い払うことはなかった。猟犬の三頭は戸惑いながらも主人の決定に従い、シェパードを、いずれは群れに加わる者と認めた。

群れは一人と七頭に膨れた。

それから、本来の能力を軍用犬の四頭は発揮した。シェパードは驚異的に頭がいい。猟犬の動きを、観て、学んだ。ジャングルで生きる技術を、生き延びる術（すべ）、あるいは獲物を仕留める技術を、手本を得てたちまちマスターした。生命の力を取り戻した。やがて犬と犬、そのうちの雄と雌が交配した。

大家族が生まれようとしていた。その犬の集団の王には、十一歳となった少年ウンベルトが君臨していた。

群れを養うためには狩りでは足りない。戦争孤児からジャングルの野生児と化し、ウンベルトは、ついに山賊と化した。躊躇はなかった。なぜなら、ウンベルトは人間を憎んでいたからだ。四頭のシェパードと同様であり、むしろ自分を犬と考えていた。人を襲い、殺す、配下の犬とともに。そこに躊躇（ためら）いはない。

シェパードたちは雨林で生き延びる術を猟犬たちから学んだが、今度は人間を殺戮する方法を猟犬たちに教えた。効率的な襲撃方法――それも軍隊流のだ。二世もこの実戦の講義に加わった。二世の犬たちは十六頭おり、純血のシェパードに、交配した猟犬の血が雑（ま）じり、初代の雑種としての強烈な生存力を誇っていた。

それは軍隊だった。生きるために殺し、奪い、生きるために闘う。イデオロギーのためではない。コントラでも、パストーラでも、サンディニスタでもない。だが最強のゲリラ部隊だった。ジャングルに二十頭を超える犬の軍団を将(ひき)いて、ウンベルトは、たった一人の戦争を闘っていた。あらゆる者を憎み、あらゆる者を攻撃した。

二年が経ち、三年が経ち、犬は、三世に、四世にと繁殖した。ほかの野犬も加わった。猟師のはぐれ犬たちが、また、ウンベルトに襲われた村の飼い犬たちが加わった。四年が経ち、五年が経ち、犬はさらに増え続けた。

ウンベルトが十六歳の時、犬は百二十頭がいたと言う。その年、とうとう山狩りが行なわれた。新たな大統領がニカラグアに生まれた後で、そのチャモロ政権は、国内のあらゆる危険分子を一掃して、天下の平定をアピールしようとしていた。そして——ウンベルトは〝犬の少年〟として、あまりに悪名を轟かせていた。

この山賊を打倒しないわけにはいかない。

辺疆(へんきょう)の平定のためを謳って、ニカラグア陸軍の一個大隊が、その年、ウンベルトの根城としているジャングルに投入された。

血みどろの闘いで——だが、結局、ウンベルトはソ連製ライフルの連射を浴びて死んだ。犬もほとんどが銃弾を、砲弾を喰らい、惨死した。本物の軍隊の前に。

地元の人間は、しかし森の悪魔とも信じた〝犬の少年〟の死を、心底から納得してはいなかった。だから、聴け、と言った。森の深奥から響いている、あれは、犬の遠吠えだ。そして、聴け、と囁き交わした。あれこそが生き残りの犬どもだ、軍の攻撃からまぬがれた、そして〝犬の少年〟の霊に操られている。悪魔である〝犬の少年〟は、いまもジャングルの奥深きに、霊となって生き続けている。

森に迷い込んだ者たちを屠(ほふ)っている。

そんな噂のある土地に、俺は、わずかな期間だが調査に入った。サルの調査だ。地元の人間には変わり者だと思われた。殺し屋の犬どもに襲われるぞ、と、さんざん嚇(おど)かされたよ。だから、ウンベルトとその犬たちのことは、調査期間中に何度も夢に見た。俺は、森で――土地の人間に言わせれば、霊である〝犬の少年〟の領域で――寝(ね)るからな。そして、それらの犬の夢から寤(さ)める度に、想いを運(めぐ)らした。果たして、ウンベルトは忌むべき対象なんだろうか、と。

そもそもはウンベルトこそが犠牲者だった。軍用犬のシェパードたちこそが被害者だった。なのに、生きるために闘うことでいつしか〝森の悪魔〟と呼ばれ、あたかも戦争の元兇かのように憎まれ、一千人の兵隊によって殺された。愛する犬たち、もろとも。

死して後、悪霊として恐怖されている。恐怖されて、憎まれている。

だが憎むべき対象なんだろうか。

禁忌の森に入って六日目だ。俺はウンベルトの霊に覯(あ)った。

その時、残党と思われる野犬に囲まれていた。喉白尾巻猿(ノドジロオマキザル)の群れを追っていて、俺自身も森を遊動し、気付いたら数頭に取り囲まれていた。喉白尾巻猿は警戒音を発して、ただちに姿を暗ませ――俺は林床に取り残された。

確かに野犬は残忍な性(さが)を物語る目をしていた。数頭がそれぞれに皮膚に深い傷痍(きず)を負って、壮絶な闘いの過去を主張している。そして唸っていた。お前を、喰ってやるぞ、食い殺してやるぞと。俺は野犬のリーダーを視界に捜した。犬の群れには統率者がいる。それが一団の行動を取りしきっている。だから、このリーダーにまず目星を付けなければ、俺も次の動きは起こせない。

逃げるにしろやりあうにしろ。

　リーダーは見当たらず、かわりに霊の気配があった。

その場にいない霊が、これらの野犬のリーダーだった。

感じただけだ。亡霊を目に見たのとは違う。だが、土地の人間の言葉は正しいと直観した。森の奥深きに山賊犬の残党がおり、それが〝犬の少年〟の霊に——ウンベルトの霊に操られている。

その通りだ。これが、そうだ。

森の林床では光線が靄を貫いている。

ウンベルトよ、そこにいるのか。

人を憎み、それゆえに人から憎まれた。人に傷つけられ、それゆえに人を傷つけ、みずから犬となって百二十頭の犬を将（ひき）いた。ウンベルトよ、だが、もう——憎むな。

憎まれるな。

だから俺は言った。森の、誰もいない空間に。赦（ゆる）すよ、赦すよ、と。

すると犬は去っていった」

聴衆は泣いていた。

アリューシャン最西端

『ベルカ、吠えないのか？』プロトタイプ

わたしは日本人は殺したが犬は殺さなかった、とその言語学者はいった。

その当時、わたしは軍曹で、十九歳だった。すでに半世紀以上がすぎている。半世紀というのはおそろしい。きみは現在いる老人が、かつて、みな子どもだったことが理解できるか？

わたしは日本人は殺した。日本人がわたしたちを殺し、あるいは中国人にたいして銃口をむけたようにね。だから、わたしが殺人者として糾弾されることはない。戦場では弾に当たるか当たらないかはたんなる運で、弾を当てるか当てないかもおなじだ。

巨視的にとらえるならば、あれは言語戦争だった。私見だが。

大東亜戦争といういいかたをしていたはずだ。日本ではね。そして大東亜共栄圏というスローガンを打ち樹てていた。その〝共栄圏〟の文化政策の一環として、日本は旧満洲や朝鮮半島といった植民地、それからアジア・太平洋の占領地で日本語をその地域の人びとに強制した。だから、朝鮮半島であろうと南洋群島であろうと、だれもが日本語を話したんだよ。その当時、統計をもちだすならば、じつに世界第二位の話者人口を日本語はもっていた。

いっぽう、アメリカでは真珠湾攻撃の直後にルーズベルトが行政命令9066をだした。十二万人の日系人が——米国籍の有無にかかわらず——収容所に送られた。そこでは日本語の使用が禁止された。

太平洋の東側では日本語が奪われ、西側では日本語がむりやりに与えられていた。わたしが言語戦争ととらえる意味が、わかってもらえただろうか？

もともと言語と民族の闘争は密接にかかわる。言語の消滅そのものは有史以来起こってきた。その理由が、部族（トライブ）間の争いだ。勝者の言語のみが生き残る。もっと近世の歴史に目をむけて例を挙げてもいい。たとえば帝国主義の時代だ、ヨーロッパ列強の植民地化によって、いったいどれほどの言語が地上から消え去ったことか。現地民族の、少数民族の言語が。

半世紀まえに、太平洋の両端でおこなわれていた戦争も同一の展開をたどったということだ。その〝共栄圏〟で、軍事力を背景に日本語人口は拡大した。軍国日本にとっては自分たちの言語を弘（ひろ）めることが勝利のバロメーターだった。

わたしは十九歳だったが、本能的にそれがわかっていた。

そして戦線は拡大した。一九四三年、わたしはアリューシャン列島にむかう艦艇上にいた。太平洋の西でも東でもない、北方戦線にわたしはむかっていた。アリューシャン列島の最西端には、ミッドウェイ海戦のさいに日本軍に占領された、れっきとした米国領であるアッツ島とキスカ島がある。五月、このうちのアッツ島が奪回された。日本軍がはじめて玉砕した戦闘だった。捕虜になることを拒み、全員殉死をきめた部隊がバンザイ突撃（チャージ）を敢行した。

わたしはその二カ月後に、もうひとつの極寒の島、キスカにむかっていたのだ。

米兵だけで三万人あまりが参加した作戦だった。われわれは全員、徹底した耐寒訓練を受けていた。しかし怯えていた。アッツ島でさきだって上陸した師団が、どのような目に遭ったかを知っていたから。玉砕などという狂気の所業に、たちむかいたいとは思わない。

いや、いつだってわたしは怯えていた。兵役に就いてからずっと。戦場では技術は役にたたない。規律すら役にたたない。精神性にも意味はない。戦闘というのはただの混乱だ。あるのは音、音、音、聴覚を痲痺させる爆音と怒号。わたしは音しか聴かなかった。わたしは音しか視なかった。

　八月十五日にわたしは上陸した。キスカ島は濃霧と残雪の世界だった。厳寒の、この世の涯(は)てだった。わたしたちは進軍した、艦砲射撃の掩護のもとに。わたしの所属する部隊は防衛線の突破を命じられていた。わたしはすでに恐怖に擒(とら)われ、幻の音を聴いていた。しかし敵の防衛線はなかった。敵の砲火はなかった。敵の銃撃はなかった。状況はなにもかもが事前のブリーフィングとは異なっていた。キスカ島に駐屯しているはずの日本軍の守備隊は、あとかたもない。すでに撤退していたのだ。

　キスカ島から脱出していた。

　われわれは疑心暗鬼になりながら進んだ。

　わたしの恐怖は絶頂に達していた。第十一飛行部隊は「キスカ島に日本軍がいる」と報告していた。無人のわけはないのだ。衝突が起こらないはずがないのだ。だからわたしたちは、わたしは疑っていた。なにもかもが罠ではないのかと。日本人(ジャップ)の、罠ではないかと。

　それから、ひとけのない兵舎を発見した。

　しかし生きものはいた。

　犬だった。三匹の仔犬だ。日本軍がここで飼っていて、撤収のさいに見棄てられた仔犬たち。

　わたしは……わたしは奇妙なうめきを発しながら、その仔犬の一匹に銃口をむけた。

　その瞬間、わたしがなにを考えていたと思う？　なにに怯えていたと思う？　犬の、ことばだよ。日本軍がおいていった、仔犬たちの、発する音だ。もしも……もしもそれが日本語だったら、と想像するだけでわたしは堪えられなかった。ここは太平洋の西でも東でもない、北だ。ここではまだ言語戦争に境界はつけられていない。いわばこここそが最前線なのだ。わたしは本能的にそれを識った。

　わたしは仔犬の最初のことばをまち、銃口をむけていた。

　もしも仔犬が日本語を発していたなら、わたしは引き金をひいていただろう。あるいは連合軍（われわれ）が敗けていただろう。アリューシャンの西、その経度に、歴史の裂けめはあったのだ。だから、わたしは仔犬に銃口をむけつづけていた。ずっと、微動だにせずに、むけつづけていた。

　わかるね?

　わたしは、わからない、と言語学者に答えた。

Meat and Beat

『ボディ・アンド・ソウル』より

雪のなかに埋められてしまった生け贄の夢を見ながら目覚める。当然、僕がその贄だ。僕はなにかの怒りを鎮めるために御供（おそなえ）された。ヒトバシラって言葉、聞いたことあるか？　知るか。埋もれる。**寒い**。埋もれる。**寒い**。埋もれる。**寒い**。

寒い。

意識は取り戻されている。だが記憶はひたすら仮死にある。どこだ？　寝室じゃないぞ。二階の寝室……ああ、いや、あの新居のロフトじゃ。僕はガバッと起きあがっている。上半身だけだ。そして背中をどこかにピタリとつける。追いつめられた草食動物のように。冷たい。コンクリートの壁。打ちっぱなしの……箱の内側（なか）？　ちがう。

前方に径（みち）がのびている。歩道の、狭い、左右の視界を塞がれている――手すり？

ここは目覚めるべき場所ではない、お前はまちがっているぞ、と僕の視覚がおごそかに宣告する。

ふいに命題にさらされている。「覚醒を感じたときには、いつも瞼はひらいている」と。ぜったいにか？　糞、わからない。いままでに起きてから自覚的に瞼を開けたことが……あっただろうか？　わからない。問題はそうじゃない。

そうじゃない、目下の問題は。

臀部も冷えきっている。皮膚の下が、薄い肉のさらに奥の次元（レベル）、骨がギリギリ痛んだ。尾骨だ。腰の左側に張りだした骨も疼いている。それから背骨か？　その筋（ライン）にも同様の苦しみの感触がある。

ここはどちら側だ、と自問自答しそうになる。岸のどちら側だ、と尋ねそうになる。彼岸か、此岸か？

問うな。

せめて分明を試みるのは、肉（ミート）と音（ビート）程度にしろ。

肉（ミート）――凍えている。どうして、これほど？　そうか、僕は――パジャマしか着ていない。裸足だ。だから。

ここは歩道橋だ。中空に架けられた橋の、その隅だ。

歩道橋？

音（ビート）――それはたしかに在る。コン……コン、コン、と律動が響いている。ものを叩いている音だ。かなり近い。そこで叩いている。ナニが、ナニを？　僕はいよいよ腰をあげる。百パーセント立ちあがる。展望（パノラマ）。前方には視界に被せられた緑色の靄があった。その靄を透かして、たとえばストレートにのびあがる坂がある。砂盛りの凹地がある。コン、と音が鳴るとそのたびに白い軌跡を描いて宙をなにかが飛ぶ。ボールだ。

ゴルフ・ボールだ。

練習場？

ああ……そうか、と納得する。視野にかけられている靄はネットだ。ゴルフ練習場ぜんたいを覆っているネットだ。だから、起伏した前方の景観の、砂場はバンカー、それから地面そのものの緑色は人工芝による緑地（グリーン）、ところどころにホール……か。

ティーは僕の立ち位置の、つまり歩道橋とおなじサイドにあって、視界には入らない。

ゴルフ練習場に隣接するように、僕の目の展望（パノラマ）のすこし奥に、電波塔が屹立している。

知っている。

僕はあいつを知っている。何百回（あるいは何千回）も目撃している。田無タワーじゃないか。いいや、二〇〇一年一月の保谷市と田無市の合併で、そうだ、名前は「スカイタワー西東京」に改められている。ここは、わかる。歩道橋の真下をつらぬいている四車線の道路は、わかる、新青梅街道じゃないか。ゴルフ練習場は田無ファミリーランドの一施設で、だから、道路をはさんで反対側にもネットを張った施設があって——あった、お前はバッティング・センターだろ、施設（ミスター）？

判明：僕はいま西東京市と小平市と東久留米市の、境界のエリアを前方に眺めわたして、いる。

いま？

全身が慄（ふる）える。いまとは、いつだよ？

「僕は何時だ？」

ＫＬＦの『ホワット・タイム・イズ・ラブ？』のようにつぶやいていた。

太陽のポジションを穹（そら）に見いだそうと仰いだが、いったい、どこに太陽（そいつ）が？　曇っている。イメージとか概念そのままの十全たる曇天だ。だが気配はつかめる。正午には全然なっていない。せいぜい午前八時か……九時か。このゴルフ練習場は二十四時間営業だった。

寒い。

死にそうに寒い、ちきしょう。

背後をふり返った。歩道橋から都心方向を見るように。確信していたが、僕の真後ろにはファミリー・レストランの「すかいらーくガーデンズ」のガラス窓があった。おなじ高さだ。「すかいらーくガーデンズ」はゴルフ練習場の受付等になっている建物の二階、北翼に張りだして、新青梅街道に面してある。その建物は田無ファミリーランドのいわばターミナルだ。地上部分は駐車場で、FM西東京にもつながって……内部（なか）には、ゴルフ・ショップの類いや無料休憩場や、喫茶店も入っていただろうか？

そこだ。行け。対処するために。

歩きだした途端に足裏（あなうら）をたまらない厄介者として感じる。むきだされて……痛む、触覚は過敏すぎて、同時にほかの感覚のナニカはとうに失われている。どうして裸足でいるんだ？　知るか。そして何時間？　知るか。

ヒトバシラ。

建物のパーキング部分に滑空するように入る。肉体（からだ）は凍えていたが、軽い。僕の存在なんて信じられないほどに、信じられないほどに、透明なほどに、軽い。一着の寝巻きしか身につけていないからか？　助けてほしい、とミラン・クンデラにさえ乞う。あなたのチェコ語の著作『存在の耐えられない軽さ』にかけて、救済を、どうか。

僕に、言葉よ。

ターミナルの入口にはシャトル・バスの乗り場があった。西武新宿線の田無駅と往復（シャトル）している。いまは車体の影もない。建物内に入る。ゴルフ・コースの案内が（色とりどりのパンフレットだ）、視野の左右から飛びこむ。まるでゴルフ・コースの告知（コマーシャル）そのものが室内にエア・コンディショニングをほどこしているかのように。その温度差。正面のエスカレーターは停止している。階段をのぼった。絨毯が足裏に柔らかい。慰撫するように、あるいはとりこもうと作意するように。

頬が冷たい。

僕は泣いているのか？

二階の休憩場に、ゴルファーたちは数人しかいない。円形のソファに腰をおろしている。グループではないのだろう、距離を保って（それは生物（いきもの）にとって「捕食されない」距離だ）坐っている、ばらばらに。最初、彼らは僕を見ない。それから、彼らは僕を見る。

誰も僕に声をかけない。僕は呼びとめられない。

警戒されている。僕はパジャマ姿で、靴も履かず、涙を流して、二足歩行しているからだ。だから、なんだ？　這えば許すか？　いま、目をそらす——お前。そんなにも僕は不在か？　**警戒されている、僕の存在の耐えられなさが**。そうだよ、馬鹿、この存在に苦しめられているのは俺自身だっておなじだよ、馬鹿。

ここは俺がいるべき場所ではない。

誰も通報に来るな。するな。こっそり、携帯電話をとりだすな。「すかいらーくガーデンズ」には入れない。ぜったいに僕を入店させないだろう。パジャマにはポケットが付いていない、だから財布を携えているはずがないんだ。小銭すら、僕は。だが対処しろ。まず、ここを去り——いまは何時だ？　壁掛けクロック——九時半になっていない、読みは当たった——防寒が必要だ、警備員が来る前に。

あるいは警察が？

異物。僕という異物。どこから排除する、お前ら？

世界（ここ）か？

ターミナルから裏側の出口をめざす。キッズタウンという施設に連結している、いわば空中通路だ。清掃スタッフのための物置が、あった。それだ。作業用のジャケットを発見する。長靴もある。サイズは合わない。かまうか。てきぱきと盗る。そうだ、僕は窃盗している。だが、かまうか。

寒さを排除しろ。こっちが――俺が――排除しろ。

キッズタウンの正面には多数のマスコットたちがいた。コピーが躍っていた。GOOD MORNING! ああ、おはよう。LET'S GO! もちろん、出発（ゴー）するさ。

出発進行（レッツ・ゴー）。新青梅街道に僕は告げる。中古車のディーラーと新車のディーラーとわずかな値段を競いあうガソリンスタンドと（その販売価格の表示用パネルは――一度もハンドルを握ったことのない僕には――暗号だ。あそこにはイラク攻撃に関する作戦計画が黙示されているのか？）自動車ホビーの専門店と、自動車ホビーのサーキットと、そうした類いしかない風景に、西東京市を貫通している新青梅街道の空気に僕は告げる。

歩いてやる。

僕はどこからも歓迎されていない。途中、通りすぎる小学校の校庭で、鉄柵越しに二十名あまりの子供たちに見られる。凝視される。僕が西から現われたときに（新青梅街道の西からだ）子供たちは横列になって首を左にむけた、揃えて。僕が東に消えるときに（新青梅街道の東にむかって）子供たちは首を右にむけた、揃えて。僕を監視するために、微動もせずに、横列を崩さずに。

黄色い喚声もあげない。

幹線道路が分岐する。青梅街道を僕は選択する。あとは進みつづければいい。あとは西東京市から練馬区に抜けて、杉並区に抜けて、地下鉄の駅をたとえば南阿佐ヶ谷……新高円寺……東高円寺と数メートルの地下に踏みながらひたすら歩めば、中野区に「入国」する。じきに中野坂上に――山手通りとの交叉点で――到達する。

あるいは漂着か。

十字架(クロス)。中野区の臍に描かれた大地の×字を僕はめざす。その分岐の瞬間から。

田無神社を右手に視認したのは憶えている。ほかに残されているのは肉体(ミート)の律動(ビート)だけだ。右足を運んで、左足を運んで、それで前進した。右足、左足、ミート・ビート、ミート・ビート。西武新宿線の踏み切りを横断した情景すら記憶にない。そもそも僕に記憶なんてない。仮死状態だった。いまや完全に死んでいる。「なぜ?」なんて、自分に問うか?

「なぜ、僕はあんな場所で目覚めた?」なんて。

まずは生きのびろ。

家に着いたのは午後四時ちょうど、あの新居だ。ハーモニータワーの裏側から神田川の防御の内側に。玄関の鍵は? ドアに鍵はかかっていない。ノブをまわせば入れた。あがり口に靴が何足もある。どれも僕の靴だ。スニーカー、スリッポン、スエード地の革靴、ワークブーツ。侵入してきたこの僕の長靴だけが、僕の靴ではない。

足が痛い。サイズが合わないままに、何時間……何時間ミートとビートをつづけた? わかるか。

ロックしろ。背後で。こんどは玄関に鍵をかける。階段をのぼる。何段も……、二階のリビングに、また何段も……、そしてロフトだった。この家の、暫定的な寝室にした中二階のロフトに、布団は敷かれたままになっていた。僕はいまやガタガタ震えている。死にそうだ。盗んできた清掃員のジャケットを脱いだ。それから布団に滑りこむ。ブランケットはきちんと四方に伸びている、意外にも。ぐちゃぐちゃに蹴り捲られてはいない。僕は……僕はだから滑りこんだ。からだをちぢこまらせて、古墳からでてきた副葬品の勾玉（まがたま）のように。カール・アップ・アンド・ダイ。どういう意味だった？　カール・アップ、からだを丸めて、そして死（ダイ）ね。

アンド・ダイ。

眠りが僕を襲う。

強襲されて、僕は目覚めない。

とりあえず、その意識のポイントから、つぎの意識のポイントまでは。

……そして朝だ。

覚醒した瞬間には（やっぱりだ）瞼はひらいていた。天窓から射しこんでいる陽光（ひのめ）の強さで、はっきり午前七時半はすぎていると感受される。僕は視覚で知り、それから聴覚で知る。鳥たちの声が響いている。二、三羽のハシブトガラスがあきらかに朝食を済ませたあとのトーンで啼いている。いま……いまが一月の終わりなら、じきにカラスたちの夫婦（ペア）作りがはじまるだろう。あと一週間かそこいらで。美しい季節（シーズン）だ。この時期にしか聞かれることのない声で、雌雄があちこちで啼き交わす。僕はそれを歌だと思う。電線から降る、街路樹から降る、雑居ビルの屋上から降る、ほんとうに野生のラブ・ソング。それを愛せない人間たち、死ね。

布団のなかで僕はすでに違和感をおぼえている。

つまりナニカがおかしい。

ざらざら……そうだ、皮膚の感触。

布団に入るべきではない恰好で、僕は寝ている。

僕は寝巻きを着ていない。パジャマ姿で寝ていない。ジーンズ……数枚のシャツ。秋冬用のジャケットも羽織っている。**僕はきちんと装備している。**すこしばかり戦慄した。また自問しかけた。ここはどちら側だ？　此岸か、……あちらか。

起きあがる。いちばんはじめに確認したこと：靴は履いていない。きちんと裸足だ。その足は無残だった。腫れあがり、傷がついて、かさぶたも無数にある。

朝のロフトで僕は半身を起こしている。

そして布団の周囲。

散らばっている。イラストが。どうしたって僕自身のタッチの、下手な絵ばかりだ。Ａ４のコピー用紙に、それは無印（ムジ）のゲルインキ・ボールペンで描かれていた。何十枚ある？　それから、写真だ。

ポラロイド写真。これも散乱している。

装備して寝ていた僕と、僕を寝かせていた布団のまわりに、それらは局所的豪雪のように積もっていた。イラスト——稚拙なタッチの絵——顔のようなもの。ポラロイド——深夜に撮られた光量不足のスチル——僕らしき人物の額にふれている指。だが、構図のゆがみや角度から判断して、撮影したのは僕自身だ。

誰が僕を指している？

深夜。それから街角で撮られた複数の看板（これは背景から中野坂上周辺と推し量れた）。看板の、どれも全容ではない、たんにメッセージの〝部分〟のアップだ。たいていは文字の。

目についたポラロイド写真を何枚か、拾いあげる。布団のまんなかに坐りこみながら。

大写しされる文字は、かぎられていた。

特定のアルファベットにだけピントが合っている。いや、ポラのばあいは基本的にピントが微調整できないから、それを撮ろうという意思が構図ぜんたいに働いている。被写体(アルファベット)——反復される数文字。たぶん四つだ。

それを挙げる。

A　T　P　S

反復されるのは、これらの四文字だけと思われた、僕に。

僕の脳がサブコンシャスに働いた。カチン。カチン。一度だけ足を踏み入れたことのあるラスヴェガスの賭博場の、ずらずらと並んだスロットマシーンの図柄がまさに、ずらずらと揃えられる場面のように、カチン。横に被写体(アルファベット)が並ぶ。

リールが揃えられる。PAST(パスト)。任意にか？　ちがう。

い、い、い、
ちがうだろ。

立ちあがる。僕はイラストと写真とを問わず、掻き集めた。イラストは……だから、なにを描いている？　猫人間か、西洋ふうの河童か、黙示録のウルトラ・ポップ・モンスターか。顔だ、顔のような、……細い、あるいは丸く潰れている。歯がある。

全部を集めて腕に抱える。

階段を下りた。二階の、厨房に。僕は冷静だ。もちろん僕はクールだ。僕は厨房の隅に置かれたガス・テーブルにむきあって準備する。背景の二面の壁はステンレス製だから、問題ない。手前にアルミ製の油除けを屏風のように立てた。それから、着火する。一枚ずつ、時間をかけて、僕は燃やす。換気扇をまわして、僕は燃やす。三十分もかけて、全部のイラストと、ポラロイド写真を、僕は燃やす。

僕は焼失させる。

終わったときに、掌の内側(なか)に熱があった。冷蔵庫を開けて、ダイエット・ペプシを一本、とりだす。まだ飲まない。デスクにむかいあうまで、まだ栓を開けない。デスクにむかいあった。コンピュータの電源を入れた。起動する。「光あれ」と僕はいい、マッキントッシュ・パワーブックG4は天地開闢する。ステップはわずか二つだ。画面左に配置した船渠(ドック)のアイコンをクリックして、エディターを起こす。それからダイエット・ペプシの容器を手にして——500mlのペットボトルだった——開栓する。

口に含み、炭酸が弾けて、僕の十本の指(の腹)はキーを撫でるように叩きはじめる。

あとは画面しか見ない。

僕は書きだす。僕はいっきに書きだす。躊躇がない。イメージよりも言葉が沸騰している。没(しず)め、小説に沈没しろ、馬鹿。僕はトイレにも立たない。膀胱が破裂しそうになっても気づかない。四時間がすぎている。五時間がすぎている。僕はほとんど絶叫している。鼻唄を歌うようにメロディを唸っているが、唄の種類はわからない。糞。書いている。**ここは海底だ。**お前が作家ならば魂を削れ。死ね。

生きろ。死ね。生きろ。死ね。

そして書きあがる。三十枚ばかりの短編がしあがっている。その小説を脱稿したとき、物語から浮上したとき、僕は救済されている。

言葉よ。

それから僕は眠る。その夜を夜として眠る。もちろん寝巻きに着替えて、温(ぬる)い風呂にも入ってから、眠る。夢も見ないで十二時間をすごす。やがて、当然、目覚める。その覚醒の瞬間に、僕は知っている。それはただの朝だったが、僕の内側からは憑きものが落ちたかのように疲弊が消えている。

僕はただのフルカワヒデオだ。

アンケート

Q

明日から無人島に流されることになりました。私物を三つだけ持っていけます。あなたは、なにを持っていきますか？

A

サンドバッグ、パンチンググローブ、応急手当セット。島に着いたらヤシの樹あたりにサンドバッグを吊るして、ひたすら蹴り、殴り、必殺技の開発に励む。その後、無人島に難破船の生き残りが流れ着いたり、はたまた海賊たちが一時休息のために上陸してきたりしたら、闘いを挑んで続々と蹴散らす。しかし、ある日、わたしの必殺技を破る猛者（もさ）がきっと海の彼方から現われるだろう。その時こそ、わたしが無人島を立ち去り波のあいだに消える日だ。

列島、ノラネコ刺すノライヌ

1

高尾山にオスプレイが墜ちたとの情報を買い、ノラネコたちは崖を登った。さいわい一番乗りだった。年長のノラネコは十六歳、いっきに現場を確保した。それからコクピットに十四歳と十三歳のノラネコが収まって、キャビンの銃手席には十歳のノラネコと、これは強襲班の最年少だが八歳のノラネコがついた。態勢はもう十分だった。オスプレイは離陸した。

　あらゆる電探（レーダー）から逃れるためのジャミングが始まり、ノラネコたちは喚声をあげた。喚（わめ）いた。スピーカーからはそんな咆哮がわあわあわあわあと撒き散らされた。驟雨（しゅうう）のように降る声、それが八王子の市街に撒布され、それから埼玉との都県境（とけんざか）いのほうへ。咆哮には変声期前の声も混じっている。もちろん雄のみならず雌のも。オスプレイは北に飛び、いったん東京の外に出る。

　ノラネコたちは歩いて学校へ戻る。もちろん夜の間に。いつでもいつでも夜は長い。電力などという馬鹿なもののために時間の長さを変えてしまった世界をノラネコたちは鼻で笑っている。一日は二十四時間と決まっているし、昼の長さは日の出と日の入りの時刻で決まっている。夜の長さを灯りで変えただって？　そんなことをしていたから、とノラネコたちは思う、夜に見棄てられたんだよ。

夜を味方につけられなかったんだよ。

ほら、夜の間の俺たちを、ぜんぜん、ぜんぜん尾（つ）けられないんだよ。

鼻で笑うノラネコたちの、最年少から一つだけ上の九歳は、その鼻から青っ洟（ばな）を垂らしている。あんまり音を立てて啜るなよ、と年長者に言われる。気配を消すのが、肝なんだぜ、と言われる。キモ？　九歳は聞き返す。

ま、内臓だな。年長のノラネコが答える。詳しいことは女先生に聞け。


片耳のないノラネコがいる。戦闘（ファイト）で切られたのだ。ストリートのそれで。歯が数本ないノラネコがいる。同じように戦闘（ファイト）で失ったのだ。どうせこんなの、乳歯とおんなじだろうと高を括っていて、永久歯というのは二度は生えないんだぞと用務員さんに教えられて衝撃を受けたまま、いずれ中国製の義歯を入れてやると息巻いている。用務員さんはグラウンドの王だ。学校のグラウンドの植物群はすべて用務員さんのとりまとめ下にある。そしてそのグラウンドは、地上にはない、地下にある。

当たり前だ。何かを他人（ひと）に奪われないようにするには、他人の目につかないところに置いておかなければならない。誰かに欲望を発生させては駄目なのだ。

そんなことは、七歳未満のノラネコでも知っている。

「相手の持っていないものを、見せるな。見せると、奪（と）られる」

そう叩き込まれている。もちろん学校で。

十七歳になるとあらゆるノラネコが死ぬ、と言われている。それが平均寿命だ、と。

だから十六歳のノラネコがいつも最年長で、その下に十五歳、十四歳、十三歳……。雄のノラネコと雌のノラネコは、十歳を越えたあたりから「注意」をし出す。距離感を持つことですね、と校長先生から言われる。男女七歳にして席を同じゅうせず、とはこの学校では言いませんが、そんな儒教みたいな訓えは垂れませんが、性にはやはり「注意」しなさい。

不用意であると、やられますよ。

不注意が生じて、殺られます。

あなたたちはアマチュアではないのです。いいですか？　プロとして、奪い、襲い、十七までは生きのび、そして愛しなさい。

愛する必要のあるものは、半径二〇〇メートル以内に置きなさい。あなたの、常時駆けつけられる範囲に。

あなたの足を鍛え、信じなさい。

学校でノラネコたちは米を主食にしている。米は、今ははっきりと敬遠される食べ物だ。米は刑務所で出される。米は病院で出される。すなわち米は、極めて濃厚に拘束や老病死との近さのイメージを纏っている。それから公立の学校でも給食がある場合は供されるが、そのことを厭い、私立に移る子も多い。私立に入れさせる親も。経済的理由からそうした選択ができない児童、生徒たちがドロップアウトする現象が数年間続いて、その時期は「学校米騒動」と名づけられもした。

そうした学校と、ノラネコたちの学校は関係がない。

公立であろうと私立であろうと、いわゆる「学校米騒動」に関われたのはオーバーグラウンドの教育機関であって、ノラネコたちはアンダーグラウンドのそこにいる。

米を、しっかり味わっている。米のご飯、米の麺、それから米粉（こめこ）のパンまで。

ノラネコたちは、食べられる物を食べる。イメージなど食べない。


ノラネコたちは旅券を取得できない。日本国民とは保証されない。ノラネコたちは外務大臣を恨んだが、それがはたして適切に目の敵（かたき）にすべき人物かどうかは、考えたことがない。

2

新入生は自己紹介するだろうか、と出席番号3番は考えている。出席番号3番はトガリミミだ。今年十六歳になった。十六歳になるとトガリミミは自分の天寿のことを意識した。死は近い、と。すると来世はどうなる？　想像もできなかった。トガリミミは、その名前の通りに特徴的な耳をしていたが、だからこそ戦闘（ファイト）で耳を切られるようなへまはしなかった。ストリート時代をトガリミミは思い出した。というか、十六歳になってからは、やたらと、しばしば思い出していた。俺は福耳の逆だったんだぜ、とトガリミミは考えた。今だってそうだけれど、前々からそうだったんだぜ。俺は福耳の子供の倒（さか）しまだったんだぜ。戦闘（ファイト）で耳を狙われるよりも、この耳を見ると誰だって尻尾を巻いて逃げるようにしてやる、そう決めてたんだ。

なあ、尻尾を立てるほうの側にいるのは、いつだって俺だ。

俺だったんだ。

そういう雄が、俺だった。

「フーッ」て唸ってな。

トガリミミが入学したのは九歳だったから、平均値に照らすとだいぶ遅い。一歳下、二歳下の先輩というのも多かった。しかしためいい口はきかれなかった。それだけトガリミミというノラネコは存在を知られていたのだ。いわば顔が売れていて、しかも「両耳込み」で売れていたのだ。トガリミミのように、東京の都心で、区境い（くざかい）を越えて名を馳せるようなノラネコは他にいなかった。トガリミミの根拠地は北新宿、そこから旧ＪＲのステーションを押さえていたが、同時に淀橋のほうもしめていた。淀橋は神田川に架かる橋で、そこから西は中野区だ。だからトガリミミは、中野と新宿の二区にその名前が通っていて、しかも両区の広域に認知は及んでいたのだ。もちろんトガリミミは、そんなふうに名を、あるいは顔を売るために奮闘した。わざわざ奮励努力した。それは事実だ。が、それだけではなかった。淀橋の地の底に「墓」があったことも大いに与（あずか）った。

俺って、天寿のことを考えるから、と男先生が現われるのを待つトガリミミは考えた、近ごろはチャトラノクマとブチノクマのことも思い出すんだよな。八歳で死んだあいつらのことを。いや、八歳と七歳だったか？　古い仲間たちのことを。俺のストリートの。みちとも。

そうだ、ミチ友だった。

路上（ミチ）の友。

ただし路上とはいえ、チャトラノクマは歩道で寝るのを嫌ったし、ブチノクマもそうだった。東京に街路樹のある昔はよかった。いろんな茂みにひそめたって聞いてる。今はぜんぜん無理だ。

ちょうど俺が、五歳だったっけ六歳だったっけ？　ちゃんと現在に続いている記憶っていうのを持ちはじめたころに、一年ばかし、あれがあった。あれ、つまり燃料ショック。街路樹は、乾（ほ）せばそのまんまで燃え種（くさ）だったし、インスタントな照明になる。松明（たいまつ）って言うんだっけ？　そういうのが簡単に作れるから、それで伐られた。

いっきに伐られた。違法に。

まずは世田谷区と武蔵野市が裸になった。

それから調布市と練馬区、中野区。

豊島区。

目黒区と北区と台東区、文京区。

西東京市と新宿区、大田区。

他、いろいろ。

中央区は最後まで粘ったって聞いてる。街路樹に低圧電流の流れる網（ネット）をかぶせたり、それで駄目だと高圧電流にこっそり切り替えたり、そんなふうにさんざん抵抗したって。

お終いには死者が出て、区長が辞任して、都知事が謝罪して、もちろん中央区は禿げて、そうやって東京のほぼ全域から街路樹は消えた。

しかし、それを気にしたのは街路樹をそれまで有効活用していた奴らだけで、つまり、街路っていうか路上（ミチ）がないと「暮らし」に困る住人だけで、つまり、困らされたのはこっちだ。俺たちノラネコや、そういうのの側。

それで、あれだった、チャトラとブチのことだった。ストリート時代の。チャトラノクマも俺もブチノクマも、歩道の端（はじ）になんか寝床（ベッド）は構えなかった。無警戒すぎるだろ。襲われるだろ。そうした判断は俺たちもしてた。八歳でも九歳でもしてたし、たぶん三歳からしてた。

三歳のことなんて俺、全然、この脳にないけどな。この脳の記憶に、とトガリミミは思い、にやりとした。

三歳なんて、何かを食って、命を拾いつづけてたってことが、もうミラクルな。

燥（はしゃ）いでたことは憶えてるけどな。

飛んだり、跳ねたり。それは体で憶えてるけどな。

それやってると、「わあ可愛い」とか言われるんだよな。それで食ったんだろ。

つまり乳幼児芸人だ。

しかし俺たちが命を拾いつづけられたのは、ディヴァ熟（じゅく）だったから。俺たちが、例のことわざにある「ノラネコは九匹死（きゅうひきし）に一匹生（いっぴきしょう）を得る」をしたのは、一匹生を得る側に入れたのは、ディヴァ熟だったから。

他にないさ。

ディヴァイス習熟。あるいはディヴァイス熟練。

親しんでます、ってやつ。生まれながらに馴染んでます、ってやつ。どんな装置（ディヴァイス）にも。

そういうのは当たり前だった。俺たちは、たとえば大昔の同類みたいに財布を盗（と）ったりはしなかった。人の財布を狙ったりはしなかった。だって、俺たちノラネコのほとんどが財布なんて所持してないように、誰もそんなもん、持ってない！　今どき、外国（よそ）からの観光客以外に誰がキャッシュの円（イエン）を持ち歩いてる？　携えてるのは端末だ。情報端末だけ。円（イエン）はそのなかに入ってる。

つまりウェアったディヴァに。

装置（ディヴァイス）に。

俺たちの生存術はシンプルだ。

それを採（と）る。

俺たちは「盗る」なんて言わない。情報端末は俺たちに飯をもたらす。つまり餌なんだから「採る」って言う。わかるか？　餌は採るものなんだ。ノラネコは採餌（さいじ）するんだ。そして、結果として、俺たちはディヴァ熟になる。帰するところ、そうなる。必然だ。俺たちは腹が減っている。食いたい。俺たちは誰にも教わらずとも装置（ディヴァイス）のインターフェイスに慣れる、慣れるっていうか、ああいうのはお互いに「じっこんになりました」っていうんだ。俺たちは、相当スムーズに、いじられる装置（ディヴァイス）、そしていじるユーザー、の二者になって受け容れあった。俺たちは懇（ねんご）ろな間柄だったんだ。

親睦は自ずと深まる。

わかる？

少しは説明する。ユーザーはこう言う、「ねえ装置（ディヴァイス）。ここを、こうタッチすれば、口座にアクセス？」って。

すると装置（ディヴァイス）は満面の笑みで、こう返す。「そうだよノラネコ。そこを、そう撫でてくれれば、コンビニの窓口であれとあれとあれと、それからあれと、あれと、あれを買ってあげるよ」って。

そりゃあ買うさ。

そりゃあ馴染むさ。

俺たちは交互に、それぞれのポテンシャルを、引き出しあうさ。いじられる装置（ディヴァイス）と、いじるユーザーの俺たちは。

二者は。

なにしろノラネコは飢餓と隣りあってる。三歳でも、五歳でも、七歳でも。そんなノラネコがディヴァ熱になれないわけがない。頭なんて使わないでもなれる。大事なのは反射、反応だ。以上は俺の例。それから俺の知っている、その他のノラネコたちの例。その人生の夜明けにおいて「ディヴァ熱になれました」って一派の例。それ以外は？

もちろん死んでる。

早々に。

おんなじような人生の黎明期を、不憫（ふびん）にも持てないからであった。九死に一生を得なかった。いや、「九匹死に一匹生を得なかった」だ。

つまり八匹は死んだな。俺は九分の一だったんだ。すると、俺たちは、俺とチャトラノクマとブチノクマは二十七分の三だったんだ。

トガリミミはきちんと勘定した。そして、ここまでの思惟（しい）の流れを、まるで自己紹介だな、これ、と思った。俺は、しっかり誰かに語りかけてる。これじゃあ俺が新入生かよ。

男先生はまだ教室に現われない。

新入生って自己紹介とかってするのかな、と出席番号22番は考えている。出席番号22番はセイコだ。セイコまたはヒジリノコ。十三歳の雌のノラネコのセイコは、入学以前はただのセイコで、しかし十歳のときに女先生からヒジリノコという名前を新たに授けられた。セイコは棄てないでもいいのよ、と言われた。セイコのまま、こっそりヒジリノコにもなるの、そう言われた。「どうしてこっそりなれるのか」の説明もふるっていて、聖という文字に根拠があるのだった。これはセイとも読むのだがヒジリとも読む、だからセイコはひっそりヒジリノコなのだ、と説かれたのだ。ひっそりだのこっそりだのにセイコは感動したし、そもそも名前が二つもあるなんて特別だとぶるぶる感激した。身震いした。

　そうよセイコ、と女先生は言ったのだった、これは破格なのよ、ヒジリノコ。

　思い返せば、とセイコは考える、あたしそもそもお地蔵様が好きだったな。あれって聖（ひじり）？　違うっけ？　あたし、淀橋のそばのお地蔵様にけっこう詣でたっけ。まだ路上にいたころ。あたし、淀橋のセイコだったっけ。または淀橋のヒジリノコ。

　あ、これ、いい通り名（ネーミング）だな。

　セイコまたはヒジリノコは、七歳まで未就学児だったことを思い出す。そして淀橋にいて、淀橋は神田川に架かる橋で、もちろんトガリミミがしめていた地域で、トガリミミは九歳で入学したけれどあたしは七歳で、でもトガリミミとあたしは最初から三つ、年齢（とし）が離れていて、あたしは結局翌（あく）る年に入学した、トガリミミの。

　お地蔵さんっていったら、あたし、何度も何度もお賽銭をお裾分けしてもらったな、とセイコは思い出す。何度も何度も、あたし、お賽銭の箱をこじ開けちゃって、とセイコまたはヒジリノコは振り返る。それはあたしのディヴァ熟が、そんなに早熟じゃなかったからだ。それはあたしがディヴァ熟というほどには熟さなかったからだ。で、あたしはトガリミミに頼った。トガリミミたちに。チャトラとブチのクマ兄弟は、あたしの親友（まぶ）だった。まぶとも。そんなチャトラノクマとかに比べるとトガリミミは緊張を解いてはつきあえない相手で、だって、マジやばかった。やばいし、ディヴァ熟だって熟々（じゅくじゅく）だったし、なんか凄すぎたし。

　あたしが大の仲良しだったのはブチノクマ。

　あの、おしゃべりだったブチノクマ。おしゃべりは、生き残るには致命的なのに。ね。

頭がちょっと悪かったから、おしゃべりだったブチノクマ。

話し方が変だった。

鴉がやってくると「空は雨が、しーん、としてるんだねえ」とか言って。

でも、頭が悪いのにちゃんとディヴァ熟だった。あたしに手取り足取り、教えた。

あたしたちは、ノラネコには足しかねえんだよ、このノラネコども！　家族なし！　とか罵られるけど。

ブチノクマは、ちゃんと足も取って、ちょっとは教えた。

それであたしのディヴァ熟も、ちょっとは熟した。何ヵ月か何年か費やして。

何年かけたんだろう、実際は、とセイコまたはヒジリノコは思いを廻(めぐ)らす。それはつまり「トガリミミたちとはどの程度の期間、行動をともにしたのか」だ。とはいえ、その問いがそこそこ無意味だとはセイコは感じている。セイコまたはヒジリノコは、あたしはトガリミミその人には仲間と認められなかったし、としっかり認識している。当たり前だ。あたしは雌で、年下で、ディヴァ熟だってぜんぜん熟さないで、うん、会ったころにはディヴァ未熟(みじゅく)で、でもチャトラとブチのクマ兄弟が目をかけてくれて、だから、トガリミミには「チャトラノクマとブチノクマにひっついてる小さいの」に見えたはず。あたしは、得意技が死んだふりで、つまり擬死の戦術っていうのを持っていて、それでなんとか、どうにか、三歳から四歳までを凌いで、もちろんあたしの最初の記憶なんて四歳かどうかも信用できないけれど、四歳には死んだふりをしていて、助け起こしてもらって、餌をもらって、しばしば持ちこたえた。持ちこたえていた光景がフラッシュバック。ほら、ああも閃いてこうも閃いて、まるっきり初めの記憶っぽい。あたしは、そういう擬死の戦術をとる場合だけ、ちょっとは繁華街っぽいエリアに遠征して、それこそ旧ＪＲの新宿のステーションとか、その界隈とか、あとは再開発の置き去り区にいた。あたしの六歳のときの好物は、鶉(うずら)の卵だった。鶉のゆで卵、しかも十個パックをそのままお湯に入れるの。路上で。ドラム缶のうえの鍋で。もちろんドラム缶には、火。お鍋には、水。いいえ、お湯。ぐつぐつ煮立って、それであたし、「これが得意料理です」なんて言って、鶉の卵の十個パック、投入して。

あたしはそんな六歳だった。

あたしは五歳から六歳の間に、けっこうディヴァ熟にはなった。

おかげさまで。

あたしは六歳から七歳の間に、淀橋にあるスーパーマーケットの、裏の、飲み屋のお姉さんに可愛がられるようになって、蓮根を分けてもらった。週に一度、どうしてだか、まるまるの蓮根。

それも調理したはずだけれど、どんな調理法だったんだろう？

なんだかあたしの記憶はジャムってる。あたしの脳波がジャミング波。

あたしはノラネコだから、猫なんだから顔を洗った。公園で。じつは公園は、けっこうマジにやばかった。公園で寝ないというのはあたしの鉄則だった。夜は公園を避ける。朝から夕方まではオーケー。あたしはノラネコだから、猫なんだから鳩を減らした。獲(と)って食べたかったけれども美味しそうとは言えなかった。蹴散らすだけ。うん、だから蹴散らすだけ。だって、本当に食べてると、ほらノラネコどもは！　禽獣食いめ！　って罵られる。もちろん本当に食べてたノラネコもいるけれど。あたしは食べなかったし、ま、捕まえられなかったね。でもあたしはノラネコだから、猫だから聴覚は発達してた。襲われない、襲われない。猫だから気配を殺せた。見つからない、見つからない。あたしはある時期は、トガリミミに、チャトラノクマに、ブチノクマに守られた。親友(まぶ)のクマ兄弟はさておき、トガリミミには「守護してやってる」なんて自覚はなかっただろうけど。それからクマ兄弟は死んじゃったし、死んで、地の底の「墓」に行っちゃったんだし、トガリミミは入学しちゃうし、あたしはひとりで。

待って。

待って。

待って。

そうしたらあたしも入学できた。あたしはトガリミミに再会した。あたしはうれしいのと恐いのと半々だった。あたしには、だって、緊張があった。いつから消えたんだろう？　それからあたし、校長先生の訓話に触れて、あ、そうか、雄と雌には「注意」が必要なのかと知って、あたしも十歳を越えたから「注意」しようと意識して、そうしたら、十一歳になって？　十二歳になって？　あたしトガリミミを意識して。

あたし、どうしても、トガリミミのことを見てる。

教室で。トガリミミの背中とか、横顔とか、そういうのを。見てる。出席番号22番のセイコまたはヒジリノコのあたしが、3番のトガリミミを、こっそり。あと、ひっそり。

あたしは一度、校長先生と額をあわせて語ったほうがいいのかなって思う。あたし、「道徳の時間」を補習してもらったほうがいいのかなって。だって校長先生の道徳は凄いし。あたしたちノラネコをプロにするし。あたしたち、マジに死なないし世界にやられるんだったらその前に殺(や)るし。

そう、世界に潰されるんだったら。

これがあたしです。あ、なんかあたしの思索って自己紹介みたいです。セイコは思わず気づいて、苦笑する。男先生を待ってる間にずいぶん自己紹介しちゃったなあ。そう、あたしはセイコ、またはヒジリノコです。十三歳のノラネコです。

男先生はまだ現われない。あと三分？　それとも二分？


そんで、やっぱり新入生ならば自己紹介とかするのかね、と出席番号35番は考えている。出席番号35番はナナツメだ。ナナツメは十二歳、雄、じつはナナツメという名前は二つめの名前だ。しかしナナツメは、二つの名前を所有しているのではない、一つめの名前は自ら抹殺した。その名前はメジロメグロといった。当然だがその名前には、二種の鳥類が孕まれていた。目白それから目黒。後者は小笠原諸島にしか棲まない、非常に稀少な鳥で、国の特別天然記念物だ。前者は違った。そして前者を喰らっていたことがあるからナナツメはかつてメジロメグロという名を所有した。最初はメジロゴロシと呼ばれていたのだ。目白殺し、と。しかし、それでは揶揄に足りないと判断されたのか、東京には目白という旧JRのステーションもあれば目黒というステーションもあるぜ、との理由でメジロメグロと呼称されはじめた。界隈に暮らしているノラネコではない人間たちから。あの「家族持ち」たちから。要するにメジロメグロと呼ばれることでナナツメは罵られた。

あいつら、いつか切ってやる、ナナツメはそう思っている。

今も忘れずに思っている。

いいか？　復讐するは我にあり、だぞ。

ちなみにナナツメの塒はぜんぜん目黒の近隣ではなかった。ナナツメは市ヶ谷のノラネコだった。ストリート時代は。

市ヶ谷は新宿区の東端にある。その区内だから、ナナツメもまたトガリミミの噂は耳に入れていた。入学する何年も前に。路上(ミチ)で。

ナナツメは、まだ市ヶ谷の「家族持ち」たちに讐(あだ)を復(かえ)していない。忙しいからだ。八歳から十二歳までずっと忙しかったからだ。何をするのに忙しかったのかといえば学習だ。学び。今、学校でのナナツメの成績は優秀で、つねにトップ3(スリー)に入る。できれば一位に居座りつづけたいが、しばしば二位に、三位にと陥(お)ち、それから浮上する。陥落、浮上、陥落、浮上。ただし四位より下(した)位には決して沈まない。不動の一位になれないのには訳があって、ナナツメは運動神経においては校内トップ級とは言えなかった。そのことはいつもナナツメに悔しさを感じさせる。糞、つまり俺には野性味が足りないのかよ？　ノラネコなのに、飛べない？　跳ねられない？　いいや、飛べるし、跳ねられるさ。しかし跳躍力が頭抜(ずぬ)けるのかといえば、そうじゃない、むしろ劣る。同年配の雄のノラネコたちに比べれば、劣る。

しかし、学びで補っている。他のさまざまな学科(サブジェクト)に勝ることで補完した。

ふざけるんじゃない、野性味ならあった、とナナツメは思う。ナナツメはストリートにいた乳幼児期を顧みる、実際には顧み得るのは幼児期だけだが、誰があそこまで血塗られた？　と誇負(こふ)する。俺は、マジに早熟のディヴァ熟だったのに、その手を、指を、禽獣の血で濡らして、それで装置(ディヴァイス)のディスプレイを撫でたんだ。いろんな端末のパネルをタッチしたんだ。雀の血、鳩の血、もちろん目白の血。目白は美味かったぜ。コンビニで購入する焼き鳥とは、滋味が違ったぜ。そのこと、俺は六歳でもう理解してたぜ。

俺の舌は肥えてたんだ。

まさに俺はノラネコで、まさに俺は禽獣食いだった。

いいか？　それを俺は、きっと、三歳か四歳で覚えたんだよ。生きるために。生き残るために。

公園に行き、鳩を捕獲すりゃあいい、って。俺は捌かない。俺は市場（マーケット）に持っていった。俺はそういうことを、ちゃんとやった。

俺はな、とナナツメは幼児期を振り返って、自負する。いちばんの野生児だったんだって。ノラの、ノラの、市ヶ谷でナンバー1（ワン）のノラのなかのノラネコ。

しかし俺の最初の記憶はどこにある？ 俺はどうやって、家族もいないのに生き残った？ わかんねえ、とナナツメは思った。日本じゅうで十分の一は家族っていうのが崩壊して、俺たちみたいに「誰からも扶養義務を負ってもらえません」って人間未満が生まれて、そういうのもこういうのも強引に「もう一度、日本人の『産めよ殖やせよ』運動をしましょう」って誰かが言ったからで、誰だよそれ？ 誰なんだよそれ？ 俺、このあいだ男先生に聞いたぜ。この列島の人口は、明治時代にやっと五千万人になりました、明治維新のころなんて三千万人とかその程度ですよ、なのに日本人は一億人を下回ったら絶滅危惧種（レッド・データ・メン）になる、みたいに謳うんだから、恐いものですね。

うん、先生、とナナツメは脳内で谺（こだま）のように返事をした。恐いっす。

恐い記憶はある。

就学以前、ナナツメは健所（けんじょ）が恐かった。健所は検所とも書かれるが、そこに保護されると、死が待つ、とされていた。これはノラネコたちの間の共通認識だった。健所はノラネコを捕獲するのだ。それは保護ではない、とノラネコは自分以外のノラネコの耳に囁いた。また、他のノラネコから耳に囁かれた。

ナナツメは、五歳のころは、人間を積んだトラックが恐かった。

労働力運搬車と言われていた。それを見かけると、さっと物陰に身を隠した。人間たちは荷台に林立しているのだ。だいたい二Ｔ(トン)トラックに七十人から八十人。

猫はさっと隠れられないとな、と記憶にはない何者かが諭(さと)したことも憶えていた。「だからノラネコだろ？　こそこそできるからノラネコだろ？」と、誰かが節(ふし)をつけて言い諭したのだ。

「こそこそ、こそこそ、ノラネコこそだろ？」

しかし恐いことばかりを羅列するように思い出していると、なんだか情けなかった。

だから、本当の野性味、本当のやばさも想い起こした。

たとえば、火。俺が持っていた本当のやばさ。幼い俺が。

誰もが火を欲しがっていたから、俺がつけてやった。

火がないと、夜が夜だから、夜のまんまで「おっかないよ、おっかないよ」だから、俺がつけた。

炎。

燃えると、人間は逃げ出した。そういうとき、簡単に装置(ディヴァイス)を採れた。そうだ、俺の採餌。これが俺の採餌法だった。

そして早熟の、まだまだ五歳とか六歳とかの、糞(ハイパー)早熟の、ディヴァ熟の俺が、餌をどんどん操った。豊潤な時間だった。豊饒な収穫だった。実り。

そうだ、忘れてた。俺は花屋が恐かったな。あれはなんでだ？

それと俺は、やっぱり入学前にも、悔しかったな。淀橋には地の底があって、地の底には「墓」があって、早死にするノラネコ仲間がいたら、そこに弔う……放り込む凄(すげ)ぇ尖り耳のノラネコがいるんだって聞いて。

俺、そんなものは持ってねえ。

持ってなかった。

そんなものは手に入れてねえ。いなかった。

ナナツメは現代史を振り返る。燃料ショックだの何だので、あるとき、夜の復権は成った。すると地下鉄というのは、夜の掟に違犯した。だから停められた。地下鉄には昔も終電があったらしいが、本当にお終いのお終いの電車、本物の終電が走ったのだ。メモリアル・デーに。そうして、不要の地下鉄構内が生まれた。ぽっかり、地中に生まれた。誰も入れなかった。誰も入ろうとしなかった。人間は。

ノラネコは別だ。

糞、だけれど、それは俺じゃないノラネコだった。

淀橋のほうには入り口があって、市ヶ谷のほうには入り口はなかった。閉鎖口と爆破封鎖口ばっかりだった。新宿区の西の端(はじ)では、そいつが反-閉鎖系の口を手に入れられた。新宿区の東では、俺が、駄目だった。

駄目だったたってことだ。

しかも「墓」まで生んだ、そいつは。仲間を深みに葬って。それ以外のもどんどん葬って。まるっきり宗教だ。生け贄をじゃんじゃん放り込む口？　宗教だ。負けた。

俺たちはそういうのに弱いんだ。弱かったんだ。無教養だから。無教育だったから。宗教っぽいと、噂だけで完敗する。致(いた)し方なし。

しかし、俺は入学した。俺も。

俺も、ちゃんと、探し出されてここに入った。路上からスカウトされて。

この、男先生や女先生や校長先生が言う、「真(まこと)の教育機関」に。用務員さんの言う、「オーバーグラウンドの小学校も中学校も高校も、あと大学も、列島エコノミーを下支えしてるだけだぞ。それに叛（はん）する、が理念」の学校に。

　こんなにも、こんなにも、やばい装置（ディヴァイス）が満杯で、たとえば体育館いっぱいのフライト・シミュレータの揃った学校に。で、俺は成績優秀で、とナナツメは思う、それで、なんだっけ？　なんで俺、こんな自己紹介みたいなこと、してんだ？　こんな思考を続けてるんだ？

　そうだった、新入生が来るんだった。男先生に伴われて。だから俺、新入りって自己紹介とかするのかね、って思って。俺まで俺に紹介して。自己に自己紹介。

　それで、男先生はまだだな。あと一分か。三十秒か。

　出席番号35番のナナツメは、教室の扉を見る。視線を移して、見やる。視界にトガリミミの背が入る。いや、ナナツメは意図してトガリミミを盗み見ている。十六歳のトガリミミを。

　あいつ、じき死ぬわ。じきに寿命だわ。そうナナツメは思う。

　ナナツメはトガリミミを憎んでいる。自覚はしていない。

3

　新入生の出席番号は99番だった。はなから何かが起きそうな番号で、実際ナナツメは「一歩手前」と思わず囁いた。自己紹介はあった。僕はストリートにいたころからガーキって言われてました、と言った。いたころって昨日までですけど、あ、大阪にいました。大阪？　と教室内が騒（ざわ）

ついた。大阪って東京のどこ？　何区？　江戸川のほう？　というおかしな声があり、どこやろ、と大阪弁の声もあがった。新入生は完璧に無視して、僕は中之島のノラネコですと言った。区で言うたら北区ですね。わかりますか？　ああ、そうだ、最近大阪では御堂筋線が復旧しました。地下鉄ですよ。

新入生は自分が何歳かを言わなかった。当てたらいいじゃないですか、と嗤った。

僕ね、ディヴァは熟々ですね。

そんなわけで、まあ、よろしく。

ナナツメはその日の午後には新入生と口をきいていた。俺さ、名前はナナツメでさ、あんたのことをさ、素直にガーキって呼ぼうと思ってんだけど、あんたさ、絶対に七歳とか八歳って年齢じゃないよな、それとも大阪のノラネコって、見た目の成長早いの？　本当はあんた六歳で、見た目だけ俺とため？　いやさ、ために見えるからため口するぜ。

どっちでもかまへん、とガーキは言った。あ、かまへんてな、かまわないですよって意味ですよ。

わかってるよ。

わかったんだ、ナナツメ？

わかったんだと違う、わかってる。

違うのな。で、ナナツメ、あんたおかしいぜ。ため口オーケーだって、そもそもナナツメのほうが先輩だから、ため口当然違う？

違わないな、ナナツメは答えた。じゃあガーキ、あんたは暫定十二歳ってことで。

そして「さすがは暫定十二歳」と思えることが、その日から一週間でどんどん起きた。ガーキは何かを証明していた。ディヴァ熱がたとえば実際にトリプルすなわち熟々(じゅくじゅくじゅくじゅく)級であることを。ほとんどのシミュレータにぱっぱと馴染んだ。いい学校だよねえ、とすっかり標準語というか東京訛りになったガーキが傍(かたわ)らのナナツメに言った、ここにいたら操縦や運転ができない機械(もの)って、ないんじゃない？　ここの英才教育だとさ、七歳児でもジェット機飛ばせるでしょ？

七歳は、無理じゃね？　ナナツメは答えた。

そうかい？　ガーキが言った。あの優等生とか、とトガリミミを指して、続けた。七歳だったら離着陸で一〇〇点出してた感じ、するけど。

ああ、あれ、とナナツメは言った。入学遅いから。七歳のとき、ここにいねえよ。

そういう意味じゃないんだけどな。

ガーキさ、とナナツメが話題を逸らした。学校(ガッコ)に何で通ってんの？

単車。

タンシャって何？

オートバイだよ。鉄の馬だよ。

そういうのシミュレータは、ここにはないな。

オスプレイは飛ばせるのに？　ねえ、ナナツメさあ、とガーキが囁いた。ここに列車のシミュレータは、ないの？

セイコが怪しむ。セイコまたはヒジリノコは、出席番号99番がいまだに新入生気取りで、年齢を明かさずにいることを不快に思い、そして怪しむ。あのノラネコ、近畿地方の出(で)のノラネコ？　あたしより少しだけ年少に見えるけれど、そういう見かけって不審かも。ほら、みんな、本当は九歳だよだの八歳だよだのいやいやもっとだのとかって言ってるけれど、逆かも。本当は十七歳なのに、十二歳前後に見せかけしてるのかも。

十七歳？

それってもう、ノラネコじゃないじゃん。

直感だった。その瞬間からセイコまたはヒジリノコは出席番号99番のガーキに徹底的な疑いを持った。あいつ、眉唾（マユツバ）。しかしどの程度眉唾（マユツバ）なんだろ？　二L（リッター）級？　いろいろと探ると、アンダーグラウンド情報は名古屋と札幌で地下鉄が復旧、との最新ねた（アップデート）を流してきた。前者では東山（ひがしやま）線が、後者では東西線と東豊（とうほう）線が再生していた。ふうん、北海道にも東西線って名前の地下鉄があるんだ。あれ？　京都にも東西線、あるね。東京の地下鉄の東西線を入れたら、東西線ってこの列島で、三つ子？

他に地下鉄があるのは、横浜、神戸、福岡、仙台、とセイコは調べた。

神戸の西神（せいしん）線と、京都の烏丸（からすま）線は、完全に死んでる、と調べ当てた。

そうか、完璧に死んでるってわかることは、蘇生を試みた勢力がいた、ってこと？

いたね。

近畿地方にいて、福岡もそうかも。福岡は九州地方。

なんだろう、何か、これ、やな予感。セイコまたはヒジリノコはガーキの追跡をはじめる。追跡というか追尾を。そう、尾を追うのだ。実際には生やしていないけれど、ノラネコめ！　尻尾持ちめ！　と言い罵られつづけてきた、その、幻の「ノラネコたる拠（よりどころ）」の尾を。しかも二本。

ガーキはしばしばナナツメと連れ立っていたから、その二匹分の、二本。

「よう、セイコ」とトガリミミがあるとき呼びかけた。そうした追尾のさなかに。「これから淀

「あ、トガリミミ……」とセイコまたはヒジリノコの、その声が思わず上擦った。「あ、ね、あの、あたし、あ、あのね、ちょっと聞いてもらいたいことがあるし、ちょっと注意しながら行動を共にしてほしいいし。その、トガリミミに……」

注意しながら。

橋、戻るのか？　このルート？」

トガリミミはすでに用務員さんとグラウンドで話していた。用務員さんに、どういう毒草とりまとめてるの？　と率直に訊いていた。あの新入り、どう思う？　とも訊いていた。すっげー俺たちのこと憧れてるでしょ。いや、俺たちっていうか俺たちの学校のこと。最高の教育機関だなあ、なんて言って。

すると用務員さんは答えた。

「あれはな、自分が持っていないものを、見たとか、見に来たって顔だな」

「やっぱそう思う？」

「教室に立ち入らずに、岡目八目している爺の目線だとな」

「え。オカメハチモクって何？」

「囲碁用語」

「専門用語かあ」

「なあ、トガリミミ」と用務員さんは言った。「戸籍を持たないのは、自分たちだけだと思うなよ」

「自分たち、た、た、ちって俺たちノラネコのこと？」

「今の列島には、他にもいるぞ」

トガリミミとセイコが淀橋から地の底に降りる。ガーキとナナツメの跡を尾けて、しかし追尾を悟られずに。そこから地中を二キロ進んで車輛基地に入る。トガリミミはガーキ、あるいはガーキとナナツメの目当てがこの車輛基地にあったことを知り、セイコが傍らで「やっぱりね」と囁いているのを聞いた。「だから地下鉄網の再生？　再開？　そういうことなのよね」と。セイコはぴたっとトガリミミに張りついて、遅れなかった。さすがだなと思い、「淀橋の、セイコ」と囁き返して、親指をぴっと立てた。それが賞讃のサインだった。セイコまたはヒジリノコはにやっとして、心の中だけで「淀橋のヒジリノコ、じゃじゃん！」と叫んだ。それからセイコまたはヒジリノコは、少しだけ賭けた。ナナツメだって夜には夜の掟があるって、わかってるよね？　東京の地下鉄には手を出しちゃ駄目なんだ、って。

どうかな。わかってるのかな？

「また移動するぞ」トガリミミがセイコに囁いた。ほとんどさわさわと、本物の猫たちの耳の柔毛のように。

ガーキがナナツメに案内されて「墓」の縁に立ったので、トガリミミはいっきに距離を詰めた。セイコまたはヒジリノコも同じ動きをほぼ同じスピードで繰り返した。ノラネコの速さだ。アマチュアではない、プロの速さだ。トガリミミは十六歳、セイコまたはヒジリノコは十三歳、ナナツメは十二歳、そしてガーキはといえば、その年齢は不詳だった。危ういほどに詳らかにならなかった。トガリミミが言った、なあ新入り、新入生の新入り生、そこ「墓」だぜ。わかってんのか？

「俺がガイドしたんだ」ナナツメが言った。

「手引きじゃないといいわね」セイコが言った。

「探るのは車輛基地までにしとけ」トガリミミが言った。

にゃあ、とガーキが言った。

が！　とトガリミミが喚いた。


その「墓」には何千匹ものノラネコたちが葬られている。トガリミミはそれを、送る、と呼んでいた。弔いとは送ることとなのだと。もちろんそこにはチャトラノクマがいた。ブチノクマがいた。トガリミミのあのミチ友たちがいた。八歳で送ったのだったか八歳と七歳で送ったのだったか。誰もが生きのびられたわけではないのだ。ほとんどは生きのびられはしないのだ。だからこそ、生き残った側が送るのは生き残ったノラネコの責務だ、とトガリミミは考えていた。今も考えている。


それでどんどんどんどん、「墓」に落とした。

路上で遺体を見つけると、運び、落とした。

なあ、何千もだぜ？

だから、ここは、聖地だぜ。

地球の核で、積もるんだ。早死にのノラネコたちが、地中の山のように、山のようにって。

そんな聖地、穢すな。その思いを、トガリミミはひと言、「が！」の叫喚に換えて、発した。

「俺が説明してやる」と最年長のノラネコである十六歳のトガリミミは言った。今度は明瞭な発音で。「お前が何者か。お前は、大阪に、つまり関西に、それから東海地方に、九州地方に、北海道にも、つながってるな？　仙台のことはわかんねえけど、そうだな？　お前は、そういうお前たちの、一人だな？　そういう勢力の。けれど、わかってるさ、お前たちだってアンダーグラウンドだ。お前たちは絶対にオーバーグラウンドのどの組織にも入ってない。つまり無所属だろ。だろ？　そういうのって、なんだ？　そういうのって、縛られていないって言うのか？　つまりお前たちは、鎖につながれてないのか？　つまりお前たちは、あれか、ノライヌか？」

　イエス、とガーキが答えた。

「そういうの、邪魔だぞ」とノラネコが答えた。

　ナナツメが答えていた。ノライヌって、そういうのは邪魔だぞ、と。ナナツメの右手にナイフが握られていた。あのな、親友（まぶ）のガーキ、俺は三歳か四歳のころから小鳥を捕るのが得意で、と語り出した。ノーノーノー、小鳥だけじゃない、大鳥の鳩なんかもな、まあ鳩は中鳥（ちゅうとり）か。それ、どうしてできたと思う？　俺、そんなに敏捷じゃねえじゃん。どうして捕獲を成功させられたと思う？　捕り方にコツがあるんだ。罠だよ、罠。それとナイフだけは、扱いが熟々（じゅくじゅく）で。俺。

　刺す。

「生け贄っぽいなあ」とナナツメが言った。

　刺すだけで殺さない。まして「墓」には落とさない。聖なる廟（びょう）は穢されない。ノラネコの「墓」にノライヌを葬ったら冒瀆だ。淀橋の地の底の深みは死んだ幼子（おさなご）たちのためにある。列島のエコノミー優先体制のために切り捨てられた、無戸籍の、親を持たなかったし、持てる希望も持てなかった人の子供たちの浄き遺体のためにある。今ではきっと骨だけになってしまっているが、その美しい、華奢な、清浄な白いもののためにある。トガリミミの判断は速い。覚悟を決めて、ガーキを生かし、地中のあの角を曲がり、この角を曲がり、鋭く鋭く、移動して地上をめざす。セイコまたはヒジリノコもついてきた。ナナツメは、遅れがちにはなるのだがついてきた。ナナツメ、お前もノラネコだ、とトガリミミが言った。そこには賞讃の響きが混じっている。ナナツメが思わず、にやりとする。

知ってるよ。……いや、ついさっき知ったよ。

地上。

さて、とトガリミミが言う。いったんお前を手当てして、とガーキに言う、お前を放して、つまり解放してやって、すると、お前たちはどうなるかな？　お前たちは、わんわんわんのノライヌ、どうするかな？

「夜の前にひざまずけ」十六歳のノラネコ、トガリミミが言い渡した。「ノライヌだろうとノラなんだろうと、おんなじ獣なんだったら、ひざまずけ」

ノラネコたちは学校で腹いっぱい米を食べる。オスプレイの取り引きが完了したよ、と男先生が報告し、このあいだの新入生はすまなかったね、あれは転入生だった、理念のぜんぜん違う学校から、どうやら寄生するために紛れ込んだみたいだ、と謝罪した。以後、校長先生といっしょに気をつけるよ。お詫びとして、今週はパエリアの給食も出すよ。

三週間後の新月の夜には人工衛星が墜ちてくるとノラネコたちは聞いている。旧ユーロ・アルジェリアの軍事衛星だ。それだけは拾わなければならない。し落とさずに、一番乗りで。

シュガー前夜

その苗字の音からの連想で、いずれシュガーと呼ばれることになる佐藤美余は、しかしシュガーとなる前には単にミヨと呼ばれ、あるいは親しい友達からミヨッチと呼びならわされ、「十歳を過ぎたら自分がシュガーになる」とは思いも及ばないでいた。その意味では佐藤美余には小学校在籍時に早(はや)、二つの時代があったのだと言える。シュガー期と、それ以前だ。

そして、それ以前に遡れば遡るほど、記憶はどこかでモヤッとする。

佐藤美余はそのことを「まるで生まれた瞬間に近づけば近づくほど、記憶というものは生命力を喪失するみたい」と認識したことがある。常識的に考えれば、いまだ経験していない出来事というのは必ず未来にあって、そちらは記憶しようがない（その手段がない）。いっぽう、過去とはつねに体験ずみであって、しかも、生まれた瞬間以降にゼロから少しずつ足してきている。だとしたら、生命力はもっとも過去であるものが最大となりそう……と佐藤美余は考えたのだが、こうした考えは現実の体感のいっさいによって一蹴された。

困ったことだわね、と美余は思った。

ロンリが通用しないのね、と美余はその眉間に皺を寄せた。

まさに記憶がモヤッとしている（むしろモヤモヤッとしている）八歳か九歳の頃、美余は強烈な体験をした。そのことは、九歳の終わりまでは憶えていたが、十歳を過ぎると忘れた。つまり佐藤美余がシュガーとなると、高学年に進んで周囲からシュガーと呼ばれ、自らもシュガーと名乗るようになると、完全に忘却した。だが、忘れ去られた出来事ではあっても、それが経験されている最中にはあったのだ。それは音として感知されて、糸につながる特別な体験だったし、その時の佐藤美余の意識からすると、むしろ糸として発見されて、音につながったという順序でもあった。今、佐藤美余は記憶の一部始終を洗い流してしまっているが、再現すると次のようになる。

放課後だったのだ。

もう下校していた。しかし、午後二時を少し回っただけの時間帯だった。

美余の小学校は東京湾岸にあり、具体的には品川区との境界に程近い港区の、いわば区内の南東部の「隅っこ」のようなところにあったのだが、あちらこちらに運河が走り、埠頭が横たわり(美余からすると「ごろん」とか「どどん」とか横たわっていた)、とても水と親しかった。それも海水とだ。

晴れていると繋留されたヨット類を眺めた。それ専用のハーバーが運河にあった。

その日も晴れていた。

美余の足はそのハーバーを眺め下ろせる橋のほうに向かった。運河に架けられた橋だ。

美余は、しかし、そこで目を音に奪われた。

実際には、それは美余に聞こえるには遠すぎた。しかし美余は聞いたのだった。それも、視界に何かが見えたから感受したのだった。

それが糸だった。

糸といっても、とても艶々していて、透明か半透明で（視認できたのだから完璧に透明であるわけはない）、時おり黄色や、青色も交えた。キラッとする、ふいにキラキラッと弾ける、そういう瞬間に彩りが変わるのだ。

美余には、ムシが出している糸のようだとも感じられた。

しかし気味が悪いとは思わない。

だから追った。これ、何？　この糸、どこから来てるの？　誰が出してるの？　美余は橋の上から、ぐるり、北東南西と見渡した。一回転して。南のほうに視線をやった時に、東海道貨物線のその高架が視界をワァッと占めた。

糸は東に続いていた。

東から来ているのだ。美余は歩いた。

橋を渡り切る。つまり運河を、越えた。そちら側は埠頭で（例の「ごろん」とか「どどん」とか寝そべる埠頭だ）、清掃工場があり、公園がある。もう少し足をのばせば入国管理局も。

公園を目に入れる数分前から、美余は、自分は音を聞いているのだと理解した。音が、糸で、だから糸に導かれて、その音の発生源をめざしている。そうしたことがだんだんとわかった。あるいは、わかりはしなかったが、糸は律動なのだと確かに認識した。そもそもこの耳で、糸を聞いていいたのだなと了解もした。そして、糸のつながる先を、先をと尋ねると、ただちに公園の、その砂場に至ったのだ。

子供がいた。女児だ。年齢はたぶん美余とほとんど違わない。

しかし異人種だった。

美余にはその子が「何人」とは言えない。欧米系ではない。東南アジアから南アジア系、そうした子供だったのだが、美余はただ、「異人（いじん）」と認めるだけだ。

砂場にいて、その子はぐるぐるしている。

円を描いている。

靴で、地面に——すなわち砂地に——少々楕円形のマルを描いているのだ。

それから、手に何かを持っている。

それも丸い。

球形だった。

糸はそこから出てきていた。いいや、音は。奏でられているのは絃（げん）の響きで、その球体から二本か三本か、半弧を描くようにして現われる絃があったのだ。それを、異人の少女は、ピンッ、ピンッと爪弾（つまび）いている。しかし生じる音色はどうにも形容しがたい。決して「ピン」や「ポン」ではない。フルルルルルッと空気が顫（ふる）えて、そこに、見えている糸と同じように、黄色の響きが混じる。青色の旋律が瞬（また）く。それらは消えながら再び顕（あら）われ、しかも色彩的な残響は数秒どころか一、二分持続する。

つまり、それらは糸で、音で、しかも異人の少女の抱えている球体から発せられるもので（その球体のサイズは、直径は十センチをわずかに上回る程度だった）、美余はちゃんと発生源を——糸を生じさせていて、同時に、音を生じさせているところを——探り当てたのだった。

異人の子は、マルを描きつづけている。

「ねえ」と美余は言った。

視線が合った。

「何してるの？」

答えの代わりに、何かを問われた。しかし、美余には答えられなかった。

それは美余の知っている言語ではなかった。

そもそも八歳か九歳のこの美余は、母語の日本語以外はまだ知らなかった。

ただ、美余にはわかった。そうか、この子の言っていることはあたしわかんないんだから、あたしの言ってることをこの子はわかんない。

だから、とりあえず、砂場に下りた。

その異人の少女の「エリア」と言えるところに入った。

そしてぐるぐるした。

あとを追って、ぐるぐる。

しかも日本語で、語りかけつづけた。

いっぽうで相手も、美余を拒まなかった。自分が描いているマルを、同じように踏まれて、追い回されることを拒絶しなかった。それどころか、何かを「その子の言語」で語りつづけた。そうしながらも、小さな球体はピンッと、またポンッという様(さま)で爪弾かれ、顫動(せんどう)のミュージックを発しつづけた。

すると美余とその子が、同じ音の内側に入った。

マルだ、美余は思った。

糸のマル、と美余は思った。

その中に、入っちゃった。

たぶん、二十分かそこいら、二人は同じマルの内側にいた。それは繭(まゆ)だったとも言えた。

その後の一週間で、三度、美余はこの異人の少女と会う。もちろん同じ時間帯に、同じ公園でだ。マルが描かれている砂場でだ。美余はこの時、この期間に、自分は何かに近づいていると感じる。美余は、うん、何かなんだ、と感じ取っている。だから、尋ねてもみた。「その球、増やせる？」

相手は、増やした。

言葉は、表面では全然通じないが、意味の塊まりとしてはほぼ理解され切っていた。

楽器である球体を、相手は、二つに分けた。

「あ」と美余は言った。「二つに、増えた。増えたね？」

異人の少女が笑った。

「パコッと、分かれて、増えるんだね？」

それから二人は、球体を一つずつ手に持って、合奏した。どんなふうに弾けばよいかは、もう美余は、すっかり見て学んでいた。

糸は、二種類出た。

二本、出た。

シュルシュルと天に昇り、躍った。

美余はもう、きゃあきゃあと笑った。

その翌週、異人の少女は消えた。あと一時間早かったら、三十分早かったら、下校をどうにか早められていたら、会えていたのかもとは思った。なぜならば砂場に、この日も、マルは描かれていたからだ。しかも前の週のそれよりも深かったからだ。

ねえ、何周したの？　何周して待っていたの？

何周して、それから取られちゃったの？

捕まえられたというニュアンスで、美余は「取られた」と思った。美余はそのように見通した。そう、その異人の少女は、球体の楽器ごと攫（さら）われるというか、奪われたのだ。何かが起きたことを美余は見通し、それが決定的な事件であることもしっかりと見抜いた。

終わることが、終わった。そう美余は認識した。

あたしはもう、糸を見ない。

糸は見えない。

もう見えないの？

それから美余は、帰宅し、食事し、テレビは視聴せず、どんな本も繙（ひもと）かず、もちろん教科書も開かないから宿題にも手をつけず、風呂にはいつもより相当長めに入り、水が温（ぬる）むのを感じ、早めに床に就いて、眠った。

眠れば起きる。それから記憶が、鮮烈な記憶が、モヤッと。一日が過ぎ、ひと月が過ぎ、ふた月、三（み）月。モヤッと。

モヤモヤッと。

だが、その経験はあったのだ。しかし一、二年が過ぎ、シュガーとなった佐藤美余は、思い出せない。

シュガーは語れない。「あたし、異人と異語（いご）で、話したんだよ」

ブルー／ブルース

あたしはきみのことを忘れていない。

きみの名前はジャキという。本名は横井真沙季、つまりマサキだけれども、小学校にあがってマチャキ、マチャキと呼ばれはじめた。しかし、その舌足らずな呼びかたは、一年ちょっとで廃(すた)れた。チャッキーに変化して、それからジャッキンと訛った。四年生の夏休みをすぎてからは、ジャキ。いま、きみは十歳で、小学五年生で、やっぱりジャキだ。

きみには愛車がある。きみ自身は「愛機(アイキ)」と呼んでいる。スポーツ・タイプの自転車で、正式名称はブリヂストン・クロスファイヤージュニア・J07。タイヤのサイズは24型、車体(ボディ)はシルバー・アンド・ブラック、シフトは七段。ロング泥よけはモトクロッサー風。本当はオプションのギヤ・インジケーターとデジタル／アナログW表示のスピードメーター（それも10気圧防水）もほしかったけれども、きみは母親に反対された。バイクじゃないんだから、と言われた。だいたいかっこわるいじゃない？ そんな、おもちゃのメカみたいなの。

父親が口をはさんだ。お前、自分の子供のセンス、けなすなよ。

すかさず母親は言い返した。でもね、なんだか男の子って、生まれた時からわけのわからない趣味、してるじゃない？

おれも含めてか？　と父親が言った。

男の子がよ、と母親は言った。

なにかの当てつけか？　と父親は訊いた。

それはきみの十歳の誕生日だった。四月一日だった。きみはデパートの自転車売り場で、両親が頭越しに交わす言葉を聞いていなかった。聞こえてはいたけれども、聞かなかった。かわりに展示されているブリヂストン・クロスファイヤージュニア・Ｊ０７を凝視して、声に出さずに「おす、愛機」とつぶやいただけだった。

おす、と自転車が返事をした気がした。おれはジャキの所有になるのか？

なるよ、とジャキはうなずいた。

「気に入ったのか？」と父親が笑いかけた。「なあ真沙季。これが十歳になる、お前の大人の記念品だ」

「ちょっと趣味がねえ」と母親は言った。「もうすこし可愛いのに、しないの？」

ジャキは顔をあげなかった。しない、と思った。

それが四月だ。そしてあたしたちがからみあうのは十一月。その三日間。あいだに祝日をはさんだ、火曜日から木曜日まで。

十一月のその三日間の東京は、もう冬だった。

その三日間に日曜日がなかったことは、すばらしい。

だって、ジャキは日曜日は嫌いだから。

そうだよね、きみ？

あたしたちの物語は目黒区にほとんど隣接した品川区の北の外れにはじまって、たぶん港区で終わる。あたしたちは何人もの登場人物で、でも、きみだけが全員に出会う。だからジャキ、あたしはきみを語る。あたしはきみの、まずは火曜日を語る。きみは学校から戻る。掃除機の唸りを耳にする。まただ、と思う。掃除しすぎだよ、とジャキは思う。ジャキは部屋に直行して、ランドセルを床にどさっと落としながら今朝のことを思いだす。今朝はなにもなかったことを思いだす。この三週間あまり、パターンは二つしかない。前の晩に両親が言い争い、翌朝、沈黙する。これがパターンの正しい順。それから、前の晩に父親が不在で、たいていは翌朝に、二人の口論がある。これがパターンの反対の順。二番めのパターンがジャキは苦手だ。ぎゃあぎゃあと喚(わめ)いている母親の声がリビング・ダイニングから壁越しに響いて、それで朝の五時やら六時やらに起こされる。ほとんど叩き起こされる。でも、ジャキは寝ているふりをする。七時の十分前まで、しつづける。いろいろ、耳に入る。でも、ジャキは聞かない。咎(とが)めだてと釈明、謝罪と激高があって、ジャキはひと言も聞かない。七時の十分前まで。

本当を言えば、ジャキは一番めのパターンだって嫌いだ。

それが今朝だった。

今朝は、正しい順番の両親の沈黙だった。

ジャキは何冊かの教科書をランドセルから鞄に移し替える。それから塾の教材と、携帯ゲーム機をその同じ鞄に入れる。掃除機はまだ唸っている。母親はこの半月、掃除に狂っている。匂いがする匂いがする、とブツブツ言っている。ジャキは支度を済ませて、部屋を出ようとして、そこで母親に捕まる。

唸りつづけている掃除機のパイプを片手に持って、ジャキの部屋の扉をひらいて、母親が立っている。

学校はどうだったか、と訊かれる。

今日は学習塾は何時からか、と訊かれる。

それから、訊かれる。ニヤッと笑って、訊かれる。「真沙季、あなたは弟か妹がほしいと思う？」

その質問に、ジャキは答えられない。

ジャキは、回答できないから僕は零点だ、と思う。

そこまでがジャキの火曜日の、スタート地点だ。玄関から出た途端に、もう今日は塾はサボりだ、と決めている。僕は頭の後ろ側がじんわりと重い感じがするもの、病欠（ビョーケツ）だ。ジャキは駐輪場にむかう。そこに愛機が待っている。ジャキの一家が暮らしているのは都営団地で、どの棟も一階は都バスの車庫になっている。あたしは住所をしっかり把握しているけれども、ここでは品川区K品川のX丁目Y番地としか明かさない。あたしは話をぼかす。モノや場所の特定を避けて、ところどころ、匿名化する。だって、訴えられるのはいやだ。それから、計画がばれるのもまずい。誰がどんなふうに反応するのか読めないから、これはフィクションです、ってあたしは宣言する。だから、この物語——あたしたちの物語——に登場する複数の小学校を、単純に小学校Aとか、小学校Bとか、そんな具合に呼んだりする。

それで、きみだ。

はじまりの場所だ。そこは目黒区にほとんど隣接している、品川区の北の外れだ。ジャキは愛機に乗って、そこに到達する。でも、なにか／どこかをめざしていたわけではない。駐輪場で愛機のロックを解除して（それは盗難防止用の、まるで閂（かんぬき）みたいなタイプだった）、ペダルに両足をのせた瞬間から、ジャキはどこにでも行けた。東にも行けたし、西にも行けた。この物語の舞台の、全部に行けた。カタ、と愛機を押しだして、結局、最初にまず南に行った。旧東海道から、新馬場北口通り、そして山手通り。曲がって、曲がって、曲がった。品川図書館から京浜急行本線の新馬場駅の改札前に、つづいて小学校Cの裏側に。あたしは、ぼかす必要のないランドマークは、ぼかさないで語る。池上通りから東大井に抜けて、イトーヨーカ堂の裏手を徐行して、それから小学校Hの手前で北に。豊町に入ったところで、小学校Jの児童たちが集団下校している場面に遭遇する。たぶん五年生か六年生の、数名の女児が通りすぎるジャキと愛機をじっと観察した。ジャキは飛ばしている。ジャキと愛機は一体だ。ジャキは愛機の、七段変速を駆使する。だから停まらない。百反通りから、ふたたび太い幹線道路の418号線に出た。そこでは高架になった首都高速2号目黒線が並行して走っている。小学校Mのかたわらを疾駆して、付近はすっかり西五反田だ。目黒川を渡る。JR山手線のガードの手前で、左に折れた。坂道を登る、登る、登る、疲れる。それから公園を見つけて、そこに入る。

JRの線路用地を宙(そら)で跨いでいる公園だった。名称は〈JRミニパーク〉、目黒駅のおまけのようにして造られた場所だ。

そして、それがはじまりの場所だ。

ジャキは自転車を路上に置きっぱなしにせず、階段を担いで登った。つまり中空の〈ミニパーク〉内までひっぱりあげた。知らない土地では、誰に——たとえば、どこの小学校の児童に——どんな悪戯をされるか、わからない。厳重にロックを施しても、盗まれる可能性がゼロにはならない。だから側(そば)に置く、とジャキは決めている。だから離れない、と。

公園に人影はない。

寒いからだな、とジャキは思う。

もう冬なんだな、ときみは思う。

きみは公園の先端にむかう。愛機の車輪を転がして、いちばん端っこまで入り込む。そこできみは、自分がJRの線路の真上に浮かんでいることを認識する。公園の地面は、人工地盤だ。そして見下ろせば、足もとから山手線の車輌が、ゴゴゴゴゴッと現われたり、ガアッと走行音を立てながら吸い込まれていったり、する。だんだん、日が暮れる。目黒駅のさきにあるのは五反田駅、そのさきが大崎駅で、つぎに品川駅が来る。きみはずっと眺めている。いつまで眺めていたっていいんだ、と思う。塾、サボったんだから。

なあ愛機、と愛機に語りかける。

いい感じで今日も走ったな、ジャキ、と愛機が返事をした気がする。

うん、地面が動いてるみたいだった、ときみは返事をする。

でも、ジャキはまだ品川区を出ていないぞ、と愛機が言う。

そうだっけ？　ときみは言う。

目黒駅は品川区にあるんだよ、目黒区じゃない。そして品川駅は港区にある、品川区じゃない。

それ、ウンチク、頭に入れたろ？

そうだった、僕が地図で調べたんだった、これも東京の隠しごとだなあって、思ったんだった。

思いだしたか？

思いだした。

おれはお前が知っていることしか知らないんだよ、ジャキ。

そうなの、愛機？

だからおれは、お前のパパが、今日がどっちのパターンか、知らないんだよ。

きっと反対のほうだよ、ときみは言う。きっとあれだよ、フリンのほうだよ、帰ってこない。

そうか、と愛機は言う。

そう。

きついな、ジャキ。

「うん、きつい」きみは声に出して返事をする。

品川駅のほうまで眺めわたそうとする。透視するみたいに、目を凝らす。JRの線路用地の線(ライン)では、都市(まち)は闇に沈んでいる。

何分かが経つ。何十分かが経つ。

きみは宙に浮かんだ公園の先端で、すこしだけ泣いた。愛機のサドルをぎゅっと握りしめて。真後ろに人の気配を感じて、きみははっとする。ジャキははっとして、ふり返る。

父親と同年代の男がそこにいる。影になって、いる。その影がすこしずつ、全体像をあらわにして、ジャキは再度はっとする。巨(おお)きいのだ。なんだか大荷物を背負っているのだ。冷蔵庫？それとも、あれなのか、山男？ジャキは圧倒される。その男は丈長のコートを着込んで、足下にはごつごつしたワークブーツ。そして眼光はぎらりと鋭い。

「どうした坊主、憂鬱(ゆううつ)なのか？」と男が訊いた。唐突に口をひらいて、でも、意外にも軽やかな音調(トーン)の声だった。

それで、ジャキは反射的に訊き返している。「ユーウツって？」

「それはだな、気もちがブルーになることだ」

「ブルー？」

「おう。気もちがな、青い色になるの。それが憂鬱」

「気もちに色とかあるんですか？」

「ある。料理にあるように」

「全然……わかんないんですけど」

「専門的な話題だったな。すまん」

「いえ、謝られても」

「それで、いまは、たとえば坊主は、何色だよ？」

「僕たち？」

「たち？」

「僕たちの気もちでしょ」

ほんの一瞬、男は周囲を見まわす。ジャキは自分と愛機を指して、僕たち、と言った。とてもナチュラルに口にされていた。男は視線をジャキに戻して、「ま、そうだ」と言った。

「黒、かな」とジャキは言った。

「ほほう」と男は言った。

「僕たち、いらいらしてます」とジャキは言った。

「うん、うん」と男は言った。

「でも、なんの質問ですか？」

「腹減ってるか？」

「はい？」

「二十分とか、暇あるか？」

「おじさん……変態じゃないですよね」

すると男は舌打ちして、クソ、近ごろの子供は……とつぶやき、「つまり近ごろの子供は、変質者やら犯罪者やらに狙われて、大変なわけなんだよな」と言った。

「そうです」

「暇もない？」

「ふつうの小学生は忙しいです。いまの僕たちは、どうだろう？」

「いいや、勝手にやるから。待てるなら待ってて」

え？　ジャキが詳細を問おうとするのをまるっきり無視して、男は動きだした。この公園の入り口付近に表示されている壁板（パネル）にむかった。そこには、禁止事項、とある。してはならぬことが列記されている。**禁煙**、**火気厳禁**、**危険物持込み**、**物品搬入**、**ペット持込み**、**自転車等放置**、**自転車等侵入**、**宿泊**、**飲食**、**炊事**、**遊戯**、**スポーツ**。ジャキは、なにをするんだろ？　と男の挙動を見つめる。コートのポケットから、布製のガムテープを取りだした。ぴりぴりぴりとテープをひっぱって、てきとうな長さに切った。え？　なにするんだろ？　男はまず**炊事**の二文字に、幅広のテープを貼った。

え？

それから男は**火気厳禁**にテープを貼りつけて、**飲食**にテープを貼りつけて、ちらっとジャキのほうをふり返り、**自転車等侵入**にもテープを貼りつけた。そうやって〈ミニパーク〉の禁止事項から、四つの項目を消去した。

え？

男は背負っていた荷物を下ろした。まるで冷蔵庫みたいだった謎の物体（モノ）を。コートを脱いだ。内側から現われたのは、白い、いわゆるコックコートだった。それから帽子をかぶった。いわゆるシェフ帽だった。謎の物体は、まるでマジック・ショウの人体切断に用いられるボックスのように、上部、中部、下部に分かれて蓋がひらいた。上部にはコンロの発熱体が二つ。中部には鍋、フライパン、計量スプーン、まな板、ボウル、竹串等が収められていて、前方と横にひらいた。下部には調味料（塩、胡椒（こしょう）、オリーブオイル、白ワイン、ブランデーから、すでに刻んであるパセリとチャイブ、ニンニクのオイル漬け、バターまで）と氷漬けの食材等が収納されていた。え？　え？　え？　ジャキは啞然とした。つまり、気がつけば台所が出現していたのだ。男は公園の水道でていねいに手を洗い（無香料のキッチン・ソープを用いた）、それから仕事にとりかかった。

「今日の食材はカモです」と言った。

「おじさん、あの――」

「カモは嫌いか？」

男の手は、ジャキと会話するあいだも動きつづけている。男の握るナイフは、先端や、峰や、刃先ごとに、異なる働きをした。謎の物体は火を噴いた。まるっきり魔術だった。やはりマジック・ショウだった。ジャキは魅了されて、素直に答えた。

「食べたことないです」

「あと十三分で食べられる」

「ほんと？」

「で、僕たちは腹、減ったか？」

「あ、はい、減りました」

「これはな、青い色を変える料理だぜ」

「その……おじさんて何者ですか？　どこから来たの？」

「おれは新宿区から来たぜ」

「うーん、わかんない」

「そうだなあ」と一瞬だけ遠い目をした。「渋谷区を横切って、南まで来て、これからはどっちに行こうかなあ」

「ここ、品川区」とジャキは言った。

「目黒だろ？」ふたたび視線をキッチンに戻して、男が訊いた。

「あのね、目黒駅って、品川区にあるの」

「本当か？　坊主、お前、モノ知ってるな」

「うん、僕たちは知ってる」

　褒められた、とジャキはちょっと自慢に思った。

「おじさん、料理人だよね」

「さすらいのな」

「サスライの？」

「さすらいの料理人」

「なにか……」

「なんだ？」

「かっこいいね」

「そりゃ、そうだろ。だって、おれは坊主、お前を——僕たちを癒しに来たんだからな」

「え？」

「あと七分。前菜もつけちゃうね。ま、コースじゃないんだから、いっしょに食うといいよ」

七分後。鴨肉のローストと、アスパラガスのフランドル風ができあがっている。おれね、と男が言う、修業でフランスに四年間行ってたこともあってね。ジャキは感動して、おじさん、おフランス、美味い、と言う。男は、アスパラガスは季節じゃないんだけどな、東京だとなんだかサラッと手に入っちゃうからな、その茹で卵とバターのソースはなかなかでしょう、僕たち？　とていねいに尋ねる。

「そのとおりです、おじさん」とジャキもていねいに答える。

「お前、顔色、いい感じになってきてるよ」

「ところでおフランスって、なにがあるの？」

「カタツムリの農場があったなあ」

「え？」

「一年間に二万匹育ててるんだって。食用。農場はね、スプリンクラーでね、水、撒いてんの」

「カタツムリって、なに食べるんですか？」

「五種類の穀物とね、カルシウムのね、粉末」

「うわあ、うわあ……うわあ」

「つけあわせの芋、それも美味いから、残すなよ」

「芋？　あ……ほんと。じゃあ新宿区の前は、おじさんは、おフランスから来たのかあ」

「旅行もしたが、おれは料理そのもので旅してるんだよ。だから、お前にもな、旅させてるんだよ」

「旅ですか？」

「カモを食べたお前は、別なところに行くよ」

「僕……僕たち？」

ジャキは咀嚼（そしゃく）する。ジャキはゆっくり考える。鴨肉の最後のひと切れ。それを口に入れる。

はっと気づけば、さすらいの料理人と名乗った男は、片づけをはじめている。

たちまち一切合切が謎の物体に収納される。

「あ、あの――」

「ごちそうさまか？」

「ごちそうさまでした」

「その皿とお箸、洗って、仕舞うわ」

「なんか、僕たちの、気分――」

「いいだろ？」

「いいです」

「ありがとよ」

「え？　なんでですか？」

「坊主、お前、笑顔だぞ」

たしかにジャキは笑っている。さすらいの料理人はあっという間にキッチンを消失させる。謎の物体を背負い直し、それから壁板（パネル）に歩み寄って、ガムテープを剝がしはじめる。**自転車等侵入**に貼ったテープをどうしようか、ちょっとだけ迷い、やはり剝がす。ジャキは、おじさん、もう？　と言う。料理人は、しつこいと変態になるからな、と言う。

「二つだけ、いいか？」とジャキに尋ねた。

「はい」とジャキは返答した。

「まずはだ、お前の肉体(からだ)はな、明日、カモでできている。それを忘れるな」

「お……」

「そして二つめ、大人になるな」

料理人は消えた。ジャキと愛機をそこに残して。ジャキは意味を考えている。愛機に尋ねる。

どういうことか、わかった？

さあな、と愛機が返事をした気がする。

でも、カモ、美味かった、ときみは愛機に言う。

あたしはここで物語を区切ってもいい。でも、きみは火曜日のうちにつぎの場所に到達する。二番めの遭遇がきみを待っている。だからつづけて語る。きみは肉体(からだ)が火照りだすのを感じる。カモ・エネルギー、と正確に了解する。明日は僕は、カモなのか、と感激する。行こう、愛機。

それで、つぎの場所だ。

この時だって、きみはなにか／どこかをめざしてはいない。ただ、単純に、駆けたかった。疾駆したかった。スピードだ。だから登ってきた坂道を、ダ、と下った。ダ、シャァァァァァッて。ＪＲの山手線に並行して、愛機を走らせた。ふたたび４１８号線と首都高速2号目黒線の高架が眼前に現われて、しかし、きみはそこで左にも右にも曲がらなかった。ちょうど信号が青だったから、直進した。カモ・エネルギーだ。燃焼していたのだ。上大崎三丁目交叉点から、五反田駅のほうに。裏道を進む。それから駅の手前で、ふいに思いだす。脳裡に地図を描いて、大崎駅って山手線のトラップだった、と思いだす。あそこでは軌道が曲がりすぎていて、直進したって品川駅には到達(ゴール)しない。僕は、忘れていたぞ。さっきは公園の先っぽで線路をマッスグ見つめたけれど、あっちには品川駅はないんだ。この線（ライン）の上には、とジャキは思いだす。桜田通りにぶつかったところで、ガード下を斜めにつっ切り、五反田駅前のロータリーに抜ける。バス停が三つ。大きな歩道橋。ジャキは八ツ山通りを選択する。317号線だ。東急ストア前を左折して、山手通りにはアクセスしない。もうJR山手線とは競わない。信号の一つめがあり、二つめがある。一つめは青、二つめは赤、だからジャキは停まる。八ツ山通りの三、四〇メートル前方に都バスが走っていた。系統は「反96」と表示されていて、赤羽橋駅前行きだ。あいつに追いついてやれ、とジャキは思う。信号が青に変わった途端に、ダッシュをかける。それから、距離はちぢまったり、ひらいたりする。小学校Gのすこしばかり北側の八ツ山通りで、二つの信号がまず赤、それから再度赤。追いつきかけた途端に、引き離される。けれども、バスは東五反田三丁目の停留所で停車した。いまだ、とジャキは信号が青に変わるやいなや、ペダルをがっと踏む。まわす。つぎの信号は青、思いっきり疾走して、抜けた。ちょうど小学校Fの近所で、南側に見えるのはその通学路だ。いまだ、とジャキは言う、勝ちを決めよう愛機！

ほんの一〇メートルさきで、都バスは、ソニー前の停留所に停まる。

一人の乗客を降ろす。

やった！

ジャキは勝ち誇り、停車している都バスに追いついて、す、と追い越す。

その時、声がする。女の子の声だ。はっきり聞こえた。

「煽（あお）るのやめろよ、自転車（チャリ）の走り屋」と言った。

さあ、ここだよ。ここそ、あたしたちの物語のつぎの場所で、きみが会うのは二番めの登場人物だ。それから、これはとても大切なことだけれど、きみがあたしたちの物語の三日間で三度出会うのは、この一人だけだ。詰る言葉が耳に届いて、きみはブレーキをかけた。え？　と思って。ふり返った。声の主が誰かはあきらかだった。いま都バスから降りてきたばかりの、少女だった。なにしろジャキをにらんでいる。僕たちのこと？　とジャキは口に出さずに訊いた。目で訊いた。すると少女は答えた。

「都バスの路線、挑発して混乱させようって、そうゆう手、運転手さんには通用しない。キモに銘じて」

びしっと言われた。

少女は身長一六〇センチ前後、だが顔は幼い。小学生であることは間違いない。なにしろランドセルを背負っている。色は黒で、頭には野球帽めいたデザインのキャップをかぶり、一瞬、男児に見える。両耳に白いコード。ヘッドフォンだった。きっとiPodのだ、とジャキは思う。クラスに三人か四人は、持っている子供がいる。iPodか、iPodミニを。そこは「ソニー前」のバス停で、その名のとおり周囲にはソニーの6号館や7号館や、2号館や10号館や、研修会館や社員寮やらが大学のキャンパスみたいに群れていて、ソニーはiPodの対抗馬としてネットワーク・ウォークマンを売りだしていて、なのに「ソニー前」で平然とiPodを装着している少女の姿は、すこしばかり、戦闘的だった。

「あの……」とジャキは言いかけて、iPodで聞こえないか、と口を噤む。

ジャキと愛機、そしてバス停の少女のかたわら、赤羽橋駅前行きの都バスは走りだす。

「タンキュウロクはもうだめだなあ」と少女。

「なにが？」とジャキ。

「もう今日はタンキュウヨンからシナキュウサンにするしかないね、ふん」

そこで少女はもう一度、き、とジャキをにらみつけてから、八ツ山通りの右を見て、左を見て、すこし前方（さき）にある歩道橋をまるっきり無視して道路をすたすた横断しはじめた。向こう側に設置された、反対方向行きのバス停めざして。ついで、捨て台詞を残していった。「マッタクなあ、絶対にタンキュウロク折り返しが平日のみだって基本のキの字も知らないようなアマチュアに、あたし、邪魔されちゃって」

ジャキは呆然と思う。基本のキって……なんだよ？

それがジャキの火曜日だ。道路の向こう側の「ソニー前」停留所には五反田駅行きの都バスがじきに現われて、少女を拾った。少女は通路の、右側の席を選んで、バスが発車する時にジャキにばいばいと手をふった。思わずジャキも手をふり返した。ばいばい。

……なんなんだろ。とり残されて、ジャキは思った。

水曜日。あたしは区切らずに物語をつづける。あと二人か三人ぶんの出会いを、つづけて語ることにする。なにしろ、水曜日の朝の遭遇は（それは第三の遭遇だ）、カモ・エネルギーとも関係している。だからだ。午前五時半すぎからリビング・ダイニングで両親の諍（いさか）いがはじまって、ジャキは前日、あの〈JRミニパーク〉で愛機に語った予想がやっぱり的中したのだと知る。けれども、この日のジャキは寝たふりをしつづける必要がない。たしかに母親がぎゃあぎゃあ非難の声を発しはじめた瞬間には目を覚ましたけれども、ふたたび寝入ってしまった。肉体（からだ）の中に熱があって、それが睡眠を要求した。カモだ。同じ〈ミニパーク〉で食した鴨肉が、その蛋白質が、ジャキの筋肉やら爪やら髪やら皮膚やらに、ひと晩かけて転じようとしていた。成長ホルモンがジャキに命じた、寝ろ、と。愛機を漕ぎつづけた太股が命じた、熟睡しろ、と。なによりカモが命じた、ガー、と。

目覚めたのは七時の十分すぎで、いつもより二十分も寝過ごした。

気分はすっきりしていた。

「気もちいい」とジャキは言ってみた。「……カモなのか、僕の肉体」

ぽん、と掛け布団を蹴り飛ばして、起床した。

八時には愛機に乗っていた。じきにゴングが鳴るはずの、両親の口論の第二ラウンドに立ち会わないために。朝食の席では――この日は祝日なのに――家族でどこかに遊びに行こうとか、外食しようとか、その手の話題は出なかった。そのことに、ジャキはほっとした。こんなに気分が透明なんだから、僕はただ愛機と、いたい。駐輪場で「おはよ。愛機」と言って、愛機が「ようよう。おはよう」と返事をした気がする。

僕たち、今日はどこに飛ばす？

カモに感謝するだろ、ジャキ？

だね。

だったら、海だな。川と海だ。

八時二十分。東品川三丁目。ジャキは愛機で臨海公園の〈東品川水辺広場〉に乗り入れて、北側に運河の水門を見ている。高浜運河の、目黒川水門だ。西側に目黒川の出口を見ている。旧海岸通りの昭和橋がその川に最後に架かる橋だ。東側に東京モノレールの高架と、京浜運河と、品川埠頭と、そのさきの東京湾を見ている。その一キロとか彼岸がお台場だ。水ぎわにはなぜかユリカモメと鵜しかおらず、どんな種類のカモも見つからない。へんなの、と思った。まあいいや、僕がカモだから、カモはここにいるか、とジャキは思った。そのとおりだなジャキ、と愛機が言った。水ぎわから離れて、敷地内をすこし進んだ。アイル橋の手前で、愛機を遊歩道の垣根わきに停めた。歩行者専用のアイル橋は運河に架かり、対岸の東品川二丁目、つまり天王洲アイルとこちら側をつないでいる。天王洲アイル側にも緑地があって、そこは〈東品川海上公園〉との名称を持つ。

アイル橋には、鼻唄を歌っている女性が一人。東品川三丁目側に、てこてこ歩いてきている。ジャキはその女性をちらっと見る。この時間、イヌを連れていない大人は珍しい。それから視線を、目の前の垣根わきに立てられた看板に移す。注意事項が書かれていた。一つは**愛犬家の皆さんへ**で、放し飼いはいやですと主張している。そしてもう一つ。とても大きな文字で**バーベキュー等　火器の使用は禁止します‼　品川大崎土木事務所**と記されている。

ジャキはにやりと笑う。きのうの料理人のおじさんて、と思う、この看板にもきっとガムテープをぴぴぴと貼るんだろうな。おもしろいな。また会えないかな。美味しかったな。おフランス、美味しかった。

僕はカモだものな。

そうだ、もう一つ、言われたな。

「大人になるなって」と声に出して復唱した。

突然、背後から返事があった。「でも、なるよ」と。

わ！　とジャキは驚いた。

二十代前半とおぼしい女性が立っていた。それが声の主だった。さっき、アイル橋を渡っていた人物だった。

「わははは。驚かせちゃった」

「心臓……停まるかと思った」

「大げさだなあ。きみは小学生でしょう？　このへんの児童？」

「ま、まあ。でも学区はここととは違います」

「ふうん。とはいえ品川区？」

「品川区立ですけど」

「ならいいんだ。いじれるから」

唐突に話しかけてきた女性は、その年代にしては珍しい自然な黒髪で、化粧っ気もあまりなかった。瞳が大きかった。マフラーをぐるぐるぐるぐる、巻いていた。

「いじれるって」とジャキは訊いた。「なんですか？　もしかして——」

「変態だとか思うなよ、僕」

「あ、いえ」

「思ったな」

「わかりません」

「あいまいな回答だなあ。ところで五年生でしょう？」

「……どうしてわかるの？」

「お、いきなりタメ口」

「あ、その」

「いいんだよ、子供は生意気で。あたし、慣れてるから。自然体でやって」

やってって、なんだろう、とジャキは戸惑う。

「小四と小五と小六の区別って、大人のひとは、どうやってつけてるんです？」ジャキはとりあえず、ていねいに尋ねる。

「つかないよ」

「ほんと？」

「きみさ、二十一歳と二十三歳と二十五歳のおねえさんの区別、できる？」

「……全然、むり」

「あたしはできるね。それに、あたしが相手にするような世代の男性陣もね。できないと墓穴掘るから」

「ボケツって、なんですか？」

「あとで辞書ひけ」

なんか生意気な人だなあ、とジャキはすこし、むっとした。

「あはははは、僕、いまクソババアとか思ったでしょ？」

「思ってない」

「よかった。思ったら殴って逃げようと考えてたから、あたし。ババアはないよね、失礼だよね」

「だから、思ってないって」

「お、きみ、かなり自然体になってきたんじゃない？　ところで平成ひと桁生まれ？」

「もちろん」

「だよねー。あのさあ、きみの顔にはまだ中学受験のストレス。表われてないの。それに六年生ってのはプチ中学生だから、匂いが、こー、アホっぽいの。だからね、あたしは図星、できたわけ」

「最初のは？」

「最初？」

「なにか言ったでしょ」

「なにを？」

「あの……」

「思いだせよ」

すげえ生意気なおねえさん、とジャキはさらにむっとした。

「そうだ」とジャキは言った。「大人に、なるって」

「あー、きみがか。なるだろ、それは。見るからに成長期でしょうが」

「うん、まあ、成長は、たしかに」

今日なんてカモでできてるものな、とジャキは思った。

それで、ふと思いついて、訊いた。

「おねえさんは、きのうなに食べた？」

「おもしろいクエスチョンじゃん。朝と昼と夜の、どれを訊いてるのかな？」

「夕食」と力強くジャキは言った。

「がはははは。鯨（くじら）。あたし、ボーイフレンドに鯨料理連れていかれたのよ」

「鯨って……美味いの？」

このおねえさんは鯨でできているのか、と思いながらジャキは訊いた。

「あたしね、それでね、鯨のキンタマ食べた」

「え⁉」

「だはははは。本当よぉ。自分でも驚いちゃうね」

「おねえさん、それって――いま、おねえさんの肉体、鯨のキンタマでできてる！」

「あれね、血の気が引いちゃう味だったね」

「ど……どんな？」とジャキは真剣に訊いた。

「キンタマをスライスにして食ったら、こんなんだろうなあって、モロな味よ」

「うげえ」

「ふふふ、五年生の男児にむかってストレートにこれだけの話題を展開できると、スカッとするなあ。うーん、発散！」意味不明に爽やかにのびをすると、ジャキに無垢きわまりない笑顔をむけた。「それであたしのボーイフレンドはね、鯨のちんちんにも挑戦したの。そしたら後でゲロ吐いてた。でもね、鯨の名誉のために言えば、赤身はそこそこ、酒の肴にはいいよ。ただし――」とジャキを見据えた。「――ただしだ、鯨って巨きいからね。人間てのはさ、自分より巨大な動物、ショクモツにはできないんじゃないかなあ。ほら、ミジンコが車海老をエサにしてたら、おかしいでしょ？　これはね、きみに伝える教訓。じゃあ、あたし帰るわ」

「はい……はい？」

「さようなら！」

　ジャキはしかたがないから、ばいばいと手をふった。女性は旧海岸通り側の、公園の出口にむかって歩み去る。鼻唄でＴＶアニメ『ＮＡＲＵＴＯ』の主題歌らしきものを歌いながら。

　……なんなんだろ。唖然として、思った。

　それがジャキの八時五十分だ。水曜日の午前。出会いを、あと一つか二つ。あたしは語るけれども、あたしはきみが無視したことは描写しない。あたしはそのお午を、だから描写しない。いったん帰宅して、きみがテーブルに見つけた母親のメッセージ（〝五時には戻ります〟〝橋本君と大森君から電話がありました。彼らのケータイ、知ってるよね?〟)、ピザの宅配のちらしと、そこに貼られた付箋(〝カニをトッピングしたの頼んだら、ひと切れママに取っといてね〟)と、ピザ代の二枚の千円札、無音のリビング・ダイニング、をこんなふうに乱暴にしか描写しない。あたしはきみの父親のことを忘れた。あたしはきみのランチを忘れた。

でも、あたしは二時間後を忘れていない。

あたしはきみの涙を忘れていない。

ジャキは忘れている。本人は気づかないでいる。なぜならば、目を覚ましたばかりだ。どこかで転た寝(うたたね)して、その落涙ではっと心づいた。あっ、僕、寝てたか? 見たばかりの夢の内容は、憶えていない。ぼうっとしている。ここ、どこだろ?

その午後、愛機とともに到達(ゴール)した場所。

人けのない場所。

目の前にはちいさな運河。横たわっていたのは木製のベンチ。すばらしい陽当たり。ぽかぽかとした、日向ぼっこ用の陽気。かたわらには施錠した愛機。

ここはどこの運河だっけ?

あたしはそれをU運河とする。あたしたちの物語の四つめの場所だ。港区S浦X丁目Y番地の、匿名の場所だ。

「お目覚めだね?」と声が言う。

うん?

ジャキはまだ夢うつつだ。

「すこし唸ってたよ」と声がつづけて言う。年輩の女性の声音だ。同じベンチの、端にいるらしい。ジャキは上半身を起こす。

「脳が重い」とジャキは言う。

「昼寝だからねえ」と声は言う。

「いまは……」とジャキは問う。

「二時かっきり」と声が答える。「それで、ようございますか？」

ようござい？　ジャキは声の主に顔をむけた。薄手の茶色の、たぶん老眼鏡をかけている。レンズがとても大きい。二つのレンズに、左右の眉毛がすっぽり収まっている。

　そのせいで、顔が拡大されて見えた。

寝ぼけ眼のジャキには、そう感じられた。催眠術めいていた。

「今日の二時ですか？」とジャキは訊いた。

「うひ」と相手は言った。「魘されすぎたね、その口ぶりは。寝る前には、なにがあった？」

「カモ。それと、鯨」思いだしながらジャキは挙げた。「大人になるなって命令と、大人になるんだって意見」

「それで泣いたか」

「泣いた？　僕が？」

「鯨ねえ」

「え？」ジャキの意識はどうしても覚醒しきらない。相手の返事に、さらに朦朧とさせられる。

陽光が柔らかい。十一月の冬の内側の、ちいさな春だ。

「あたしはここに来てから鯨の骨を見たよ」

「骨」

「コッカクだ」

「そんなの、あるの？」

「ある」

「品川に？」

「ああ、このあたりに」

　U運河には両岸に緑地がある。向こう側を歩いている親子連れがいる。それがジャキの視界に入る。それから小学校の中学年程度の女の子たち。四人いる。さっきからいるようだ。三人が携帯電話を持っていて、それでデジタル写真を撮りあっている。撮影機能を利用して。しばしば、U運河の対岸にいるジャキたちが背景になった。まるで僕を撮ってるみたい、と感じる。

「あのね」とジャキは言う。「大人の世界って、あんまりわかんないね」

「あたしは子供の世界がわかんないね」と老眼鏡の女が言う。

「そう？」

「猫がこの世でいちばん嫌いなのは、なんでございましょう？」

「……猫？」どうして猫なんだろ？　とジャキは思う。それから、答えを考える。「イヌでしょう？」

「おおはずれ。人間の子供です。ちっちゃなね。うひ」

「そうなの？」

「信じな」

「うん」

「ほほう」

「なに？」

「素直だねえ。感心するよ。あんたは精霊っぽいね。それから、あんたは速度だよ。あたしはもう、こっちに来てから、二度もあんたを見かけているよ」

「本当に？　どうして？　どこで？」

「あたしにとって、公園てのが大事なポイントだからさ。それから路地とかさ。ここも。そうゆうところに、あんた、しょっちゅう来てるね」

「うん、僕たちはね」

「あんたと、誰だい？」

「それ」と愛機を指した。

「はぁん」と奇妙な返事を、老眼鏡の女はした。「さようで。やっぱりあたしには、子供の世界はわかんないねえ。いろいろな小学生がいるもんだ。あんたは速度だし、他には……うひ」

「ねえ、その眼鏡」

「なんだい？」

「おばあさんて、目が悪いの？」

「五十九だよ」

「え？　ゴジュ……」

「五十九歳。おばあさんはないだろう。叩くよ」

「ごめん、おばさん」

「ひっひっひ、目はね、いいよ」

「いいんだ？」

「見たいものはなんでも、見られる。まだまだ現役だって。ねえ？　あんたも、もう一度、眠りな」

「あ」

ふっとジャキは転た寝のつづきに入る。でも今度は、悪夢には襲われない。猫がいて、骨があった。鯨だった。鯨。


いま、あたしは物語を区切った。あたしたちの物語を、いったん、割いた。つづけて語ろうかと思ったけれど、考えてみればつぎの出会いは、それまでの出会いとは違うから。そして、五番めの場所は、まるっきり手付かずの場所とは違うから。

つまり、こうゆうことだ。

水曜日の夕方に、ジャキはその彼女と再会した。場所は、品川区のK品川X丁目Y番地、つまりジャキの家族が暮らしている都営団地の、敷地前だった。

どちらも、相手の姿を発見して、うわあと驚愕した表情をした。

少女はそこにあるバス停で降りて、もう二十分も、敷地の内側を眺めていた。観察というか、偵察している感じだった。団地の一階は、都バスの車庫だ。駐車場にぎっちり駐められているのも、たいていは「回送」と表示された都バスだ。少女はランドセルは背負っていなかった。でもiPodは装着していて、両耳から白いコードが垂れていた。前日と同じ、キャップをかぶっていた。着ているのは厚手のブルゾンで、男児っぽかった。

ジャキはもちろん愛機に乗っていた。家に戻ろうとして、バス停前でターンして、そこで遭遇した。

そこで、二人はうわあという表情をしたのだ。同時に。

二人は固まった。だいたい十六秒か、十七秒、固まった。十七秒めか十八秒めに、まず少女のほうがばいばいと手をふってみた。十八秒めか十九秒めに、ジャキがばいばいとふり返した。少女はｉＰｏｄのコードを左耳からはずした。シャコシャコ、と音が漏れた。あたしのこと憶えてる？　と少女は訊いた。うん、とジャキは即座に答えた。なんでここにいるの？　とジャキは訊いた。車庫前だし、と少女は言った。それに交通局営業所あるし。少女はジャキの愛機を眺めて、走り屋、とぼそっと言った。それから、あんたはなんでここにいるの？　とジャキに訊いた。ジャキの返事を待たずに、わかった、走りまわってるんだ、と自分で答えた。ジャキは、そうじゃないんだと言おうとしたが、そうかもしれないと思い直して、うん、とうなずいた。

ふしぎなもんだね、と少女は言った。やっぱり不規則路線のハマキュウゴウオツの起点は、違うね。

ジャキは、また呪文だ、と思った。なぜだか感心した。すこし強張（こわば）りながら、に……にこ、と笑った。すると少女も、懸命に表情をやわらげようと努力して、三十八秒後に、に……にや、と笑い返した。それから、さ、と右手を出した。反射的にジャキも右手を出して、握手した。少女は、よし、と言った。左手をデニムのパンツの尻ポケットに入れて、財布らしきものを取りだし、ジャキの目の前でふった。これ、わかる？　とジャキに訊いた。財布の表側に、ホールドされたカードがある。なに、定期券？　とジャキは言った。そう、都バスのフリーカード、と少女は言った。三カ月有効、二十三区内の都バスが、この大人用だと乗り降り自由。

すごい、と真剣に感心してジャキは言った。

あたしクイズ出したい、と少女は言った。どうして？　とジャキは訊いた。どうしてだろ、わかんないけどさ、クイズ出されたら絶対に答えを知りたいでしょう? ジャキは、そうだね、と言った。じゃあ題材決めよう、と少女は言った。ついさっきさ、あたしと会うまで、なんのこと考えてた?

鯨、とジャキは即答した。

それだ、と少女は言った、鯨がこの品川に初めて来たの、いつのことだか知ってる?

え?

それがクイズ。

品川に、来たの?

頑張って正解してね。そして、また会ったら、ちゃんと答えてね。それで、また会ってね。

待って、ヒントがほしいよ。

ヒントはね、あたしが天王洲のオンナだってこと。あ、ほら、シナキュウナナが来ちゃった。あたし、広尾も青山霊園も、信濃町も四谷も通過して、終点の新宿駅西口に降り立つわ。そこにはハヤナナナナもオウナナハチもジュクキュウイチも、いっぱい、あるのよ。

うん、とジャキは言う。わからないけど、わかった。

あたしはシュガーのことを忘れていない。

水曜日のこの時間に、同じ時間に、シュガーは小学校Aにいる。小学校Aは港区にある。その校舎は真っ青に染められている。「これって馬鹿みたいだよね」と十一歳のシュガーは断言する。「海を感じられるマナビヤにしたいんだって。でもね、幼稚園じゃないんだからね、あたしたちの知能の程度ってゆうのを、不当におとしめようとしてる気がするの」

シュガーの本名は佐藤美余、五年一組に在籍、ミヨかミヨッチ、あるいはシュガーと呼ばれる。委員長をしている時は決まってシュガーと呼ばれて、あるいはメールにSugar!と署名した。

でも、シュガーは学級委員ではない。

「校庭のウサギ管理委員会」の、委員長だ。

祝日(おやすみ)のこの日、小学校Aはどこか武装しているように感じられる。正門はしっかり鎖(とざ)されている。平日もそうだが、そこには**正門は児童の安全保護のため閉鎖中です**とのメッセージが威圧的に掲げられている。門柱の側(そば)には防犯カメラ、この類いのカメラは敷地に沿って十数基ならび、外部(そと)をにらんでいる。鉄柵には**PTAパトロール中**と**不審者は即刻警察に通報します**の二つの警告文。それから、不気味なイラストが添えられた**知らないおじさんには、ついていかないでね**のポスター。シュガーは事前に許可を得て、通用口から登校した。

委員会活動のためだ。

シュガーには金言(モットー)があって、職員室で彼女のそれに反論できる人間はいない。内容は入れ替え可能だが、前日の場合はこうだった——**生き物には、日曜日も、勤労感謝の日も、ありません。**

このひと言で見事、シュガーは〝休日登校のライセンス〟を入手する。ただし、嘘はひとつ、混じっている。シュガーは矮鶏(ちゃぼ)が嫌いだった。だから矮鶏には勤労感謝の日やら、あるいは振替休日やらを与えた。

ウサギたちの世話はしたが、七羽いる矮鶏は無視した。

金網張りの小屋(それ)を、とりあえずウサギ小屋と呼んだ。「不正確はじゅうじゅう承知してるのよね」とシュガーは言う。なにしろ同じ小屋の内側(なか)を矮鶏たちも飛びまわっていたのだし、それにウサギたちは自由に出入りしていた。校庭の隅、学年別の花壇用地に巣穴を掘って、半数が野生化して、ウサギ小屋の寝床の直下にもトンネルを設けた。四年前、小学校Aの職員会議は、「勝手に繁殖したウサギに関しましては、処分いたしましょう」と決議した。しかし、一部の児童と父兄の強い反対にあった。

「記録によると、この時はね」とシュガーは言う。「当時の六年生を中心とした有志が、十七羽のウサギを解放したのね。あ、あたし、ウサギを一羽、二羽って数えるの、なにか感動的に好き。それでね、陸上自衛隊の分屯地に逃がされたウサ子とウサ太たちは、半年で一〇八羽になったって。それからは大変。まず、二〇〇一年のあの『港区・ウサ猫戦争』があったでしょ？　ほら、Mの公団の飼い猫たちが、みんな朝っぱら、血みどろのウサ子かウサ太をくわえて帰ってきて、ネズミを捕るみたいに、ね？　それで公団のお年寄りが卒倒して、三人も死んじゃったの。これ、ちゃんと新聞に載ってたの。一週間後には、だから、陸上自衛隊のヒトたちが火炎放射器を持ちだして、分屯地のウサギ全部、焼き殺しちゃった」

児童たちは防衛庁からの圧力と信じているが、結局、ウサギたちは「処分」されずに小学校Aの敷地内で「保護」されている。それどころか、同じ時期にマスメディアを**東京圏内で猟奇的なウサギ殺し事件**、**続発**報道がにぎわせたことから、ウサギ小屋専用の防犯カメラまで導入された。夜間、何者かが小学校に入り込んで、そこで飼われているウサギ（やニワトリや、その他）を惨殺する出来事が、東京都と埼玉県、群馬県で相次いだのだ。ほとんど流行現象だった。連日、テレビにいたいけな子供たちが涙する情景が映し出されて、まず都の教育委員会、それから区の教育委員会が「あらゆる手段を講じてウサギ（やニワトリや、その他）の生命を守りましょう」と通達した。**小学校校長各位**に宛てて、まさに太字で。

だから防犯カメラは、ウサギ小屋とその周辺を二十四時間、映している。

その二年か三年後には、**小学校校長各位**は「あらゆる手段を講じて児童の生命(いのち)を守……」という通達を受ける。

「ウサギってパイオニアだったのよね」とシュガーは言う。

いまでは小学校Aの昭和六十一年度卒業生の獣医が、ボランティアで年二回、校庭の隅で野生化しているウサギたちに不妊手術を施して、どうにか爆発的繁殖は避けられている。

これが青い学舎(まなびや)の小学校Aの、ある特殊な視点による現代史だ。

シュガーは全部、把握している。伝説も、全部。もちろん。

午後三時すぎ、ひととおりの委員会活動が終わる。表向きのそれが、終わる。餌袋を運んだ一輪車を片づける。ウサギ小屋の床を流したホースを片づける。シュガーは校舎に戻る。教室に荷物を置いてある。五年一組は三階にあって、そのフロアに人間(ひと)の気配はなかった。一階にはすこし、あった。教職員が来ていた。一階の気配はすこし、多すぎた。だからシュガーは、時間をつぶす。自分の机に着席して、趣味の教材(テキスト)を取りだす。薄い雑誌で、表紙には『意欲ある中学生のための **高校への数学**』と記されている。シュガーはてきとうにページを開いて、作図問題と総合演習を発見しては、かたっぱしから解きはじめる。証明はしない。

午後三時五十分。

一階。

鍵を用いて、防犯カメラの映像が確認できる部屋に入る。「校庭のウサギ管理委員会」の委員長のシュガーは、そのための許可も得ている。事前にライセンスを入手している。なにしろ教頭に『おやすみのあいだのウサちゃん観察日誌』を月一(つきいち)で提出して、その必要性をばっちり説いている。操作可能な機材は、もちろんウサギ小屋専用の防犯カメラの、レコーダーだけだ。他の機材にはいっさい手をつけてはならないし、そもそも操作卓の解除キーが与えられていない。

与えられてはいないが、夏休みに合鍵（スペア）を作った。

シュガーは小学校Aの敷地まわりに設置された防犯カメラの、すべての映像のチェックに入る。携えてきたポーチを開いて、そこから目薬を出す。愛用のロート・リセ、一滴、二滴と、さす。右目に、左目に。「ロート・リセのケースには、鏡がついてるから、便利でスッゴクいいよね」とシュガーは言う。ポーチには他に、限定青りんごフレーバーのリップクリームが入っている。髪どめ用のくちばしピンが入っている。軽量のバタフライ・ナイフが入っている。

校内に凶器を持ち込む許可をシュガーは得ていない。

「でも、手放せないよね？」とシュガーは言う。「変態の大人って、校内（ここ）まで小学生を殺しに来るもの。ね？　あたし、保護者って頼りにならないと思うな。警察とか、そうゆうのも、廊下の角（かど）ごとに交番作らなかったら、役に立たないと思うな。だから自分で気をつけるの。あたしたち、武装しないと。なにしろ日本の小学校って、なにげに戦場だよね」

午後四時十分。シュガーは両目で映像（それ）のチェックをつづけながら、片手で携帯電話を取りだしている。メールを打ちはじめている。題名：**あす、ウサギ飼育当番サミットを開きます**。短い暗号文を綴って、それからSugar!と署名する。登録ずみの七十三人ぶんのアドレスに、「せーのっ！」と言って、いっせいに送信する。

あたしは山辺麻衣佳のことを忘れていない。

下の名前はマイカと読む。二十四歳、職業は教員、それも公立小学校で五年生のクラスを担任している。水曜日のこの同じ時間に、じつは山辺麻衣佳は、同じ場所にいる。つまりシュガーと同じ場所にいる。港区の小学校Aに、それも校舎の一階に。だが、シュガーとは二〇メートル以上の距離（へだたり）を持つ。だからシュガーの行動には気づいていない。

祝日（おやすみ）のガッコは静かだなあ、と山辺麻衣佳は思う。

休日出勤はウザいなあ、と山辺麻衣佳は思う。

でもこのビデオ、うん、おもしろい、と山辺麻衣佳は思う。

シュガーと山辺麻衣佳は、基本的には同じ活動をしている。山辺麻衣佳がいるのは視聴覚室だった。同僚がＮＨＫから借りてきたビデオ――「あちらと約束したから、校外には持ち出さないでほしい」と言われたもの――を再生させている。なにもなあ、と山辺麻衣佳は思う、ただのビデオ一本、禁帯出（きんたいしゅつ）にする必要ないでしょうが。あたし、信頼ないなあ。世間にはカタブツが多いなあ。

こんなにお役所みたいな職場だと、思わなかったな。

児童（ガキ）もウザいし。

ま、かわいいけどね。

ふたたび意識をビデオに戻す。それは一九六二年製作の白黒ドラマだ。当時、東京湾でノリ養殖を行なっていた家族が、埋め立てに追われて廃業するかどうか、悩む。ショッパイ設定だろうなあと覚悟していたのに、違った。山辺麻衣佳は思う、東京オリンピック前のここいらって、ほんと、凄いのねー。もともと、社会科の授業に備えての、リサーチだった。「千葉県にて、絶滅寸前のアサクサノリの養殖に成功」の新聞報道に目をとめ、調べてみたら、大森が東京湾の――というか、日本全国の――ノリ養殖発祥の地だった。これ、見学に使える？　さらに調べてみたら、大森には現在もノリ問屋が多い。やっぱり、使える？

「わたしたちの学校のあるここは、昔、どんな場所だったのでしょうか？」のフィールドワークだ。

そうかあ、と山辺麻衣佳は思った。あたしたちがいるここは、海だったのかあ、と自分で質問に答えて感心してしまった。先生のあたしが驚愕したんだから、子供たちも感心するかも？　期待して、それから映像資料を探した。援助（ヘルプ）好きの男性教員が（ただし、山辺麻衣佳はこの人物があまり好きではない。あまりにも真剣に職員会議に臨みすぎる。おまけに三十代なのに顔だちが鬼平（おにへい）っぽい）、気がつけばＮＨＫに問い合わせて、そのビデオを調達していた。

四十年前のドラマ。

白黒の。

これってマジ、題材（ねた）についての理解が深まるね、と山辺麻衣佳は思う。

休日出勤して視聴覚室にこもって、思う。

これならあたしにも興味深い授業ができるね、と山辺麻衣佳は思う。あたし自身にも、と考える。けっこうストレスたまるからなー。受け持ってる児童（ガキ）の年齢が問題なのかしら？　それとも教職に夢を見すぎた？　年齢かなあ。男子は何人か、あたしよりも身長（タッパ）あるし、女子は初潮が来ては騒いでムダ毛が生えてきては騒いで、そのくせいきなりブランド物のブラジャーを買ってるし。なにがジュニア・ブランドだよ、西友で買えよ。

あー、ウザい。

そこで山辺麻衣佳は唐突に、「にゃははは」と笑いだした。今朝の出来事を思いだした。アイル橋の向こう側の公園で、どっかの五年生の男児（こ）にあたし、キンタマの話をしたっけ。鯨のキンタマの。あと、ちんちんの。あれは憂（う）さ晴らしできたなー。やっぱりストレス解消には、他のガッコの児童をいじるにかぎるね。こっちが先生だなんて明かさないで。にゃははは。

ま、仕事にはやりがいがないわけではないって、そうゆう感じ？

ドラマが印象的に終わって、山辺麻衣佳はテープを巻き戻した。もう一度、頭の部分を再生する。あたしたちのいるここは、昔、海だったのだ。この校舎は海の上にあるのだ。それから山辺麻衣佳は、このころ採れたアサクサノリって本当に美味しかったんだろうなあ、と想像する。江戸前で、とっても味が濃かったんだろうなあ、と想像する。そんなノリを産み落とせた海って、どんなだろう？　どんなにきれいな色彩をしていたんだろう？　しかしドラマの画面は白黒だ。山辺麻衣佳は、だから、想像する。記録されていない色彩を。

海の青を。

たぶん、この世でいちばんの、ブルー。


あたしは礼山礼子のことを忘れた。

その水曜日、礼山礼子は五十九歳だった。問われたら、つぎのつぎのそのまたつぎの火曜日まではね、と礼山礼子は答えていただろう。あたしは十二月生まれなんだよ。

だからその三日間、礼山礼子はずっと五十九歳だ。

礼山礼子は四十一歳の時に自分の資質に気づいた。

ほとんど二十年も前だ。ところで、と礼山礼子はそこで自問をはじめる。あたしはなんだってまた、礼山なんて家に嫁いだんだっけねえ？　礼山礼子の旧姓は春山だった。いままではハルヤマレイコだったのに、あたしこれからレイヤマレイコになってしまうわ、なんて二十一歳の乙女心に思ったんだっけねえ？　それもまた、さらに二十年も前の出来事だ。だから鮮明には思いだせない。

それともレイヤマレイコの〝レイレイ〟なんて略称が、中国美人みたいでいいわ、とか思ったんだっけかねえ？

うひ。

礼山礼子は笑う。なにしろレイレイだからね。うひ。

関係ないけれど、とさらに礼山礼子は思う、あたしのお父様は警視庁専属の画家だったね。あれは、どんな仕事をしてたんだろうねえ？　たぶん容疑者の似顔絵描きとか、あるいは警視総監殿の肖像画描きとか、そんなもんだったんだろうねえ？　もしかしたら、いまも現役だったら、警視庁のマスコットのピーポ君なんか、お父様がデザインしてたかもしれないねえ。弩マッポ君なんて名前にしてね。

うひ。桜田門だよ。

いいお父様だったねえ。

礼山礼子はふと、画家だった、視覚芸術だった、それかもね、と思う。つまり目の商売の、そこに必要とされる才能が、遺伝したのかもね、と思いおよぶ。

あたしの目にね。資質としてね。

初めて気づいたよ。ひっひっひ。

東京入りを果たしたのは四日前。以来、礼山礼子は忙しい。焦点は絞りつつあるが、最初に押さえなければいけないポイントが、散在しすぎている。この地域だけでも、公園、運河沿いの緑地、寺社の境内、それからキャンパス。

海洋大学のキャンパスだったね。

あそこには、そう、鯨がいたね。

水産資料館に全長十七メートルのセミクジラの骨格標本が飾られていた。

あれは見応えがあったね。

鯨。うひ。精霊の少年。うひ。

礼山礼子はそこでジャキのことを思いだして、笑った。あの速度の小学生、と。

礼山礼子がジャキと会話してから、ちょうど九時間が経っている。

そして礼山礼子は対面している相手（ライバル）に、「十一時かっきりでございます」と、宣告する。

これが水曜日の夜だ。場所は港区K南X丁目Y番地、そこは地図上の空白地帯で、以前は都営団地があったが、いまは解体された。正確には国道Z号線沿いの、19棟と20棟だけは取り壊されずに、ふた棟（むね）の薄い壁のように敷地の端（はし）に残っている。それぞれの一階の、商店がいまだ営業している。ただし、建物の上階（うえ）に通じている階段の入り口は、封鎖されていた。以前はその二階以上は居住区だったのだ。そして一階でも、たとえば銭湯はすでに営業を停止して、入り口が同様に板で封じられている。

ほぼ跡地。都営団地の。

現在は工事中――アンダー・コンストラクション。

そこが決戦の場所だった。礼山礼子の。

相手（ライバル）は十四歳、JR品川駅の東側を縄張りに、都区部ではすこしは名前を知られた存在だった。区立中学に在籍している男子。

「ようございますか？」と礼山礼子はつづけて言いわたした。

「よ……よろしゅうござるよ」と相手（ライバル）はつられて、返答した。「おれは、一七八匹」

「おやぁ？」と礼山礼子は言った。「大将、本当に、一七八匹ぽっちで？」

「だ、だって、午後六時からの、この五時間の勝負だよ？　凄いでしょう？」

「こちらは海岸通りと国道で地域を四分割しまして、北東に四十匹、南東に六十六匹」

「ふ……ふん」

「南西に一六九匹、北西に九十一匹、あわせて三六六匹になります」

凄まじい衝撃が相手（ライバル）の中学生の顔に、走った。「う、嘘……」

「嘘なものですか。あたしにも裏付けデータはたんまり、ございましてね。若い大将方のようにいちいちケータイやらデジカメやらでお写真を撮ったりはしませんが、もしもこの礼山礼子の自己申告を疑うならば、手帳をお見せするか、現場にいちいち案内しますが？」

「でも、でもその生息数は、おれには――」

「信じられない、と？」

「だって、ここはもともと、おれのテリトリーで――」と縋（すが）るように中学生は言った。

それに対して、礼山礼子はピシャリ、と口調を変えて言った。「高齢猫はね、まだまだ大将みたいな若造（ガキ）には、反応しないよ。見つからないよ。あいつらは擬態してるみたいなもんだから。ガキンチョには呼吸（いき）がつかまえられない。どうせ大将、迷い猫やら放浪猫の類いばっかりに頼ったんだろ？」

「あ、ああ……」と中学生は呻いた。

「図星だね？　勝敗は決したよ」礼山礼子は、その瞬間、むしろ優しげに告げた。「大将はあたしの相手（ライバル）の座から、転落した。坊や程度では、だめだったねえ。さあさあ、もう夜も遅い。中坊（ちゅうぼう）は、寝な。あたしに敗れたんだから、もう寝るの。そして、できることなら例のウルトラ坊やを、紹介しな」

「例の?」

「噂はこっちの耳にも届いているよ。ここいらでいちばんの猫地図を描けるって、小学生。知ってるね?」

敗者の中学生はふたたび呻いた。「む、ぐぐ……」

「東京ミナミの最年少の記録保持者。ま、いずれはご対面、不可避だと思うけれどね。ひっひっひ。失礼のないように、もう一度あたしの肩書き、案内しようか? あたしは日本野猫(ノネコ)の会・中国地区代表、礼山礼子」

びしっと、名乗った。

「しかし、もともとの出身は深川でございます。そう、あたしは戻ってきた。レイヤマレイコ・イズ・バック」

「あいつを……あいつを相手(ライバル)にしたいなら、その……」中学生は礼山礼子が英語を使ったことに圧倒されながら、どうにか言葉を継いだ。「……白猫のハイアンを、追いな」

「ハイアン?」

しかし礼山礼子の質問には答えず、中学生はそこで、失神した。

「おやおや、本当に寝ちゃったよ。毛布でもかけてあげようかねえ? ホームレス用のを何枚も、昼間にこのあたりで見つけてあるからねえ。うひ、ひ。それで——ハイアン? 白猫? さぁて。じわじわ、やるかね。ショウガクセイ・ショウガクセイ・ショウガクセイ、ひっひっひ」

それから礼山礼子は颯爽と口笛を吹きだした。ジョン・リー・フッカーの『ブギー・チレン』の、しかしギターのものも歌声のもごっちゃになったデタラメな旋律(メロディ)。古い古い、デトロイトのブルース。

ダーティな旋律(メロディ)が真夜中の都営団地の、ほとんど空洞しか残っていない跡地に、響いた。

あたしは丹下健次朗のことを忘れた。

丹下健次朗は三十八歳。そしてここから、あたしたちの物語は木曜日に入る。三日めだ。もちろんこれは全部水曜日の夜からの続きで、単純に真夜中の十二時をまわったから、定義として木曜日の所属(もの)になったってこと。丹下健次朗にとっては、夜が明けるまで、それは水曜日の夜だ。そう、当たり前の話。ただ、あたしたちの物語には金曜日はないから、あたしはアナログ時計の長針と短針の重なりみたいな、大切なシンボルは見逃さないようにしてる。

だから、木曜日。

丹下健次朗にとっての水曜日の夜は、とても中味が濃い。十二時までに（つまり、定義に照らした〝水曜日〟じゅうに）三人を癒した。それから午前三時までに、さらに三人を癒した。合計六人。年齢も性別も、さまざまだった。愛車のタイヤを切り裂かれて絶叫している上大崎三丁目の三十(みそじ)の男もいたし、パジャマ姿にコートを羽織り、ひと目で夢遊病とわかる東五反田五丁目の四十過ぎの泣き女もいた。

ひと晩で六人。それも午前三時までに――悪い成績ではない。

「ありがたいことだぜ」と丹下健次朗は言う。

今日の食材は鯛だった。もっぱらポワレにした。ソースは状況に合わせて、赤ワインにしたり（つけあわせは下仁田ネギと蛤(はまぐり)）、意外性を強調して黒ノリにしたり、あるいは見た目から幸福を感じてもらおうと盛りつけを漁師風にしたり（たっぷりのムール貝とイカ、浅蜊(あさり)でゴージャスに飾る）、した。鯛を調理するポイントはもっぱら皮めの焼き加減で、これに関しては丹下健次朗は天才的だった。使用したのはブルターニュ塩で、ぴったり〝この日に仕入れた鯛〟に調和した。そうやって、丹下健次朗はこの夜もブルーを殺した。複数のブルーを。

人々にとり憑いている、憂鬱を。

この夜も丹下健次朗は移動キッチンを背負って、東京を歩きつづけた。

ずいぶん東に来たな、と丹下健次朗は思う。いまじゃ、出発点の新宿区は遠いぜ、と丹下健次朗は思う。おれは品川区を横切ってるんだっけ？

木曜日、午前三時五十五分。七人めを癒す。

「ふ」と思う。「なんたる好成績。前菜に出すニンジンのポタージュがそろそろ切れちゃうから、おれも今晩、店仕舞いだね。とか言って、店じゃねえだろこれ」

気がつけばブチブチと声に出している。

そこは住居表示で言えばK品川だ。V丁目の、W番地だ。地域としては「G殿山」と呼ばれている。本当は……本当はゴテンヤマという立派な地名があるけれども、相変わらずあたしはフィクション宣言をつづける。だからその場所は、匿名のG殿山。そしてこの時刻、丹下健次朗の周囲に人間の気配はない。鯛料理を口にした七人めは、すでに立ち去った。食後、うきうきした足取りで、きわめて速やかに。だから思わず、丹下健次朗もひとりごとをブチブチ・ブチブチと言っている。

「今日の食材は鯛です、って言うより、本日の食材は鯛ですって紹介したほうが、スペシャリテって感じかなあ？」とか。

そこは路地だ。昼間でも薄暗い、路地だ。南側にはG殿山通り。その通りには東南アジアの某国の大使館が面している。西側には美術館。いつでも閑静だ。それから、東側にG殿山の庭園(ガーデン)。午後七時から午前七時までは一般人の立ち入りが禁じられている庭園(そこ)は、路地からは斜面を下る構造になっている。ふしぎな凹地だ。たっぷりの緑が配されている。それも巨樹がいっぱいの、ほとんど森。そして池があり、沼がある。

　敷地内には監視カメラが無数に立っている。進化した樹木みたいに。

　丹下健次朗は依然として、「本日の……ホンジツゥの……ホォン日(ジツ)の……食材は鯛です」と、そそらせる口調を練習している。

「じゃあもらおうかね」と声がする。

「うわ!」

　横っ飛びに丹下健次朗は跳びあがった。当然の反応だった。なにしろ、忽然と年配の女が現われていた。直前まで全然気配がなかった路地に、いきなり登場していた。そして驚いた丹下健次朗にむかって、「しー」と言った。唇に一本、指を立てて添えて。

「わ、わ……わ」と丹下健次朗は言った。懸命に沈黙しようとした。「……ン」

「わんじゃないよ」と女は言った。「イヌの問題とは違うからね」

　言ってねえよ、と沈黙しながら丹下健次朗は思った。で、イヌ?

「ちょうど猫の集会が、解散(おひらき)の時間になったところなんだよ。この下方(した)でね。うひ」と女はつづけた。

　五十……六十歳? 丹下健次朗はうかがう。頭のなかで、老女、という単語が浮かんで、瞬時に〝シニア〟に変換する。失礼な表現しちゃ、いけないからね。つまりおば様というか、熟成された姐(あね)さんというか、それで、なんだっけ?

「下方(した)?」と丹下健次朗は訊いた。

「で、ございます」と相手は答えて、凹地の庭園(ガーデン)を指さした。

「え? ここ、夜間は立ち入り禁(きん)……?」

「あたしには監視カメラは役に立たないよ。ひっひっひ」

「はあ。そうですか?」

「にゃあ」と年配の女は言った。猫の鳴きまねをして。

「いや、ちょ……」丹下健次朗は一歩後退(あとじさ)った。「ね……猫の問題?」

「問題だね。東京の夜の側は全部、猫の問題でございますからね」

「わかりました」全然わかっていないが、丹下健次朗はとりあえず即答した。

「鯛は?」

「はい?」

「本日の食材は、鯛なんだろう? あたしにも一品、頼むよ。お前さんの気配はちゃんと感じてたからね。美味しそうな匂い、そこの庭園(ガーデン)にひそんでいても、しっかり届いたからねえ。だから、頼みますね」

「駄目です」

「おやぁ?」

「あなた、ブルーじゃないもの」

「ほう?」

「ない……と思うもの。おれが料理をふるまうのは、すみませんが鬱(ふさ)いでる人間だけです。だから、ペケ」

丹下健次朗は真顔で、びしっと言った。

すると相手は訊いた。「絶対に人間だけかい？」

その問いは変化球すぎて、丹下健次朗は一瞬、フリーズする。「……とは？」と、二秒後にどうにか声を出す。

「あたしは今晩、ユーウツな猫を見たよ」と静かに年配の女は語りだす。「一匹の、虎模様の、からだの大きな雄猫で、あたしは虎夫と名付けたよ。とっても怯えていたよ。お腹も減らしていたよ。でも、動けない。病んでいるんだ。あたしにはわかる。もしもなにか、美味しいものでも食べられたらね……たとえば鯛なんかね。いいかい？　あたしは猫に餌付けはしない。でも、お前さんなら？」

相手が言わんとしていることを、丹下健次朗は理解した。これはキャットフードの注文（オーダー）……？

「お前さんは虎夫を、癒せるんじゃないのかい？」と礼山礼子はずばり言った。

そう、礼山礼子だ。もちろんその謎めいたシニアの女性とは、礼山礼子に他ならない。あたしはこれ以上、もったいつけては語らない。ここに登場人物たちのジャキを介さない邂逅がある。そして、以降、何度かある。それらの出会いは、あたしたちの三日間の物語を、ふしぎな着地点に導く。まずはここで礼山礼子が丹下健次朗の前に出現している。「癒す」という言葉を用いる。そのひと言は丹下健次朗の心に、じゅ、と滲（し）みる。その刹那に丹下健次朗は使命を負う。

ミッションだ。

丹下健次朗は、いや、人間だけじゃないっす、と言う。

つまりおれが食わせるのは、その、と丹下健次朗は言う。

だろう？　と礼山礼子は言う。

それから礼山礼子は、品川浦のフナダマリに行きな、と言う。それは指示だ。丹下健次朗は、フナダマリ？　と声には出さずに眉をひそめる。礼山礼子は、屋形船と釣り船がたっぷり溜まっている、目印はね、看板に書かれている**大名気分で船あそび**だよ、とつづける。大名気分？　と丹下健次朗は——今度は声に出して——反復する。礼山礼子は、いいかい？　と道順を説きはじめる。このG殿山から東にむかって、まずは陸橋を渡る、いわばJR越えだ、山手線と東海道本線と京浜東北線と横須賀線と、そういった何本もの線路のね、そしたら女子校のわきを過ぎて、ずっと降(くだ)る、ずっと、ずっと、京浜急行の踏み切りも越えて、旧東海道を横断する、そしたら、それから、運河の終端(おしまい)ってのが見える。

そこだよ、と礼山礼子が言う。

そこに？　と丹下健次朗が問う。

「虎夫がいる、そこに。最後の目印はね、テーブルだよ。公園に放り出されたテーブルの下を、覗きな」

礼山礼子は説明を終えた途端、消える。忽然と消える。そのことに、丹下健次朗は驚かない。路地の片隅に数秒間だけ漂っているうひという笑みの印象(てざわり)を感じ取りながら、まるで……と丹下健次朗は思う。まるで、夜中に見かける猫、そのまんまだな。

「にゃんころめ」と口にする。それから、時間を無駄にせずに、ただちに歩き出す。移動キッチンを背負った恰好で、さらに使命も背負い。教えられたルートを踏み出す。脳裡に、ネコ、トラオ、ネコ、トラオ、と繰り返して。

ミッションだ。

虎夫救済の。

丹下健次朗は急いだ。

丹下健次朗は三十八歳、刑務所暮らしがそこそこ長かった。丹下健次朗は贖罪（しょくざい）の旅に出ている。

でもおれの場合は、と丹下健次朗は思う、同時に食材の旅みたいなものだなあ。

丹下健次朗はブルー処刑人だ。あらゆる鬱々たるものを殺さなければならない。

丹下健次朗は新宿区大久保一丁目で目覚めて、自分がしなければならないことに気づいた。

啓示だった。出所したその日に、泥酔するまで飲み歩いて、早朝、いたのが〈小泉八雲終焉の地〉碑の前だった。小泉八雲というのが誰なのか、丹下健次朗は知らなかった。そもそもどうして自分が大久保にいるのかが不明だった。最初は日暮里で飲んでいたはずなのだ。ただし、それは前日の午前十時のことだった。午後一時には上野に移っていた。それから？　そうだ……どこかで飯田橋に移動して……たしかに八時前には大久保に来た。来たぞ、思いだしたぞ。でも交通手段とか、その手の類いは、忘れた。そもそも忘れるために飲んでいたのだ。全部をだ。服役期間の記憶、全部を。投獄される契機（きっかけ）となった場面で、どろどろに酔っていたから、その瞬間に戻るために。そうすれば、酔っぱらっていた過去（そこ）と酔っぱらっている現在（ここ）がつながって、懲役の期間がゼロになる。おつとめの記憶が、抹消される。


　それをめざしたのだ。

つぎになにをするかは、目覚めた瞬間に、目覚めた場所で、考えようとした。つまり、泥酔から覚醒して、それからの判断なんだと決めていた——ゼロ以降の、つぎは。だって、当然だろ？　人生設計はそんな感じで、じゅうぶんだろ？　前科者なんだから。自嘲もせずに決断した。真剣に、徹底して〝あらかじめ意識をうしなうことを定められた深酔い〟に走ったのだ。そして八時前の、大久保だった。丹下健次朗はそこで芋づる式に思いだす、通りにあふれたハングルと中国語、おれはなにを食った？　もちろん骨付きカルビ、レバ刺し、豚プルコギにキムチ、そして飲んだ、軽口の韓国ビールはほんのちょっと、あとはマッコリだ。何杯も、何杯も、何杯も。大久保通りをふらふらして、羊肉の串焼きの屋台も梯子（はしご）した。食材店を覗いて薬局を覗いてCDショップを覗いて、全部コリアだった。ヨン様って誰だ？　おれはなんだか、「シュールだ」って笑ってしまった。犬鍋は……あの補身湯（ポシンタン）は食ったんだっけ？　憶えていない。オーケー、憶えていない。おれはしっかり記憶喪失だ。

そして翌朝、目覚めた。小学校のかたわらで。でもまだ開門していない小学校。

早朝。

おれの前に〈小泉八雲終焉の地〉の碑がある。

ここで誰かが死んだんだ、と思った。

おれは説明を読んだ。一九〇四年に死んでいた。

ちょうど百年前。

さらに説明を読んだ。つまり、ちゃんと読んだ。小泉八雲は明治時代の文人（ぶんじん）で、日本人になったギリシャ生まれのイギリス人だった。おれはそれから交番に行って、めちゃめちゃ酒臭い息で「図書館はどこですか」って訊いた。そして、もちろん、図書館に行った。やれやれ、出獄からの二十四時間で、おれは東京都内をベロンベロンになって放浪して、しっかりと酔いに沈没して路上（アウトドア）に寝て、そして図書館に来ている。検索用コンピュータを、どうにか説明書きを解読しながら、操作している。あっぱれだ。で？　そこでおれは「蔵書・検索結果」のモニター画面に予想もしていなかった書名を見つける。それは小泉八雲の著作でありながら、じつは小泉八雲の著作ではない。日本に帰化する以前の名前である、ラフカディオ・ハーン名義の一冊だ。『ラフカディオ・ハーンの『**クレオール料理読本**』という書名。

料理指南書？

当然、丹下健次朗はその本を読む。なにしろ丹下健次朗は十八歳から料理人として生きてきた。いまのいままで、すこしは名の通ったフランス料理店のシェフだった。雇われシェフだったが、シェフはシェフだ。

その一冊は開架式の書庫には陳列されていない。だから、司書にリクエストして、出してもらう。館内で読む。四時間とちょっと、読了までかかった。そして読み終えた時には（訳者あとがきを含めて、一ページ残らず目を通し終えた時には）、丹下健次朗の内部でなにかが変わっている。

啓示だった。

当然、それは正確には言い表わせない。おれはなにを理解したのか？　それが丹下健次朗、その人に表現できない。来日する前にラフカディオ・ハーン――まだ小泉八雲になっていない――はアメリカ深南部のニューオーリンズで十年間を過ごしている。そこではフランス系とスペイン系とアフリカ系のアメリカ人の文化が混淆して、強烈ななにごとか（雑じる血、雑じる言語、その他）を生じさせている。それがクレオールだ。丹下健次朗はこの本で、学んだ。たとえば**血をきれいにするザリガニ・スープ**の作りかた。まずはザリガニ三十六匹に香草のセルフィーユを加えて、ザリガニが粉々になるまで擂りつぶす……。読み進むにつれて、イメージが弾ける。匂いが弾ける。なにかの気配が弾ける。気配？

人間が生きること、という巨大な文句が浮かんだ。

おれは料理に必要なものがなにか、いま、わかった。

おれは料理になにができるか、いま、初めて、わかった。

当然、丹下健次朗は高揚する。図書館の閲覧テーブルで「なにがわかったのかは、全然わからんが、わかった」と自らに宣言する。おれは癒そう。おれは罪滅ぼしをしよう。たとえ理由はどうであれ、おれは殺人者(ひとごろし)であって、なにもかも後味が悪い。おれは結局、いろいろ喪失した。だから――だから。おれは二度と命は殺さない。かわりに人々の憂鬱を殺そう。

「あんたたちの気分がブルーなら」と丹下健次朗は架空のあんたたちにむかって、宣言した。

「おれは料理でその色を変えてみせよう」

それは贖罪の決意だった。

本日の食材による、贖罪の。

そして木曜日、午前四時二十一分。あたしたちの物語のこの木曜日だ。十一月の三日間の、最終日の挿話のはじまり。丹下健次朗は移動キッチンを背負って、ミッションのための移動を完了した。丹下健次朗は虎夫を発見した。運河と、八ツ山通りにはさまれた〈品川浦公園〉で。ちゃんと**大名気分で船あそび**の目印を見つけて、その四十秒後に。その雄猫はじっとしていた。廃棄されたテーブルの下で、その隅で、固まっていた。悲しみを感じた。憂鬱を感じた。丹下健次朗はふいに、涙ぐみそうになった。東京はもう冬に突入していて、午前四時二十一分はまだ夜半(よわ)だった。冬の夜だ。猫は一匹だ。丹下健次朗は、病んでいるのかトラオ？　と思う。丹下健次朗は、温まるキャットフードを用意するからなトラオ、と思う。即行で「本日の食材」を調理する。だが丹下健次朗は途中で、猫って……猫舌？　と思い当たり、あまりホットすぎない料理(もの)にする。そして、薄味にする。猫のための、猫を癒す、猫のブルーを消滅させる**鯛のぱらぱらソテー・ブルターニュ風**。

虎夫はそれを口にする。

虎夫はためらわずに、食べる。

虎夫は最後のひとかけまで残さず、それから、ぺろぺろと舌なめずりする。丹下健次朗と視線を合わせる。

午前四時四十九分、丹下健次朗は猫の笑顔を、もらう。

それから、午前四時五十五分。

ほんの二、三メートル、歩いただけだった。本物の運河の終端に、そこを見下ろす縁にたたずんだだけだった。フナダマリ。運河の終端は海のはじまりだ、東京湾の、太平洋の、と考えていた。それからだ。丹下健次朗は深呼吸をした。午前四時五十五分の空気を吸って、まわりの風景を眺めた。二階建てのアパートみたいな建物が視界の右手にあって、外階段の手すりに、木製の看板がかけられていた。**品川史跡・鯨塚**と大書されていた。鯨？　……墓場？　丹下健次朗は、なにを案内してるんだこれ？　と訝しむ。当然、さらに四、五メートル、歩いた。看板のわきの径は、他人ン家の敷地を不法に侵しているとしか思えない。だが、史跡は、実際にあった。丹下健次朗は、池を見た。鯨塚の由来を解説する石碑を見た。時間をかけて、その碑に刻まれている文章を解読した。寛政十年に……大鯨が……品川の沖に……？　将軍、家斉公も……ご覧に……？

その鯨の、塚？

その鯨の骨が、ここに埋められているのか？

ふたたび丹下健次朗は深呼吸する。

それから、五時十一分。鯨塚の前でじっとしていた丹下健次朗は、なにかを祈る。たぶん埋葬された江戸時代の鯨にむかって祈り、それから、おれにも弔いの骨はある、と思う。

「フォン・ド・ボー」と丹下健次朗は言う。


あたしはトバスコのことを忘れていない。

トバスコは十一歳、身長は一六二センチ、在籍しているのは小学校Eの五年二組。クラスの女児のあいだでは、いちばん長身だ。だから整列する時、必ず背後に誰もいない。マエニナラエをして、肩甲骨に当たる他人の指さきを感じない。られない。自分は誰かに、指さきを当てるのに。三年生の時から、身長順の列では最後尾だった。

「モデルになれるね」とうらやましがる級友もいたが、ねたむ級友も多かった。「お母さんって、きっとステージ・ママをやりたがるでしょ?」とも訊かれた。ステージ・ママ? なにそれ? トバスコはぞっとする。あたし全然そんなの要らない、と即座に心の内側で撥ねつける。だいたい、とトバスコはつづけて思う、あたしステージ付きじゃないのも要らない。

ママも。実際、いないもの。

トバスコの実家は高円寺だ。母親はそこにいる。

あの女(ひと)、とトバスコは連想をつづけて思う。いま……いまでも、あたしより背が高いままなんだろうか。それともあたし、もう届いちゃったんだろうか。

まあ、どっちでもいいや。

マッタクなあ。

あたしは整列なんて、たぶん嫌いだ。

トバスコは天王洲に暮らしている。木曜日、朝の七時半。トバスコは登校の途上にある。そしてトバスコは一人だ。トバスコは集団登校をしない。きっぱりと拒否した。それは整列の亜種であると判断して。

だいたいあたし、徒歩(トホ)だって嫌いだ。ふん。

その瞬間、トバスコは都バスを想っている。

トバスコの本名は藤村加奈芽。下の名前はカナメと読む。級友たちも、カナメ、あるいはカナメちゃんと呼ぶ（フッジーやらカナメンとは呼ばない）。男児たちは幼いから愚劣なニックネームをつける。最悪なのは、デカ子。トバスコはこの呼称を当然、無視した。ふん、と無視した。

あたしが身長で男子をぬかすのは、罪なのね。

あたしは罪なオンナなのよ。

トバスコは全然めげない。

かわりにトバスコは、自分にトバスコと名付けた。都バス子、そして、飛ばす子。

トバスコはいちばんに登校する。小学校Eに、自分の教室に、たいてい一等賞で。飛ばす。遅刻しなければ、**集団登校・不参加**に文句を言わない……教職員や、「他の児童(こ)」の父兄は。あたし、そんなこと、言わせないもの。あたしは自由に生きるもの。トバスコは登校にはけっして利用しない都バスのフリーカード（定期乗車券、三カ月有効、期間と氏名の指定なし、二十三区内で乗り降り自由）を、ぎゅ、と握りしめる。そのカードを入れている財布ごと。

徒歩(トホ)の登校の、途上で。

　トバスコは天王洲に叔母と暮らしている。叔母は三十三歳、トバスコを同居人として扱い、保護者が必要な姪、とは見なさない。その姿勢にトバスコは感謝している。トバスコは「あたしの人生、全部、家出みたいなもの」と自覚している。トバスコは高円寺の実家、トバスコの言うところの「シブロクロクとオウナナハチとジュクキュウイチの交叉する地点」に不用意には近づかない。あるいは、**乗り降り自由の自由**をその一帯では行使しない。トバスコは叔母の姿勢と、もちろん叔母その人に感謝して、「いつかあたしのぶんの家賃、働いて返すからね。しっかりキャリア・ウーマンになったら。利子（リシ）だってつけちゃうからね」と宣誓している。トバスコは、だから叔母からの不用意なプレゼントを嫌う。着るものは叔母さんのお下がりでいいし（実際、着れた）、ああああ無料の奉仕は、やめてね、と言いつづけた。だが、例外はある。たとえば誕生日の贈り物は、受け取る。だから十一歳になって、その日に、ｉＰｏｄを得た。それが一台あれば、と叔母は思った、ここにある音楽が好き勝手に共有できるでしょう（と自らの思惑をトバスコに解説した）。トバスコの叔母は、だいたい七〇〇〇枚のＣＤを持っていた。

自由？　とトバスコは訊いた。

自由、と叔母はシンプルに答えた。時間と、音楽。

あたしの時間だ、とトバスコは思った。

同居をはじめた時期からつづいている、これとは異なるプレゼントもあった。三カ月ごとに更新された。「勝手に歩きまわれる足を持ちなさい」と叔母が手わたした、都バスのフリーカードだった。もちろん、それだった。「これはプレゼントじゃないの、あたしも使える、だから大人用にしてる」と叔母は説明した。「ね？」

うん、わかった、とトバスコは素直にうなずいた。

これって愛情だ、と了解した。

あたしの時間、あたしの自由。叔母はトバスコに干渉しない。放浪する時にはボーイッシュな恰好をしなさい、とだけ助言した。それからベックだけは十代のうちから聞いておきなさい。

「ベックって……これ？　なにか……ヘンテコな音楽」

それがいいのよ、と叔母は言った。人生はヘンテコなの、だから、それがリアリズムなのよ。

そしてトバスコは大人用のフリーカードに感謝する。下校時ではないからランドセルを背負っていない場合、そして休日の場合、トバスコは小児運賃でバス（やら地下鉄やら、その他の交通機関）に乗ろうとすると、いちいち年齢を確認される。トバスコは、これは全部身長のモンダイなの、とわかっている。だから、最初から大人用は楽だった。

トバスコは都バスを愛した。

トバスコは知った、的確に表現はできないが理解した。バスが東京では、弱者の乗り物であるという事実。そこにはビジネスパーソンはいない、老人たちがいる、日本国籍を持たない者たちがいる、乳幼児をつれた主婦がいる。バスがそれぞれの土地の、つまりコミュニティに直結した乗り物であるという事実。東京は東の傾向や、北の傾向や、その類いの細かなパターンを有していて、と同時にコミュニティは一つひとつ顔が歴然と違う。似ることを拒絶しているように、違う。それからバスの視線（まなざし）の高さが、地上にちかいという当たり前の事実。

トバスコは乗り継いで、乗り継いで、乗り継いだ。

路線は二カ月で、すっかり暗記した。

トバスコは都バスの路線の系統・記号で、東京の地図を描いた。東京を読解した。

結論――電車に乗る人たちはバスにはいない。

結論――画一（おんなじ）ことっていうのは東京にはない。

そして、あたしはトバスコ。

この三つが、トバスコが最初の二カ月間に（トバスコ自身の言葉で）理解したことだった。

いまもトバスコは都バスに乗る。乗りつづけている。

トバスコは、あたしは東京にとっての謎になろう、と思う。思いつづけている。

そして現在。あたしが語る、あたしたちの物語の、三日めだ。木曜日の午前七時三十四分。トバスコは小学校Eにむかう通学路の道すがら。トバスコはｉＰｏｄを装着していない。トバスコはどこからか、口笛が響いてくるのを聞いて、すこし歩みを緩める。おかしな旋律(メロディ)、とトバスコは反応する。なんだかちょっとリアリズム、とトバスコは判断する。それから口笛の主を道路の反対側の街路樹の向こう側に、見いだす。

薄手の茶色の、老眼鏡をかけている。おばあちゃん——年配の女。

うーん、あの人が、リアリズムの音楽?

トバスコは立ち止まり、その旋律(メロディ)を真似る。同じ旋律(メロディ)を吹いてみる。

礼山礼子にむかって、『ブギー・チレン』を。

ブルースを。


「ほう」と礼山礼子は言う。「また違う、小学生がひとり」

そしてきみの居場所に戻る。そう、ジャキ。きみだよ。あたしはきみの木曜日を語る。いよいよ、ジャキの三日めに視線をむける。当たり前だけれど、きみは愛機に乗っては登校しない。トバスコが都バスなしで小学校Eに通っているように、ジャキは愛機なしで同じように徒歩通学している。小学校Bだ。ジャキが在籍しているのは小学校Bで、五年一組。あたしはここに目をむける。あたしはだいたい、小学校Bの二つの側面を描く。きみの居場所の、きみが直接／間接に接触する、きみの思考ときみの視界に入った映像（もの）から弾ける情景。あたしはちょっとばかり奔放に語る。だって、これがあたしたちの物語の着地点にむけての、加速する木曜日なんだから。

一時間め、国語。ジャキは順番が来て教科書の一節を読みあげた後は、ずっと放課後について考えている。僕はクイズに答えなければならない、と念じている。今日、解答を見つける。カナラズ・カナラズ・カナラズ。問題は鯨、品川、何年（ナンネン）なのか。ヒントは天王洲。よし、見つける。僕と、愛機で。僕たちで。それからジャキは、下敷きに油性のフェルトペンで鯨の絵を描く。あまり似ていない。退化したカエルみたいだ。五年一組の教室では、同じ瞬間に、同じように教師の目を盗んで三人の女児が悪戯書きに励んでいる。ノートに描かれた、ウサギ。同じ顔だちのウサギの絵が反復される。二時間めは算数。ジャキは宿題をきっちりゆうべ済ませてある。ジャキは、僕はそんなことで先生に邪魔されるわけにはいかないからな、と自覚している。ジャキは脳裡で自転車用の地図を描いて（ジャキと愛機のための東京の地図だ。それは速度の地図だ）、距離や時間を足したり引いたりする。面倒なので、分数だけは使わない。それからふいに、ジャキはおとといの声を思いだす。**大人になるな**という暗号。あの料理人のおじさんの、秘密の言葉。そうだ、サスライだ、とジャキは想い起こす。サスライの料理人だったんだ。僕も、うん。

僕も、なる、サスライ。

教室には無断欠席の女児が一人。担任が眉をひそめる。三時間めは音楽。五年一組の児童たちは音楽室にむかって、移動する。走ってはならない廊下を、わらわら。午前十時過ぎ、休み時間がすこし長い。片目に眼帯をつけた六年生の女児が、教室のかたわらを過（よぎ）るジャキの同級生に——二、三人単位の女児たちの集団に——「ロート・リセ、ある?」と尋ねる。何人かが、ある、と答える。その六年生はふかぶかとうなずいて、しかし、目薬は借りない。ちょうどジャキが通りかかった瞬間に、ほら、と眼帯をずらして、ジャキの同級生の一人に告げている。「ね？　結膜炎。あたし、ウサギ目」すると、うふふ、と学年の垣根を越えて女児たちは笑う。

音楽室。ジャキはリコーダーを吹かされる。四時間め、体育。体操をしてから、サッカー。それから給食。献立は牛乳、ブルーベリー入りのベーグル、クリームシチュー、きんぴら牛蒡（ごぼう）。ジャキはそれらの料理に、感動しない。むしろ感心しない。あと授業は一個（イッコ）、と思う。これから昼休みがあって、それから理科で、きょうの時間割りに六時間めはないから、とジャキは思う。給食、終了。席順がジャキの右隣りの女児がこの日の配膳係の一人で、椅子に携帯電話を置きっぱなしにして給食室にむかった。置き忘れた、という雰囲気だった。食べている間にこっそり液晶画面を眺めていたらしい。携帯メールのチェック？　何とはなしにジャキは視線を注いで、電源がオンにされっぱなしだということと、一瞥で**サミット会場　東品川海上公園**うんぬんと綴られていることを、認める。

ただ、瞬間、視界に入る。

そのメールは小学校Ａから発信されている。小学校Ａの、真っ青な校舎（まなびや）にいる少女から発信されている。しかし、ジャキが文面の一部に接触したこの時間、同じ時間には、少女は携帯電話を握ってはいない。かわりに猫のように見える動物を抱いている。

そしてプールサイドにいる。小学校Ａの。

少女はシュガーだ。抱いているのは猫ではない。白いウサギだ。そしてシュガーは十月に水の抜かれたプールの横幅七メートルをはさんで、部外者と対峙している。小学校Ａの敷地内に、無断で入り込んだ人物。フェンスを越えて、その人物は来た。防犯カメラを無視して、その人物は来た。女だった。老眼鏡をかけた女だった。シュガーの反対側のプールサイドにいる。数分前から。

「白いウサギしか、いないねえ」と女は言う。その声が、空っぽの巨大な水槽にコロンコロンと反響する。

「危険人物なのね」とシュガーは言う。

「あたしがかい？」と礼山礼子は言う。

　礼山礼子は、うひ、と笑う。

「むしろ危険なのは」と礼山礼子はつづける。「お嬢ちゃんやらお坊ちゃんたちかもしれませんけどね。東京の――ショウガクセイ・ショウガクセイ・ショウガクセイ。異能揃いだ。ひっひっひ」

「あなた、カメラに映ってるんだもん。必ず不審者として、あたしたちのリストに、載せるもん」

「どうでしょうねえ？　監視カメラの類いは、無意味だったりしてねえ。うひ」

「……死角？」直感して、シュガーは言う。

「にゃあ」

「猫？」

「ご明察」

「猫の……代表？」

「おやぁ？　稀に見るインスピレーション。しかし、話はここまででございます。小学校もお昼休みになって、ほらほらぁ、お嬢ちゃんのお友だちがうじゃらうじゃら、校庭に涌きだしはじめそうですからねえ。で、給食はちゃんと食べたのかい？」

シュガーは一瞬、その問いに惑わされる。あ、あたし献立のひじき残した、と思う。ひじきって海藻だよね？　お肌のことを考えたら、やっぱり女の子はひじき――

礼山礼子は消えている。

忽然と。気づいて、シュガーは愕然とする。

そしてシュガーは声に出す。「まさか……まさか『新・ウサ猫戦争』が、ボッパッ？」

悪い予感にシュガーは慄(ふる)える。

礼山礼子の邪視にさらされていた白いウサギを、その十一歳の薄い（しかし膨らみはじめた）胸に、ふわ、と抱きしめる。

その数分後、シュガーは携帯電話で「危険度★★★★★」の情報を配信する。その数十分後、小学校Bでは七人の女児が五時間めの授業を無断欠席する。ウサギ小屋で――小学校Bでは**ラビット・ハウス**と呼ばれている――ひそかな集会を開いている。前日までに撮影したデジタルの画像データ（携帯電話とデジタルカメラの）を交換している。あるいは『わたしたちの目に映る不審者観察日誌』を、口頭で。プリクラ交換のためのフォトシール缶も利用した。それから一人、また一人と、胸にウサギを抱きはじめる。まるでウサギを介して降霊術かなにかを行なうように。異界と交信でもするかのように。

全員の表情が、シュガーに似ている。

その七人のなかにジャキの同級生が二人いる。

彼女たちは会話する。日本赤軍って知ってる？　ううん、なにそれ？　あ、ウサ子、うんちしそう。プリプリ、なんちって。

ジャキは無断欠席しない。教室にいる。理科だ。そして理科室で、ジャキは化石をいじった。

その古さ、その固さ。かちかちになってしまった生命（いのち）。授業終了のチャイム。ふたたび走ってはならない廊下。五年一組に戻って、いよいよだ。ランドセルを手にする。義務教育を課されている小学五年生の、義務、が釈（と）かれる。放課後、帰宅、ジャキの居場所はそこで品川区K品川X丁目Y番地に。戻る。ジャキは戻った。火曜日のスタート地点と、同じ住居表示の場所に。でも火曜日とは違ってここではジャキの両親（おや）には触れない。この人たちは単なるシンボルとして、あと一度だけ、ジャキの挿話をいろどる程度の存在だ。あたしたちの物語のただの脇役で、むしろ（断言するけれども）端役だ。それで、きみだよ、ジャキ。きみは即、準備をする。再出発の準備、それから玄関を出て階下（した）へむかう。駐輪場へむかう。そこから複数の場所に到達するために、だ。あたしたちのこの三日めに。出会いの場所に、再会の場所に、愛機とともに到達するためにだ。


おす、愛機、ときみは言う。

おす、ジャキ、と愛機は言う。

きょうは、飛ばすよ、ときみは言う。

いつもよりか？　と愛機が訊く。

いつもより。七段変速、フル活用で。僕たちには難問（ナンモン）が課されてるからね。

クイズだな？　鯨だな？　品川の鯨だな？　と愛機が畳みかける。

うん、とジャキは答える。そのために、僕たち、サスライになる。

なるのか？

なるよ。

ジャキは狡（ズル）はしない。たとえばクイズの解答を見つけるために、コンピュータに頼ったりはしない。そもそもジャキは――携帯電話もだが――コンピュータを持っていない。友だちの家に行けばインターネットには接続できた。でも、それは友だちのコンピュータというよりも、友だちのお父さんの機械(もの)だ、正確には。そうした大人のコンピュータに助けてもらうのは、なにかが間違っている、とジャキは見通す。

　いやなんだ、とジャキは思う。

　それはきみの誠実さだよ、ジャキ。

　だから、ジャキは愛機と駆けることで〝調査〟に乗りだす。自分の足で、手で、発見できるものならオーケー、と判断している。もちろん〝調査〟の核心は天王洲の現地疾走(フィールドワーク)、と決めている。それからジャキはブリヂストン・クロスファイヤージュニア・J07、すなわち愛機のサドルに跨(また)がる。その同じ瞬間、別の場所で、誰かも跨がる。なにかに跨がる。それはタイヤだ。自動車のゴム・タイヤ、しかし車輪からは外されて、地面に埋め込まれている。地面から半分だけ、つまり半円だけを覗かせている。そして、二十三個が、二列に並んでいる。小学校Aの、グラウンドの、隅だ。花壇の手前で、校庭のいちばん南の端(はし)だ。その花壇のむこうはフェンスで、フェンスから先は校外(そと)だ。じきにそこはジャキの再会の（と同時に初めての遭遇の）場所になる。いまは単なる別な場所。タイヤに跨がったのは、シュガー。この瞬間、シュガーはふたたび年嵩(としかさ)の女と対峙している。が、今度は部外者ではない。小学校Aの教員で、隣りのクラスの担任をしている。

　シュガーは五年一組、所属。

　その教員は五年二組、受け持ち。

「ここで三回、ノックします」とシュガーは山辺麻衣佳に言う。そして自分が跨がったタイヤの側面の膨らみを、ボン、ボン、ボン、と右手の中指と人差し指で弾く。「だいたい一分、待ちます」

「ストップウォッチ、押す？」と山辺麻衣佳は尋ねる。

「ふつうに腕時計の秒針でいいんです、マイカ先生。で、……、いま十五秒、……、いま三十秒、……四十五、六、七、……、あとアバウト三秒とか？」

ちょうど三秒後。花壇からニュッと小動物が顔を出す。花壇の柔らかい地面から。巣穴から、一羽のウサギが。

「わぁお」と山辺麻衣佳は言う。

「来ましたね」とシュガーは言う。そして、そのウサギをそっと抱きあげる。

「佐藤さんって、凄いのね」と佐藤美余ことシュガーにむかって、山辺麻衣佳は（自分としては若干の威厳を保ちながら）言う。心の裡（うち）では「すげー、マジ手品（マジック）だなー。やばいぞこの子」と感嘆している。ついでに「……ウサギ憑き？」とまで思っている。

シュガーは平然と、「委員長ですから」と答える。

「飼育当番？」

「飼育当番の、つまりリーダーですから」とシュガーは繰り返す。

「でも、どうして、あたしに？」

「マイカ先生は職員会議で大胆発言するって、わたしたち、了解してます」

げ、と山辺麻衣佳は思う。そうゆうの、了解するなよ。児童（ガキ）の味方って思われたら思われたで、学校（ガッコ）とＰＴＡの敵にされたり、するんだから。やりづらいぞ。キテレツな噂、流れてないといいなー。

そこまで動揺しながら、うわべでは平静を装って「理性を使って発言しているだけなの。わかる？　佐藤さん？」と山辺麻衣佳はシュガーに答える。「で、猫の件なのね？」

「校内に侵入する猫です」

「わが校からの、猫排除勧告ね？　ウサギたちの安全を確保するために、ね？　うん、そのウサちゃん、たしかに賢いわね。それに可愛いわね。で、猫を……」

「は、い、い、い」

「そう」

「マイカ先生に期待してます」

期待するなよ、と山辺麻衣佳は思った。

「先生」と急にシュガーは年相応の声を出す。幼い調子──「ここは最前線なんだよ。ちゃんと、わたしたちのウサギを守るべきだと思う。ね？　想像してみると、ゼッタイ感動だよ。この校庭の地下に、ウサ子とウサ太たちの巣があって、わたしたちといっしょにウサギの学校を開いてるの。ウサギの小学校Aなの。校長先生の朝の談話だって、しっかり静聴してるよ。だから、ウサギを猫から保護るのは愛だと思うな。愛校心だと思うな。違わないよね」

「そうね」と山辺麻衣佳は言い、ホゴルって日本語、乱れてるなー、それに最前線って表現はスペクタクルだぞ、と内心もろもろ追及する。しかし、職員会議でなにを発言するの期待してるんだろ、この子？　猫除けフェンスのための予算確保？　校舎にネズミ返しならぬ猫返しの導入？

山辺麻衣佳はそれから、シュガーが抱いている一羽を眺める。う……あんがいマジに可愛い。そうかあ、地底にウサウサ王国があるのかあ、この学校。

山辺麻衣佳は想像する。花壇の下に、ウサギ小屋の下に、運動場の真下にも、うねうねうねうねうね掘られている巣穴。つながったり多層構造になったり、なんだか防空壕みたいな。それともウサギの地下鉄？　ウサギの東京メトロ？　あ、やばッ、あたし本気で覗いてみたい。ど……どんなだろう？　すこし奥まで進んだら都営の大江戸線にも出たりする？　汐留駅とか？　しないか。にゃははは。まあ、まず、真っ暗なんだろうなあ。あたしが覗くには懐中電灯、要るなあ。すンごい強力な懐中電灯で、トンネル照らせたら、そしたら、そうだ、あたしはウサウサ王国の太陽になっちゃったりして。それもなぜかフランス語で、マドモワゼル太陽（ソレイユ）、なんて呼ばれちゃったりして。地中のウサ公……じゃないや、ウサ子たちに？

うわあ、メルヘン。

感動して、それから山辺麻衣佳はシュガーとの会話にハマる。

十数分も雑談する。たとえば一部の女児がランドセルに下げているマスコットについて。ほらほらほら、と山辺麻衣佳は訊く、車掌さんの姿したキョロちゃん付けてない？　森永の、チョコボールのキャラの、あれ、流行（はや）ってるの？　どこで売ってるの？　あれはねマイカ先生、とシュガーは答える、田町駅のキョロスクにだけある限定品。全員、そこで買ってるの。なにキョロスクって？　知らないんだマイカ先生、JRのキヨスクのキョロ版だよぉ。うそー、そんなンあるんだ？　そこでねマイカ先生、今度冬仕立てのチョコボール・ショコラメル出るから。

それから、たとえば、まるっきり話題が飛んだ雑談。山辺麻衣佳がシュガーに問う。港区の花ってなんだかわかる？　花？　区（ク）の花？　そう。たんぽぽ？　違うわ。

「薔薇（ばら）よ」

その時、山辺麻衣佳は、一羽のウサギを抱いて半円のタイヤに腰を下ろしているシュガーの背景に、背景の小学校Aのフェンス越しに、一人の少年を認める。少年は自転車を駆っていて、ほぼ同時に山辺麻衣佳を視界に入れた。そして速度(スピード)を落とす。校外(そと)の二車線の道路に付属している歩道で、ぎ、と停まる。二人は金網をはさんで、凝視しあう。ん・ん・んんん？　という表情で、互いに。

　まず、ジャキが声を出す。「あ」

　そして山辺麻衣佳がひと声、発する。「あ」

　シュガーが、山辺麻衣佳のおかしな言動に気づいて、校外(そと)をふり返る。

　ジャキが言う。「キンタマのおねえさん？」

「……やべ」

　愛機に跨がったジャキの言葉はじゅうぶんに明瞭(クリア)に山辺麻衣佳のもとに、加えてシュガーのもとに届けられる。これが再会の場面だ。そしてジャキ、山辺麻衣佳、それからシュガーの三人は、わずか直径三メートルの円の内側(なか)にいる。校内と校外という隔たりはあっても。

「おねえさん、ここ、小学――」ジャキは突然、察する。「え？　もしかして？」

「もしかしません」と山辺麻衣佳は断固、否定する。

「おねえさん、……学校(ガッコ)の先生？」

「あちゃ」

　再会だった。ジャキの、木曜日の、一つめの。ジャキと山辺麻衣佳の再会だった。そしてジャキ、きみは「あ、そっか、それで」と水曜日の遭遇のちょっとした対話のディテールを想い起こして、なんだか、どんどん察する。見透かされているのに気づいて、金網越しの相手はさらにしまった顔になる。だいいち学校(うち)の生徒の前で、と山辺麻衣佳は呆然としている、いきなりキンタマ呼ばわりは……まずいよね。

自業自得か？　と山辺麻衣佳はきのうの自分を怨む。

でも、きみは純粋に再会を喜んでいる。ジャキは偶然ですね、と言う。すると相手は、いや本当にそうね、と取り澄ました口調で繕う。ジャキは思わず、うふふ、と笑う。率直に喜びを表現する。これに応えて相手も、あはははは、と強引に笑う。ジャキは、いま僕けっこう急いでるんです、と言う。相手は、それはけっこう、と言う。ジャキは、やっぱりここの先生？　と尋ねて、ついニヤリとする。深い意味はない。でも山辺麻衣佳はどきりとする。

その動悸に反応するように、校内放送がある。放送委員が、先生の呼び出しです、と告げる。たぶん十歳前後の女児の、ぎりぎり思春期前の高い声。校庭のスピーカーからも流れる。ヤマベマイカ先生、ヤマベマイカ先生、お電話が入っています、職員室にお戻りください。

あ、ごめん、あたしだ、と山辺麻衣佳は（たぶんジャキにむかって、きみにむかって）エクスキューズして、小学校Aのグラウンドの隅、校外に面した場所から真っ青な校舎に戻る。きみは、おねえさんドタンバタンしてる、と山辺麻衣佳のその印象的な慌てぶりを形容する。後ろ姿を見送っている。愛機に跨がったままだ。それまで、きみはこの再会の場面の〝もう一人〟の存在をほとんど意識していない。誰かと初めて遭遇した事実に、なんら意味付けをしていない。でも、ふと気づけば、その〝もう一人〟が金網の手前にまで来ている。あれ？

一羽のウサギを抱いている。ウサギ？

そしてきみと視線を合わせる。僕を見てる？　僕たちを？

そう、シュガーはきみと愛機を凝視した。きみたちを、まとめて。ウサギを胸に抱きながら。

そして、言う。

孤高の少年なのね。

なに？　ときみは聞き返した。

いつもきみ、映ってるよ。

うん。報告も受けてる。もしかしたら、いつか……あたしたち手を組もう。

映ってる？

「え？」

ジャキは強烈ななにごとかを感じて、問う。しかしシュガーは去っている。きみが遭遇した小学校Aのウサギ少女は、問いかけた時にはすでに。きみは一瞬、脳の内側に吹き荒れる暴風雨を、実感する。それから首をかしげて、「ここ、先生も、生徒も、変わった学校……」とつぶやいた。

急がなきゃ。

すると愛機が、そうだぜジャキ、と言う。

いいか？　おれのペダル、踏めよ。

きみは足を使った。そして手を使う〝調査〟の場所に来た。K南図書館。きみの自転車地図には（きみと愛機のための東京の地図には、速度の地図には）ランドマークとしての図書館は一つか、せいぜい二つしか記載されていない。あまり縁がないからだ。そして、天王洲からそんなに離れていない図書館は、ここK南図書館に限られる。きみは三十分と二分をその館内で費やす。そう、三十二分が限界だ。郷土資料コーナーに目星をつけたのは正しい。でも、コーナーに収められている本の数は想像していたほどは多くなかった。そのものずばりの記述も、発見できなかった。これかなあと思う資料は難字ばかり。一ページも読めないや、ときみは思う。僕には、無理か。僕は残念ながらただの高学年の児童だ、無念なんだ。

そしてきみは、司書に解答を訊いたりはしない。それは狡だ。

誠実に……どこまでも誠実に。

だから三十二分で、限界。

きみはＫ南図書館を出る。ふたたび愛機ときみの、僕たち、になる。木曜日は加速する。ここからの行動は決まっている、現地疾走（フィールドワーク）という名のサスライだ。愛機がふたたび、クイズだな？　鯨だな？　品川の鯨だな？　と続けざまに言う。頑張って正解するんだな？　とジャキに問う。またあの天王洲のオンナに会って、答えるために？

うん、とジャキは愛機に言う、約束だもの。

誓いだな？　と愛機は言う。

誓いだもの、とジャキは言う。

きみたちは疾走している。東京モノレールと首都高速1号羽田線の二つの高架の下側、海岸通りを南に、天王洲運河に架けられた天王洲大橋を渡る。近代以前は目黒川河口部の干潟だった地域にして、現在は〈天王洲の小島〉という名前の親水都市・天王洲アイルに入る。きみたちはつぎつぎと踏査する、シーフォートスクエア、東京ＭＩビル、スフィアタワー天王洲、天王洲郵船ビル、それぞれの敷地を経回（へめぐ）る。そして疾駆する、センターストリートとボンドストリート、ついで天王洲アイルを南北に分断して走る山手通り。山手通りは、西端の新東海橋から東端の品川埠頭橋のそれぞれの中間地点まで（どちらも運河上にある。高浜運河と京浜運河だ）、異なる速度と視線（まなざし）で二度、往復する。それからパークストリート、都営団地の第五番（ナンバーファイブ）、ＪＡＬビルディングの裏手と南側の広場も。地中に、りんかい線の、天王洲アイル駅とその駅の空間／空洞の前後にのびる細長いトンネルの気配を感じる。愛機の二つの車輪を触覚器官にして、きみは感じる。

愛機が語る。おれたちはスピードだぞ。

愛機が語る。おれたちは天王洲アイルの、流浪だぞ。

天王洲公園のサッカー場。観察する。それから野球場。それからきみは、あ、と思う。この前方は、きのうの朝の公園の、反対側だ。アイル橋のある場所だ。あのおねえさん……鯨のキンタマのおねえさんが渡ってきたアイル橋の。僕はそこに、到達する？

するぞ、ジャキ、と愛機が語る。

鯨？

ジャキ！　と愛機が停止を命じる。

きみたちは〈東品川海上公園〉と名付けられた天王洲アイル南西端の緑地にたどり着いている。視界の北側に目黒川水門がある、高浜運河を閉じるゲートだ。視界の南側にアイル橋がある、目黒川の出口のほんの先に架けられた橋だ。その二つにはさまれた水辺の空間が〈東品川海上公園〉で、きみたちはそこに、到達した。きみは聞いた、愛機が語るのを。

難問は解決するぞ、ジャキ。

……これなの？

これだ、ジャキ。

石碑がある。それを見つめて、きみは愛機に跨がりながら、いる。石碑はけっこう新しい。イラスト付きの説明板がはめ込まれている。いちばん上に**寛政の鯨**と大書されている。そして、六行の解説。どの文字にも……どの難字にも仮名がふってあって、きみは全部、読める。

きみは愛機に言う、いまから二百年前だよ。

きみは愛機に言う、だいたい二百年前だよ、それは寛政の十年だよ、一七九八年の五月一日だよ。

この天王洲に、一頭の鯨が、来たよ。

きみの内側でなにかが変わる。変わるのを感じる。きみは横書きで、1798、と記された四つのアラビア数字を、何分間も見つめて瞳に焼きつけている。いつでも答えられるように。きみの内側でブルーが燃える。燃えあがり、それは憂鬱から海の色彩に変わる。きみは説明板の文章を、さらに、読む。鯨は当時、漁師町だった品川の漁師たちに捕まえられて、だから死んだ。きっと死んだ。その死骸について記述がある。骨について、記述がある。骨はK神社に埋められている、と書かれている。いまも埋葬されて残っていて、名前は鯨塚——クジラヅカ。

1798、鯨塚。


その瞬間、きみの居場所にいるのは、きみだけではない。きみは忘れている。きみの視界に**サミット会場　東品川海上公園**という文章が入ったことを。ほんの数時間前にだよ、ジャキ。この木曜日の、お昼にだよ。ほら、同級生の携帯電話の、液晶画面に。

だからなにかは起きる。

そしてきみは驚かない。

説明板の六行めに〝史実に基づき、ここに鯨の遊具を設置します〟とある。遊具は巨きい。一見、鯨には見えない。人間とはスケールが違いすぎるから、わからない。スロープの地形にその遊具は置かれている。下方は水辺の遊歩道に接している。

下方から誰かが来た。鯨の遊具を回り込んで、あたかも鯨とともに回遊するように。まず一人。それから、七十三人。

全員が少女だ。

大半がランドセルを背負っている。

「あら？」と先頭の少女がきみに言う。「誰かがサミットにあなたを招んだ？」

「たまたまだよ」ときみは言う。きみはその再会には驚かず、シュガーに言う。

「だよね」とシュガーは言う。それから、ふぅん、と言う。「雰囲気、さっきと変わったね、きみ」

「僕？」ときみは言う。「だって、あれから二時間も経った」

「ごもっとも」とシュガーは言う。「それだけあったら人間は変わるものね」

「うん、それに太陽だって沈んだ。街じゅう、この公園も、外灯でしっかり明るいけど」

「あとひと月で冬至なのよ。イエス・キリストだって誕生しちゃうのよ」

「それは……意味不明だな」

「そう？」

シュガーのまわりに少女たちが集まる。シュガーときみを輪で包む。七十三人。そのなかには小学校Bの女児もいる。ジャキの同級生も。きみは、ジャキは、だから何人かに「やあ」と手をふる。それからシュガーに尋ねる。「全部、きみの友だち？」

「そうよ」

「多いね」

「まだまだ」とシュガーは言う。

「それは？」とジャキは、輪になっている少女たちの三、四人に一人が手にし、シュガーもまた握っている、丸められた紙のようなものを指す。

「地図ね。ただの東京の地図で、でも、あたしたち小学生にはいうなれば作図問題」

「なるほど」とジャキは言う。深々とうなずいている。

「わかるのね？」

「きっと、わかる」

それからシュガーは、きみの問題(トラブル)は？　と尋ねる。ジャキは簡潔に、鯨、と答える。シュガーは地図をひろげる。そこには直線と曲線、記号、それから地名が無数に書き込まれている。あたしたちは今週から非常線を張るけれど、とシュガーは言う、それを鯨の形にする？

大丈夫、とジャキは言う。でも、鯨塚って、知ってる？

ここよ、とシュガーは指さす。


同じ時間に、山辺麻衣佳は小学校Aの図書室にいる。図書室で郷土資料を漁っている。前日のつづきの仕事、視聴覚室であの一九六二年製作の白黒ドラマを鑑賞した作業の延長線上にある仕事(もの)。**わたしたちの学校のあるここは、昔、どんな場所だったのでしょうか？**　自ら設けた問いに、答えるための作業だ。いわば自分のクイズに自分で正解するための、調査だ。山辺麻衣佳は声には出さずに唱える、ここは海だった、かつてはブルーだった、いまは大地で、そのブルーは存在しない。

東京湾の開発について掘り下げる。東京湾のこちら側の、つまりここの周辺の。東京オリンピックよりも後、いっそう新しい開発の、新しい年(トシ)の数字が出現する。四桁のアラビア数字、1968、が。資料に。山辺麻衣佳は記述を読む、旧目黒川について把握する。そこに漁業基地が置かれていたこと、そこは小学校Aの現在位置——すなわちここから、わずか一キロ圏内であること。埋め立ては一九六八年四月に竣工した。そして、旧目黒川での漁猟の歴史は閉じられた。山辺麻衣佳は声には出さずに唱える、ここは海だった、あそこは川だった。

あそこは川で、かつてはブルーだった、漁業基地だった。

なにもかも埋められた。

他には？

鯨。

旧目黒川の記述につづいて、鯨塚についての解説が登場する。同じ資料の、二ページあとに。旧目黒川とK神社の関係があり、K神社と鯨塚の関係がある、そのために。鯨、と山辺麻衣佳は思う。あたし、その鯨の冥福を祈ろう。江戸時代の鯨の。だってあたし、おとといに鯨をいただいちゃってる。あたしよりも巨大な動物を、ショクモツとして。

鯨。

東京湾に迷い込んだ、寛政十年……一七九八年の鯨。山辺麻衣佳は脳裡に数字を刻む、1798と、四つのアラビア数字を。偶然、自らの設問ではないクイズに、山辺麻衣佳はここで解答している。

しかも正解している。

午後七時まで作業に没入する。図書室で、郷土資料を繰りつづける。もう三時間弱、そこにいる。どうしてこれほど没頭できたかは、わかっているが、考えない。放課後に、山辺麻衣佳は校内放送で呼び出された。電話が入っている、と職員室に呼び戻されて（それまでは校庭の隅にいた。そう、一羽のウサギを抱いた佐藤美余ことシュガーと、そして再会したジャキとともに）、それから受話器に耳をあてた。携帯電話の番号を知らせていない家族からの、連絡。あまり胸が躍る報せではなかった。

しかし、それについては考えない。

山辺麻衣佳の家族は宗教のようなものに凝っている。父が、母が、兄が。

しかし、それについては考えない。

没頭した。子供たちのための、授業のための、調査に。考えない、断ち切る、いつものように。

そして陽気に「だはははは」って笑う。うん、それがあたし。

大丈夫。

あたしはふつうだ。

七時二分。山辺麻衣佳は腰をあげて、図書室を出る。いったん職員室に寄って、非常口と記された扉から、校舎を出る。通用門から校外に出る、二基の防犯カメラの前を通過して、**PTAパトロール中**の警告文が留められている鉄柵の前を通過する。七時十一分。小学校Aの敷地から四、五〇メートル離れたところで、にゃあ、と猫に呼びかけられた。そこは一車線しかない道路で、ガードレールの内側に山辺麻衣佳はいた。にゃあ、という猫の鳴き声は、実際にはミ、ニュ……ァア、と聞こえた。山辺麻衣佳は、動物？　どこから？　とあたりを見まわした。ふたたびミ、ニュ……ァア。山辺麻衣佳は、あ、猫？　と察した。それが猫の鳴き声の、いわゆる「にゃあ」なのだと、やっと察した。地面の高さに相手の姿を探して、三メートルばかり前方に見いだした。白猫だった。あんがい小柄だ。外灯と外灯のはざまで、白猫はきらきら二つの眸を輝かせていた。だから、山辺麻衣佳は自分がその猫に見つめられているのが、わかった。呼びかけられているのが。

七時十二分。

なに？　と山辺麻衣佳は声に出さずに白猫に尋ねた。

白猫は鳴いた。今度はニュゥ……カァイと聞こえた。

「誘拐（ユーカイ）？」と山辺麻衣佳は声に出して訊いた。

白猫が反応した。白猫は動いた。暗闇のほうに、ただの地上の白い影になって。山辺麻衣佳は思う、待って。山辺麻衣佳は思う、猫だ、あたし猫って重要な気がする、あたし猫について誰と話した？　あたし誰とそんな話を？　思いながら、山辺麻衣佳は追う。暗闇の側に、二メートル、三メートル、それだけで風景が変わる。たちまち変わる。山辺麻衣佳は白い影に導かれて、山辺麻衣佳は入り込む。封じられている土地に、囲いの隙間から。

港区K南X丁目Y番地。

山辺麻衣佳は地図上の空白地帯にいた。都営団地の、ほぼ跡地にいた。国道Z号線沿いの二つの棟だけが解体されずに残る、奇妙な空洞に。工事中——アンダー・コンストラクション。

そこに。

白猫と山辺麻衣佳が。

七時二十分、山辺麻衣佳は白猫を見失う。

一度だけ、「誘拐（ユーカイ）？」と声をかける。返事はない。白い残像（ゴースト）もない。白さのエコーも。地面に視線を落とす。そこは工事現場だ。そして、そこに、いかにも工事現場に似つかわしい武骨（ごつ）い懐中電灯が一本、転がっている。落ちている。山辺麻衣佳の足もとに、ふ、と出現している。大きな、見るからに外側が頑丈に固い、凶器のような。山辺麻衣佳はそれを拾う。あたし、と山辺麻衣佳は思う。あたし、懐中電灯のことを考えていた気がする。でも、いつ？　どうして？

あたし、とっても強力な懐中電灯がほしいって、必要なんだって、思っていた気がする。

山辺麻衣佳は考える。今度は、懐中電灯を握りしめて、考える。それについて。いつのまにか、それについて。別に不幸じゃないんだ、と思う。あたしは、そうゆうんじゃないの。ただ。でも。だから。

あたし。

あたしがあたしとしてここにいること。

たたずんで、山辺麻衣佳はそこにいて、時間だけが過ぎる。


そして木曜日は加速してる。

きみは？　ジャキは？　どこにいるの？

天王洲にはいない。きみは解答の数字を携えて、そこを後にした。親水都市のエリア、天王洲運河と高浜運河と京浜運河と目黒川の出口（おしまい）に四方を囲まれた、人造島を。数字は四桁、１７９８、そしてこれは正解だ。だからサスライは完了、きみと愛機の現地疾走（フィールドワーク）は、おしまいになった。ただし、きみが携えているのは四つの数字だけではない。きみは天王洲で、鯨塚という言葉と、その鯨塚の位置も、手に入れている。そして携えている。

そして、そこをめざして移動している。

いまは途上のきみの居場所に、ここで語るための視線をむける。あたしたちの物語の着地点はもう、そこまで来ていて、だからあたしは再度いろいろと奔放に、つまり自分勝手に物語る。たとえば、白猫。山辺麻衣佳はこの木曜日の午後七時十一分に、一匹の白猫に遭遇して、そこから導かれた。同じ頃あいに、誰かは白猫に出会った？

もちろん。きみが、ジャキが、白猫に出会っている。

匿名の場所で、品川区内の匿名の百円パーキングの前で、ジャキは愛機を停めている。

「……いるね？」と暗がりにむかって、囁いた。

おやぁ？　と声にならない返事がある。

暗闇そのものが答えているような、不定形の――しかし、じきに形を成す。

「あたしがちゃんと、見えるのかい？」と声が言う。

パーキングに駐（と）められている車輛は四台。声はその向こう側の、闇の内側（なか）にある。異様な濃密さをまといながら、ある。

「うん」とジャキは言う。「このあいだの、おばぁ……おばさんでしょ？」

「ご名答」と礼山礼子が言う。

それからじわじわと、礼山礼子は闇の手前に輪郭（シルエット）を現わす。

「口笛、吹いてた？」とジャキは訊く。

「吹いてたね。でも、そっとね。ほとんど超音波でね。なにしろ猫用のブルースだよ。猫はね、イヌにも聞き取れない高い、たかぁい音が聞こえる」

「猫語？」

「あるいは猫笛とかね。うひ」

「それ、でも僕、聞こえたような感じがしたな。だから僕たち、停まった」

「あんたと、その自転車だね？　僕たちって」

「そう。そうなの。そして、おばさん、こんばんは。また会ったね。たまたま、ここで」

「進化したね、精霊」と礼山礼子は言う。「あるいは、あたしが招（よ）んだのかもしれないけれどね。ひっひっひ」

「うふふ」

二人は笑う。

それからジャキが目を凝らす。「なにか……いるね？　おばさんの他にも」

「ああ、こいつら？」と礼山礼子が言う。「涌きだしたら、なかなか壮観だよ。あたしといっしょに擬態してたんだ。呼吸（いき）をひそめてね。ここでね、全員揃ってね」

「……猫？」

「白猫さ。どうだい、数えてみるかい、精霊の少年？」

うん、とジャキは言う。すると、たちまち闇の内側（なか）から小さな輪郭（シルエット）が涌きはじめる。先刻の礼山礼子と同じように、じわ、じわじわ、と。地面の高さに続々、出現する。駐車されている車の下部（した）から、あるいは、それ以外の、パーキング後方の暗がりのすべてから。

「一、二、三……うわあ……七、八、九……うわあ……十四？　十……八、十九、二十……うわあ」

「この地域の白猫、全部だよ」

「全部……全部……うわあ」

「いま、何匹になった？」

「三十……七匹」

「うひ」

「うふふ。本当は？」

「もうすこし、少年が自分で頑張りな。もうすこし、粘って数えな」

うん、とジャキは言う。そして真剣に、もう一匹、もう一匹、もう一匹、と足し算を進める。

呼吸(いき)を殺している白猫たちを、カウントする。足す一(いち)、タスイチ、タスイチ、タスイチ……。ふしぎな律動が、ジャキと愛機、礼山礼子と白猫たちと暗闇、のあいだに生じはじめる。タスイチ、タスイチ、タスイチ……。

あたしはね、と礼山礼子が言う、東京じゅうの白猫を確認するつもりでね。

うひ。

うん、とジャキは言う。タスイチ、タスイチ、タスイチ……。

あたしはね、夕方にね、S浦中央公園にも足をのばした。わかるかい？　下水処理場だ。その敷地内にある、人けのあぁんまりない公園だ。異様に肥(ふと)ったスズメがいたよ。何羽も、何羽もね。そして、それを追っかけて、猫もね。

うん、とジャキは言う。タスイチ、タスイチ、タスイチ……。

場所もしっかりわかってるかい？　ＮＴＴドコモのビルの、むこうさ。ほら、ビル風が凄かったねえ。その涯(はて)さ。あたしは北上したんだよ。その公園をめざして、S浦中央公園をめざして。そこからは下水処理場の、空っぽの水槽がいくつもいくつも、見下ろせたねえ。

うん、とジャキは言う。タスイチ、タスイチ、タスイチ……。

でも、下水処理場はいまじゃあ、違う名前になっていた。

うん？　とジャキは言う。

水再生センターって名前だ。

サイセイ？

そう、S浦の**水再生センター**だってさ。

サイセイって、なに？

生まれ変わること。

生まれ変わるの？

生き返る。

本当に？

「本当だよ」と礼山礼子は言う。「で、何匹になった？」

七十……七十八匹。

「惜しいねえ。ここには九十九匹、いる。あたしのそばに、あたしに侍りあたしが侍るように。ねえ？　さあ、少年、行動に出な。速度だよ。あんたは速度なんだからね。うひ」


僕は速度だ。


ジャキは鯨塚の前にいる。ジャキはそこを見下ろしている。いまは、何時だ？　ジャキは時間を喪失している。あたしたちの物語はこの木曜日に終わるけれども、ここから木曜日は時間を喪失している。ジャキは周囲に、Ｋ神社の境内の荒れた空気を感じ取る。鳥居の呻きのようなものを感じ取る。鯨塚には、池がある。石碑がある。ちゃんと**鯨塚**と大書された看板がある。ジャキはその看板の前にたたずんでいる。ジャキの後ろ、一メートルのところに愛機がいる。停められている。愛機が言う、そこに二百年前の鯨が埋められてるのか？　ジャキは言う、そうだよ愛機、一七九八年の鯨の死骸の、骨だよ。愛機は言う、ここに埋葬されてるのか？　ジャキは言う、絶対にここだよ。

でも、とジャキは言う、誰かが最近、ここを掘り返した跡があるね。ここの土を。

それで？　と愛機が尋ねる。

僕は骨を掘る、とジャキは決然と答える。死んでしまった鯨は、品川に迷い込んで、殺されて見せ物にされてるんだから。

ジャケットを脱いでシャツの袖をまくって、ジャキは掘る。素手で掘る。ほんの一分で、地中にそれを見つける。哺乳類の骨、白い骨。三十センチばかりの長さの、しかし太い。愛機が、発掘したな、と言う。ジャキが、したね、と言う。愛機が、思ったよりも鯨の骨は、ほんのちょっとだな、と言う。ジャキは、埋められている間に、と言う。

百年が経って二百年が経つうちに、ここで、きっと、縮んだんだ。

ジャキはその一本の骨を、大切に、ジャケットの内側に、隠す。

つぎに、ジャキは自宅にいる。自宅のリビング・ダイニングに。鯨塚の発掘から何分が／何十分が／何時間が過ぎたのか、あたしもわからない。あたしにわかるのは、きみが骨狩人(ほねかりゅうど)になって、とても強い眸(め)で、そこにいること。それだけ。そして、きみはどうするの？　両親はリビング・ダイニングにいない。自宅の内部(なか)の、どこにもいない。ふだんならばジャキが塾に通っているはずの時間帯だから、二人は不在にしている。なにかがあった。諍いの発展形のようなものが、第二段階が。食卓には両親の食事の痕跡、そして両者の、携帯電話。ひとつはディスプレイがひび割れている。

ジャキは両親(おや)の携帯電話を、二つ、手にとる。

ジャキの頭のなかに、きのうの声が響いている。**大人になるよ**という暗号。山辺麻衣佳の、声。

「うん、だから」とジャキはその声に、返答する。「これは僕が処分(ショブン)するよ、おねえさん」

二つの携帯電話を鞄に乱暴に詰め込み、もういちどジャキはジャケットを着て、ジャキはこの木曜日で三度めになる、出発を果たす。玄関を出る。愛機の待つ駐輪場に、降りる。

さあ、そして奔放に。あたしはここから三つの場面しか語らない。一つめは、品川駅前。

ＪＲ品川駅前。

時間はかなり晩い（でも、この木曜日はもう時間を喪失しているから、具体的に何時であるかは問題にならない。語りの内側で、前後したってかまわない）。港南口にある駅ビルの二階、その裏手を、警備員が巡回する。暴漢が二人、襲いかかる。あきらかにプロの犯罪者（後日、警察の調べで、一人はコロンビア国籍であることが判明する）。だが警備員も強者で（十八歳から二十六歳まで自衛隊に勤め、徒手格闘技大会で二度チャンピオンとなり、除隊後に即、警備会社に採用された）、おまけにケブラーを二枚重ねに特殊ボンディングした防刃チョッキその他、万全の装備を身につけている。だから即座に、一人を撃退する。ナイフを手にしていた相手を容赦のない蹴り技で失神させる。が、残った一人にてこずる。床に倒される。顔をしこたま強打されて、最後に肘を顎に入れられる。そして、失神する。暴漢は起ちあがる。暴漢自身、この勝利の前には警備員の重いパンチの連打を浴びていて、満身創痍の状態になっている。大量に血の混じった唾を吐き、それから所期の目的である駅ビルの鍵束を、気絶している相手から奪う（それは夜間管理用の、警備員が巡回するための、合鍵の束だ）。暴漢の真後ろに、その瞬間、忽然と誰かがいる。まるで闇そのものから涌いたように、出現している（彼女はこの暴行の現場に通りかかっただけだ。偶然のタイミングで。本当に、たまたま居合わせた）。その女は手になにかを握っている。巨大なもの、武骨いもの、凶器じみたものを。それを女は、暴漢の頭部に、ふり下ろす。一度、二度、三度。それから横殴りに、頬に叩き込む。暴漢は不意を衝(つ)かれて、脳を揺らして、失神する。三人めの失神者となる。女は、ハア、ハアと息を吐く。それから暴漢が奪ったばかりの鍵束を、理由はないが、奪う。女は、自分の右手に巨(おお)きな懐中電灯が、左手に鍵束があるのを、交互に見つめる。

あたし、と女は言う。

あたし、これで、どうするんだろう、と山辺麻衣佳は言う。

懐中電灯で、強力に、照らす、そして鍵束。

無人の店舗に侵入する。駅ビルの二階の、テナントに、輸入食材のセレクト・ショップみたいな空間(そこ)に。電源の切られている自動ドアを、手で押す。ふしぎな重さ、ふしぎな感触。方向を定めないで、懐中電灯をオンにする。光(ライト)は直線にのびて、そこにワイン売り場を示す。山辺麻衣佳はぺたぺたぺたと歩いて、ガラス扉を開いて、一本のボトルを手にする。

値札のついていないそのワインに、山辺麻衣佳は「ボンジュール」と言って、口づけする。それから逃げ出す。

二つめの場面。

それは鯨塚だ。深夜、そこに男が現われる。男は移動キッチンを背負っている。半日とすこし前に、男はそこに、一本の骨を埋めた。牛の大腿骨だった。オーブンでいったん焼いた骨で、だし(フォン)をとるために、香味野菜とともに鍋で煮た。その骨を、男はここに埋葬したのだ。あらゆる食材に感謝して、弔うために、埋葬したのだ。でも、と男は思った、もしかしたらそれは寛政十年の大鯨を冒瀆(ぼうとく)する行為だったかもしれんぞ。将軍家斉公もごらんになった、大鯨(それ)を。そんなふうに考えを改めて、男は骨を掘り起こしに来た。

なかった。

消えていた。

成仏……した？

キツネにつまれたような思いで、男は仮説をもてあそぶ。何度も、何度も、空洞（からっぽ）の地中を確認する。それから、土に汚れた両手を洗う。鯨塚とK神社のそばには小さな公園があるから（名称は〈品川浦公園〉で、八ツ山通りの歩道をすこし横に拡張したような細長い憩いの場だ）、そこの水道で。無香料のキッチン・ソープを用いて汚れをていねいに落とす。条件反射だが、仕事にとりかかる準備が完了した気がして、男は「本日の食材」をなんとはなしに料理しはじめる。この日の食材はイベリコ豚だ。樫（かし）の森を移動しながら三カ月間、ドングリを食べて育つ、ヨーロッパの放牧種の美味しい豚。その臑（すね）肉をコンフィにした。時間をかけて、時間をかけて。鯨塚の前で。おれは、と男は言う。おれは、これを、誰のために作っているんだろう、と丹下健次朗は言う。何十分かが過ぎて（あたしたちのこの木曜日は時間を喪失しているから、経過した分や秒は大雑把でかまわない）、いよいよ丹下健次朗はその料理を皿に盛る。プラムを添える。

「え？」と言う。気配を感じて、背後をふり返る。真後ろに、誰かが立っている。女がいる。その手になにかを握っている。両手でだ。……ボトル？　と丹下健次朗は思う（そしてボトルの形状から、まるでブルゴーニュ・ワインだ、と推測する）。忽然と出現した女の二つの眸（め）は、どちらも、ふしぎに強い。でもなにかに憑かれた印象もある。女は口を開いて、ここは鯨塚ですか？　と尋ねる（その声はしっかりしている）。うん、と丹下健次朗は言う。すると女は、ここが鯨塚ですね、と反復して、「１７９８」と呪文のように四つの数字を唱える。

美味しそうな匂いですね、と女は言う。

食べるか？　と丹下健次朗は訊く。本日の食材は、流行のイベリコ豚なんだ。

いいえ、と女は言う。あたしはただ、江戸時代の鯨の冥福を、祈りに来たんです。

おれといっしょだね、と丹下健次朗は言う。おれと半分、いっしょだ。

でもワイン、と女は言う。このワインあたしと飲みませんか？　ここで。

献（ささ）げる……酒？

「そうです」と山辺麻衣佳は言う。

丹下健次朗は、そのボトルを、受け取る。ニュイ・サン・ジョルジュの一級畑（プルミエ・クリュ）、生産者名は知らないが、かなり状態は良さそうだと看（み）て取れる。ソムリエ・ナイフを丹下健次朗は常備している。コルクを抜く。二つのグラスを用意して、注（つ）ぐ。それから、無言で、丹下健次朗と山辺麻衣佳は献杯する（相手の名前も知らないのに、相手が誰かも知らないのに）。口に含んだ途端に、これは今日のイベリコ豚にぴったり合う、と丹下健次朗は直観する。絶妙に……絶妙に、合う。それから、おれはおれ自身を癒すためにこの、この、ここにある臑肉のコンフィのひと皿を作っていたんだと理解して、ふいに、唐突に、泣きそうになる。ありがとう、と山辺麻衣佳にむかって感謝を口にしかけて、なぜだかフランス語のほうがふさわしいのかもしれないと、瞬間、判断する。だから「メルシー・ボクー」と言って、それから臑肉のひと片（きれ）にフォークを刺す。

三つめの場面。あたしたちの物語のシンボリックな着地点。あたしたちの物語が終わる、港区。そこは**水再生センター**だ。S浦の**水再生センター**だ。

あたしは起きていることだけを語る。

ジャキは敷地に侵入している。ジャキは携帯電話を、闇にむかって投げる。たぶん汚水処理用の水槽地帯に、そこをめがけて投げ飛ばす。十歳の力で、思いっきり。カラン、と音がする。それが父親の携帯電話。ガ……ガシャン、と音がする。それが母親の携帯電話。壊れろ、とジャキは言う。僕は断然、きみたちを処分(ショブン)した。

それから歩いた。まだ**水再生センター**の内側。猫のように、擬態しながら歩いた。

濾過(ろか)槽の裏側の暗がりに立つ。

ジャキは、着込んだジャケットの前面(まえ)のファスナーを、ちぃぃと開ける。そして大切なものをとり出す。大切な骨をとり出す。鯨の骨だ。それはきみの鯨の骨だ。地面は、敷地の目隠し用の樹々が多数植えられている、柔らかい土壌。だから掘った。両手で掘って、掘って、埋めるための空間を用意した。骨のための穴。埋葬地。再生(サイセイ)なんだ、とジャキは言う。生き返れ、とジャキは言う。

「鯨よ、鯨よ、生まれ変われ」と、ジャキは。

ジャキはそれから、柵を越える。**水再生センター**の外部(そと)に出る。旧海岸通りがある。幹線道路だ、316号線だ。愛機は一〇メートルばかり前方に、停められている。歩いた。愛機のかたわらに。そして、そのほんの先にバス停。

都バスの。

ジャキは口笛を吹いてみる。猫にしか聞き取れないという旋律(メロディ)を、てきとうに吹いてみる。でっちあげてみる。ブルースを。片手で愛機のハンドルを握って、何分も、何十分も、そこで過ごす。ジャキと愛機は過ごす。そこで、待つ。

最終バスが旧海岸通りに現われる。系統は「浜95甲」と表示されていて、東京タワー行きだ。

それは、訪れて、停まる。ひとりの少女をノンステップの降車口から、吐きだす。そして、発車して、消える。たぶん東京タワーをめざして。その終点(ゴール)をめざして。

やあ、とジャキは言う。

会えたね、とトバスコは言う。

するとジャキは、強く、力強くうなずいて、「これから答えを言うよ。クイズの正解を」とトバスコに、言う。


こうしてあたしたちは着地した。

あと一つだけ、蛇足。

あたしはあたしのことを忘れていない。あたしはシュガーだ。あたしはこの土地の（大地の、あたしたちの縄張りの）もう一人の精霊として、いっさいがっさいを見通している。そして……だから、あたしは言う。あたしははっきり、言うの。

ここに宣言するの。二十三区の小学生よ、団結せよ。

ショッパーズあるいはホッパーズあるいはきみのレプリカ

まずモデルガンを準備する。専門店のなかは当然だがマニアの聖域で、異様な雰囲気にきみは戸惑う。陳列棚にはBB弾のでるエアーガンばかりが並んでいる。視界からそれらを一つ、一つ、とり除いていって純粋なモデルガンだけを観察する。さて、どれが本物に見えるだろうか？　どれも本物ではないだけに判断はむずかしい。結局、非常にシンプルな、コルト・ガバメント、のM1911A1という型番の自動拳銃（の模造品）を購入する。その選択が正しいのかどうかはわからない。ただ、たぶんリボルバーのほうが贋物（にせもの）に見えるだろうとは推測できる。より高価な金属製のモデルガンは、銃身がキラキラしすぎていて逆に嘘っぽさを感じさせてしまう。店内には実物用のグリップも売っている。アメリカ合衆国から直輸入されているそれらの、選択肢は多い。迷わずコルト社の馬のマークの入った、本物度の高い、渋い色彩のものを買う。どれも本物なのに、贋物に映るグリップもある。これで、もうトイガンの専門店には用はない。次いで職探しに移る。深夜のコンビニエンス・ストアでは時給は平均して九百円を超える。交通費は全額支給、経験不問、制服貸与、年一回の昇給と皆勤手当も用意されている。最近の新聞記事を参考に、夜の十一時から翌朝五時まで勤務することにして、いちばん繁盛していそうなコンビニエンス・ストアに履歴書をだす。きみは面接をみごとに通過する。それから勤務の日々がはじまる。きみは仕事をきっちり処理する。四カ月後、後輩のアルバイトが入ると昇格して、さらに三カ月後、夜間勤務においてはチーフになる。後輩は週に二回は熱をだすようになり、むろん口実に決まっているが病欠する。きみは店長にいって後輩を解雇してもらう。深夜、その店内にはショップボーイ／ガールはきみ一人しかいない。それでもきみは有能で、業務にはいっさい支障はない。それから、やっと犯罪者は現われる。午前一時半、店内に他の買いもの客がいないことをガラス越しに確かめて、煌々と灯りのともるきみのコンビニエンス・ストアに強盗は出現する。カウンターにいるショップボーイ／ガールのきみに、包丁かアウトドア用の大型ナイフを見せる。顔を隠しているフルフェイスのヘルメットから、金を、と告げる声がする。その声はかなり緊張している。ありったけ、金を、よこせ。反抗してはならない。きみはコンピュータ式のレジに手をやるふりをして、それから、カウンターの内側に取りつけられた通報装置の、その右脇にある抽斗からモデルガンをとりだす。警報など押さない。きみがモデルガンを構えて、強盗のフルフェイスの顔面にその銃口をスムーズにむける、当たり前のことだが相手はまるで想定していなかった状況に陥って、即座には反応できない。その一瞬を逃さずに、やっと使えるぞ／使えるわ、ときみはいう。相手に聞こえるように、ちゃんと一語一語を発音する。これならば正当防衛だから、という。こんなふうに使えるときを待っていたんだ／待っていたのよ、ときみは囁いてみる。強盗はそんなシチュエーションを処理できない。それがモデルガンであることを絶対に見極められない。そして恐慌を来して、そして逃げだす。もしかしたら包丁（あるいはアウトドア用のナイフ）もその場に投げだしてしまう。それから、きみはアドレナリンの分泌がもたらす昂揚が抑えられない。だから、ただちに深夜の街なかにでて、手にしたモデルガンで強盗をするコンビニエンス・ストアを探す。あるいはその／このモデルガンで起こせる、第二の、第三の奇蹟を探す。

ミルク、それから慈雨、それから僕たちの石

『MUSIC』プロトタイプ

まだ目はみえない。でもにおいでわかる。そこには乳腺があるから母親の乳房にたどりつける。その猫は。ココカラオ乳ガデマス。その猫はふたつの前肢でもむ。ちいさなちいさな前肢で。肉球とよばれているところで。みぎ、ひだり、みぎ、ひだり。ココカラオ乳ガデテキマス。あたたかさを感じる。やわらかさを感じる。外側の世界にあるのに内側を感じる、そうした手ざわり。やっつの乳房があって、むっつからはほんとうに母乳がでる。その猫は兄弟姉妹の体温を感じる。むらがっているのを感じる。オ乳ノマワリニミンナガイマス。でも、何匹いるんだろう。数はかぞえられなかった。その猫は、自分たちがじゅんばんに生まれたのをおぼえていない。コレハミンナデス。兄か姉、兄か姉、姉か兄、その猫、妹か弟、弟か妹。

だんだん減る。

何匹かいたのに。

まだ目はみえない。でも感じる。乳房にぶらさがっているみんなが減るのを。しかしおおきさは日に日にましている。一匹ずつのおおきさが。その猫も。ココカラオ乳ガデマス。ドンドンデマス。自分のにおいがかわるのをその猫は感じる。なにかがはじまる。

ひかり。

目がひらいている。ひかり。うごいているもの。でも、どこがうごいているんだろう。もしかしたら目？　その猫の？

それとも、うごいているように感じられるのは、ただの色？

まだ歯はえていない。乳歯は、一本も。でも歩きはじめる。歩カナイトイケマセン。よたよたする。歩カナイトイケナイノデス。たおれてしまうけれども歩いている。その猫は。母親に背中を咬まれてつれもどされる。まだだめよと命じられる。ほら、みんなといなさいと命じられる。まだ。

　まだ。

もう歯はえた。うえとしたの門歯が。そしてみんなは、何匹いるんだろう。兄か姉がいる。妹か弟がいる。その猫の性別はまだ判然としない。まだ。その猫の兄弟姉妹のそれも。でもにおいで一匹ずつがわかる。コレハミギノミンナデス。コレハヒダリノミンナデス。そして母親。外側にあるのに内側みたいなもの。あたたかいもの、やわらかいもの、やっつの乳房。ときどき乳房に吸いついていると母親がいたがる。どんどん揃いはじめた歯のせいで。やがてみんなが消える。その猫の兄だけになる。そしてその猫も、雄だと判明する。二匹だけがのこっている。どちらにも名前がない。その猫には名前がない。まだ。

　ひかり。

いっぱいにそそいでいる。

その猫の、ひらいている目に。

狩りの訓練がはじまっている。母親がそれを兄弟におしえている。でも、狩りってなんだろう。

アレハ食ベテモイインデス。それから。アレハ食ベナイトイケナインデス。それから。ダカラアレハ捕マエナイトイケナインデス。その猫はおそわる。兄といっしょに、兄とたわむれながら。とびながら。

はねながら。

ひかり。

みどり。

血のにおい。

内臓の。

それも食べないといけないのと母親は命じる。鼠は内臓ごと食べないといけないのと母親は命じる。

それから土のにおい。

ヤワラカインデス。

それから石のにおい。

カタインデス。

その猫には名前がない。まだ。


むかしむかし、小学生がいた。その小学生には名前があった。むかしむかし、小学生は猫地図というものをえがいていた。その地図はたたかいにもちいられた。でも、なにをたたかっていたんだろう。

むかしむかし、その小学生はユウタとなのった。名字はきらいだった。ほんとうは名字もあった。タブチという名字。

むかしむかし、その小学生は田渕佑多で、いまだって名前はかわらない。名前以外はすっかりかわったけれど。なぜなら、小学校はとうに卒業してしまっているから。もう小学生ではないから。

むかしむかし。

田渕佑多は猫たちをかぞえて勝負する世界に身をおいていた。猫たちの数を。猫たちは数をかぞえないのに、地域での生息数をかぞえた。その世界では天才児として有名だった。たとえば十歳のころに。それから十一歳の夏までは。田渕佑多の口癖は「僕は目がいいからね」だった。生まれつきの才能をいかして、さだめられた範囲にいったい何匹の猫がいるのかをカウントした。高速に。正確に。

十一歳の夏までは。

むかしむかし、東京では真夏の決戦がおこなわれた。ユウタという名前の小学六年生が、自分よりもはるかに年長の、六十歳の女と対決した。そして負けた。

ユウタは負けた。田渕佑多は。

十一歳。

夏休みだった、二〇〇五年の八月。

対戦相手の女には想像を絶する力がそなわっていた。その女が口笛をかなでるとき、地域じゅうの猫たちが闇からあらわれた。田渕佑多はルールにのっとってたたかいをすすめたが、カウントしようとする田渕佑多のまえからしばしば猫は消えた。対戦相手の女の口笛にひかれて。その猫笛にいざなわれて。

消えてしまった猫はかぞえられない。

猫たちは田渕佑多のまえに、いない。

むかしむかし、田渕佑多は小学生だった。むかしむかし、真夏の決戦がおこなわれて田渕佑多の能力はのこらず空(から)ぶりになった。それでも闇からは口笛がきこえつづけていた。人間の可聴域からはおおいにはずれた超高音をも孕(はら)んでいる、メロディが。

その音楽。

耳について離れない。その口笛。対戦相手の女にだけあやつれたブルースの、メロディが。

それは田渕佑多を憂鬱(ブルー)にして。そして。

「もう、かぞえられないんだ」と田渕佑多はいった。

「だって、足し算ができないんだ」と田渕佑多はいった。「僕のところからは猫が消えるから。ゼロだから」

「ゼロに何匹ぶんのゼロの猫を足したって、やっぱりゼロでさ」と田渕佑多はいった。「それにさ、小学生としての僕の夏休みだって、これでぜんぶ、……ぜんぶ、もう終わっちゃって」

「僕はそれこそ卒業して、中学生になって」と田渕佑多はいった。「もう、終わりだ。だって、もう足し算の授業とかをしている時代じゃないもの」

「連立方程式だもの。ちがわないでしょう?」と田渕佑多はいった。

むかしむかし。

田渕佑多は逃げることをきめた。安全な場所をさがした。それは猫のいない場所だった。猫がいたらかぞえてしまう。かぞえてしまったら、おもいだす。あのメロディを。あの口笛を。

恐怖を。

だから。

田渕佑多は猫を視界にいれない。通学のための往路でも復路でも。それから、基本的に部屋にこもる。十二歳。不登校にはならないけれども、自分の才能をぜんぶころした。生まれつきの才能を。目をとざして。田渕佑多の目はひらいていたけれども、とじていた。

闇。

でもその闇からは口笛がきこえつづける。

その闇ってなんだろう。

猫笛ってなんだろう。

「むかしむかし、ユウタがいました」と田渕佑多はいった。「いま、ユウタはいません」

きみはだれだ?

「ただの田渕佑多」と田渕佑多はいった。みずからの深層意識に問われて。「ファミリーネームにしばられた、中学生の、ただの……田渕佑多」

そして夏がちかづいている。

夜ごと田渕佑多はうなされている。

ここから、でたい。

でも、こ、ここってどこだろう。

もう狩りにもなれた。その猫は。

成功率をどんどん高めている。

狙いをつけるのは鼠だけではなかった。いろいろな虫たちも。それから爬虫類や、両生類も。

飛蝗(ばった)、蜂、やもり、蛙(かえる)。ホラ捕マエマシタ。兄がみているのがわかる。母親がみているのがわかる。ほこらしい気もちが生まれる。トブノヲパシッ、ハ、トタタイタラ楽シインデス。それから。捕マエルトキニハイッショニトブンデス。それから。ゼンブ食ベテモイインデス。

そうよと母親がおしえを垂れる。満腹だったらなぶるだけでいいのよと母親がおしえを垂れる。

世界の色がます。

どんどん、ます。

獲物にはそれぞれの獲物の色がある。母親にも色がある。兄にも色がある。母親は三毛(みけ)で兄は白黒の斑(ぶち)だ。その猫は毛づくろいをするときに自分の色をみる。灰色。光沢にあふれた、灰色。もちろん自分では全身を観察することはできない。しかし、その猫のからだはあまさずおなじ灰色だった。

一色(ひといろ)の。

猫の体毛の灰色は、英語ではブルーとよばれる。

色彩がどんどん世界にまして、世界はどんどんおおきさをます。あちらに狩りにいって、こちらに狩りにいって。とびまわって。兄とかけまわって。二匹で。石にのぼる。石はいっぱいある。樹にのぼる。樹もいっぱいある。

樹にはつめを刺してのぼる。

のぼったらおりる。

いちばん狩りにはげむのは朝がた。しかし、夜もはしる。おもいっきり。ほら、もどりなさい、と母親が命じる。でも、おぼえなさい、と母親はおしえる。夜にもひかりはあるでしょう、ほら。

ヒカリハアリマス。

猫は夜にも目がみえる。でも、みえるってなんだろう。

夜には色があまりない。しかし、一度おおきさをました世界はちぢまない。

昼ひなか、その猫は狩りをしない。母親がいて兄がいるのをたしかめて、それから。鴉の声をきいた。それはあぶない声だ。雀たちのさえずりもきいた。それはおいしい声だ。しかし、雀を捕らえるのはむずかしい。その狩猟は高度すぎて。それから。草がのびているのがわかる。きょうものびている。それから。おなじ地面にあるおなじ草が毎日どんどんのびている。そのにおい。夏にむかう生長の。それから。雨のにおい。昼、石があついときは雨がうれしい。それはうれしいにおいだ。しかし、雨はやむまで樹の洞にいないとならない。それはその猫にはめんどうで。それから、自転車の音。それから、犬の気配。犬ナンテ消エテシマエバイイデス。その猫は空はみない。ひたすら鳥にだけ注意をはらう。

おおきな鳥。

ちいさな鳥。

こわい鳥とおいしい鳥。

こわい色とおいしい色。

世界の色がます。どんどん、どんどん。世界のおおきさといっしょに。ひとりだちの時期がちかづいている。しかし、まだだ。まだ早い。なのに、もう。

もう。

突然、それを強いられて。

母親が車道で事故にあう。もどってこない。ひかれて、即死したから。兄と二匹でまっている。その猫は。まってもまっても帰ってこないから、夜、兄と二匹で狩りにでる。その猫は。ホラモグラガイマス。捕まえる。食べる。ホラ鼠ガイマス。それは兄が捕まえる。だから兄が食べる。

樹からなにかが落ちてきた。果実のようなもの。ぱさっと音をたてて。その猫は、それは食べない。食用だとはおそわっていないから。母親から、食べなさいとは命じられていないから。しかし樹には意識をうばわれる。ホラ落トシタ樹ガアリマス。だからのぼる。一匹で。食べたからあそびはじめる。兄は地面にとどまる。まだ満足していないから。満腹になっていないから。もっと狩りをするときめている。鼠がいないかとさがす。あるいはもぐらや、虫がいないかと。それ以外の爬虫類や、両生類がいないかと。すると、その猫の兄はなにかをさがしているはずなのになにかに発見されてしまう。よそものに。それも二歳の成猫に。雄に。この一帯の雌猫たちとの性交渉をもとめて、繁殖の本能につきうごかされているおとなの、猫に。

そしてその猫の兄は。

襲われる。なぶられる。

子猫をころせば、母親のおとなの雌がふたたび発情期にはいる可能性が高いから。

あたらしい土地にいる子猫は、ぜんぶ、ほかの雄の遺伝子をついでいるから。

なぶる獲物にふさわしいから。

だから。

悲鳴。

血。

その猫はみている。襲われる兄を。樹上から。

兄のからだが裂かれる。

ヤワラカインデス。

兄の頭骨が皮膚ごしに咬まれる。

カタインデス。

その猫はひっしで気配を消す。それから。そっと樹のもっと高いところにのぼる。もっと、もっと。身をかくそうとして。だが目はつぶらない。みつづける。だれかがその猫におしえたから。夜にもひかりはあるでしょう、ほら。ヒカリハアリマス。だから、みおろして。兄が襲われるさまを、ずっと、ずっと高みから。そっと。よそものの色もみる。夜だから色はあまりない。それでも。ヤッパリコワイ色デス。ほとんど闇に埋もれてしまうような赤茶に黒い縞。そして。

朝までひそんで。その猫は。

おびえて。

まだ樹上にいて。

夜はあける。すでによそものは去った。そのこわい色のおとなの雄は。兄のしかばねをそこにのこして。そのしかばねは鴉につつかれた。数羽の鴉に。やがて、まるごとさらわれた。その猫はこわばっている。

おりたい。おりられない。でも、のぼったらおりるのが樹のぼり。でも。こわい。刺さったつめがはずれない。はずした。おりようとこころみる。前肢。それから。後肢。それから。ひと肢ずつ。それから。すべる。落ちる。

とぶ。

石に落下して、そこからはねて、再度、地面に落下した。みぎの前肢をくじいた。はじめての怪我。その猫は、どうしていいかわからない。だから、前肢はひだりだけをつかうようにして、ぴょん、ぴょんと歩いた。歩カナイトイケナイノデス。でも、どこにむかっているんだろう。歩カナイトイケマセン。

その猫はまだひとりだちをしていない。

まだ。

なのに。もう。

自分で判断して、逃げるしかなかった。逃げるしか。兄のようにならないために、ころされないために。だから。ぴょん、ぴょんと歩いた。

おおきさをました世界の、はじをめざした。


「僕は十二歳です」と田渕佑多はいった。

「だから身長がのびる。毎日、毎日」と田渕佑多はいった。「だいたいひと月に二センチはのびてる。だから」

「ほら、僕は部屋にこもってるじゃない？　いまは……むかしは外にばっかりいたけれど、いまは」と田渕佑多はいった。「むかしってなんだっけ？　むかしむかし。だから」

「おかしいんだよね。僕はおおきい。日に日におおきい。なのに、部屋はせばまって」と田渕佑多はいった。「だんだん窮屈になってる。成長してるはずなのに、どうして世界がちいさいんだ？　だから」

「あ。そっか」と田渕佑多はいった。「論理的だ。ここからでないからだね。でも、ここ、、ここってどこだろう。部屋？　だから」

「でてるよ」と田渕佑多はいった。「学校にだって通ってる。でているよ、ね？　だから」

「夏休みがじきだ」と田渕佑多はいった。「あれ？　なんだ、この声？　いたいような……かゆいような。声がヘン。これって変声期？　だから」

「通学をしない夏がくるね。そうしたら」と田渕佑多はいった。「ひと月とかひと月半とか、僕は。……僕は？　ここにいるの？　だけど、そんなことをしてたら二センチも三センチも世界がちいささをましちゃうよ。だから」

「髪の毛」と田渕佑多はいった。「こんなにのびた。ほら、だから」

「いらない」と田渕佑多はいった。

鏡は洗面所にある。

三面の鏡が。

田渕佑多ははさみをだす。じゃき。じゃき。じゃき。髪の毛を自分で切る。もともと髪の毛は耳にかぶさる程度にはのばしていた。長めに、小学生のころから。

「だけどさ」と田渕佑多はいった。「これはのばしすぎだって」

「息がつまる」と田渕佑多はいった。

「部屋が髪の毛でうまっちゃうよ。夏休みのあいだに」と田渕佑多はいった。「髪の毛なんて、何メートルものびるんだから」

「じゃき、じゃき、じゃき」と田渕佑多はいった。

前髪。

うしろ。

よこ。

「髪が死んだ」と田渕佑多はいった。

切った髪の毛のたばを手にする。なんという量。そして、死ンダと宣告した自分の声の、なんという嗄(か)れかた。声がもとにもどらない。むかしむかしの声には。ボーイ・ソプラノには。鏡の

ミルク、それから慈雨、それから僕たちの石

まえにいて、視線の高さがかわってしまっているのも実感した。何センチも何センチも。むかしむかし、顔はもっと低いところにあった。おなじ鏡の内側で、もっと……低いところに。

もどれない。

うん、もどれない。

もどらない。

髪は死んだ。

「だから」と田渕佑多はいった。「埋葬しないと」

新聞紙に髪の毛をつつむ。一本のこらず、ていねいに。財布をもってうちをでる。ほら、外だ。ほら、屋外。ほら。田渕佑多はマンション暮らしだったから、一家で目黒区のマンションの七階のユニットに暮らしていたから、地上まではエレベーターにのった。ずいぶんとGを感じた。どうしてだろう。髪の毛が減ったから？ 田渕佑多は回答できない。

電車にはのらない。

歩いた。

歩いて。

世界のはしっこまで。

死んだ髪の毛を埋葬できる土地まで。

めぼしはついている。墓地がある。それも東京都立の墓地が。広尾と南麻布のはるか北に、六本木のかたわらに、青山霊園が。そこには十二万人あまりが瞑(ねむ)っている。日本初の公営墓地でもある。樹がある。土がある。墓石が林立している。そして猫がいる。猫たちが。

田渕佑多はそこで猫にあう。

死にかけている子猫に。

「……おい？」

声ガデマセン。

「そこにいるの？　そこに……猫か？」

声ガデナインデス。

「なあ、草むらに、いるね？　僕はついさっき、外苑(がいえん)西通りからあがってきたんだよ。高台になってるこの青山霊園のはしっこにさ。人はいないね……真夜中だもの。ここって肝試しみたいだ……うん、髪の毛をとむらうには最高だね。あのさ、……おい？」

ナニモ食ベテイナイカラ。声ガ。

「僕って目はよかったんだ。だから」

声ガ。

「いるのはみえてる。そうゆう才能があったから。でも、才能ってなんだったっけ？　あのさ、髪の毛を埋めたいからさ、ちかづいちゃうぞ。そこの草むらってよさげだから。うん、……生きてない？」

「ちがう。生きてる」

サワラナイデ。

イロイロ捕(ト)ロウトシマシタ。

捕レマセンデシタ。

肢(アシ)ガオカシイカラ。

失敗シテシマウンデス。

オイシイ鳥モ捕レマセンデシタ。

鼠モ捕レマセンデシタ。

ヽ、ヽ、
モグラ、ヤモリ、蛙、ゼンブ失敗シマシタ。

ナニモ食ベラレマセン。

ダカラ。モウ。

チカラガ。

「まったか？　いま、はしってきたよ。僕、このあたりのコンビニってしらないから。よかった……まだいるな？　ほら。紙のお皿にあけるから。この牛乳。ほら、ミルク。のめよ。おまえ、まだ子猫だろ？」

コレハナニ？　食ベラレルノ？　ニオイガシマス。

「ほら、がんばれよ、立って……そう。おまえ、右手を怪我、……してる？　そうか」

シラナイニオイデス。デモ。シッテイル気ガシテ。

ダカラ。

「そうだ……のめ」

オイシイデス。

「なめろ」

コレハ食ベラレマス。

猫は人間用の牛乳はのめない。ふつうは消化不良の原因になるから。下痢をおこしたりするから。とりわけ離乳まえの子猫にはのませてならない、ぜったいに。

その猫は？

離乳はしていた。それから。

消化不良うんぬん以前に、限界にたっするまで栄養が不足していた。さらに、たおれこんでからは水分摂取もままならないでいた。

それを摂(と)った。

いま。

それから。

ねむった。鴉たちにおそわれない墓石のかげにまで移動して、そして。

人間はついてこなかった。その猫に牛乳をあたえた人間は。その場にたっぷりの牛乳をのこして、去った。その人間がなにを鳴いていたのか、ひとつも理解できなかった。アノ鳴キ声ハワカリマセン。人間ノ鳴キ声ハワカラナイノデス。それから。

その猫は判断する。

オ乳ミタイナモノデシタ。

口にした食べものの味。強引に分類するならば、その猫の記憶にある、母乳ににていた。哺乳類や爬虫類や両生類や鳥類の血や、内臓や、肉とはちがっていたから。

それから。

めざめた。

いま。

ようすをうかがう。

それから。ふたたび牛乳の草むらに歩いた。みぎの前肢を地面につかないようにして、ぴょん、ぴょん、ぴょんと。

時間をかけて。

紙皿はちゃんとあった。

だから、飲んだ。

オ乳ミタイナモノデス。

すこしずつ飲んだ。その猫は。まわりに対する警戒をおこたらずに。まうしろにも注意が必要だし、上空にも。そして。

それから、昼。

さいわい曇天だった。陽光はきつすぎず、うごきまわらないですんだ。それどころか、その猫はその場にいつづけて、死を擬態した。かがみ、息をころしつづけた。エネルギーの消費をさけて。しかし両目はひらきつづけていた。

すると、ひかり。

すると、みどり。

すると、草にはねる、飛蝗。

それも精霊飛蝗。体長が七センチもある。

その猫の目のまえに。

息をころしつづけた。

気配をころしていた。それから。

ひだりの前肢がひらめいた。その猫の。精霊飛蝗を捕らえた。食べた。頭からぜんぶ。なにもかも、のこさず。

そしてまたやすむ。体力の回復をまつ。夜、おもいがけないことがある。あの人間があらわれたのだ。おなじにおいのおなじ人間。真夜中なのに猫を発見する人間。それも、もういちど牛乳をもってきたのだ。なにか鳴いている。鳴きつづけている。ダカラ人間ノ鳴キ声ハワカリマセン。その猫は、しかし、不快だとはおもわない。

おもわない。

それから。

つぎの夜も人間はあらわれる。その猫は牛乳をなめる。のむ。しかし、それで最後だ。最後にしたのは、その猫だ。みぎの前肢を地面についてみる。そっと。

いたむか？

まだ、いたむか？

歩いてみる。

いたまない。

もう、いたまない。

そうだ。もう。

それから。歩カナイトイケマセン。その猫はしっかりと自覚する。歩カナイトイケナイノデス。しかし当面、青山霊園から外にはでない。狩りのしかたがかわったら生きてはいけないと了解しているから。そして、狩りそのものが、成功率をおおいに下げているから。ダッテ。ホラ。捕マエラレルカドウカデス。いろいろな獲物を。

だから、食べものを。

それから。

捕マラナイカドウカデス。

あぶない生きものたちに。たとえば成猫の雄に。そう。でも、どんな雄猫だろう。

色ならば、ほとんど闇に埋もれてしまうような赤茶に、黒い縞。

そんな。

まだ狩りに失敗する。

それから。

もう狩りに失敗しない。まえとおなじ程度には。

何日かがすぎている。何日がすぎたのかは判然としない。猫は数をかぞえない。その猫は。ついに青山霊園から外にでる。陸橋の、歩道の部分をわたる。まるっきり人間みたいに。母親が車道でひかれたことを、その猫はしらない。しかし、母親の二の舞いはふまない。

そして雨。

いきなりふりだす。あたらしい世界の探索のさなかに、雨が。その猫は、陸橋のほうにもどろうとする。しかし、気がつけば高架になった陸橋の真下にはいっている。雨宿りができる場所に。それは、その猫にとって好都合だった。ぬれないから。

そして、それから。

なにかがきこえる。

音ガシテイマス。

なにかが音をだしている。

人間ガイマス。

その人間が音をだしている。からだのどこかから。その人間は、その猫とおなじように雨宿りをしている。だから先客だった。その場所の、陸橋の真下になっている、橋梁のむきだしのコンクリートと道路のアスファルトがあざやかに高らかに音を反響させている空間の。雨にとざされた、そこの。

それから、その猫はわかった。

アノ人間デス。

牛乳をもってきていた人間だとみぬいた。においで。十二歳の田渕佑多だと、それが。

かぞえる世界には掟があった。

猫たちをかぞえて勝負する世界には。

掟のその一。餌付けをしてはならない。それは反則だ。だから。

田渕佑多はかつて猫をかぞえるプロフェッショナルだったが、にもかかわらず、猫の食餌についての知識はないにひとしかった。あるいはかたよった知識しかなかった。子猫ならばミルクをのむだろうとかんがえた。そして、のませた。ひっしに。生きていてほしかったから。

紙皿にそそいだミルクをなめる、みぎの前肢をいためているその猫をみていると、感情が水位をあげた。

「声もだせないんだな」と田渕佑多はいった。

「おまえ、鳴いたりもしないんだな」と田渕佑多はいった。「猫なのに。子猫なのに」

「きいていいか?」と田渕佑多はいった。「おまえの世界って、おおきいの? それとも、ちいさいの?」

「僕のは」と田渕佑多はいった。

それからその猫が、けんめいに歩いて、墓石のかげに移動するのを見送った。

田渕佑多はたっぷりの牛乳をその紙皿にそそいで、のこした。その場に、草むらに。かくれ処までその猫をおわずに。

髪の毛は埋めなかった。じゃき、じゃき、じゃきと切った髪の毛は。死んだ髪のたばは。かわりに、青山霊園の闇に、まいた。

風葬。

なにかがはじまっている。

闇。

翌日、またおなじ場所にきた。目黒区のうちから、歩いて。世界のはしっこのような青山霊園まで、歩いて。こんどはさきに牛乳を買っておいて。こっちのほうがいいだろうと成分無調整牛乳にした。より自然にちかいような気がして。そして、その猫はいた。田渕佑多は、その猫が自分をまっていたわけではないと、直感はした。

「おどろいたんだろ」と田渕佑多はいった。

「なあ、調子はどう?」と田渕佑多はいった。「僕ってさ、そういえば猫にこんなふうに話しかけたことなんて、なかった。むかしむかしもなかったよ」

「その手、いたいか?」と田渕佑多はいった。「それ、右手だろ。僕もみぎ利き。おまえもそうだったら、きついね」

「なおれ」と田渕佑多はいった。

田渕佑多は見守った。

さらに翌日も。そしてその日、田渕佑多はその猫の鳴き声をはじめてきいた。高い声、おさない猫の特有の。ミーという、ほんのみじかい声。ほんのみじかい反応。もしかしたらその猫自身にも意識されていなかったかもしれない、それ。しかし、ききのがさなかった。そして、きいた瞬間におぼえた。記憶にやきつけて。

ミー。

「声がでるようになったな」と田渕佑多はいった。「おまえ、僕に返事したの？　そうか、……僕のいってることがわからないいって猫語で返事したの？　だったら、ただしいよ」

「だって」と田渕佑多はいった。「これ、日本語だもの。ああ、僕にも猫語の青山方言が、話せたらね。そしておまえに、きけたらね。その手、いつなおるって」

「だから、のめ。ミルク」と田渕佑多はいった。

さらに翌日。その猫はいなかった。

田渕佑多は残念だとはおもわなかった。

用意していた牛乳を、自分でのんだ。

すると、ちから。

すると、満たされる、ちから。

すると、闇。

目のまえには、青山霊園の、闇。

なにかがはじまっている。その猫の不在はその猫の快復のあかしだ、と田渕佑多は信じている。

田渕佑多は自分の直感というものを信じている。全面的に。なにかがはじまっている。田渕佑多は歩きだしている。こんどは霊園の、なかを。世界のはしっこの、そこからはじまる世界を。林立する墓石。土のにおい。樹木の気配。

「そうだ」と田渕佑多はいった。

「ここはかたいね。墓石、ばっかりで」と田渕佑多はいった。「それから、ここは湿ってるね。植物の呼吸ってやつで。それから……それから……」

それから？

こんな感想はちがうな、と田渕佑多はおもった。

こんな感想のだしかたは、と田渕佑多はおもった。

だから日本語じゃないな、と田渕佑多はおもった。

日本語でたらたらしゃべるなんて野暮だよ、と田渕佑多はおもった。

僕は猫語がほしいし、だったら、と田渕佑多はおもった。

それから？

だったら、僕は鳴かないと、と田渕佑多はおもった。

闇で、どう鳴いたらいい？　その深層意識からの問いかけに、田渕佑多は即答した。口笛だ、と。そして言葉として答えるまえに、じっさいに吹きはじめていた。息を、くちびるのあいだから。

吹いてみておどろいた。

なに、これ？

感触がちがう。

まえに口笛を吹いたのって、いつだ？

むかしむかし。だから。変声期まえ。

え？

僕、声のでかたがかわって、息のでかたも、……かわった？

自分の口笛に憂鬱（ブルー）が孕まれているのを直感して、田渕佑多は呆然とした。

そして、それから。

その翌日も真夜中に青山霊園にきた。さらにその翌日も。ひたすら吹いてみるのが目的だった。だから鳴いてみるのが。猫語の青山方言にちかづけるのが。でも、猫語ってなんだろう。田渕佑多は問わない。田渕佑多の深層意識は、自分にそんなことは問わない。かわりに田渕佑多の、ひらいていたけれどもとじていた目が、ひらかれる。

そう、ひらかれる。

田渕佑多は十二歳。

夏。

田渕佑多はおもう、あの高い声をあたえよう。だから子猫の、ミー、という響きを。僕の口笛に。

すると、膨張する憂鬱（ブルー）。

田渕佑多はおもう、手がつかえないとつらいんだよね。まして右手なんて。だから僕は、口もとに右手をよせて。ほら、口笛の音（ね）がてのひらに反響して。ゆれて。

変化する。

するね。

高音がはじける。人間の可聴域を超えた、二オクターブも超えた音が。

すると、膨張する憂鬱（ブルー）。

より膨張して。

そして田渕佑多は、歩いて。

歩きつづけて。

青山霊園の、なかを。世界のはしっこの、その新世界を。

それから？

雨がふる。ある日、いきなりの雨が。深夜に。田渕佑多は避難する。霊園からすこし離れて、根津（ねづ）美術館のほうにつづいている道路の陸橋の、その高架下に。そこで雨にとざされる。降りこめられて、口笛を吹きつづける。するとと複雑な反響がある。音の。頭上にはコンクリートが、それも穹窿（ドーム）をゆがませたような形状で存在していたし、地面はアスファルトでおおわれていた。だから。なにかがつかめた気がする。あるいは、いまにもつかめそうな。

即座に。

そして、それから。

気がつけば、目のまえに猫がいる。

一匹の猫が。それも、子猫が。それも、その猫が。いっしょに雨宿りして、いる。田渕佑多を、すこし離れたところから、みあげている。


「やあ」

イルンデス。

「声、……ちゃんとでるな。いま、鳴いたね？」

アノ人間デス。マタ鳴イテイルンデス。

「うん？　しっかり目をあわせてる。僕に」

ダカラ鳴キ返シテミルンデス。

「やっぱり、あの灰色だ」

人間ノ鳴キ声ハワカリマセン。ソレデ。サッキノハ？　サッキノ音ハ？

モウ音ガシマセン。

「子猫の、おまえだ。それで、ちゃんと……右手も地面につけて。そこにいて。ちょこんと腰おろして。それ、……歩ける？」

鳴イテバカリデス。デモ。

イイ声デス。

「歩いてきたんだよな。うん、それで。ぜんぜん元気な顔、してるし。おまえ、なおったね。それで、うん、これって……再会だね」

ダケド。

モウ音ガシマセン。

「ここでさ、僕、口笛を吹いていたよ」

音ガ。鳴イテイルダケデ。

「ずっと霊園のなかにいたじゃない、僕？　歩いて、吹いていたじゃない？　だから、こんなふうに口笛の音がコンクリとかに響いたりするの、とじてる空間に反響するの、新鮮でさ。ここは……感動したな。雨もいいね。いとおしい雨だね。この外側にある街の、ノイズってゆうの？　ぜんぶ消しちゃってるし。そもそも雨だとこの陸橋のしたにさ、だれもいないし。いや、……ちがうね。おまえがいる。灰色の、あの灰色の子猫が。おまえが、きたね。おまえ、……きたの？僕の口笛をきいて、きたの？」

イイ鳴キ声デス。

ウ、レ、シ、イ、声ニチカイ気ガシマス。

ダケド。音ハ？

「猫語になるようにって、僕は口笛をためしはじめたんだ。猫とおなじように鳴こうって。たしか、たぶん……それも猫語の、青山方言でって。おまえだよ。おまえの鳴き声にちかづけたかったんだ。おまえと通じたかったんだ、うん。それで、どう？　こんなだよ」

シマス。

音ガシマス。

コノ音デス。アノ人間カラデテイマス。コノ音デス。

「……そう」

音ガシマセン。

「きいてたね、おまえ？」

アレハウ、ッ、ト、リスル音デス。

「ありがとう」

まだ雨はやまない。それから。

もう雨はやむ。それから。

何日かがすぎている。猫は数をかぞえない。その猫も。しかし、かぞえない何日かのあいだにも、その猫は陸橋のしたにもどる。夜、そこにもどる。すると、いる。あの人間はいて、音を、さらに陶然としたものにかえている。

たとえば。

それははねる。

それはゆれる。

それはまがる。

それはねじれる。

「おまえはきいているね」と田渕佑多はいった。「もう夏休みだよ。この夏休みは、おまえにずっときかせるよ」

「てのひらで音をちらすのが大事なんだ」と田渕佑多はいった。「うえとしたに。それからよこにも。ほら、こんなふうに。……ね？　口笛のオリジナルってゆうのはひとつなのに、同時にふたつやみっつの音色が、かさなって生まれるの。わかる？」

「おまえはわかってるね」と田渕佑多はいった。「それが僕には、わかる」

「これが猫の感情のような口笛だ」と田渕佑多はいった。「これが猫笛だ」

「僕は餌付けはしない」と田渕佑多はいった。「ずっとミルクも、あたえてない。もう、ずっと。なのにおまえはあらわれるね。灰色のおまえ」

「歩こう」と田渕佑多はいった。

ある夜をさかいに、その猫は田渕佑多といっしょに歩きだした。

口笛を吹いている田渕佑多のまえを、うしろを、かたわらを。

その夏。

二〇〇六年の八月。

夏休みが終わるまで。それから。

田渕佑多が陸橋のしたにあらわれる時間帯が、かわる。びみょうにかわって、その猫とのすれちがいが生じはじめる。そして、それから。さらに何十日かがすぎている。正確に何カ月が、あるいは何週間がすぎたのかは判然としない。猫は数をかぞえない。でも、数ってなんだろう。たとえば歯には数がある。その猫の歯がはえかわる。二十六本の乳歯がじゅんばんに三十本の永久歯に。何本かはのみこんでしまって、ほかは吐きだした。それから。その猫はスプレー行動をはじめた。立ったままの姿勢でわずかばかりの尿を噴射して、ここがなわばりだと主張する。陸橋のうえとしたで。陸橋と西と北と、それから南の界隈で。

成熟がはじまっていた。

雄としての成熟が。

それが数。

そして、それから。

ついに青山霊園にもどる。その猫は。世界の中心をめざす。ココハハシッコデス。その猫は認識している。ココハ逃ゲテキタ世界デス。ハシッコノ外ニアルトコロデス。ダカラ。モドレバ狩リガ楽シイデス。その猫は霊園の内部にしかいなかった昆虫を、爬虫類を、両生類を、あるいは哺乳類でももぐらを、おもう。

だから。

それから。

たたかいがある。その猫と、ほかの猫との。雄同士の。その猫は、不用意にはあらそわない。

時機をまっている。経験も身につけないと。なにより、もっと成長するのをまたないと。もっと、もっと、どんどん。

世界がおおきさをますのを、まって。

そして、ひかり。

そして、闇。

闇に埋もれている色を見つける。埋もれてしまいそうな色を。赤茶に黒い縞。つまりこわい色の、猫を。

不用意にはちかづかない。

しかし。

のがさない。

まっている。

そして、それから。


口笛がきこえる。

血をなめていると口笛がきこえる。

「おまえじゃないか」と田渕佑多がいった。「おまえ、ひさしぶりじゃないか。あの灰色だろ?」

「そうか、青山霊園にもどっていたんだ」と田渕佑多はいった。「でも、ここはひろいからなぁ。僕もね、そんなには真夜中のハイカイって、ゆるされない身になってね」

「おまえ、だれかをたおしたね?」と田渕佑多はいった。「そうか、……雄だったんだ。もしかして、ボスをめざしてる? もしかして、無敵になろうとしてる?」

「じゃあ、無敵になれよ」と田渕佑多はいった。

それから田渕佑多は、吹いた。

口笛を。

だから、猫笛を。

その音色がたたかいをおえたばかりの興奮を冷ます。その猫の興奮を、なでるように冷ます。はねてゆれてまがってねじれて。アア。ヒサシブリデス。イイ音デス。その猫はおもう。それから。酔イマス。その猫はおもう。それから。周囲にあまたの猫たちの視線を感じる。雌猫たちが、あるいは生後半年に満たない子猫たちが、わいている。霊園の、闇から。

その闇って。

その猫笛って。

「ここをさ、ほら」と田渕佑多はいった。「この墓石(はかいし)をおまえの記念にしよう。おまえがここで、だれかをたおしたし、僕と再会したから」

音ハオワリ？

モウ音ガシマセン。

鳴イテイマスネ。ウレシイ声デス。

「うん。ほら、とびな」と田渕佑多はいった。「そう、この墓石のうえに。そう、僕たちの石に。そうだ、……僕たちの」

ソシテ。

コレガウレシイ声デス。コレガ。

「鳴いたね、おまえ」と田渕佑多はいった。「そして、変声期だ。おまえもりっぱな雄の声だよ」

コレガ。

「ああ、そうだ」と田渕佑多はいった。

ソウデス。

じきに田渕佑多は十三歳。

美食

こんにちは。ぼくはごさいです。このままぼくがしゃべるとわかりづらいとリサさんがいっているのでぼくはかんじをつかってかんがえます。

僕は五歳児です。僕はいま空港にいます。空港の、犬もいてかまわないところにいます。時どき犬たちも飛行機に乗るのです。どこに乗っているのかはわからないですけど。もしかしたら犬たちはスーツケースに入れられるのかな？　もしかしたら犬はスーツケースになるのかな？　もしかしたら犬はスーツケースたちに変身します。そういうのは、うん、わかる。僕は思っているんですよ。飛行機に乗っている人間たちは飛行機をかぶっているんだって。そうでしょう？　鳥がいるでしょう？　鳥たちは空を飛んでいるでしょう？　そして飛行機も飛んでいるでしょう？　飛行機たちは鳥よりだいたい大きいでしょう？　大きいものを見上げるでしょう？　そうしたら、ほら、飛行機しかないでしょう？　どこに人間たちがいますか？　つまりですよ、人間たちは飛行機に乗る時に飛行機たちになっているんです。変身ですよ。

変身ですよ！

これをわからない人たちがいることが僕には残念だ。

僕にはとてもとても残念だ。

そして、どんなふうに残念なのかが五歳児の僕にはあんまりちゃんとは説明できないことがもっと、もっと、もっと残念だ。


こうして漢字を使っても足りない気がするので僕はリサさんに僕の言葉を補ってもらいます。つまり、ここから僕の代わりにリサさんが話して（書いて）いきます。もちろん僕が話しているんですよ！　でも、リサさんが書いているんですよ！　たとえばですよ、僕は飛行機が駐まっているところは飛行機の駐車場だと思ってしまいますからそんなふうに言ってしまいますけれどリサさんだったらこれを駐機場と言いますから説明が簡単です。そういうことです。つまり、僕がリサさんに頼んでいるのはそういうことです。だから、たとえば、僕が犬のことを犬たちといったり犬といったり、つまり、単数か複数かということですね、それを勝手に変えてもらったりはしない。だって、ある時は僕は犬は一匹だと思う。でも、その次には二匹だと思う。その次には犬はいっぱいいるんだと思うから犬たちと言う。でも、犬たちはやっぱり全部犬なんだから犬と言う。それをリサさんは修正しません。

ところで人ではないものから見たら飛行機に乗る人間たちは飛行機たちにそのたびに変身しているんだということは納得しましたね？

ああ、そうだ。自動車のことを考えてみたらいいんですよ。

道路を走るでしょう、僕たちは？　自動車に乗って。

あの時、僕は、自動車に変身していますよ。轢（ひ）かれる猫に聞いてみたらいいんです。「あんた（＝猫）は誰に轢かれたんだ？」「自動車に」「え？　そうじゃないだろ。自動車を運転していた人間だろ?」「違う、自動車に轢かれた!」「じゃあ、人間は、あの自動車に乗って何をしていると思ってるんだ?」「思ってない、思ってない、思ってない!」

ほら、結論は出ましたね。

ところでリサさん、リサさんは北海道で貂を見ましたね。
〈ええ、見ましたよ〉
貂は轢かれていたんですね?
〈轢かれていたんですよ。車道で〉
貂も、やっぱり、人間は自動車たちに変身するんだって、知っていたんでしょうか?
〈それはむずかしい質問ですね〉
大人たちにも難しいんですか?
〈大人たちも、貂たちになったことはないですからね〉
ちょっと待って。じゃあ、人間は……貂たちには変身できない?
〈あのね、まーくん〉
なんですか?
〈人間たちに変身することのできる動物たちの話は、けっこう、日本にありますよ〉
どんな動物ですか、リサさん。
〈狐とかね。あと、狸も変身できたかな。これを狐狸と言います〉
ありがとう。また知恵がつきました。学びました。

学びながら僕は話を続けます。できるかぎり説得的な語りを心がけましょう。なにしろ、僕が語ることは、どんどんとリサさんに補われますからね。そういう意味では、僕は翻訳家を従えた五歳児なんです。でも、不思議ですよね？　僕はちゃんと日本語を話しているわけですけれども、それをリサさんは日本語に翻訳しているわけですから。これはどう考えたらいいんでしょうか？ああ、そうだ、犬たちのことでした。犬は飛行機たちに乗ります。その時、これは可能性の一つなのですが、スーツケースに変身します。しかし、違う可能性もある。たとえばここには、犬たち以外にも動物がいるんです。ケージがあって、あれは猫ですね。つまり猫たちも飛行機たちに乗る。すると、可能性の二つめ、犬たちは猫たちに変身して、それからスーツケースに化けているのかも。だとしたら、あのケージたちのなかにいる猫たちは、そもそも猫なのか？

そんなことを考えながらここにいます。

僕は空港のなかを彷徨（さまよ）っています。

じつは逃走したんですね。うん、驚いてしまったから。

僕は何に驚いたのか？

空港が、あるゲートを抜けると、日本ではないところになると聞いたからです。

リサさん、リサさん、言葉を補足してください！

出国ゲートです。パスポートを示して、そこを通過する。すると、そこはもう、出国されてしまった領域です。簡単に説明すると（わかりますか？　いま、五歳児の僕が、みんなに説明しているんですよ！　これは凄い情景ですね！）、僕たちは日本を出てしまうんですね。でも、どこの国にも着いていないんですね。だから、「国がない」領域に入っちゃうんですね。それで、ここからが問題です。その「国がない」領域は、たとえば二階にあったりするでしょう？ 三階にあったりするでしょう？ ほら、何番ゲートとかいう、あれ。ああいうフロア。でもね、そこが「国がない」ところだとしてね、その下は違うでしょう？ だから、たとえば一階です。たとえば地階です。それは日本でしょう？ どういうことですか、これ？ だって「国がない」ところの真下には「国がある」わけで、そうだなあ、僕が考えているのはね、フランスの地面の下がアメリカで、そこからエレベーターで二つフロアを下りたら日本で、もう一つ下りたら「国がない」領域だなんて、ちょっと想像つかないよねってことです。そういうの、駄目でしょう？ そういうの、おかしいでしょう？ 僕は五歳児だからよくわからないけれど、国には領土とか、あと領海でしたっけ？ そういうのがあって、これって厳密だったんじゃないですか？ それで、時どき解釈がずれたりしてね、で、揉めたりするんじゃなかったでしたっけ？ でも、フロアごとに国があったりなかったりするんじゃ……ちょっとたまったものじゃないなあ、と僕は思ったんです。

　こう言ったんですよ。

「ちょっとさ、たまったもんじゃないなあ。ここはさ、あまりにも恐い……恐いところだなあ。だから、僕は、逃げる」

　逃げるんだけれども、空港から出ないことも決めましてね。

　そうしたら、そのうちに、リサさんにも出会ったってわけです。

　ところでリサさん、リサさんは子供を産んだことはありますか？

〈あるわ〉

いつのことですか？

〈もうずいぶんと前よ〉

そうですか。ずいぶんって、きっと、ずいぶん長いんでしょうねえ。

〈そうよ。まーくんの理解は、いつも早いね〉

なにしろ五歳児ですからね。脳がね、スポンジですよ。

〈なんでも吸い込むの？〉

吸い込みます。

〈あたしの翻訳はどう？〉

最高です。

〈うれしいわ。それでね、あたしもね、うれしいのよ。五歳の男の子がこの世界をどんなふうに見ているのか、それ、知りたかったから〉

それってリサさんが女性だからですか？

〈……どういうこと？〉

リサさんが女の子だったことがあるからですか？

〈ああ、あたしが昔、男の子じゃなかったから、って、そう言いたいのね？〉

そう言いたいんです。

〈だから、男の子だったらどう見るか、あたしには関心があるんだ、って、そう思ってるのね？〉

ずばり、そうなんです。

〈残念ながら、そうではないのよ〉

外れましたか。

〈そうね、外れたわね。あのね、あなたが女の子だったとしても、あたし、おんなじことを言ったと思う。おんなじふうに、うれしさの理由を説明したと思う〉

ふぅん。それってつまり、五歳ノ女ノ子ガコノ世界ヲドンナフウニ見テイルノカ、ソレ、知リタカッタカラ、ってことになりますよね。男の子、のところを、女の子、に入れ替えて。どうしてですか？

〈憶えてないからよ〉

え、何をですか？

〈五歳の頃のことをよ〉

え、どういうことですか？

〈大人になると、忘れてしまうのよ〉

え、何を忘れてしまうんですか？

〈全部よ。子供だった頃のほとんど全部。たとえば五歳の時に、どんなふうに、この世界が見えていたのか、この世界を感じていたのか、この世界を味わっていたのか、そうしたこと全部〉

それは記憶喪失ということですか？

〈かもしれない〉

問題、ありますよね？

〈あるとしたら、大人たちには全部、あるわけよね〉

あるわけですよ。人間の大人には問題がある。人間の大人たちには記憶喪失の問題があります。

〈まーくん、いま、憶えている？〉

いまって、この現在を、ですか？

〈そうよ〉

もちろん、もちろん、憶えています。

〈昨日のことは憶えてる？〉

憶えてますよ。

〈明日のことは？〉

憶えてます。

〈まーくん、……明日のこと、憶えてるの？〉

当たり前じゃないですか。

〈じゃあ、何を憶えていないの？〉

そうだなあ、去年の去年のことは無理ですね。

〈去年のことは？〉

けっこう無理ですね。

〈先月のことは？〉

少し無理かもしれない。

〈先週のことは？〉

だいぶ忘れました。

〈じゃあ、憶えていることは？〉

憶えていることは、全部、憶えていますよ。明日のこともわかります。明日は、今日とつながっていますからね。それから、昨日も今日とつながっています。でも、あれ……あれはなんて言いましたっけ？　そうだ、一昨日（おととい）だ。この一昨日たちっていうのは、今日とはつながっていませんよね？　だから、けっこう忘れます。あ、それよりリサさん、僕はさっき気になりましたよ。

〈何が？　まーくん〉

世界を味わうんですか、リサさんは？

〈どういうこと？〉

言ったじゃないですか。世界を、見る、感じる、味わうって。

〈そうだった。言ったわね、あたし。見た、感じた、味わったって〉

そうそう、過去形で。見エテイタノカ、感ジテイタノカ、味ワッテイタノカ、と言いました。

そこです。そこに引っかかったんです。世界は、食べられるんですか？

〈ねえ、まーくん〉

なんですか？　僕の翻訳家の、リサさん。

〈あなたは、食事のことって、どう思う？〉


一人の五歳児として、あるいはまた、五歳児たちを代表する一人の五歳児として、僕は発言する。僕には、これが美味（おい）しい、あれが美味しい、と感じ分けられる。そして、不思議なのだけれども、僕はもしかしたら美味しいものを選んでいるわけじゃないのかもしれない。僕は、いつも、「これは食べない」と決めているものを除外しているだけなのかもしれない。僕たちにとって味覚とは、拒絶なのかもしれない。拒むための感覚。そのための器官はもっぱらベロにある。それは味蕾（みらい）と称されるものの機能である、といま言葉を足したのはリサさんだ。味蕾、いい言葉ですね。響きがミライなんだから！　ミライ、未来！　それでね、ある時ね、僕は驚いたわけですよ。拒んでいるものを無理に食べさせられた、その時、僕は目をつぶったんです！　そして、つぶったら呑み込めたんです！　だとしたら、ほら、ほら、ほら！　僕の目は、味覚の器官なわけでしょう？

　わかりますか？

見ないと、味は消えるんですよ！

だから、僕はいま、こうやって空港をぶらぶらっと逃げつづけて、いろんな人たちや動物の世話になりながら（犬たちの世話にもなっています。犬には知恵がありますからね）、それで、どうにか盗んだ食事で生命活動を維持しているわけですが（この表現は凄いですね。生きられるって、生命活動が保たれるってことなんですね）、そういう際にね、目はつぶらない。味が消えますからね！

あと、鼻をつまんでも駄目だ！

うわっ、大変だ。嗅がないと、味が消えちゃう！

ねえ、リサさん。僕は食事に関して、こういうことを思っているわけですが、なにか望ましい答えにはなりましたでしょうか？　それから、世界ヲ味ワッテイタノカについて、説明をいただけますか？　その言葉が意味するところを。

〈いいわよ〉

どちらがですか？

〈どちらもよ。あなたの答えは望ましい。呆然とするほど望ましいわ。目と鼻の味覚、味蕾だけじゃない、目と鼻！　あたしは少し、思い出したように思う〉

何をですか？

〈五歳の頃のことをよ〉

それは凄いですよね。だって、忘れていたわけですよね？

〈あたし以外の大人たちもほとんど忘れています〉

人間の大人たちには記憶喪失の問題がありますからね。

〈それの解決策のような答えだったわ。まーくんのは〉

さすがですね、僕は。

〈さすがなのよね、あなたは。だから、世界は味わえるんだって、説明するわね。要するに味わうというのは、賞味するということなのよ。食事は、生命活動の維持、なわけだから、そこには本当は味わうが要らないのよ〉

味わうが要らない？

〈要らないものが味わうということなのよ。世界もそんなふうに、要らないものがあって、要らないものをあたしたちが感じている時に味わっているのよ〉

ああ、そういうことですか。

〈わかった？〉

要る、要らない、がわかりました。僕は五歳児ですから、たぶん、奇妙なところにいるんですね。奇妙なところにいるんだって、そんなふうに見えるでしょう？

〈見えるわ〉

でも、リサさんも五歳児の時って、そうだったんですよ。

〈そうだったはずね〉

ところでリサさん、僕には空港が奇妙なところです。

〈だから隠れているのね〉

そうですね。あの……僕は、空港を把握しようとしているんですよね。

〈どの程度、把握できたの？〉

まずまず、と言ったところでしょうか。

〈なかなかのペースね〉

やっぱり、僕はさすがですね。


それで僕が気になったのは、じゃあ、たとえば二歳児は食事をどう考えているのか、だった。僕は日本語を使えるから、二歳児とも話せる。この空港で見かける二歳児たちはだいたい日本語を話せる（話せない子もいる）。そこで僕は、二歳児に語りかけた。そして、二歳児の言葉を、五歳児の僕の言葉に翻訳した。僕にとってはたった三歳下なだけだから、たぶん、大人よりも二歳児の言うことがわかる。

二歳児は、そうだね、と言った。

そうだね、わたしは二歳児なんだけれども、五歳児はやっぱりお兄ちゃんという感じだね。

あ、わたしは、女の子なんだけどね。

そういう意味では、わたしが言っていることを、ほら、五歳児のまーくんが翻訳しているでしょう？　でも、そのまーくんの言葉を、リサさんが翻訳しているでしょう？　リサさんって、女の子でしょう？

違うの？

女の子じゃない女の人はママだよ。

違うの？

あ、リサさんもママか。わたしのママ？

違うの？

それで、わたしは、そんなふうにね、分けてね、考えているわけでね。

わたしは、二歳児だから、空港を探検したいだなんて思わないな。まーくん、ちょっと空間が広すぎるんじゃない？

ほら、空間。把握する空間。

わたしは、狭いからね。

だって、ほら、わたしの足、見て。歩幅。これだけ。まーくん、は、あれだけあるでしょ？

まーくん、の、一歩、は、わたしの何歩ぶんだと思うのよ。

思ってるのよ。馬鹿！　馬鹿！　馬鹿！

でもまーくん、こういうわたしの言葉を翻訳して、自分のこと「馬鹿！　馬鹿！　馬鹿！」って言うと、どんな気持ち？　いやな気持ち？　愉快な気持ち？

愉快だよねー。

あ、犬。いるね。犬だね。どれも犬だね。

犬ね、わたしね、恐いってことはないよ。

犬かあ。犬のさあ、ご飯を食べているところさあ、不思議だよねえ。犬さあ、ご飯さあ、美味しいのかなあ。

だってドライフード、不味いよ。

だって「食べちゃ駄目！」って、わたし、いつも言われてるよ。

だから危険なフードだよ。危険な駄目なフードだよ、ドライフードは。ドッグフードは。

それを食べるんだから、犬は、不味いって思ってるよねえ。

わたしはね、美味しいのはね、美味しいよ。

べーっとしたのが美味しい。

何、それ？　まーくん？　何言いたいの？　それじゃありサさんがわからないって、何よ？

べーっとしてるのは、べーっとしてることだよ。だから、あれだよ。


食感ですね。噛む、とか、潰す、とか、それが大事なんですね。これは五歳児の僕の発言ですが（二歳児のヨーミタンの発言はいったん停めます。ちなみにヨーミタンのタンは、ちゃん、みたいなことらしいです。きっと本名はヨウ、陽とか容とかに、ミ、実とか美とかですね）、見ることと嗅ぐことの他に、そうした「口の中の感じ」が、食事には大事なんです！

そうかあ……ちょっと凄いな。つまり……。

つまりですよ、口の中に、食べられるものがあって、それが、形を変える、その、形を変えているってことを認識することが、味覚の一部なんです。わかります？

リサさんは大人だからわかってますね。こうして翻訳もできてるんだし。

でも、凄いことじゃないですか？　ほら、人の外にあるものを持ってきて、人の中に入れるんでしょう？　食事って、そういうことでしょう？　その時、どう「口の中の感じ」があるかが、味に関わってる！

そうか……もしかしたら……。

それって、僕はもう憶えていないんですけれど、離乳してから始まったんですよね？

その、お乳って、形が変わらないでしょう？

形が変わる物を食べるのが、離乳食でしょう？

なんだろうな……ちょっと二歳児に聞いてみます。またヨーミタンに。


ヨーミタンは思うのよね。わたしはやっぱり、思うのよ。離乳食、憶えていないけれど、なんか妙だったなあ、とか思うのよ。いまは、口の中に、ものがいっぱい入ると面白いでしょう？わたし、二歳児には面白いの。面白いから、美味しいの。ちょっとだけだと、不味いものだなあ。不味いから、ちょっとしか入れないの。

口に入れないの。

この順番、わかる？

五歳児だと、もうわからないんじゃない？

不味いから口に入れない、とか思ってるんじゃないの？　五歳児のまーくんは。

口に入れないから不味いんだよ。順序、違うの。違う！

あー、なんだっけ？　離乳食のこと？

それはやっぱり、乳児に聞かないと、わかんないよ。

ゼロ歳児だね。

五歳児にもなると、ゼロ歳児とは話せないでしょ？　わたしのほうがけっこう話せると思うよ。

わたし、翻訳してあげようか？

それをまーくんが五歳児の言葉に翻訳して、それをリサさんが翻訳すればいいじゃん。

あ、ほら、あそこに犬をかまいたいママがいる。わたしのママじゃないけれどママがいる。そしてゼロ歳児もいるよ。あれは絶対、離乳食口にしてるね。「もう口にしてるぜ」って顔だね。
ちょっと話してみようよ。

食事ですか。そうだなあ、うーん、不味いものはヒヤッとしたものですよ。ヒヤッとしたのは、けっこう、駄目です。美味しいのは、ホカッとしたり、ポカッとしているものですよ。ただ、熱いのは駄目です。そうです、熱々は絶対にいやです。不味い。

温度ですよ。

温度は、不可欠に決まってるじゃないですか。

それがね、ママのお乳からね、ちょっとずつ変化するわけです。そういうの……もしかして、二歳児のヨーミタンみたいなお姉さんや、五歳児のまーくんみたいなお兄さんは、わからないってわけですか？

困ったものだ。

これだから乳児を卒業した人たちは……。

ええ、僕はまだ、お乳も飲みますからね。

離乳食を口にしていても、お乳も。

え？ それって矛盾だって？

おかしな人（人たち）だなあ。世界をそんなふうに分類するなんて。いいじゃないですか。離乳食を食べたら離乳している。お乳を吸っていたら離乳していない。そのどちら側に「所属しているか」なんて、要らない。

分類するほうが妙じゃないですか。

ああ、そうだ。分類しないほうがいいんだっていったら、あれだ。

生まれる、と、生まれる前、の分類を、ちょっとやめてみますか？

僕には弟がいるんですよ。年子の。でも、まだ生まれてないんです。

ほら、僕のママを見て。

あんなに大きなお腹（なか）をしているでしょう？　あそこに弟がいるんですよ。

そしてね、胎児もね、味覚はあるんですよ。

胎児……胎児っていうものはね、別の言葉でね、定義できるんですよ。「この人（人たち）は乳児ではない」って。

お乳を吸ったことがないんですよ。

まだね。生まれる前はね。


ちょっと聞いてみます。


いま、ゼロ歳児の彼が聞きに行っています。

〈弟と交信しているの？〉

きっとそうですね。

〈まーくんは、そういうことはできるって、思う？〉

できるんじゃないですかね。だいたい、五歳児の僕なんて、犬たちとも話せますしね。

〈話せるんだ？〉

簡単ですよ。「ワン」とか言わないといいんです。だって、犬は「ワン」と伝えようとして

「ワン」と言ってるわけじゃないですからね。

〈そうか、……別のことを伝えようとして、鳴いてるんだね？〉

そういうことです。だから、「ワン」が言っていることを聞けばいいんです。たとえば「よう、初対面の五歳児。お前、けっこうクールだぜ。クールじゃないか？」とかね。その時に、「うん、僕はクールだよ。だいたい君のようにね」とか褒めて返すと、友達になれますね。

〈大事なことだね〉

大事ですよ。でも、犬たちって、どうも鼻で時間を認識しているみたいですね。嗅覚が、過去と現在と未来をつなげるらしいです。

〈犬たちにとって、嗅覚は、食事にどう影響するんだろうね？〉

大変なんじゃないですか。

〈とても重要なんだってこと？〉

そうです、そうです。でも、味覚の器官と、時間認識の器官がいっしょだと、食べることって、あれですよね……時間旅行？　そういうのに始終なっちゃいますよね。

〈困るよね〉

犬たちも大変です。犬に同情します。

〈犬は同情されたいかな？〉

どうでしょうね。僕に同情しているかも。

〈そう考えると、まーくんはどんな気持ち？〉

けっこうむかつきますね。

〈むかついちゃうんだ？〉

あ、ゼロ歳児の彼がママのでっぱったお腹に耳をつけて、どうやら、交信を成功させましたよ。


　これはお乳を吸ったことがない僕が、ゼロ歳児のお兄ちゃんに翻訳してもらって、それを二歳児のヨーミタンに翻訳してもらって、それを五歳児のまーくんに翻訳してもらって、それを大人のリサさんに翻訳してもらっている言葉だ。僕は、見えない。僕は、聞いてはいる。僕は、触っているような感じはある。あるかも。僕は、嗅いでいるんだけれど、何を嗅いでいるんだろ？

そして、僕は味わっている。

　ここにいて味わっている。

それはママが味わっていることの「写し」だ。

ママの食事の、薄まった、こだまだ。

そうなの。音のこだまとおんなじなの。それが「写し」なの。それで、ママが歓んで食べている時に、ときどき、僕は美味しいの。

そんなふうにこだましているの。こだま、するよ。


リサさん、リサさん、どうしたんですか？

〈ごめんね、まーくん〉

泣いているんですか、リサさんは？

〈うん、泣いてる〉

どのような原因で、悲しむことになったんですか？

〈これね、悲しんではいないの〉

ちょっと難しいですね……説明していただけますか？

〈これはね、喜びの涙なの〉

そうなんだ。

〈あたしね、子供がお腹にいた時にね、その子供といっしょにご飯を食べていたんだ、そんな時間をいっぱい、いっぱい、いっぱい過ごしていたんだって、いま知ったから。たったいま、教えられたから。そのことに感激しちゃって〉

それで、リサさんは泣いている。

〈そうよ。あたしには、子供といっしょに食事をしたことが、あるんだって。その確信から〉

美味しい食事は、しましたか？

〈さいわい、したわ〉

それはよかったですね。

〈本当にいいことだったわ〉

それはよかった。うん。

〈本当にありがとう、まーくん。あたし、感謝したい〉

それで、時間のことですけどね。

〈時間？〉

はい。ソンナ時間ヲイッパイ、イッパイ、イッパイ過ゴシテイタの時間です。僕には明日のことの記憶もあるんですが、その僕の視点から語れば、かなり明日を束ねた時間ですよね。それって。もしかしたら、その時間って、外に産み落とされるまではぐるぐるしていたんじゃないのかな？

〈……ぐるぐるって、かわいいね〉

犬たちが尻尾を追っかけるみたいに、かわいいです。ほら、見たことあるでしょう？　自分の尻尾を嚙んでやろうって遊んでいる、犬たち。

〈あるわ〉

あれ、クールですよね。


こんにちは。僕は五歳です。この僕の記憶は、いずれ失われるんだって大人のリサさんは言いました。僕はいま、静かにそのことを考えています。僕はいま、生まれる前に味わっていた美食のことを考えています。どうしても思い出せないな。でも、美味しかったんだろうな。

この鳥居は

『聖家族』より

この鳥居は誰も通っていない。

だからいかなる時代に繋がっているのかは、解説されなければ不明だ。しかし、いずれにしても、鳥居は建っている。鳥居は歴史のどの時点にも出現する。神道と呼ばれる「日本」固有の宗教は、鳥居の起源について説明を持たない。

現実の大地にも、そこには一つの鳥居がある。本州の北端に建っている、さほど大きいとは言えない、木造りの鳥居。本州とは、この列島の本州だ。その、ほぼ北端の大地に、鳥居は建つ。

この「日本」列島の、いわゆる東北地方に、それはある。

だが、この鳥居が存在する時代において、東北には二つの意味がある。巨視的に見れば、そこはアジア全域の内側（なか）での東北である。東北アジアである。

時代。

いつの時代か。鳥居が接続するのは、いつか。「日本」史に照らして解説する。鎌倉幕府は倒れている。二人の天皇が生まれて、二つの朝廷が樹（た）っている。その状態がほぼ六十年間続いて、

それから。

それからが、時代だ。

室町幕府はすでに存在している。結局、朝廷は一つになり、天皇は一人になる。それまで元号は二つ、併存していた。すなわち「日本」には二つの時間があった。しかし朝廷が一つになり、天皇が一人になると、当然のように元号は統一された。

この鳥居の時代とは、そこから。

三十五年めまでを数える応永（おうえい）年間のどこかから。応永には正長（しょうちょう）年間が続いて、ただし二年で改元される。後には永享（えいきょう）年間が続いて、十三年めまでを数える。しんがりに嘉吉（かきつ）年間があって、四年で改元される。しかし、この鳥居は嘉吉の四年までは建ちつづけない。

これが時代。

そして、地域。

微視的に見れば、そこは十三湊（とさみなと）に属した。十三湊の、まさに港湾によって栄える商都に、鳥居はある。当時の十三湊は日本海交易の拠点だ。大陸の青磁の移入口として、列島各地にその名を馳せた。また、以前からアイヌたちの交易が唐太（からふと）ことサハリンと大陸のアムール河の流域地方を繋いでいた。十三湊は本州のほぼ北端にあって、海峡を挟んで北海道と一体化していた。この頃の「日本」側の呼称では夷島（えぞがしま）となる、北海道と。地続きならぬ水続きで、津軽半島は北海道と結ばれていた。

このようにアジアの内側（なか）での東北が、十三湊を中心として、ここにあった。

と同時に、ここは「日本」列島のまさに東北だった。

地域としての東北が、二つの意味を孕んだ。同じようにこの時代、「日本」にさえも二つの意味が孕まれた。一つめはむろん、国号の、室町幕府と朝廷が認識している日本。いま一つは奥州……みちのくの最果てを指している、漠たる地域としての日（ひ）の本（もと）。

十三湊の支配者は、この日の本を管掌する「日之本将軍」として室町幕府に承認されていた。武士団を率いる、土豪であった。ただし和人であった。にもかかわらず蝦夷の血を引いた氏族だと、自ら主張し、系図も操作した。圧倒的な海上勢力を有して、この土豪は日の本に君臨した。

アジアの東北にして「日本」の東北に。

そこに。

劉は、二十年余り前からこの土豪に雇われている。劉は、和人ではない。しかしアイヌでもない。劉は、明朝から追われて、結局はこの地に辿り着いた。流転して。それは明暦の永楽十九年にはじまる。この年に、明は金陵すなわち南京から北京に遷都した。劉はとある重臣の、この遷都に乗じての謀叛の企てに加わり、一夜にして逆賊と名指される身になった。むろん、謀叛は潰えた。劉は東方に、すなわち日本海方面に、具体的には朝鮮半島に逃れた。

劉の、名は達。また、双尾と号した。明においては治安警察の一員で、数十名の部下を束ねる若き将でもあった。劉はその拳技によって地歩を固めた。拳技は父祖代々、伝わってきた。伝説では馬の形をした竜が現われて、劉の高祖父に拳理を教授したという。続いて、曾祖父が一人の天才として体系を秩序立てて、いずれ劉……劉達が幼時から学ぶことになる門派を開いた。

劉は天才ではなかったが、非凡だった。

劉は門派のためになる逸材とは言いがたかったが、傑物だった。

十代半ばから、劉は、比類のない戦闘能力を発揮した。金陵の都に上るや、ただちに「鎧わずに鎧う」双尾の竜として勇名を轟かせた。体術だけで武装した成らず者たちに相対し、勝利した。その全身が竜の鱗と同じものである。鍛えられていて、打たれ、蹴られても平然としている。武勇伝は宮廷に届いて、要人らの警護役として取り立てられ、二十代半ばには明朝の治安警察の内部における地位をほぼ確立していた。

　そして一夜にして、地位を失った。

朝鮮半島に行き着いた。建国されて三十年になる李氏朝鮮は、明暦を用いていた。だから劉は、いまだ永楽十九年の内側にいた。海上に出よう、と考えた。半島の南部の、富山浦の港に至った。そこから沿岸守備の船に乗り込んだ。劉は富山浦の旅籠と賭場を転々としながら、この職にありついたのである。交易の監視をする武人、それも命知らずの異人としての。

　仮想敵は倭寇だった。倭寇、すなわち日本の海賊。

　李氏朝鮮はこの前々年、対馬に大軍を派遣している。長年沈静化していた倭寇が、再び深刻な脅威となりはじめたために、報復措置として対馬を襲ったのである――そこを倭寇の根拠地と目して。この事件は「日本」史に、応永の外寇、と記される。

もちろん、倭寇の出現は、この事件を機にぷつと途絶えたりはしない。

日朝間の外交交渉がはじまっていたが、同時にこれを鎮圧するための攻撃的対策も、民の主導で起こった。

　それが武人を乗り込ませた守備船である。

　雇われた武人の一人が、劉である。

　劉は、この仕事を気に入る。劉は、修羅場に次ぐ修羅場に、昂揚する。倭寇を迎え撃つのに容赦はいらない。狼藉には狼藉。父子相伝のあらゆる禁じ手を、試した。「鎧わずに鎧う」双尾の竜は、大半が日本刀だけを手にした半裸の海賊どもの、その裸体に急所をかっと見定めて、打ち、蹴り、殺した。

　自らの門派の、裏側の体系を実戦によって秩序立てた。

劉は一年ばかり、幸福感に酔う。

劉は、海上は暦のはざまだ、と実感する。そこでは明暦は俺を追ってこない。倭寇どもは違う暦を使っていて、しかも、俺の手に触れられると、死ぬ。

海を荒らすな、と劉は吐き捨てた。相手の、死に際に。

そして明暦では、いまだ元号は永楽。

そして「日本」の暦では、元号は応永。

劉は、倭寇に捕らえられる。捕縛されて、虜囚になる。それは六十隻を列(つら)ねる大船団だった。

おまけに劉は、舐めていた。幸福感に酔い、酔い過ぎたのだ。それが隙を生じさせた。また学んだな、と劉は思う。また俺は、俺の門派の裏の術理を極めつつある。

やはり大切なのは実戦か。

だから、まだ死ねぬ。

虜囚となった劉を、殺そう、と仲間に訴える倭寇は少なからず、いた。それを劉は、空気で察知した。こいつは俺たちを殺し過ぎた、だから殺そう、この場で！　主張があちらからもこちらからも、一つの甲板に響いた。通常、捕虜は品物(うりもの)として扱われた――「日本」本土や琉球に安い労働力として捌かれるのだ。だが、こいつは、と何十人もの倭寇の目が語っていた。いま殺す必要がある！

そこに倭寇の長たる倭人、すなわち和人が登場した。

劉は身振りで言った。俺を殺すな。

何だ？

俺は役に立つ。

どのように？

劉は、同じ虜囚の境遇の一人を、立たせた。しかし同じ民族ではない。その李朝人を目の前に立たせて、両腕を縛（いまし）められたままの恰好で、右足の先端をしゅっと走らせて一瞬に、殺した。

絶命させた。

ほら。

むぅ……と倭寇の長は、唸った。

俺を買え。俺をあんたに売るから、買え。

お前は確かに、と倭寇の長は言った、役立つわ。わかった。殺すには惜しい。

こうして劉は、ほぼ自らの意志で「倭」に入る。明朝を逃れて東にゆき、李氏朝鮮に身を隠して武人として雇われ、海上で暦のはざまを生きて――しかし。日本海を渡って、そのはざまが終わる。

よかろう、「倭」の暦。

俺はそれを受け容れるぞ。だがな。

外側から来た俺は、どこに漂着する？

時間の外側から来た俺は？

劉を虜囚とした船団が帰還する。帰還――どこにか。巨視的な描写と微視的なそれの中間で語れば、瀬戸内海に。これらは瀬戸内海のいわゆる海賊衆で、水軍とも称された土豪の勢力だった。

劉は、ここか、と問う。劉は、ここが俺の到達点か、と問う。

さあ、と倭寇の長が言う。

ああ？　と劉がふり返る。

お前は俺に買われた。活躍してもらおう。

一年が経つ。たった一年で、劉はそこが到達点ではなかったことを知る。俺はまだ流転する、と知る。契機は、その瀬戸内海の海賊衆の拠点に、異なる地域の土豪の交易船が現われたことである。それも関東御免すなわち幕府公認の、大船。人々は、津軽船だ、と口にした。すでに劉は日本語に習熟しはじめていて、ツガル？　と復唱した。ブネはわかったが、津軽が理解できない。北だよ、と海賊衆の一人が説いた。日の本だ。それが津軽だ。

ヒノモト？

津軽船の代表が、海賊衆の首長に謁見する。首長は、我が氏族は清和源氏の流れを汲む、と称している。商談が進む。オホーツク海の海虎（らっこ）の皮に、付録をつける、つけないで揉める。些細なすったもんだは、しかし宴席で酒が入ると、話題の中心になってしまう。なにしろ、あれは珍しい、と津軽船の代表が言う。いいや、もっと珍奇なものがある、と海賊衆の首長が言う。こちらにですか？　そうだ、うちにだ。いかなるものが？

おい。

首長が宴席に、まず、あの倭寇の船団の長を呼び出す。それから、劉を呼び出す。すると津軽船の代表が、怪訝そうな面持ちで言う。これは……明人では？

いかにも。

武人でしょうか？　確かに眼光は鋭い。まるで獣（けもの）ですな。

いかにも。

で、この明人が……海虎（らっこ）の皮に匹敵すると？

する。

むぅ、と津軽船の代表が、唸った。

翌日には劉の持ち主は替わっている。劉は津軽船に積み込まれる。もとの持ち主である、あの倭寇の船団の長が、別れ際に何度も、惜しい、惜しいと繰り返した。続いて新しい持ち主が、お前は我らが「日之本将軍」に献上するから、いいか、風邪をひいたりするな、と注意する。いいか、お前がこれから見(まみ)えるのは、北方の海の主人だからな、との内容を言い含める。しかし、いま一つ明瞭に聞き取れない。劉には、それができない。**んだ**って何だ？　だから**寒(さみ)い土地(とち)だからお前(め)ちゃんど厚着(あつぎ)すっごど忘れンでねぇぞ**って、何を指示してるんだ？　だから**そだ、そだ、そだ**って。

わからない。俺は……俺はどこに漂着する？

三年が経つ。わからない言葉は、わかるようになっている。十三湊に劉はいる。城に。その城は正和(しょうわ)年間に築かれた。湖を見下ろす高台に位置して、十三湊の支配者である土豪、すなわち「日之本将軍」の居城として機能する。城内の仕切り、一つひとつが八十余町もの地積を有した。築地(ついじ)の内側には池、そして家臣団の部屋は数千。これは当時、「日本」の東北地方では最大の城だった。

その城内に、劉はあがることを許された。

俺はここに漂着したのか？

東から、北へ。逃避を続けて、明から李氏朝鮮を経由し、日本海を渡った。そして「日本」へ、そして……ヒノモトへ。ここか、と劉は思う。俺は結局、流転して、俺がもともといた場所からちょうど東北に、このアジアの東北に、至った。

東北アジアの中心に。海上交易の、核に。

日の本。

そして劉の雇い主は替わった。雇い主、だった。劉は住居（すまい）をあてがわれ、のみならず、些少ながらも給銀があった。だから雇われているのだ。最初、劉は自身の二度めの持ち主である津軽船の代表から、この地の支配者に献じられた。土豪の首長すなわち将軍に。劉はこの将軍に所有された。しかし、将軍は劉の実力を試して、即断した。

お前は捨て石にするのは勿体（もったい）ない。

お前の技は、みな秘技だ。

わかるか？　お前は指南役になるに似合わしい。

将軍の判断は瀬戸内の海賊衆のそれとは対照的だった。海賊衆はいわば年じゅう最前線に立ち、即戦力としての劉を必要とした。しかし、現下（いま）の日の本においては将軍の威光は絶大で、合戦はここにはなかった……東北には。とりあえず、眼前には。だから将軍は、劉を教師に取り立てたのだ。武士団の、指南役に。

できるか、と訊いた。

将軍は言わんとしていたのだ。交換条件として、類い稀（まれ）な明人のお前の拳、体術、その秘技を、我らが臣（おみ）の武士たちに教授できるか、と。かりに門外不出だと宣言するならば、お前は永遠にただの奴婢（ぬひ）だ。だが、この条件を呑むならば、お前は奴婢ではない。お前はむしろ敬されるぞ、と。

正確に何を言われたのかは、劉はわからなかった。ほとんど不明だった。しかし、大筋はわかった。直感でわかった。だから答えた。

できる、と。

それから三年。劉は教師である。目と鼻の先にはない合戦に備えて将軍麾下（きか）の武士を鍛える、師範である。殴り方を教える。蹴り方を教える。身の捌き方を指導する。それから全身の「鎧わずに鎧う」ための基礎的な鍛練法。俺は売っているのだ、と劉は自覚している。俺の父祖の代に、門派としての基礎の誕生と成熟があり、かつ、俺自身の手で鋭利に尖らされた拳技を。孕まれたのは裏の術理。が――さて、どこまで売るか。

これは切り売りだ。

劉は表情を変えずに、だが確かに嗤う。

嗤いながら、城をあとにして、十三湊の町に出る。俺はここに漂着したのか？　十三湊は最大水深が二尋にも満たない湖で、その湖口が日本海に通じている。湖には岩木川を筆頭に、大小さまざまな津軽平野の川が流入している。町は、湖口にある。湖口にできあがった砂丘に。東北の――アジアと「日本」列島の東北の商都として、大いに賑わっている。あらゆる業種の職人たちがいる。工房がある。町屋があり、井戸がある。商人たちがあふれている。多数の民家がある。そして町の外側からは、波の音。そこには津軽船のみならず、京船と夷船も碇泊する。和人のみならず、アイヌも多数いる。そして……と劉は思う、明人の俺も。

異民族が混住する。

ここか、と劉は思う。

まあ、悪い終着地ではないな。この雑じる世界は。この東北は。

七年が経つ。さらに七年が経つ。劉が受け容れた和暦、すなわち「日本」の暦は、その元号を応永から正長、正長から永享と変える。劉は、この間、ずっと安穏としていられたわけではない。それどころか、一旦は十三湊から退いた。劉の雇い主、すなわち日の本において威光絶大だったはずの将軍が、太平洋側を根拠地とする土豪の勢力に攻められたのだ。この氏族は、かつて南朝に肩入れしたのが禍(わざわ)いして、将軍の威勢の前に膝を屈した。しかし、いまでは室町幕府との紐帯を新たに結び直して、我こそが奥州の盟主に！　と野心を燃やした。だから十三湊に攻め入り、夷島こと北海道に「日之本将軍」とその武士団を退転させたのである。

海峡の北側に、一旦。

そして十三湊を所有(もの)にした。

そして元号がまた変わる。

嘉吉年間になる。将軍は、幕府から認められた「日之本将軍」の地位を失ってはいない。だから慌てたのは当の室町幕府で、将軍と、敵対する土豪の調停を行ない、結局将軍は十三湊に復帰する。再び、支配者として。

しかし、一度は十三湊を手にした土豪は、あきらめない。

再度、機会を狙う。

完璧に陥(お)とせば幕府も文句は言うまい、と。

なにしろ、連中はこの日の本から遥かに遠い「日本」列島の西南にいるのだ。ここは東北なのだ。だから、何を掌握できる？　だから、我が氏族こそは――奥州を統一する！

これが嘉吉年間。

まだ鳥居は建っている。

十三湊に。商都の、外れに。しかし湖を見下ろす高台で、城は陥落した。正和年間に築城され、百数十年を経たそれが、攻め落とされた。ただし、主戦場はそこではない。主戦場は、岩木川。まさに湖に注ぎ込もうとしている大川で、両軍が向かい合い、そして将軍の武士団は……潰走した。

劉がいる。

劉は岩木川の岸辺にはいない。劉は城内にはいない。劉は鳥居の前にいる。

まだ建っている鳥居の前に。

姓が劉、名は達。号は双尾。とうに不惑の年齢を超えた。劉は**そだな、やっぱな**と達者になった日本語で、言う。このみちのくの訛りで**こだ合戦、敗(ま)げっぺ**と言う。それから**んだ、んだ、んだ**と言う。はっきりと顔に出して、嗤って。

合戦になるたびに、と思う、甲冑を身に着けることを誇りにして。

俺の「鎧わずに鎧う」体術の、真意など、理解しようともしないで。

だから俺も、奥伝はほぼ何一つ、授けなかったわけだ。

そもそもお前たちは、日本刀を捨てないしな。

ついに劉は、声に出してあざ笑う。

敵方の武士が劉を発見した。おい！　と叫んで、斬りつけてきた。劉はわずかに踵を動かし、太刀筋を躱(かわ)し、相手の両手をこんと叩き、柄を払い、奪い、切っ先をこれまでと反転する側にむけて、ぎぎぎぎぎぎと降りおろす。その武士の、喉の真下から臍(へそ)までが、裂ける。縦に。日本刀はそれでお役御免で、捨てられる。劉は一歩、つと進んでいる。まだ倒れていない相手に正対して、両手を突き出す。掌を閉じた形で、揃えて。すでに日本刀で割かれていた胸部に、その両手が差し込まれる。

それから劉は、相手の肋骨を左右に、開いた。

生きたままの相手の内臓が、あらわになった。

ほら、心の臓、と言った。

そして止（とど）めを刺す。そしてもう一度、静かに立つ。鳥居に向き直って、その柱の側（そば）に。柱に触れる。鮮血の赤と、朱（あか）。二つが溶ける。なあ……と劉は問う。俺はどこに漂着するんだ？

それから、劉が鳥居を抜ける。鳥居を、通過する。通り抜けて、歩き出す。だが、どこに？

劉は自分に語る、俺はこの雑（ま）じる世界は気に入っている、と。俺は、この東北は、と。俺は異人（まれびと）、俺は異種。さあ、それで善い。だろう？

劉は歩いた。視界の先には山があった。そこからみちのくの、いわば脊梁（せきりょう）がはじまる山が。そこに修験者たちがいることを劉はまだ知らない。だが歩いた。修験者たちの別称は、山伏（やまぶし）。そして彼らの聖域は、奥羽では出羽（でわ）三山。

劉は知らない。

後代、俗世の人々から山伏はこうも呼ばれる。天狗。

ある記録（「島」および森の誕生）

『あるいは修羅の十億年』より

　原子力発電所は二ヵ所で爆発した。同じ週に。マグニチュード九・〇を記録した巨大地震が原因だった。しかし揺れる大地がじかに爆ぜさせたわけではなかった。その証左に、爆発は地震の二十四時間後から七十二時間後にかけてとそれぞれに後れた。地震があり、これに誘起された巨大津波があり、結局はそれだったのだ。海の力だったのだ。日本の原子力発電所はどれも沿海の地に建つ。だからこそ津波は直接に嬲った。最初のものだけ、すなわち一ヵ所で発生しただけの重大事故ならば物事の推移は異なっていただろう。むろん地域住民の避難、それも集団避難、一定の範囲の強制避難等があって混乱を極めただろうが、しかし国際社会からの圧力をこれほど受けることにはならなかっただろう。しかし二ヵ所めがあった。二ヵ所ともに、再臨界、要するに制御不能な核分裂連鎖反応が起きることとの懸念される炉心溶融に至っているのは明らかだった。二ヵ所は直線距離にして一二〇キロ離れていた。二ヵ所はおのおのが半径八十キロずつ危険との警声を発していた。アメリカは在日米軍を動かした。「事故の収束に協力するため、原発の敷地内に入る、施設を圧さえる、さらに敷地外のある程度のエリアの封鎖に協力を惜しまない」との緊急行動の申し入れは、もちろん爆発したのが一ヵ所だけだったならば日本政府につっぱねられただろう。またフランスの、これはフランス原子力産業界が一丸となっての「世界全体を見渡しても最高水準の事故処理能力を有しているのはフランスであり、我々企業群である、大統領の賛意のもと、人材派遣を中軸とする全面的な技術協力を申し出たい」との声も、「それはありがたいのだがお気持ちだけで十分である、日本には日本の原子力産業界がある、その経験と技術がある」と返せただろうし、こうした提案を寄せる一方でフランス政府が在日のあらゆるフランス国籍所有者に強制出国の命令を出す等、極めて過剰な反応をしていることに苦い顔をしているだけで済ませられただろう。しかし大震災の発生から丸三日、二ヵ所めというのが現われるに至り、事情は一変した。逼迫する状況は日本のたとえば自衛力やたとえば技術力だけでは物量的にも速度的にもカバーし切れない、のは明々白々で、また、「これは国内問題です」との主張も通らなかった。もはや強弁にしかならなかった。事実それは国際問題であって重大事故を起こした二ヵ所の原子力発電所から拡散する放射性物質はもちろん国境を意識していなかった。核分裂による生成物は国籍を持たない。越境は自由である。日本政府は、神妙にならざるをえなかった。日本政府は、あるいは、判断停止のための拠（よりどころ）を与えられた。作戦名「ザ・ビューティフル」というのが米軍と自衛隊の共同作戦だったが、この「ザ・ビューティフル」で防衛省さらには自衛隊の最高指揮官である首相が主導権を握ることはなかった。現地入りする技術者たちは免震構造施設内での最前線会議を開き、ここでのミーティングのいわば公用語は日本語、英語に加えてフランス語だった。むしろ第一公用語がフランス語だった。

　四日間を十倍する時間が経過したところで、一切は決定的になっていた。アメリカがいてフランスがいた。他にも強力な海外支援がロシア、イギリス、オーストラリアから入っていた。インドとイスラエルからの申し出だけはどうにか日本政府は断われた。二ヵ所の原子力発電所の被害を連ねた地域は、すでに「島」と化していた。孤立しているとの謂（い）いでの「島」と。ただし経緯そのものが雄弁に語っているように、この孤立、陸上での孤絶は単純に放射能汚染にばかり因るものではない。被災地のその「島」が、誰の、何の統治（ガバナンス）の下にあるのかが曖昧だったから、そこは日本と断交したのだ。国内メディアは「この大震災は戦争と似ている」と早々に論じ出してはいたが、被災地の占領とまでは言わなかった。喩えるにしてもその言葉は出せなかった。各国が日本を助けるために、救うために、そして人類史上最悪の事態を抑え込むためにとの旗幟（きし）をはっきり掲げている以上は無理だった。それでも戦争と結びつけて考察する論はあふれて、特に四十日め以降は氾濫して、主に二点、被害の様相と「原子力災害の現場」の防衛の様相、に絞って説かれた。再臨界には達しないで護られている二ヵ所の原子力発電所は、海外諸国に防衛されているのだ、との言説が話題となり、これは貿易の自由化をもじって防衛の自由化と謳われた。日本国内に「島」がある現状をどう捉えるかは、このように軍事と政治、経済と科学、文化を総動員して釈（と）かれて、この型を踏まえた分析こそが流行した。しかし大本に「今は戦時下である」との認識があったことは確乎としている。その認識は「今は、『島』は戦時下である」にすり替えられて、被災地とそれ以外の日本国内を切り離した。実際に「島」はShimaとの表音的な綴りで日本語を超えて通用した。そうした成り行きに貢献したのは当然国外のジャーナリズムである。それらの一部はどんどん取材者を「島」に入れた。ここに介入している数ヵ国が、戦争、あるいは戦時下との認識を共有していることも伝えた。が、それは思いがけない形での「今は戦時下である」との理解だった。ある報道は、アメリカ政府はここに環境戦争（エンバイラメンタル・ウォーフェア）を見ている、と伝えた。そのために確保したのだ、と報じていた。確保とはすなわち占領の同義語、単なる言い換えでしかない。同じ「島」にまつわる現実の二面が、戦争あるいは戦時下を持ち出すことでカバーできていた。

真の圧力はそこにあった。発端の国際的な圧力、表向きの喫緊のものというのは、事故を収束させよ、日本が一国でこれを達成するのは不可能だと目されるのならば、ただちに協力要請を容れよ、あらゆる人的技術的な、すなわち組織的な協力を受け容れよ、だった。こちらにも権限を与えよ、現場を有効に確保させよ、だった。権限はもちろん限定され、もちろん局所的であり、建て前としてそうであり、しかし続きがあった。発端に続いているものがあった。Shima は全域的に保全せよ。表向きにならない圧力とは、これだった。「そこは超過敏な状態である、そこから我々はあらゆるデータを採らなければならない、保全とはそのままの環境保全である、すなわち放射能汚染されたままの自然環境、人的環境の保存（カンサベーション）である、中長期の視座でこの観察（オブザベーション）は行なわれなければならない、科学的知見は拡張されなければならない、これほどの機会は次の世界大戦あるいは世界的惨事までない」との認識が、各国に共通していたのだった。その各国とは経済戦争（エコノミック・ウォーフェア）ならぬ環境戦争（エンバイラメンタル・ウォーフェア）との表現、発想にそれぞれに辿りついていた十数ヵ国である。無言で、巨大で、峻烈だった。被曝は環境をどう変えるのか。その実験場として被災地の「島」はあった。いうまでもないが非人道的な何事かが行なわれたわけではない。人的環境を例に挙げるならばライフラインの復旧は早かった。浄水装置を次々と敷設していったのは米軍である。放射能が異常に高い区域を探り、続々と「居住を避けよ」と警告を発したのも彼らである。その一方、太平洋岸にほぼ恒久的な航空母艦の基地を設け、そこから鳥類部隊、淡水魚部隊、昆虫類部隊などを派遣していたのも米軍である。鳥が兵士になるのではなかった、魚や虫がそうなるのではなかった、データ採集の対象がそれらなのだった。軍人も、科学者も、しばしば森に入った。「島」の植生、植物の分布状態というのは早期に調査された。フランスは人体への放射能の影響を極力抑え込むために、薬剤配布および診察を行なっていて、医療活動拠点を「島」入りの直後から五日単位で拡げつつ、やはり森に探査のチームを送り込んで数十カ所のキャンプを広範囲に設けていた。森だった。森は成長していた。森は除染されなかった。実験場の「島」が自ら語るところ、それを発見するための競争があった。被曝環境における最適化とは何かが問われていた。そして実験場とはオプションにあふれるからこそ実験場なのだった。森の成長は「島」そのものに選択(オプト)された結果であり、人間の関与はそれに対する加算(つけたし)でしかなかった。

森にオプションがあるのだから、その被災地の、もともとの居住者にもオプションはあった。たとえばそこを「島」とは呼ばないこともオプションだった。その被災地に残った人間たちは素直に森と呼んだ。森は育ちつづける、しかしその成長は内側に向けられる、なぜならば外側、すなわち「島」としてそこを日本国内に孤絶させる境界線の外は、日本であり、日本政府の統治(ガバナンス)のもとにあり、森など侵出させなかったからだ。それが締め出しの様相となった。もちろん人は、出ることは可能だった。しかし出ることは差別されることだとの理解もあった。出てもよかったし留(とど)まってもよかったし、それもオプションだった。経済的な理由で出られない人間は当然残り、心理的感情的な根拠を持つ者も同様だった。秩序はそもそも最初の決定的な四十日を過ぎ、そこから二カ月ほどの時間経過で回復した。ロシアとオーストラリアからの食糧支援、ガソリン支援が果たした役割は大きかった。そして日本との断絶は、持続した。しかし悲観主義は横行しなかった。人が住める程度の低放射線量の地域にしか、人は住まなかったからであり、その事実はデータとして米軍からも、またフランス人たちの医療活動拠点からも提供されていた。しかし「島」の内側で公表されているものは外側では黙殺された。いったん、その外側の人間が「そこは実験場なのだ」と明確に、あるいは漠然とでも把握してしまったら、当座は負の印象しか持ちようがない。そこに搦(から)めとられればデータは全部信憑性を喪失して、やはり、負、に感染する。また

「島」がその初期に無法地帯だったとの半分無根、しかし半分は真実の評説も問題を起こした。この期間、二カ所の原子力発電所が危機的状態に陥っていたにもかかわらず、あえて「島」に逃げ込む犯罪者たちがいたのだ。これはデマではなかった。だが、そもそも犯罪者は国境を越えての逃走に焦がれるものであり、これは香港に逃れた、ニューヨークに逃れた、シドニーに飛んだ、等と同じニュアンスでしかない。「島」と日本の断交を異なる角度から描出した余話（こぼればなし）に過ぎない。大切なのは、森の成長するそこで非文明化が進行したのではない、という事実だった。都市ならば都市で、都市生活があった。ただし日本にありがちな「北海道から沖縄まで、地方色を無視して滲透する、画一的な消費文化」というものは消えていた。その悪弊にひたりようがなかった。この傾向は、そして、大震災の記憶が「島」の内外で薄れ出しても変わらなかった。森は森として存在するが、そこが実験場であったとの負の認識がうしなわれて以降も、不変だった。

つわものどもが

僕はその話を息子から聞いた。馬やそういったもののことだ。息子の話がどこまで信頼に足るのか、わからない。もちろん僕は息子のことを信用しているのだが（それは盲目的に信じているのに等しい。疑いを容(い)れないことを前提としている）、問題は息子の年齢にある。彼は幼すぎる。しかも「どのように幼すぎるのか」を僕は説ける。一。言葉をあやつるのに幼すぎる。二。目撃した情景(もの)をこれこれこうだと描写するのに幼すぎる。描写には、経験が必要だ。ある程度の経験を積まなければ「それ」を他者と共有することは困難だ。

いま、僕は言葉のばあいを言ったが、もちろん画(え)のばあいでも同じだ。

しかし僕の仕事の話題ではなかった。息子のことだった。

その話を息子から聞いた。川があるのだ、と息子は言った。当然川はある。ほとんど大河と形容しうる川が、近所にある。その川のことだろう？　と僕は訊いた。その川のことだよパパ、と彼は答えた。

静かに流れていたかい？

ぐわんぐわん流れていたよ。

そんなに？

そんなにじゃない。

いつもどおりなんだ？

そう。いつもどおりだ。

息子はにこにこと断じて、それから突然眉間にしわを寄せる。ちがうってパパ、いつ、もどお、り、はちがうってパパ。川があってね、それなのにお馬さんがいっぱい。

お馬さん？

お馬さん。

馬？

僕は大河を流れる――というよりも流される――多数の馬を、一瞬イメージした。呼吸が詰まりそうになった。その馬たちは暴れているだろうか？　もがいているだろうか？　しかし息子は、僕の勝手な（いわば自走式の）連想など意に介さない。僕の蒼褪める気配など視野に入れていない。彼は言葉をつづける。

お馬さんはね、いっぱいなのねパパ、うん、いっぱいだ、それでね、がちゃがちゃがね、いっしょにいっぱいだ。

僕はなにが描写されたのか摑めない。速やかに彼に訊ねる。

いっしょのなんだい？

ガチャガチャ。

先ほどの擬態語が鋭角な――すなわち片仮名的な――響きを増して、繰り返された。

硬いやつ？　と僕は訊いた。

うん、ぜったい硬いよ。

それで、重いやつ？　とも僕は訊いた。

うん、硬いやつだし重いやつだ。それだパパ。

そんなガチャガチャが、お馬さんたちと、なに？

すると息子の視線が変わる。そんなこともわからないのか、と非難するものに変化する。いきなり息子は苛立っている。

ガチャガチャは、――いっしょだよ！

彼はぷうっと口を尖らせて言った。僕は急いで、想像を働かせる。彼の「目」となって、なにを見たのかの推量に入る。目撃した情景（もの）は、なんなのか。僕は息子に語りかけながら、その答えを探る。

いっぱいのお馬さんに、ガチャガチャがいっしょだったんだね？　そんな川だったんだね？

いつもとはちがった川だ。水の量は？

あのねパパ、水はいいの。

関係ないの？

関係ないの。お魚じゃないもの。

ああ、そうか、お馬さんは、じゃあかわらに？

じゃないと歩けないでしょう！

息子は答えて、少し自慢げにうはうはっと笑った。僕も笑った。彼の利発さは僕をつねに満足させる。いや、満悦させる、というのが感情を濃（こま）やかに掬いあげた言い回しか。そうして、その利発さに反応した後には父たる僕も賢さを――それなりの賢明さを――示せねばならない。呑み込みの早さを、きちんと証せねば。

だから僕は、推測を足す。描写を足す。

歩いていたんだね、いっぱいのお馬さんたちが、いっぱいのガチャガチャと。

そうなんだよパパ、いっしょになんだよ、パパ、パパ！

乗っていたんだね？

そうだよ、パパ、乗っていたんだよ。

彼の表情は輝いた。誰かが乗馬していた、ということを表現しきれなかったのだ。その言葉が、僕に補われたから。

どんな人たちが乗馬していたのかな？

だからねえ、ガチャガチャでねえ、あれだなあ。

どんなかな？

むかしの人がねえ、変身するかっこうだなあ。

変身するんだ？

うん、戦うの。だから変身するでしょう？　ほら、剣（けん）！

刀？

そうだよ、剣！

そうか、侍のこと？　むかしの日本（にっぽん）の、武士のこと？

お侍！

愉しげに息子は答えた。僕のそれは正しい答えだったのだ。彼は太刀をかまえるポーズをとる。それから、順番は逆なのだが、腰の鞘から太刀を抜き払うアクションを繰り返す。僕はイメージする、かぶられている兜、付けられた鎧、さまざまな武具。たとえば腕には籠手（こて）。足には臑当（すねあ）て。

それらがガチャガチャと鳴り……その武者装束で……乗っている。乗馬している？
河川敷でのその行進が、僕には見えた。

息子が部屋を出ていってからも僕はその（武者たちの、甲冑をまとった武者たちの、馬に乗った武者たちの）イメージを転がしている。僕は、努めて正直になるならば、いつ息子が去ったのかを認識していない。ちょこちょこと走り去ってしまっていた。いつものことだ。いつもどおりだ。そして、彼がじきに戻るのもいつものことだ。僕は部屋の扉をつねに数センチの幅で開けている。それは閉ざされないし、ましてロックされることはない。彼は出入り自由だった。そのように僕が決めた。彼を締め出して作業が進んだとしても、それが僕には画家としての作業のようには思えない。だから、構わないのだ。息子はここに出入りが自由で構わない、しかも「どんな時間帯であっても」だ。さらに正直に語れば、僕は彼に来てほしいのだろう。いつでも仕事の邪魔をしに（そうだ、ちょこまかと妨げに）現われてほしいのだろう。膝に載せるのもいい、会話をするのもいい、そうした刺激は、結局は仕事を進める——推し進める。推進力になるのだ。それに息子は、たぶんこれは僕が自慢の種にしていいことだが、画材の類いは弄ぶことがないし制作中の作品（もの）に手を触れることもない。彼はわかっているのだ。いっぽうで、対照的なのは僕の妻だ。妻は仕事の時間帯には、ここには近寄らない。入らないどころか、扉をノックすることもない。ノックすることもないどころか、自分の部屋に籠もる。その部屋の鍵をかける。いまもかけている。

電話が鳴る。僕が出る。僕の部屋の電話には僕が出たし、僕の携帯電話には僕が出たし、居間の電話にも僕が出た。

ギャラリーの人間からの電話だった。

手帳にスケジュールを記入する。大きな問題はない。むしろ一切が順調だ。連作はどんどん進んでいる。

僕はギャラリーの人間と話しながら、馬、馬と思う。頭の片隅で思うというよりも、頭の上半分で考えている。その下側に電話からの会話が入り込む印象だ。息子は、馬がいっぱいと言ったが、何頭いたのだろうか？　三頭いたら、彼は「いっぱい」と言うだろうか？　いや十頭はいないとだめか？　乗馬が行なえるような河川敷は、そう……それに適するのは……どのあたりだったろう？　武者装束？　どんなイベントが行なわれたのか。

彼は、その武士たちと話したろうか？　お侍たちと。

言葉を交わすチャンスを得られただろうか？


妻は部屋にいる。そこに、自室にいる。僕の妻は僕の妻に直接かかる電話にだけ出ている。出ているし、かけている。メールもそうだ。受信するし送信している。部屋で、さまざまなメッセージをやりとりしている。僕の妻は携帯電話を手放さない（だろう。今後も、ずっと）。そして仕事をする僕がここにいる間は、妻は決して自分の部屋から出てこない。そこに籠もる。

妻は部屋から出てこない。君は部屋から出てこない。


君は部屋から出てこない。

出てこないという事態を僕は見る。

以前は理由があった。君は、僕が作品と親密になるのを阻みたくない、というか、推し進めたかったのだ。

だから君は、僕を僕の部屋に、君を君の部屋に閉じ込めた。

君は僕が作品と親しくなることに嫉妬はしなかった。

しかし時間は流れる。最優先事項がなにかを把捉していた。

君が子供の面倒をみる。僕が仕事をする。

君は君の部屋で、育児をする。僕が画を制作する。

しかし息子が――彼が――自発的に僕に関心を持ち、僕の仕事に関心を持ち、僕の仕事に「割り込む」ことに関心を持つと、多少はルールが変わる。

彼は出入り自由だ。

君は追いかけない。

君にはやはり、ここは、一種のサンクチュアリなのだ。踏み込んではならない域なのだ。

それを容易に踏み越えられるのは、子供が聖なる存在だからだ。聖にして俗。

そのように僕たちは理解した。そのように僕と君は理解した。


断言するが、絵画は時代遅れだ。芸術表現として、そうだ。僕はシニカルにこれを語っているだろうか？　そんなことはない。絵画は発明された時期が古すぎる、絵画という手法は。モダンなものはメディア・アートとなりインスタレーションとなるだろう。コンセプトは枠に封印されない。枠、とは、カンバスや画用紙ならばその大きさだ。大きさは、先に準備される。先に仕込まれて、そこから描かれる。つまり不可逆なのだ。そのことを僕は時代遅れだと言っている。その点を僕は指摘して、けれども僕は思うのだ、もっと遅れろと。もっと時代に遅れろ、遅れろと。遅れれば近づくだろう。しかしどこに？

枠がある時、一点から無限にひろがる作品は想定できない。そうした構想は愚か者がすることだ。かつ絵画には枠が要る。コンセプトはその性を抛棄して枠に封印される。しかし、その枠は空間性にのみ依っている。枠は、本当に、空間だけなのか？ ここに「愚か者ではない」ことを自負する画家がいるとしたら――そう、それは僕だ。僕は自負するほど愚かだが、しかし表現者としては「愚か者ではない」と言いきる――時間性に目を向けるだろう。時間は、枠を、脱臼させるのではないか？

脱臼と言い、脱線だと僕は言う。

しかしながら僕は、まずは連作（の制作）に集中して、とりあえずは連作によって枠をコンセプチュアルに拡張しよう。表層的なことだが、他人には表層しか理解されない。僕は、そのことを知っている。僕は、それを良しとする。そして僕は、もっと時代に遅れることを志向する。

こうしたことを、僕は妻と語り合いたいと思う。妻と語り合いたいと思う。

できれば電話にも出てほしいと思う。

居間の電話が鳴っている。居間の電話が切れた。

息子がまた、ここに遊びに来ている。

馬たちとそのガチャガチャの武士たちの話を聞いてから、僕はこれらの情景を確認に行くことにした。パパ、と息子は言った、お馬さんはいっぱいだったけれど、さわれなかったよ！ 僕は、馬ってけっこう乱暴だから、さわらないほうがいいぞ、と言った。息子はとても悲しそうな顔をした。僕はたぶん、ひどい助言をしてしまったのだ。それを僕は後悔した。だから、僕は騎乗する人間たちに話をつけてみようと思ったのだ。もしかしたら、遊ばせてもらえるかもしれない。もしかしたら、馬をとめて、遊ばせてもらえるかもしれない。もしかしたら、息子はすでに頼んでいるかもしれない――さわっていい？　さわっていいですか？　と。その武者装束の人間たちと言葉を交わして。そして断わられたのかもしれない。チャンスは与えられなかったのだ。だとしたら、とても可哀相だ。

息子を馬たちと触れ合わせよう。

彼を馬たちと語らせよう。

だが、だが――、馬たちは息子とお話をするだろうか？　そういうものなのか？

この懸念を僕は、ふと声に出して漏らした。すると彼は笑っていた。僕の息子はあはははと笑っていた。

パパ、お馬さんはね、しゃべんない！

川に行った。

しかし息子は、この時は付いてこなかった。

彼には彼の「気ままさ」があるのだ。それを僕は尊重している。僕たちは尊重している。

だから僕は一人で向かった。近所のその大河に。いや、ほとんど大河に。

あまり人の気（け）はない。

そもそも、日頃もわーわーと賑わうような河川敷ではない。

しかしパレードかなにかはあるのかと思った。僕は肩すかしを喰らった。武者装束の（しかも騎乗の）集団はどこに？　その行進はどこに？　せめて乗馬の会、会というか集いはあるはずだと信じていたから、状況がうまく呑み込めなかった。息子は、たしかに幼すぎるが――二つの理由で、言葉を以て「語る」のには幼すぎる――しかし信頼できない情報提供者ではない。足りないのはつねに父親たる僕の推測、情景推理力、情景喚起（イマジネーション）の足し算だった。馬は、さっさと移動してしまったのか？　乗馬をする武士たちは、そんなにも急ぎ足で？

そして、それはどんなイベントなのだ？　ボランティアの一種？　それともコスプレと乗馬というリクリエーション？

下流のほうに歩いた。

普段はあまり下流側には足を向けない。たぶん、僕は流れるさきにいるかもと探ったのだろう。この川の流れの果てに、と。だから逆らわずに、おのずと下流側（そちら）に歩いたのだろう。散歩コースには含まれないほうに。

河川敷は舗装されていた。

馬の足跡がない。蹄でもあればと僕は思ったのだが。そこを蹄が踏んだとしても、ないのだ。

しかし、そんなに整然と行進するものだろうか？

いや……、イベント用に調教された馬たちなら、そうかもな。

そんなことを考えながら、顔を上げた。子供が一人いた。どこかで「忽然と現われた」という雰囲気がする、が、それは僕が地面（した）を見過ぎていたからだ。僕は、自他ともに認める能動的観察者だ。この世界からは、五感を通して受動的にレシーブできるものがある。だが、世界（というか土地）からのレシーブの限界（リミット）を越えるためには、なにかが要る。それが能動性だ、単純にそれだ。だから能動的に、見る。

僕は見過ぎる。

必然、ときにお留守になる。ある種の職業病だろう。職業病としての注意力散漫（と尋常ならざる集中力の共存）。

で、子供は現われていた。

男の子だった。未就学児ではない、きっとちがう、僕の息子よりも一つか二つは年長だ。もっとか？　野球帽をかぶっている。それも後ろ前にかぶっている。そして長袖のＴシャツ、デニムのパンツ。

少し洟（はな）を垂らしていた。

僕と視線があうと、それをすすった。

それから指で拭いた。

僕は「馬を見なかったかい？」と訊いた。

男の子は凝視を強めた。僕をほとんど睨んだ。

「馬だよ。いっぱいの馬。人を乗せてさ、それで――」

「怖（こえ）ぇごと、言うな」と子供がぴしゃりと言い放った。

「怖ぇ？」

「もう学校（ガッコ）で噂になってる」

「小学校（ショウガッコ）がい？」と僕も訛りながら訊ねた。

子供は唾を吐いた。

「お侍さんが――」僕はつづけようとした。

が、突然の叫びに遮られた。

その男の子が、きえええ！　と猛禽のように声をあげたのだ。

背筋をぴんと伸ばしたまま。

それからくるっと回って、僕にきれいに背を向けて、駆け出した。

唖然とする僕がそこに取り残された。一、二分ほど、その走り去る（というか逃げ去る）男の子を見送った。


あとで地図を確認すると、野球場があるのがわかった。僕には未知の領域であるにも等しい、その川の、その下流側の、河川敷に、だ。たぶん野球場だ。「グラウンド」と記載されているが、形状でわかった。きっとホーム・ベースがあり、それ以外のベースがあり、きっとピッチャーズ・マウンドがある。

それを描きたいと僕は思った。

それを、制作中の作品に書き込みたい、と僕は思った。本能的に。

衝動だ。

重ね塗りは僕の手法だ。絵具の層が厚みを増すのは、僕の——批評家たちが指摘するところの——オリジナリティだ。あるいはオリジナリティが発するところだ。僕には「一切を『下絵化』したい」との異常な欲求がある。以前からあったが、ここ数年は、より強烈さの度合いを強めている。下絵があり、描かれる、書かれたものが踏まえられて、描かれる、それが踏まえられて、描かれる。そこから僕なりの筆触が醸される、というわけだ。実際に行なわれていることは、言うほど単純でもロジカルでもないけれども。

しかし、すでに描かれた下層があるからこそ、野球場は最上層に「描かれたい」と欲したのだろう。僕にはそれがわかった。最上層とは、すなわち前面だ。そこだけが画として見える部分だ。それ以外は鑑賞されない（し、そもそも鑑賞するのが不可能である）。

しかし構図は、「下絵化」のプロセス込みで決定されている。作家の僕がそうしているのだから、鑑賞者は見えないものも構図として感受しているはずだ。どういったレベルの（眼を持った）鑑賞者か、は問われるが。

だから野球場を描こう。

僕は描きたいし、野球場は描かれたいのだ。

ところで、馬はしゃべらないだって？


こればかりは確認が要る。馬は言葉に類するものを発しないのか。いななきは言語ではないのか？　僕はこのことを考える。馬がものを考えているのは、きっと、事実だ。その考えられたところから、声が漏れているのも、事実だ。それは言語ではないのだろうか？　僕は息子に訊きたい。本当にお馬さんは、しゃべらないの？

しかし息子にそうは問わずに、馬に問うこともありだろう。

馬が答えれば、それで解決するだろう。

答えなければ、それでも解決するだろう。しないだろうか？　馬は、言葉をあやつるのに幼すぎるだけだ、との結論に至るのも、想定されうるか？

馬と向き合う。

想像された馬と向き合う。つまり、その馬はいない。

いないが、僕は真っ正面から対峙する。

そうしてみると、馬は、僕よりも大きい。

明らかに大きい。僕を見下ろしている。

僕を見下ろせるほどの存在（もの）が、話せないのか？

僕は、話せよ、と言う。

僕は、しゃべれよ、と言う。それから口調を改めて、しゃべろうよ、と言う。

すると馬は、蔑むように僕を見る。

ちがった。それは蔑みではなかった。

それは——その馬の視線は——哀れみだったのだ。そのことが理解されて、僕は悲鳴をあげる。

僕はイマジネーションの世界から、目を覚ます。


夜だった。僕は仕事をするここで寝入っていた。いつのまに？

いつのまにかだ。

野球場は制作中途というか、あまりに中途半端に描かれている。描きかけ、で置かれている。

部屋の扉は、もちろん開いている。いつもの数センチの幅で。

息子はいない。いる時間のはずがない。きっと妻のところだ。妻のその部屋だ。いっしょにそこにいるだろう。だとしたら、内側からロックされているだろう。鍵はかけられている。

僕は野球場を見なければならない。その「グラウンド」を。はっきりと能動的に観察しなければ。レシーブの限界（リミット）を越えて。

身支度をした。夜間に外出するから、とジャケットを着た。

歩いた。川に行った。河川敷を、下流のほうにどんどん進んだ。あまりものを考えていなかった。頭に空白がある。それは、空虚、というよりも脳味噌の余白にちかい。たっぷりの余白だ。容量を超えてレシーブするための、余力、とも言える。

蹄の音は聞こえた。

かなり遠くから聞こえ出した。それから、もっと……もっと……鬨の声……。

目的の「グラウンド」に到達する百メートルも二百メートルも前から、つまり手前から、はじまることがはじまっていた。野球場は、幾つものボウッとした灯りによって所在を示したし（だが、それはナイター設備の効用ではない）、それに響みだ。いま言った馬蹄や、それ以外の喚声が、やはり所在をここだあ、ここだあ、と示していた。僕は外野の側から、河川敷のその「グラウンド」に入った。

馬は、三頭どころではなかった。

十頭どころではなかった。

たぶん百頭はいるのだろうが――入り混じっている――しかし馬体はときに半透明になり、ときに脚から下を消していて、正確には数えられなかった。土埃はあがっていたが、それが現実の埃なのか、それとも幽けき八百年前の（それ以上前の？）埃なのかは判然としなかった。剣戟の騒ぎはあった。しかし、それよりも、射られる矢のほうが多かった。矢は直進し、また、弧を描いて穹をかすめた。鬼火はあふれていた。ボウッ、ボウッとあふれていた。

武者装束の、馬上の人間たちがいた。

完璧に装備していた。ガチャガチャと。面頰もしていた。顔は見えなかった。一人の顔も見えなかった。これじゃあ、息子はしゃべれないな、と僕は思った。言葉を交わすチャンスなんて、永遠に得られないな、と僕は思った。

永遠に、と僕は思い、そうか、古戦場か、と僕は思った。

ほとんど不寝(ねず)の番をするように、鶏鳴の時刻まで、僕はそこにいた。


こうして観察したのだから、描けるものは描ける。あとは、そのさきだ。ここに八百年が(あるいはもっと?)描けるとして、それはたしかに僕を遅れた時代に連続させる。現代から遥かに遅れて、遅れて、つまり大昔だ。うしなわれた時間に、僕はちかづける。あるいは作品がちかづける。しかしそれだけではなにも為(な)せない。

熱中して描いていると、息子がいつのまにか部屋に忍んで来ていた。

うふふふ、と笑っていた。

なにを描いているのパパ?

野球だよ、と僕は答える。

野球だね、と彼は答える。だけどねパパ、どうして野球をしてる人に、ユニフォーム、ないの?

あるだろう。

これが?

これ。

これ、ガチャガチャだよ。

そうだな、武者装束だ。

い、い、
むしゃ……。

武者装束、っていうんだ。

むしゃしょうじょく。彼は、きちんと滑らかには発音できない。彼は幼すぎて、難しい日本語に慣れていない。

が、それでいい。僕は思った、いいいいい、しょうじょくでいいんだ。むしゃ、しょうじょく。しょう、じょく。

センターは？　と息子が訊ねる。

将軍だな、と僕は答える。

強いんだ！

しかし、やられないように、後ろにいる。

やられる？

殺されないように、さ。チームのキャプテンが死んじゃったら、試合にならないから。

そうだね。

だろう？

うん、そうだねパパ。

じゃあ、パパは仕事をつづけるよ。

そうひと言声をかけると、彼はちょこちょこと立ち去る。ちょこちょこと……画材も弄らず、制作途上の作品には触れず。決して、決して触れず。

これでいいはずだ、と僕は思う。「これでいいはずだばい、そだばい」と訛りながら口にする。枠が、空間ならば、時間がそれを取り払える。最低でも脱臼か脱線はさせられる。だから脱臼だか脱線だかしている情景を見過ぎるように努めて、僕は、それに賭けるのだ。そこに賭けるのだ。

他にはなにもできない。

いや、できる。

できない。

自問はできる。連作にも挑める。この連作は、どの作品にも、新聞紙が埋めてある。画には層があり、重ね塗られた厚みがあって、その層の底に――内側に、いずれにしても下層のどこかに――新聞紙がある。貼られて、あるいは紙を補強して。画布を補強して。それらの新聞の、見出しは黒々としている。それらの新聞の、第一面が黒い。テレビ欄はどこかに追いやられて、最終面も黒い。大震災の、二日め、三日め、四日め、そして六日めまでの新聞。最初の一週間の新聞。震災関連の記事で埋まった新聞を、僕はそこに――それらの連作の下層に――埋葬している。

それらは鑑賞されない。

それらは鑑賞することが不可能である。

しかし僕は描いた。描いている。妻は部屋から出てこない。君は部屋から出てこない。君は、耐えている。当然だろう。僕も、耐えている。しかし僕の行ないは理解はされないのかもしれない。たとえば僕が、こうして仕事をしている部屋の扉を少し開けて、息子を迎え入れることが。そして、たまにしか思い出さないことが。思い出さない……思い出せない？　僕の、僕たちの、僕と君との、彼がもう「いない」ことを。

うしなわれている。

それでも、僕は扉を開けて、息子を待つ。つわものどもが亡霊は見えても、その軍馬たちですら見えても（「いる」と感知できても）、息子はイマジナリーな存在でしかないことに苛立ちつつ。

歯噛みしつつ。
僕は、時間を重ね塗る。

どうやったらプールでうなぎを養殖できるか？

びわ盗みには最適の日だった。雨がふっていた。わたしは弟と傘をさして（それは相合い傘ではない）、第四のルートに出た。

「第四のでいいよね？」とわたしは訊いた。

「ヨン？」

「三のつぎ」

「うん」と弟はうなずいた。

わたしたちにはいつもの散策のルートが複数ある。それらは天気とか目的とか、その日のいろんな条件に合わせて、選択されたり、されなかったりする。この季節、びわを沿道から盗むのなら、第四のルートにかぎられる。視界にはいつも、びわの熟した黄色い実が何十、何百とうつっていたから。ただし、それはわたしの視界にってことで、弟の認識ではどうなっているか、想像できない。だからわたしは確認した。

弟の傘が揺れる。

一歩、わたしに先んじている。

わたしの傘も揺れる。

たいした降りかたではないけれども、雨は、わたしたちを隠す。

「捕れる?」と弟が訊いた。

「しー」とわたし。「……ほら。はい!」

「これは、いいびわ」

「ほんとう?」

「ほんと」と弟が断言する。

わたしは褒められてうれしい。収穫にふさわしいびわの実って、見分けるのはむずかしいのだ。しかも、たいていのびわの樹は他人の家の庭に生えている。枝が道路まで張りだしているのなら、それは〝公共のもの〟だとわたしは判断するけれども。

弟がポケットからナイフを出す。

それでびわの皮をむいた。

小さなナイフ。

そして、皮をむいて食べるのは弟の主義。

「はい」とわたしにも一つ、くれた。

弟のポケットからはいろんなものが出てくる。なんでも出てくる、とわたしは感じるときがある。他人の所有物も出てくるけれども、それは盗んでいるのではない。それは入るのだ。ほとんど勝手に、弟のポケットに入る。まだ通学していた頃には、弟は誤解されていた。

弟は盗んだりしない。

わたしたちはいま、びわを盗んでいるけれども。

何人分もの携帯電話が弟のポケットに入っていたこともある。鳴る順に弟は応答した。「はい、トトキです」って。「はい、こちらはトトキです」って。

いつか、わたしさえも弟のそばから消えたら、だれが弟の面倒を見るんだろう？

「抜群のびわ」とわたしは言った。

「うん。これも」と弟は言って、ほほえんでいるのが波動みたいに感じられた。わたしたちは二人で、盗んだびわを頬ばっている。わたしたちは二人で、それぞれに傘をさして歩いている。第四のルートを。

「ねえ、いままでいちばん美味しかった食べ物って、なに？」とわたしは訊いた。

「えぇと」と弟。

「パッと思いついたのでいいよ」

「うなぎ。うなぎの、カバ焼き」

「ははっ」とわたしは笑った。予想外の回答だったし、でもなんだか幸福感にあふれていて。

「うなぎは淡水魚でしょ」と弟は言う。

「そうだね」とわたしは答える。

「しかし、淡水魚ではないです。産卵のために、海にクダります。日本のうなぎの産卵は南西太平洋のシンカイでおこなわれると考えられています」

「あ、それ、ニュースで――」

「はい。産卵場所の海底山脈は二〇〇六年の夏にほぼ突き止められました。そして、うなぎは腹びれのない魚です。カバ焼きにはビタミン類が豊富です。うなぎは最初、レプトケファルスです」

「レプトケファルス」とわたしは復唱する。

わたしたちの散策の第四のルートは小学校につづいている。その小学校は、弟の通っていたところではない。弟とは無関係だ。わたしは懸念はいだかずに、足を進める。

「レプトケファルスは小魚です。木の葉のような形をしています。うなぎやアナゴのいちばん最初の姿です。レプトケファルスは発見されたとき、新種の魚と考えられました。レプトケファルス属となりました。まちがいでした」

「まちがいだったんだ？」とわたし。弟の知識は、いつもためになる。

「そうなのです」と弟。

「レプトケファルスが、それで、つぎにうなぎの姿になるの？」

「つぎに、しらすうなぎにヘンタイします。これが体長十センチぐらい。このしらすうなぎを捕まえて、養殖はおこなわれます」

「そうか。しらすからね」

「天然のしらすうなぎを捕まえて、そだてます」

雨脚がふいに強まる。わたしたちは歩調をむしろゆっくりにして、やがて佇む。もちろん二人そろって。二つの（花が開いているようなオレンジとホワイトの）傘で。小学校の敷地のかたわらだ。

「それは」とわたしは言う。でも、わたしはなにを言いたいんだろう？　なにを弟に訊きたいんだろう？　どんなふうに話をつづけたいの？

しかし問いがないのに、弟は答えた。

「それは淡水養殖でしょ」

ああ、そうだ、とわたしは思う。

そして金網ごしに小学校のプールが見える。雨を吸い込んでいるような、いっぱいの雨滴を〝ゴール〟として捕まえているようなプール。その水面の波紋が（一瞬もおなじ形にとどまらない）、ほんの何メートルか先に見える。

「ほら」とわたしは言う。

「プール」と弟は言う。

「淡水だね」とわたしは言う。

弟はなんだか思索する。考え込んでいるのが波動みたいにわかった。それから、口を開いた。

「ねえ、プールでうなぎ、養殖できる？」

「できるかもよ」とわたしは答えた。

「どうやったら？」

「方法？」

わたしの目は、弟は通わなかったけれどもわたし自身は通学していたそこの、校舎のシルエットを見る。あるいは校庭を。校庭の隅の、むしろ体育館の区画に属しているような焼却炉を。全部、雨に煙っている。

「うん、方法」と弟がしっかり尋ねる。

だから、わたしもしっかりと答える。

「魔術で」と。

プーラ

　まずはひとこと呼びかけてみる。プーラ。するとわたしはプーラのことを思いだす。プーラは昔、いた。今は、いない。思いだすというのは、たいてい、そういうことだ。今はいないから、いとおしむこと。たぶん切ない行為。

　プーラはもちろんプールにいた。

　わたしがプーラを発見したのは偶然だった。

　わたしは、最初はプーラを発見できなかったのだ。

　だけどプールの写真は撮った。

　わたしがカメラを持って、何人かの友達を写した。そのとき、背景にプールがあった。本当にただの背景だ。ただし、知っているプールだった。そこはわたしが通った中学校だったから。友達は、その中学校とは関係ない。卒業生でもなんでもない。

　それで、写真だった。

　わたしは写真にプールが撮られているのを目で確認して、それから、プールになにかの影があるのを知った。長い影。長い首の、影。その首は、プールの水面からのびている。

　こんな写真……こんなふうな写真……見たことがある。

未確認の動物の写真。スコットランドのネス湖の。

わたしはもちろん、その写真のデータやプリントを友達には渡さなかった。その写真のだけは。

わたしは偶然、それを撮ったのだ。真後ろにそんなのがいたなんて、だれも気づいていないのだ。

わたしだけが発見したのだ。しかも、ずいぶんと時間差で。

これは秋の話だった。

中学校の体育の授業で、プール、があるのが終わったころ。だけど、水はまだ抜かれていない。

そしてわたしはその中学校のことなら知ってるし、そのプールにだって二十回や三十回は軽く入っている。

だからわたしは、たしかめに行く。

夜。

ひとりでプールサイドの監視台にのぼった。それから座り込んだ。ひさびさに体育座りをした。

そして、待った。

わたしは水しぶきを待った。

なにかがいるなら……未確認の動物がこのプールにいるなら……泳いで水しぶきをあげるはずだから。

きっと「もうだめだ」ってあきらめるころに、それは現われるんだ、ってわたしは確信した。

そしてわたしは一時間四十分待って、あきらめた。

それから三分。

わたしはプールサイドの監視台の、その真後ろに、体をちぢこまらせて隠れて、待った。

そうしたら。

……そうしたらね。現われた。

二十五メートル・プールにおさまっているから、体長はたぶん十メートル以内。きっと七メートルとか八メートル。やっぱり恐竜の、プレシオサウルスみたいな。でも、そんな長い名前は要らない。ネス湖の怪獣がネッシーなら、このプールの怪獣はもちろん……プーラ。

その夜、わたしは声はかけなかった。ただ、おしまいのおしまいに、自分の姿はさらした。するると、たちまちプーラは水中に消えて。びちゃ、って。水音を反響させて。消毒薬の匂いもまき散らして。

そこからが長かった。

つぎの夜。そのつぎの夜。またそのつぎの夜。わたしは、わたしの存在に慣れてもらおうって、かなり頑張った。わたしは、どうしたらわたしを疑わないでもらえるかって、そうとう考えた。

わたしはプーラに話しかけた。餌付けが成功したときには感動した。わたしがプーラを育てているような錯覚だって、おぼえた。もちろん、そんなはずはなかったけれど。わたしはいろいろ、心配した。運動量は足りているの？　水中で身を躍らせるときは、やっぱり水泳選手みたいにターンするの？　一回往復したら、五十メートルだって、わかるの？　いつ寝るの？　わたしはプーラの寝顔をもとめた。わたしの前でも安心して居眠りしたのは、三週間後。あるとき、わたしにはプーラにも歯があるのかなって真剣に悩んで、見せてもらった。歯は、あった。

数えた。

上下で二十三本。

どうして奇数なの？

そして二十四日め。わたしはなにかを直感して、わたしはプールサイドで服を脱いで、わたしも水に入った。卒業してから……初めて、そのプールに。わたしはあおむけになって、わたしはプーラと泳いだ。水底までもぐると、お月さまの光が、そこまで届いた。

そしてわたしは、泣いた。

翌日、わたしはプールの水が抜かれるのを知る。わたしはプーラが消えたのを、知る。きっと排水口から……どこかへ。

ねえ、プーラ。

わたしは呼びかけてみる。ほら、今も。そして、だから。

切ないよ。

阿弥陀は幾何級数的に増えます

『南無ロックンロール二十一部経』より

わたしはゆるやかに認識する。ここはどこか鎖された場所なのだと認識する。根拠はない。その根拠はこれっぽっちもないのだけれども、無根拠さの根拠ならば挙げられるとわたしは思う。風が通っているから。吹きぬけているから。すなわち気流は遮断されていないのだし、ほとんど四囲の壁はない。ないのだと断じていい。こんなにも心地好い風。わたしは顔をあげる。すると二つめの、無根拠さをわたしに証すための根拠が視界に入る。そうだ、見えるのだ。空が、天穹が、夜の空が。架かっているのは満ちた月だ。ほとんど満ちていると説明するのが、正解？ わたしは多少は躊躇する。わたしには十四夜と十六夜のそれぞれの月を判定する能力がない。おまけに満月は、それら前後の二つとしょっちゅう混同される。ひと目見て、誰かわかるの？ もしかしたら誰かはわかるの？ わたし自身は（辱を忍んで告白すれば）たびたび満月が三度つづいていると感じた、その十四夜からの三晩に。ところでわたしは話を変える。その三度の月夜はいずれも狩りに適していた。そのことをわたしは語りたい。狩り……。

いま、わたしは狩りと思った。

わたしは狩猟する生き物なのか？ ふいにたびたびとはいつだったのかと自問する。そもそも、とわたしは問いを連打する。わたしはいま、どこにいて、何をしているのか。何を？ そうだった、わたしは認識していたのだった、わたしは認識しなければいけないから認識していたのだった。これら一切の事情もあって、ゆるやかに。そうだ、ゆるゆると。すると感じたのだ。ここには「鎖(さ)し固められた場所」との印象がある。どうしてだか、無根拠にそれがある。しかし檻(ケージ)の類いとは違った。だって、風が通っている。ほら、心地好い夜風。わたしの全身を撫でた。これが根拠の一つめだった。二つめは天穹だった。夜空が目に入るということは、天井が、葺かれた屋根がないということ。ところでわたしは、眠っていた。いま、目覚めた。いまなのかいましがたなのか。数々のおかしな夢を見た気がした。珍妙な……。

そんなことまでわたしは認識した。

わたしは、起きなければ。

身を起こさなければ。

ふだんの警戒心をふだんどおりに働かせながら、わたしは巣穴を出る。いいえ、これは巣穴ではない。ただの寝ぐらだ。そして、地下室……というか床下だ。這い出てみて理解した。木造建築の床下だ。それから（匍匐(ほふく)で前進して）石か、アスファルトか、どちらかの固い地面をわたしは踏む。前で、後ろで、やんわりと。わたしは前のほうを「手」だと認識しただろうか？　多少はした。四つが四つとも肢(あし)だと自覚するわけではない。分担があるのだ。たとえば獲物の攻撃に用いるのは二本の「手」だ、器用なのも前のそれ。ところでわたしには尾がある。尻尾が……。

ある。

あるな。

わたしは、いま、揺らした。尻尾はふわっと揺れたし、重みは馴染んだ形でわたしに感知された。いわばまっとうな重量だ。ふさふさと毛が生えていることまでわかる。つまり、それは、疥(かい)

癬(せん)にはやられていないということだ。あの病には。それならばいいの。脱毛はじきに体力を奪って、じきにわたしたちを死に直進させてしまう。直進、それとも突進？　そんなふうに疥癬に冒されて、無残に死をめざした同胞たちを多数見た。大の同胞も小のも。そうだ、小さな同類も、ばたばたと仆(たお)れた。わたしたちは減った、とわたしは思い出す。わたしたちはこの都市ではほとんど生き残れなかった、この大都市では、ここでは。そうだ、ここ、東京では。東京……。

　ここは東京なのか？

　違和感がある。

　もちろん直感として、その違和感はある。ゴリッとした異物(もの)。わたしは覚醒直後であるあまり、混乱している。そうね、記憶がアナーキーなのよ。わたしは意図的に認識する速度を落とす、さらに。ゆるりと、もっと落とす。わたしは周囲にあるものをたんに「在る」として見ればいい。あるいは情景を、おもむろに聞こうか？　ほら。水の音はしていない。車の走行音はしているけれども、遠い。この場所の外部(そと)を走っていて、やっぱりこちら側が囲われているのだ。四方(よも)の壁はないのに鎖(とざ)され……閉じられている。どうしてだか。それと、この場所には灯りがある。月影以外の人工灯。それが地面を照らしている。地面、そう、わたしの手足が（いま、この刹那にも）踏んでいる石畳を……。

　石畳？

　わたしは白い照り返しを視認する。

　固い地面だ。石畳だ。

　それでも、とわたしは思う。それでも、灯りは弱いのね。わたしは、そもそも、と思えばよかったのだろうか？　そもそも、灯りは弱いのね、あわあわとした反射しかないから。石畳のその白さは朧ろだ。わたしは顔をあげる、光源を探して、すると「在る」。灯籠だ。わたしは、ほら一基、いいえ、ほら二基と認識する。わたしには少々ゆるやかさが欠けていた。二つだ、ここに認められる光源は。一基の石灯籠、そして、二基めの石灯籠。そして……。視線はおのずと廻らされて、わたしは結局ほとんど真後ろをふり返る。わたしが這い出してきた床下の、上。つまり床上？　建物のとりあえずは正面と認知するのが妥当な部分。事実、正面にあたるのだろう。ロープが垂れている。わたしは教訓を活かしながら数える、一、二、三。ゆるやかに認識した、ロープは三本……。

　ところでロープは極端に太い。

縒られているの。

目をあげれば鈴が確認できるの。そんなものが付いているのが看て取れるの。それも小の鈴と大の鈴。もっと視線を上方に走らせれば、建物の横木があって、そこにもロープがあって、それは（それも）太い藁縄で、紙が垂れている。紙製の四手が。わたしの脳裡におとずれる閃きがある。これはシメナワだとわたしは思う。シメの縄。きっと意味合いとしては「標」の……。やはり境界がここにある。ひとつの領域が標識で区切られている。神聖な場所として。それから、結界……。

　見えない線が引かれている。

四囲に。いいえ、何重にも？

外部から何重にも隔てて。実際、わたしの正面に（というか眼前に）垂れている三本のロープは簾だ。大の鈴も小の鈴もと釣り下げたロープたち。握って揺らせば、カランカランと複数の鈴が鳴るのだろう。わたしは何人もの手の臭いを感じる。手のひらの側の。それは人間の「手」だ。

そのロープには何人もの、いいえ、何千人もの「手」の臭いが沁（し）みついているのを、わたしは嗅いでいる。六十万人かもしれない。その具体的な数字は何？　わたしは問いを推し進めない。自問あるいは問いの連打よりも認識しなければならない、「在る」ものを目で、その他の感覚器官で。眼前に垂れている三本の太いロープがほとんど簾であると認識して、その向こう側をわたしは見る。そちらがいわば内部（なか）なのだ。木箱がある……。

　置かれている。

　むしろ鎮座している雰囲気だ。

　その存在感。ああ、とわたしは認識する、賽銭箱ね。それは（これが）参拝者の賽銭を受けるための箱ね。でも、誰に捧げているの？　この疑問が大音声（だいおんじょう）で脳裡に閃きとどろいた瞬間に、わたしは認識する速度をあげる、あげることを自分に許した。賽銭箱がある。シメ縄もあった。神域であることが示されていた。ここは結界としての境内だ、神社の。それがどうだというの？　わたしが高速で認識するのはわたしの空腹だ。ひどい空腹。わたしは目覚めた直後で、しかも飢えている。賽銭箱の上には載っているものがある。何かが……何？　二基の石灯籠の弱々しい深夜向きの灯りがほのかに照らす。化学繊維に特有の反射……ビニール？　ビニール包装された、何か？　わたしは、跳ぶ。わたしは、賽銭箱に乗る。

　跳び乗った。

　ビニール袋に入れられた、かつ未開封の、食品がひとつ供えられている。

　方形だ。食品（それ）は細長い。長方形だ。

　包装を透（とお）して若干の臭いが感知できないわけではない。わたしは、嗅げる。腐敗はしていない。それから油の臭気がした。菜種油？

わたしは破っている。

わたしは歯で袋のその端のほうを嚙み、ビリッと嚙みちぎり、中身にたどりついている。たちまち。中身の食品に。いい香ばしさだ。わたしが歓迎してしまう臭いだ。揚げ物だ。しかも大判の、そして、大豆の風味がする、そうだ、ジュッと滲むものがあって、わたしの食欲に訴える、訴えつづける。

わたしは貪る。

わたしは貪っているわたしのことをも認識する。

だがわたし自身のことよりも食品を正確に認識する。それは、何なのか。油揚げだ。人間が捧げたのだ。誰かに捧げたのだ。この結界……この境内で。この神社の、あるいはこの神社に祀られる誰かに。

わたしは貪り了えたわたしを認識する。しかし飢餓感が全面的に満たされたとの思いはない。当然だ、これは油揚げ一枚だ、まだ一枚……。わたしは高速の認識下でもちゃんと数えて、足りない、全然足りないとむしろ飢えを強烈に（無の枚数の時点よりも強かに）感じる。

わたしは生きなければならない。

食物を獲なければ。

つまり獲物だ。狩る。

だとしたら、とわたしはただちに決定する、わたしは外部に出なければならない。この神社の内部から、ここから。言い換えれば境内から。言い換え……パラフレーズ？　ある感触がいきなり脳裡に大きな位置を占めかけて、けれどもわたしは無視する。だって、記憶はアナーキーなのだとすでに確認ずみなのだから。ふたたびわたしは首をあげて、廻らせて、この賽銭箱からの多少の高さを添えた視界に、まずは拝殿、それから石灯籠、参道と順に認める。配置の把握だ、東西南北はわからない。

それがどうだというの。

わたしは、跳ぶ。

わたしは、石畳をちゃちゃっと駆ける。

二基の光源のあいだを縫うように走る。その向こう側をめざして走り、ほの暗い参道の途上、すると「在る」。

わたしは三基めかと思う。

灯りが入れられていない灯籠（それ）かと思う。

石柱らしさを感じたから。基台だった。ああ、とわたしは誤解する、狛犬？　違う。ほとんど間髪入れずにわたしは否定する。石彫りの獣（けもの）であることはたしかだ。生命のない像が鎮（しず）まっている。しかし犬ではない。ないの。犬や獅子（ライオン）をかたどってはいない。月影にその輪郭をふちどられているから、わかる。耳はやけに尖っている。そもそも顔貌が尖っている。むしろ体軀そのものが鋭敏さ、鋭利さを内包したプロポーションを有して、つまり……尖っている。さらには長いふっくらとした尾。

これは犬たちの同類ではない。

わたしに似ている。

それじゃあ、狐の似姿（にすがた）？

わたしはショッキングな認識を得る。わたし自身のことの正確な、たぶん客観的な認識。わたしという「在る」ものの。この地上に。それからわたしの（わたしたちの）同類がそこにかたどられていることの。狛犬ではないけれども霊獣ではある、とわたしは考える。聖なる場所を守護しているのだから役割は同じ、と考える。だったら石像は一対(ペア)のはず。刹那にわたしは視界に片割れを見出している。

狛犬でいえば阿吽(あうん)の相の位置。

口は、とわたしは見る。

何かを咥えている。そちらの片割れは。巻物?

こちらは、とわたしは見る。

ない。咥えられているものはなんらない。どうやら口は閉じている。ただし片方の前肢(まえあし)……もしかしたら「手」が、大きな玉を踏んでいる。片割れは巻物で、こちらは玉。参道の左右に据えられた、ある力としての構図。わたしは第三のショッキングな認識を浴びている。ここは稲荷(いなり)だ。ここは稲荷神社で、人間たちは祈りや賽銭を(あるいは油揚げを、あれを)その神に捧げている。その神か、その神として祀られる存在(もの)に。わたしたちの同胞に? もう、絶滅しようとしているのに? この東京で、この……。

ここは東京なの?

そんなことは、とわたしは思う。

いま以降にしか問われない。わたしは石造りの狐たちの一対(ペア)を再度、観察する。当然だが石像は動かない。微動だにしない、わたしに似ていても。生命が吹き込まれていないからだ。わたしは違う。そうではないの。むしろ生命(それ)しかない。だからわたしは、動ける。わたしは歩き出す。ふたたび、ちゃちゃちゃっと駆ける。手水舎(ちょうずや)があったけれども立ち寄らない。わたしは手を洗わない。参道はじきに石畳の坂となって、それは下る。わたしは下る。結界としての空間の、その「見えない」区切り線を最後まで脱ける。あの標（しめ）の類いのいちばん外側の一線まで。たぶん、わたしは。いま？

そこからは、いま以降？

論理が回答する。いま以降だ、と。かつ、ここまでがお前の体験したことだ。お前はわたしがゆるやかに認識すると思いながら目覚めて、わたしは思う、わたしが考える、と認識の主体でありつづけた。ここまでの一切がお前の体験したことで、覚醒後のざっと二十分間に相当している。お前はお前が狐という生物であることに気づいている。一頭の狐。それも生きた狐。面長な顔を持っている事実すら自覚していた。ところでお前は雄なのか、雌なのか？　性別についての自意識は、しかし全く働かなかった。仮に雌狐（めぎつね）だとしても、その事実は発情するまでは感じられなかっただろう。その時には外陰部は腫れて、脹（ふく）らみ、濡れもして、出血も見せる。そうなったら「ああ、わたしは雌狐なのね」と自覚しただろうが、いまはそうではない。だから性差（セックス）は重要視されなかったし、群れてもいなければ家族も所有していないのだから、ジェンダーも同様だ。そもそもお前に、群れられる可能性はあるのか？　ところで発情期には当たっていないことが、「いまはそうではない」と語られた。いま？　しかし、それはいま以降ではないのか。あのいまの、未来の時間の内側（なか）にこの語りはあるのではないか。つまり（ありとあらゆる）いま以降は、つねにいまに追われる。お前は走る。お前はもともと夜行性の生き物だから、あの目覚めからの三十分後の夜にも、四十分後にも、それどころか五十分後の夜にも駆けている。疾駆すれば尻尾がゆれる、お前の。あの、ふさふさと毛の生えた尾が。もちろんお前は時速にして五十キロまで、それどころか八十キロまで出せるのだが（出そうと思えばだ）無益なことはしない。なにしろ無益なことの筆頭が体力の浪費だし、そもそも浪費しうるほどの蓄えがないのだ、お前には。体力は蓄えられておらず、あるのは飢餓感だ。お前はひょうひょうと歩きもして、なのに行動は疾駆に似ていた。もちろんお前は耳から熱を発散した。狐の長い、尖った、大きな耳はそのためにある。そのように機能する。そして放散される体熱があるならば、お前はまだまだ死なないだろう。お前には生きのびる可能性があるだろう。この推量は予言に似て響き、お前はそこに黙示録を感じるか？　あらゆる黙示的な文書の音色(ねいろ)を？　感じるがいい。そしてここは、あのいま以降の、夜の都市だ。それも大都市だ。お前が優先することはシンプルだ。食って、生きる。そのためには天分を働かせるだけでよい。たとえば鼠を狩ることの天分(それ)を。ほら、月夜だ。しかも夜空に架かっているのは満月、お前は容易に鼠たちを捕れた。そうだ、複数の獲物だった。ただしクマネズミにはまるで出遇(であ)わず、ドブネズミばかりだった。平均してドブネズミのほうが図体(ずうたい)で勝るから食い出はあるのだが。しかし人間たちと「人家」で同居しているはずのクマネズミたちはどこに隠れたのだ、いったい？　ここには建築の大小を問わず「人家」ばかりだというのに。だから都市だというのに。それも大都市だというのに。とはいえハンティングには成功しつづけるのだから、お前には不満はない。捕った鼠たちを数える。ちゃんと数えた、お前は。カウントは教訓だ。二匹めと三匹め、四匹めと五匹め。ずいぶん腹は満たされる。もちろんお前は下手物(げてもの)食いはしない。お前は鼠たちの尻尾は貪らない。それらは道路に残されて、それらは数分間ばかり、うねる。本体が喰らわれても、まだうねった。

　そして、道路だ。

　都市には道路がある。おおむね舗装されていてアスファルト・コンクリート類が表面を飾る。お前がもっぱら利用するのは路地で、しかし大通りを無視するわけではない。大通りの歩道（というか、歩道側）は利用した。人道だ。しかし横断歩道は渡らなかった。お前は車道を忌避する。

夜、あらゆるタイプの車輛が走行している。お前が聴覚(みみ)に認識したとおりだ、「結界の外側には車が走っている」と、あの稲荷神社の境内で。予期しえなかったものとしてお前がその視覚(め)にするのはヘッドライトだ。速度と轟音をともなうヘッドライト（その轟きとは通常四つの車輪がアスファルト・コンクリート類を嚙むノイズで、地表に手足をついているお前の全身を揺さぶる、痺れさせる）、ハイビームとロウビーム、そこに反映する車種のバラエティ。交通量は、疎(まば)らとはとてもいえない。運転する者たちは当然人間なのだが、フロントガラスまたは左右どちらかのウインドウ越しに顔を拝めることはない。ヘッドライトの速い光輝が邪魔して、残像もまた視認することを妨げる。いずれにしても、車道は忌む必要がある。お前は大通りも活用するのだが、決して車道には踏み出さない。横断歩道の類いは、人道ではあっても、狐用の歩道(それ)ではないのだ。

すると、都市は島になる。

大道に分断されている複数の島になる。汀(みぎわ)がそれら大通りの歩道だ。お前はしかし、島から島へと渡れないわけではなかった。地下通路もあったし歩道橋も見出されて、お前はこの（目覚めてから最初の、一つめの）夜のあいだにも後者の陸橋(みち)を移動に用いた。ドブネズミの鳴き声を違う島に聞いたからだ。お前の大きな耳は、餌食たちの気配を数百メートルほどの圏内に聞ける。位置も正確に摑める。ただし、フラットな土地ならば、だが。ここはフラットではない。土地はおおむね平坦でも人工物で建て込み、極端に高密度な凹凸ばかりを示してしまう。ここは、都市は。

都市。ところで、ゴリッとした異物はお前の胸中にいまだ居坐っている。ゴリゴリッとした違和感はこの一夜めが深(ふ)けるにつれて昂まっている。東京なの？　この夜の、この大都市は、東京なの？　お前は思うのだ、ここが東京ならばわたしたちを排除した、と。わたしたち狐を放逐しながら、弾(はじ)きながら成長したのがこの東京だ、と。一〇〇年、それとも、二〇〇年……。お前はさらに二つの疑問を持ち出してよかった。お前は「そもそも群れられる可能性が、わたしにはあるの？」と疑ってよかったし、社会的な性差(ジェンダー)の無意味性にまで思いを馳せてよかった。お前の雌雄が、その区別が何の意味を持つ？　先んじるのは不可能性だ。妻になれなければ夫にもなれず、母にもなれなければ父にもなれない。そうだ、可能性としての最後の一頭でありつづけるのだ、お前は。そしてこのようにも疑ってよかった。東京のその街としての歴史が一〇〇年はたしかに遡れるにしても、二〇〇年になると、どうか。二〇〇年より昔にも東京は「在る」都市(もの)であったか。それは違う都市(もの)がその名を改められて、誕生したのではないか。いわば転生したのではないか。この疑いまで持ち出しえたならば、お前はきっと「東京は以前エドだったのよ」と思いあたったに違いない。しかしながら、エド、との地名の響きに正しい文字を宛(あ)てることは叶わなかったに違いない。お前は回答または閃きの瞬間、穢土(えど)、と字を宛ててしまったはずだから。東京は、穢土だった。ここには真理があり、お前はそれをわきまえてしまったはずだ。納得し、うなずきもしたかもしれない。しかしお前は、二〇〇年……と考えて、それ以上は思惟を進めなかった。お前は適応という行為を優先した。そうなの、とお前は思った。わたしには適応力(プラス)がある。最初の夜に二つめの夜が続き、二つめの夜には三つめの夜が続いた。お前は教訓をためとしながらカウントするが、ただし無意味にはしない。匿名の、または無名の夜はそのままにする。ある夜には鼠がいない。餌食になるドブネズミに、これはクマネズミでもいいのだが、遇(あ)わない。ある夜は果実しかない。しかし雑食性の生物であるお前は、甘い果実は歓んで食(は)む。ある夜には卵ばかりを見出す。大きさとしては鶏卵(けいらん)程度だが、だとしたら放(はな)ち飼いの鶏がいるのか。この都市に？　お前は、発見したその場では（歩道のやけに茂った植え込みや、公園の花壇では）卵を貪らない。習慣からだがいったんは口に咥えて、運ぶ。割るのは多少離れてからだ。鶏卵は美味だった。そして、有精卵だったから、たまに孵化寸前の雛にもあたった。それは雛寸前、の雛ではない生命だったが。厳密な定義として。それでも鶏の味はした。その肉の。チキンの味わいだ、とお前は思った。獲物の骨はカリカリと鳴って、ただし未熟さはともなわれていた。お前はぴちゃぴちゃと舌を鳴らした。空腹というのは痛みだ。いまのところ、お前はその痛みを飼い馴らしている。お前は同胞を思った。わたしたちの同胞、と思った。きっと絶滅してしまっている、わたし以外は、とも感じはじめた。「おしまいには飢えて死んだの？」とも問い、ケッケッと鳴いた。ケーンとも鳴いた。ここで絶えた、ここ東京では。東京なのか？ それからお前は、ある夜、ＫＦＣを発見する。

普通に考えればＫＦＣはケンタッキーフライドチキンを指す三文字のはずだった。あたりまえの東京ならばそのように頭文字(イニシャル)だと判断して問題なかった。ファーストフード店なのだから。おまけに、用意されているのはもっぱら揚げられたチキン類なのだから。仮にこの判断以外のＫＦＣが営業していたならば、むしろ訴訟の対象になる。が、何ひとつ断じることはできない。まだ、できない。だとしたらＫＦＣは可能性としてケンタッキーフライドチキンではない。実際、「ではない」ことの根拠はやすやす示し得た。そのＫＦＣの店頭の路面には等身大の（とは通常の人間、それも成人した人間(もの)と同サイズということだ）人形が二本の足で立っている。それが白い髪をしていて、白い眉と白い髭を蓄えていて、ダブルのジャケット姿に黒いストリング・タイをしていたならば、あれだ、とわかっただろう。
大佐(カーネル)だ。そうならば無根拠にちかづいた。が、そんな人形ではなかった。

情景を描写するならば、新月ではなかった。けれども新月ではないからといって月影（ムーンライト）の代用となる星影（スターライト）まで消えてしまったとか、そんな状況にもない。夜間の電力の供給は、それなりに抑えぎみらしいけれども、ある。夜行性の生物にはどうでもいいことだが、島々として認識されている分断された都市空間に（この都市のエリアに、確認している範囲に）夜、電気は通る。わたしは、だから、そうとうクリアに知覚したと思う。ちゃんと見た。人形はトロンボーンを持っている。U字スライドを装備する金管楽器だ。本物だ。ただし人形の造りと一体化していて、手のひらやジャケットの裾の部分に張りついて、多少熔（と）けている。これはケンタッキーフライドチキンのあれではないし、だいいち大佐（カーネル）よりちびだ。狐であるわたしにはその身の丈が十全には目測できないのだけれども、おおよそ一メートル五十センチ台だと思う。ただ、揺るがしがたい大佐（カーネル）との共通項も目にできた。日本人をかたどってはいない。この人形は、全然、日本人（という人種）の似姿ではないのだ。やっぱりヨーロッパの……。コーカソイド、とわたしは思う。その人種の定義は「皮膚が広義の白色（ホワイト）の範疇にある」ことで、人形はぴったり適っている。あの大佐（カーネル）とは違って、髪の毛は金色をしている。わたしは北欧出身者の印象を抱（いだ）いた、だから。不正確きわまりないのかもしれない。そもそも、ただの人形を観察しているだけなのだし、そもそも、わたしは狐なのだ。わたしに人種が推断可能であるほうがおかしい。

　にもかかわらずだけれど、おかしいのはこちら側ではないかもしれない。あるいは、わたしやわたしに所有される知識、経験だけでは。これが……ただの人形？　いっさいはおかしい。わたしは考えをそのように改めた。妥当だ。ファーストフード店はKFCのロゴを掲げていて、ケンタッキーフライドチキンであるとの根拠はこれっぽっちも持たず、ケンタッキーフライドチキンなのだと主張しようともしていない。これが正確な観察結果で、これが正確な理解だ。つまり、このファーストフード店は、ただ三字のＫＦＣだ。三字、とわたしは言葉を嚼(か)む。わたしはＫＦＣを、これはＫＦＣだ、とシンプルに承認して、隣りのビルとの隙間の路地に出されていたゴミの山を漁る。可燃ゴミの袋を選んだ。すると、もちろん、チキンを掘り当てる。それも揚げ鶏肉(フライドチキン)ばかりで、わたしは屠る。カリッ、カリカリ。

　これが一軒めのＫＦＣだ。

　結局、わたしは二軒めも発見する。新月ではなかったその夜ではない夜に。数えることに関しては、わたしは何番めの夜かよりも何軒めのＫＦＣかを優先した。重要度で勝るのが本能でわかったから。わたしの行動圏はおおよそ一平方キロに及んでいる、または若干及んでいないという程度だったけれども、その範囲内に何十もの島があって、大通りに分断される都市の島たちは三つに一つがＫＦＣを持った。じきに二つに一つほどに、あるいは「二つに一軒（以上）」の域に探索を進められるかもしれない。二軒めのＫＦＣで、わたしはテナーサックスを手にした人形を見た。身長は目測で一メートル七十センチ前後。一軒めのＫＦＣのトロンボーンの人形とは違って、髪の色は白い、しかし大佐(カーネル)っぽさは皆無で、丸顔どころか痩せていて、瞳が碧(あお)かった。表情には何らかの恐怖を喚(よ)ぶ不吉さはない。むしろ人形らしさしかない。それは健全さと言い換えられる。パラフレーズできる。可能な……パラフレーズ？　四軒めにはドラム用のスティックを握った人形が立ち、そんなふうに楽器や楽器演奏とは無関係の人形も多少はいたけれども、同じ人形は一体としてなかった。

　わたしはそれらを、憶える。

　わたしはそれらを、夜々、憶えた。

　どのＫＦＣに、どんな人形が。

どの島に、どのＫＦＣの、どんな人形が。
まるで地図？　この都市の、地図化？　そうなのかもしれないとわたしは思った。わたしは意識しないところで地図作成に励んでいるのだし、わたし自身の縄張りに（そう、縄張りだった。わたしの行動圏は、わたしの棲息圏、わたしの縄張りだ）ランドマークを配しているのだ。このことを察した晩、わたしは極度に凹凸にあふれる土地の、いちばんの凸部を求めた。高層建築物を、かつ非常階段を有した建築を。わたしは、登ったのだ。登って、それから……眺めた。ただの眺望をわたしは必要としたのではない。俯瞰すればとか夜景ならばとか、そんなことを願ったのではない。わたしはＫＦＣを探したの。わたしのランドマークを眼下に、わたしのＫＦＣたちを視野にちゃんと収めようとしたの。

その瞬間だった。

わたしがまだ東西南北を知らないで、いまも知る術を持たずにいて、あたりまえのようにＫＦＣのロゴのそれぞれの、どれが、どの島の、どの人形を店頭に立たせている何軒めにあたるのかを摑めずにいて、それでも七つものロゴをいっぺんに、まるで奇蹟のように視界に入れることが叶った瞬間に、手前と奥の、右側と左側の、幾重ものレイヤーを感じさせて特別な夜景に配置されているＫＦＣが、響きあうように滲む。するとわたしは、ロゴの灯りの変容を見る。Ｋは阿に見える。Ｆは弥に見える。Ｃは陀に見える。どのＫも、どのＦとＣも。三字が、こんな三字に変わっている。阿弥陀。そうね、とわたしは思った、あきらかに顕われているわ。ＫＦＣ、阿弥陀。それから認識が高速という速度すらも超えて、わたしの脳裡に到達する。わたしは思い出す、幾つもの幾つもの名前を思い出して、しかも、それは彼らの名前だ、とも理解する。彼らとは、人形だ。ここの（この都市の、それぞれの島々の）ＫＦＣの人形たちだ。一軒めにいてスライド・

トロンボーンを手にしていたのは小さい(リトル)ジョー。二軒めのKFC前に立つテナー・サキソフォン吹きは蜘蛛(スパイダー)のマーフィー。他には哀れな(サッド)サックと……そうだ、いんちきヘンリー(シフティ)がいて、それに番号だけの連中も。しっかり憶えている。47号と3号。ただの数字ではない、これだって名前だ。わたしは舌に転がした……リトル・ジョー……スパイダー・マーフィー……サッド・サック……シフティ・ヘンリー……ナンバー・フォーティセブン……ナンバー・スリー。一頭の狐であるわたしは、ケッケッ、クックックックッと鳴いただけだったけれども。わたしの口蓋は日本語化されたアメリカの人名の発話に不適当だったけれども。アメリカ？　わたしの口はこんな感じで、目は、いまも三字を捉えつづけている。捕捉するのか、捕獲するのか。夜景のパノラマ内の、あの三字、阿弥陀。もっと滲め。それからわたしは、自問しないではいられない。リトル・ジョーやスパイダー・マーフィーやシフティ・ヘンリーや、この人名の記憶はなに？　記憶か、もしかしたら知識はなに？

答えられずに、わたしは非常階段から世界を見下ろす。

わたしは、ケーン、と鳴く。

応答する同胞はいなかった。わたしは孤立を感じる。それは自立ではない。冷ややかな現実として、自立という様相(ありさま)とは根底から異なっているのだとわたしは痛感する。すると衝動がある、わたしは夜を出よう。多少のあんばいでいいのだ。この夜をパノラマとして保ちながらも、昼の都市に侵出しよう。朝方の数十分か一時間。暮れ方の一時間か数十分。わたしは侵入する、これは夜行性からの脱出で、しかもそんな大仰なものではない。いわば適応のひとつのバリエーションにすぎない。ただし、その前に、わたしは眠る。

お前は眠る。

わたしは夢を見た。

お前は夢を見た。阿弥陀の三字のパノラマを胸の内に抱えながら、その日にだ。これは昼の眠りだ、とお前は認識している。お前はいまでは（いいや、ここでは）夢見る主体だからわたしはとは語れない。主体の輪郭が甘すぎるのだ。朧ろすぎるのだ。だからお前のことはわたしはとは語らずにお前のこととして描写するしかない。お前はきっとわたしは朝ぼらけを待たずに寝入ってと説明したいだろうがわたしはとは言えない。お前が……お前は朝ぼらけを待たずに寝入った。それから。お前は夢見を自覚した。ただし冒頭にあったのは速度だ。「これは加速なの？」とお前は思ったのだ。あるいは、「これも加速なの？」とお前は思ったのだし、二つを同時に思ったのだ。お前はボヤッと朧ろな主体でしかないのだから、一度に二つのことを考えられるし、もしかしたら一時（いちどき）に二人にもなりうる。いや、狐なのだから二頭か。しかし狐なのか。お前は、それを加速とみなしたのだが方向が妙だった。お前は、たとえば現在に関しては認識する速度を上げたり下げたりできる、意識的な高速の認識に入ることが可能だ、しかし速度の高まりは前方にしか向かない。時間の前方、すなわち未来方向というかいま以降にしか。そして、この夢見の瞬間、まさに方向（それ）がおかしかった。それから。お前はわかる。お前が死ぬ、しかし狐のお前がこれから死ぬのではないともわかる、お前はもっと巨（おお）きい、その一頭の脳裡にはゴー、ゴー、ゴーと命令が反響している。お前の毛皮が火を噴いている、お前には舌に転がせる名前がある気がする、気がするどころか記憶がある、アメリカの人名だ、ジョニーだ、ジョニー・ビー……。ひたすら火に苛まれながら「焦熱地獄だ、阿鼻（あび）地獄だ」とお前は思いながら、「俺はそれに値する」と雄の言語で思いながら、お前は遡る。もっと加速している、もっと錯綜している、お前は焼かれていないし、お前は誕生したばかりだし、その認識は嘘だ。お前は目覚めた。そこで檻を確認して、が、それ以前だ。お前は遡る。死をあいだに挟むことでお前は、「これは一つの前世のさらに前世だ」と判断し、煩悶し、どうして煩悶するのかと問えば火に焼かれているからで、お前は灼熱の内側(なか)にいる。「僕のバーベキューだ」とお前は思う、お前は啼こうとする、啼声(ていせい)をあげようとする、たぶんコケやコッコーと響くだろうと予想していて、しかし違う鶏鳴がほとんど轟きわたるのだが、しかし通過している。この場面も。お前はもっと遡って、この世界の無知な新参者だと自覚して、プールを見る。校舎を見る。いきもの小屋を見る。それがケージだ。第一の檻(ケージ)だ。お前は起床の場面に遡っている。お前はカッと目蓋(まぶた)を開いた。しかし、その前。ありもしない産道がお前を通過させて、ほら。

　ここまでが夢の冒頭だ。

すると、誰かがいる。

それが夢だ。

　夢なのだから不可思議のいっさいが了解できた。お前は、もはやなんら驚かない。眼前には光輝(かがやき)の柱としか呼びようのないものが立ち、これが偶像の一種類だとわかる。しかし生命のない(煌めきはするが、ただの)影像なのか、生命があるにもかかわらず人形(ひとかた)なのか、お前以外の何者にも断じられない。断じるのを許されている肝心のお前はといえば、ヒトガタ、と認めるや同じ文字に「にんぎょう」との音を宛てて、もはやなんら驚かないはずなのに戦慄(わなな)いた。この矛盾は夢見のさなかだから容認されて、お前は人形(にんぎょう)が、人形がと思う。その周りを声がまわっている。光輝(かがやき)の柱の周囲を、ひたすら、ひたすら、声が。声は合唱化する。それから。それから。お前は誰かがいるとふたたび思い、お前は二人だと思い、最初、その二人とは光輝(かがやき)の柱ともう一人、黒い何者かの影のような気がした。その人物の影は膨張している。つねに脹れ、脹れつづけている。この時、お前は二人だと思うのだが、二頭でも、二羽でもないのか。しかしながら一人と一柱(ひとはしら)ではあるのではないか。神仏として数えられるものが（そうだ、本式の日本語であれば神にも仏にもハシラと助数詞を付す）、そこに……。それから。誰かがいる、とお前は三度(みたび)思い、今回は唯一の選択肢として、二人だ、と思い、驚きはしないがなにごとかに戸惑う。二人？　そこには自分が勘定されている、カウントされる数に含められている、お前は光輝(かがやき)の柱を見て、そのかたわらの影を見る。人物の、黒い、脹れる影を。いいや、もう膨張しない。それから。その影である人物の声が響いた。

「教化(きょうけ)しろ」

「そうです、します」とお前は言う。お前は答える。

コールされて、それから応答(レスポンス)。それから。お前は光輝(かがやき)の柱が観想用にあるのだとわかる。まわりながら瞑想しなければならないのだと、事実を、その事実を再確認する。お前は行(ぎょう)としての観想を、幻視、と言い換える。物語を編むための力に変奏して、言う。お前は『ロックンロール七部作』と口にしそうになって、しかし夢はお前にまっとうな論理に順(したが)った発言を許さず、それどころか思考も許さず、夢見る主体としてのお前はさらに輪郭をボヤボヤッと朧ろにし、すると反比例して影である人物の、または影でしかなかった人物の輪郭(それ)が鋭さを得る。それから。

「適性というものはそれぞれだ、とわきまえろ」

「わきまえました。これが救いです」とお前は言う。

お前は言ってしまう。呼び声(コール)、それから。もう人物のその形貌(なりかたち)がシャープにある。人物は男だ。性別は、その雌雄は。雌雄？　そんなふうに戸惑ったのはお前なのだが、二人を二頭と考えて、その性差(セックス)を雌雄と考えてしまったのは夢の内側にいながらも狐である遡っていないお前なのだが、この語りはお前のその混乱に翻弄された。それから。男は光輝（かがやき）の柱のかたわらに立ち、いや坐り、南アジア系のように彫りが深い顔立ちをしたその男のそのかたわらには自動小銃がある。自動小銃は、床にあるのではない、中空にある。浮いている。お前はわかる、男が兵器を弄んでいるのだと。能力で浮揚させているのだと。霊的覚醒者たる教祖の男がその力で。教祖？　それから。お前が影に変化（へんげ）してしまう予兆を感じる。しかも、その影とは色彩の黒さを本体とするものではない、光の欠落（という状態）の反映でしかない。お前は聞いている、むしろ聞きたいと思っているし、その発言を得ようと、……獲ようとしている。獲物として。「わきまえました、武器製造技術の導入班に入る適性はありません。大手鉄工所の接収に関われたのは光栄でしたが、今後はこれまで同様、高弟の内でもひたすら書物を著わす機関の筆頭として」とお前は言いかけて、その応答（レスポンス）は、早い、とお前は思う。お前は夢のなかで焦る。コール・アンド・レスポンス、コール・アンド・レスポンスと反響する声がある。きっと合唱化する声なのだ、あの光輝（かがやき）の柱の周りをまわるのだ、声音の群れとなって、とお前は思うというよりも想い起こしかけて、突如、轟きはじめるお前の鳴き声を聞いた。夢に、ここに。非常階段から夜の都市のパノラマいっぱいに放たれた、「ケーン」を。あんなふうに鳴いたのは、わたしだ。そして応答はなかった。わたしの同胞からの。

お前の同胞からの。

そうだった、お前は狐だったし、お前たちは大都市圏では滅びに瀕しているイヌ科の生物で、雑食獣で、基本は夜行性の狐たちだ。おまけにお前は多少なりとも夜行性を振り切る。夜行性のリミットを。そんなお前のことをここからはたんに、狐、と名指す。もしかしたら最後の一頭だから。可能性としての最後の一頭だから。そして二〇〇年前の東京は江戸で、その後、江戸は東京には発展せずに響きのエドのままの土地だったのかもしれず、すなわち穢土で、そこから二〇〇年が経過する。覚醒に向かって夢が加速する。

その狐は覚醒するその瞬間に生まれるみたいだと感じたりはしない。そんな感触はおぼえないし、おぼえないことを当然視する。しかし一点だけ通常の目覚めとは違って、視界に太陽がある。太陽があるから方角がわかる。その狐はいまは日の入りだと正確に時刻を把握して、都市にとうとう東西南北を与える。パノラマは日没の方向、西を（陽光の）光源として得る。西は紅い。その狐は西方と思って、どうしてだか認識するや慄え出し、この方角はまだ避けなければならないと戒める、みずからを。ただし忘れない、朝と夕方ならばこの都市には東西南北があることを。東西南北があれば東北東もあり、きっと西南西もあるだろう。

その狐は日暮れの都市を見た。あまりにも物珍しい、人間たちは意外なほどあふれていた。どうして歩きながら俯いているのか、どうして群れながら歩いているのか、その狐はビル陰にひそみながら「難民たちが、難民たちは、難民たちの」との繰り返されるフレーズを聞いた。

そんなフレーズを耳にした。その長い、尖った耳の奥に入れた。鼓膜はその奥の奥にあって、あらゆる物音は狐のための貴重な情報になって、西方以外をめざしている狐に標べを与えた。たとえばその狐は、灰色のビルたちを見ていた。

まだ陽射しがあるから色彩があるのだ。そうでなければ黒いビルか、電飾のその色彩だけの高層建築物となる。灰色を穢らしい色だとはその狐は思わない。そもそもこの都市を穢らしいとは思わない。穢れた土地とは。しかし、だからといって浄められているのか。

その狐は順番というものを守った。回答を優先する問いもあることはあるのだが、これはそうではない、そんなことは本能でわかった。いつもの警戒心を十全に発揮しながら狐は灰色のビルたちの一つに入っていった。

そこには墓地があった。一階と二階は事務局らしきオフィス空間にみな当てられているのだが、三階からは墓地だった。見ればわかった、土が運び込まれていて、それを利用した埋葬がおこなわれていて、墓碑も立っていて、こうした情景（こと）を狐は見た。

狐は見ていた。四階も墓地だった、五階もまた墓地、そして十九階までビルは上方（うえ）にのびていた。その屋上では風葬か、鳥葬がおこなわれているのではないかと狐は予想したが、どうやら予想は外れた、何の痕跡もない。

「永久霊園だぞ」と誰かが言っていた、もちろん人間たちの誰かが言っていた。狐はビル内を、ささ、ささささ、さささと駆けていたのだが何人（なんびと）にも見つからなかった。絶滅寸前の狐は人の目には見えない。

その狐は見られなかったから、よりつぶさな観察についた。しかしその狐にとって夕方は一時間か、一時間と数分ばかりしかなかった。それからは夜になり、夜の都市は馴染んだあの都市だった。

車道がそれなりの交通量を（たちまち、地中から湧いたかのように）たたえた。ヘッドライトがハイとロウの光線（ビーム）に分かれて前方を、または路面を射し、照らして、その狐は「こうして人間たちは、夜から避難しているのだ。夜の恐怖から」と合点した。「車輛はボートだ」

狐は、分断を余儀なくされている何十もの島々という夜間の都市の様相（ありさま）、の成り立ちを理解した。その狐はまた、後にしたばかりのビルのてっぺんから何かが飛び立つのを見た。ほとんど翔（と）ぶ。

ヘリコプターだった。屋上からだった。狐は「そうか、発着所から発ったのか」と判断して、やっと屋上に風葬や鳥葬の痕跡、または設備を見出せなかった理由を悟った。

しかしヘリコプターの発着所を設えたビルを灰色のビルと認識したのは、嘘だ。狐は灰色のビルだと（あるいは灰色のビルたちの一つで、いま出てきたのだと）思ったのだが目では見ていない。夜、色彩は見えない。

また世界は島々で満たされた。そこからは狐の行動範囲は変わらなかった。しかし転た寝はして、朝に備えた。夜行性の習性、にして体質から暁の方向に多少食みだすために。

食みだした。その狐は日の出（なるもの）を目にした。その大いなる光源の顕われは東にあって、この一度めの朝に狐はついに東を知る。東が紅い、それから、黄色い。

その狐は東をめざした。いよいよ明確に東を、なぜならば分相応だからと狐は思った。わずか一時間か、一時間と数分ばかりの朝を体験して、夜ではない時間帯の都市に侵入したその狐は眠る。

この朝天を一度めとカウントする。すると二度めがある。三度めも、四度めも、五度めも、それと同時に確かめられる二つめの東があり、三つめも、四つめも、五つめの東すらある。

八つめの朝、南南西に煙がある。黒煙がある。燃えている。

数えられない側に夕方がある。いつかの教訓をためにしてカウントされたのは朝なのだ。しかし、その夕べに（とある夕べに）都市の防衛線の建設工事がある。その狐は見ていた。

人間たちに相応のサイズの、防御された「島」が市中に生まれようとしている。守備の鬼門には高射砲が配備され、たぶん工事は午前からひき続いていた。連日のことだろう、しかし日没前につねに中断するのだろう。それを夕方、その狐は見ていた。

これとは種類を異にする保護区も通過した。しばしば人間たちが口の端（は）にかけているのは「保護区が、保護区は、保護区の」とのフレーズだったから、確実にそこは保護区だった。将棋の対局が交差点という交差点でおこなわれているように思えた。夕方、その狐は見ていた。

保護区では「女の子が、女の子は、女の子の」との多々反復されるフレーズもあり、それを狐は聞いた。使用頻度と状況からいって普通名詞とは思えなかった。固有名詞なのか。女の子？　だとしたら固有名詞の女の子は崇められていた。その保護区も通り過ぎた。九つめの朝。

ある夕方には重い流れの川も見た。夜の都市の、狐の棲息圏あるいは行動圏を寸断する想像上の水流ではなかった、すなわち島々（または人間たちの「島」）とは無縁の本物の川だった。その狐は見ていた。

海豹（あざらし）が何頭かいるように、最初誤認した。実際にはアザラシ科の海獣では全然なかった。丸刈りの若者たちだった。バチャバチャ、バチャバチャと立ち泳ぎをしていた。

遊戯の雰囲気はどこにもなかった。むしろ戦闘的だった。しかも泳法は高速で、腰には縛りつけた白木の鞘がちらりと覗いた。短刀（ドス）を呑んでいた。

じきにこの泳者たちは、と狐は予感した、夜間訓練にも入るのかもしれない。この重々しい流れの川は都市の、この都市の一級河川で、相当な広域をつらぬいている。戦術に用いられるのかもしれない、と狐は洞察した。

夜間戦術。狐にもまた夜はあった。カウントされる朝と、されない暮れ方があり、夜はそれ以前と同様に「在る」と狐は感じていた。たとえば夜はその狐に揚げ鶏肉（フライドチキン）をあたえた。

ＫＦＣを、人形たちをあたえた。ただしＫＦＣがそれぞれの店舗ごとに立たせる人形たちは、ある種、反復というか再出現をはじめた印象があった。ふたたびスライド・トロンボーン、ふたたび金髪、ふたたびドラム・スティック、ふたたびテナー・サキソフォン。

しかし反復の内側にも変奏はあった。47号や3号は、もうダブルのジャケットを（ケンタッキーフライドチキンのあの大佐（カーネル）同様のそれを）着用していなかった。囚人服を思わせる衣服を着ていた。事実、囚人服なのかもしれなかった。

そんなことよりも、とその狐は思っていた。目覚めて夕べに視界に入れる太陽と、就眠前に視界に入れている太陽はその太陽なのか、この太陽なのか、判じられないと迷っていた。しかし夜は安定している。

夜そのものは。やはり夜行性の生物の母なる懐（ふところ）なのだと狐は痛感していた、が、あたりまえの前提すぎて思念に換えるまでもなかった。東に、東にと移動しても高層からのパノラマは求めた。阿弥陀、は見ることが叶った。世界が滲（にじ）む時に。灯される複数のロゴのKが阿に換わって、Fが弥に換わって、Cが陀に換わって。夜、その狐は阿弥陀に護られる、ひたすら三字に。

確かめられる東が朝の数だけある。九つめを超える朝に、東進に東進を重ねて、新しい夜の島々をも超えて、その狐は本物の島がある場所に来ている。とうとうたどりついている。


池だ。

島があるのは、池だ。わたしは認識した。わたしは、わたしの言葉でこれを語りたい。わたしは認識したの。畔にあるのは並木で、たぶん桜で、もちろん咲いてはいなかった。咲いていたのは蓮（はす）だった。嘘。咲こうとする寸前だった。ほとんどどの蓮も、とわたしは思った。蓮は水面をびっしりと覆って、そこに若干の月影（ムーンライト）が映る。黄金色に照らされているところが「水がある」とわかる箇所。わたしは島に渡っている。路（みち）が設けられていて簡単に渡れる。島には観音堂がある。ここも、聖域だとわたしは思う。ここも、境内というか一種の結界と考えていいのかもしれないとわたしは思う。わたしはふと、新月はまだだとのシンプルな事実に思いあたる。ずいぶん欠けてはいても天穹（てんきゅう）に月はあるの。わたしがカウントせずとも月齢（とし）を重ねるもの。そんなことよりも島だった、この島だったし、この島を内部（なか）に抱えている池だった。わたしは、水面の側に頭を突き出している。わたしは匂いをたっぷりと嗅いでいるけれども、それよりも蓮のその花に惹かれている。一輪のちゃんとした花になる前の、つぼみに。光っている。そう、光っているの。それ自体で輝いている。見渡すかぎり、密生したどの蓮の、どのつぼみもそう。咲こうとする寸前に蓮華はこうなるの？　わたしにはわからない。内側に満ちた淡い光を観察するだけ。すると、カプセルだと感じた。あるいは光のカプセルなのだとやっと見通したのかもしれない。目を凝らすと、漏れそうで漏れないものはあわあわとした光彩ばかりではなかった、わたしはつぼみのその萼（がく）かなにかの、びりびりした揺れを看（み）て取る。振動があることをちゃんと見る。そうだ、音だ、とわたしにはわかる。つぼみの内側には淡い白光とともにサウンドがあって、それもまた漏れそうで漏れないでいる。満ちていて、漏れないでいる、光もサウンドも。もしかしたら光とサウンドが。わたしはそれから、蓮のカプセル内に動いているものを見る。影だ。小さな影。小さなものの蠢（うごめ）きといっていいのかも。わたしは想像する、善（よ）きものばかりがここにいて、開花とともに現われ出ようとしているのではない。咲きこぼれる瞬間に漏れるのは、たとえば邪気や、それから悪鬼かもしれない。たとえば無数の、小さな鬼たち。その可能性はある。わたしは、そんな侵入の可能性は大いにあると思って、なのに気にしていなかった。懸念し恐怖するどころか、わたしは震懼（しんく）の感情の類いを無視して、もしかしたらそれらを含みながらだけれども泣いていた。ここに咲こうとする蓮があることに、何らかの可能性のカプセルがあることに、しかもびっしりとあることに泣いていた。わたしはきっと滑稽な一頭だろう。けれどね、わたしは最後の一頭なの。わたしは最後の、最後の、この東京の。東京？　それから、わたしは、とお前はこの体験を咀嚼する。咀嚼した。この夜、不忍池（しのばずのいけ）で。

お前は老人と会う。

これは夜と払暁（ふつぎょう）のおおよそ谷間の時間帯だ。その老人を描写しようか？　それともお前のほうの描写を優先しようか？　長々とした前置きがあって規模の大きな物語が進むのならともかく、お前はしっかりと小さな物語の（もしかしたら挿話程度の柄の、その）一瞬一瞬を生きてきた。その小ささこそが無制限（ノー・リミット）の巨大さに値する。だとしたら、ここはお前の視線を借りて語ればいいだろう。お前が見たように、老人を描写するのでかまわないだろう。その場所がどこかは、じきに老人の口で語られる。漠然とだが語られるから、この点の描写は要らないだろう。

老人は肥っていた。

しかし、その前段階において老人は数名の若者たちに囲まれていた。頭を丸刈りにした二十歳（はたち）前後の者たちだ。たぶん二十歳の手前、ぎりぎり十代だとお前は感じている。十代らしい忠誠を見抜いている、狐の目で。囲まれていたから老人のその肥満やら肥満でないやら、体つきの詳細は不明だった。が、坊主頭の若者たちは散った。お前はその場面に立ち会ったのだ。より正確には、出喰わしたのだ。お前には若者たちが、でたらめに散開したように見えた。二人ひと組が多かったのだが、おおよそ三方に散ったと思う。もしも正面が南だったとしたら、西と北と北北西に、だ。去りぎわ、敬礼をしながら「自分は朝刊配達にゆきます、塾長」と声をあげる坊主頭がいて、その宣言が風景を（タイミング的に、ちょうど）切り開いたようにお前には思えた。老人の全貌が視界に入ったのは、そこでだ。

　この時、肥っている、とお前は視認した。

　この時、高齢者だ、とお前は認識した。車輛が何台か出発した。たとえば西と北と北北西で。そういえば坊主頭の若者たちは丸裸でもなければ半裸に海水パンツ姿でもなかった、とお前は遅れて認識した。全員、戦闘服に身を包んでいた。何人かは「押忍（おす）」と言った。

　……塾長？

　お前が思うと、老人がふり返った。

　お前は見られた。

「なるほどね、監視する狐か。いや、失敬。それほど強い視線ではない、……か？」

　お前は、わたしは見られている、と思った。

「狐、狐、狐」と老人は言った。「そういえば狐の七変化ともいうな。この日本語は、知ってるかね？　まあ、これは教養の問題だが。それにしても」

　それにしても、何？　とお前は思った。

「ロシア大使館を捜すのにこれほど手間取るとは甚だしい読み違えだったが、その大使館の真面（まおもて）で、未明、棲息するなど聞き及んだ例（ため）しのない狐に会うとは。さて、ロシアの子飼いだろうと踏んだが、どうしてどうして、揚げパンのピロシキやらは餌にされたことがないという顔をしておる。だとしたら何を餌にしている、狐？」

　揚げたもの？　とお前は思った。

　それと同時に、ロシア？　と思った。

　お前の視線は、でっぷり肉（しし）の付いた老人を超えて、その背景を見た。後景の建物。その建物の前の、鉄の柵。関係者以外の立ち入りを警める装置だ。鉄菱の佇まいすら、お前は感じる。大使館……ロシア大使館……。

「野生か」と老人は言った。塾長と呼ばれた人物は。

お前は思った、連想を続けていた、ロシア連邦大使館……その前身は、ソビエト連邦大使館。あのUSSR。それからアメリカ合衆国は、USA。アメリカの……アメリカの揚げたものは？

揚げ鶏肉、とお前は思った。

「ちと違うのか」と老人が、あの塾長が言った。「いずれにしろロシアとは無関係に、狐、貴様はここにいるのか？　こんな東に？」

お前は思った、東？

そうね、東ね。

ええ。

「ここは東だぞ」

ウエノ。

「上野の要塞化は、挫折した」

お前はびくりとした。多少、背中側の毛が逆立った。それが東京の地名だったからだ。すると、（結論は容易に弾き出されるが）ここは東京だからだ。お前は塾長をじっと見返して、その表情で（目で語って）訊いた、ここは東京なの？

「馬鹿野郎、ロシア大使館はロシアの領土だ」と即答しながら、塾長はにやりと嗤った。「大使館敷地の治外法権は維持されている、いわずもがなだ。貴様、狐だとしても言い換えはできるか？　治外法権のその内部は、いいか、結界だ。結界も同然なのだ。しっかり換言しろ、大馬鹿野郎。この東京がいまにも牛頭馬頭（ごずめず）どもに陥落させられる手前にあるとしても、しかしロシアはどうだ？　ロシアの現実なら？　だからこちらとしては、なあ、ロシアの手を借りることにした。見事な実効力、鬼を損なえもするだろう。いかんせん多大な危惧はあるが。東京でありながらロシアの『母なる大地』であるところから、何が湧きうるか、想像もつかなければ対策もとれない。ところでピロシキを餌にしたことがないというのならば、野生らしき狐の貴様、これはどうだ？」

　匂いがする、とお前は思う。

　揚げてあるのね？

　いま、鞄から出したの？　そのタッパーから？

「塾生に食わせるのだ。なにしろカルシウムが豊富だからな、骨を鍛える。要らんか？　じ、じゃこ天だ」

　要るわ。

　それからお前は、じゃこ天といわれた練り物の天麩羅を、しかし衣はついていない天麩羅（それ）を、食う。貪れるほど、美味かった。雑魚（じゃこ）がいた、すりつぶされて。

　耳には塾長のさらに語る声が届いていた。遊歴（ゆうれき）するものが現われている、鬼たちの陣地と、人のこちらとを、自由に、自在に――。往還する生命体であって、ブックマンとの通称で知られはじめている。この名前が何を指すのか。なにごとを証すのか。中立者はいないというのがこの東京の前提だが、それが揺らいでいる。風聞を綴（と）じ束ねるならば、ブックマンはこのような見た目をしている。一例が、これだ。馬の頭を二つ三つ提（さ）げている――。

　一柱（ひとはしら）に三柱を足す。

三柱に九柱を足す。

九柱に二十七柱を足す。

二十七柱に八十一柱を足す。

わたしはおしまいの眠りに入る前にブックマンに会う。わたしは夜の都市のパノラマを捕獲するのがすっかり上手になっている。高層階に登らないでも、感覚さえ摑んでいればKFCを一望できた。すっかりKFCは増えたし、視界にスムーズに滲んだ。そして、三字になる。わたしはケーンとは鳴かない。わたしは孤立に慣れた。だって、同胞たちは棲息していないのだもの。だったらわたしは誇りを持って「ここに狐がいるのだ。ここにわたしがいるのだ」と生きなければならない。そんな孤立に慣れ親しんだわたしの前にブックマンは現われた。まるでケーンに応答するように。わたしの呼び声(コール)にレスポンスするように。わたしは高架道路に登っていただけだったから、ブックマンが少々の炎をまといながら歩いてくるのを目にとめると、地上に降りた。炎はそれほど乱暴ではなかった。譬(たと)えていえば、北風になびいているマフラーみたい。あるいは、尻尾の飾りみたい。驚いたことにブックマンは、鳴き声が聞こえたから、来た、とわたしに言った。わたしは、じゃあわたしに会いに来たの？　と声に出して訊いたけれども、その声はケッケッケッとしか鳴らなかった。舌と口蓋を巧みに操ろうと挑戦したけれども、コッコッコとしか響かなかった。でも、キ、とは言えたし、ふたたびケーンとも鳴いて歓迎の意思を表わせた。ブックマンはたしかに馬頭(ばとう)を腰に吊るしていて、それらはからからに乾(ほ)されていて、カウントすると一つ、二つ……三級あった。ブックマンは額に馬の血でアルファベットのRか、漢字の、裏返しか逆さにした占(せん)に似た文様を描いていて、わたしは「Rだったらいいな」と思った。その理由(わけ)がわたしに、わたし自身に認識されるのは少々あとのことだ。でも、もうじき。ブックマンは、わたしに、ダンテばかりが中世を地獄に堕としたわけではないと言った。わたしは訊いた、ダンテ？　するとブックマンは『神曲』だ、ダンテ・アリギエーリと言って、それが中世のヨーロッパで、たとえば源信の『往生要集』はと言いかけて、そこにヘリコプターが現われた。夜空に。飛翔音でこの静けさを劈(つんざ)いて。サーチライトでこの穏やかな暗闇と、ブックマンの装飾品(アクセサリー)じみた炎を、そう、蹂躙して。わたしは、とお前は理解した、ヘリコプターがブックマンを「誤解している」のを理解した。鬼たちの陣地から（その陣地をほとんど貫いて）歩いてきても、鬼ではないのに。キャビンの扉が開いて、機関銃が狙いを定めるのをお前は見た。お前は、さあ犠牲(いけにえ)になろうと思った。お前は、おしまいに眠り入る瞬間(とき)というのが、これから、いま、来る、と思った。認識はゆったりとしていた。どうしてだか、ゆるやかだった。銃弾の楯(たて)になるために宙に跳びながら、お前は、一頭の（それも、この東京の最後の一頭の）狐であるお前は見ていた。爆音とともに天穹(てんきゅう)から放たれる機関銃の弾(たま)は、一つ、一つ、阿弥陀だ、と。三字のどれかで、あれはKだし、それはFだし、これはCだ、と。そう認識しながら撃たれて、貫かれて、血を噴いて、しかし耳に聞こえるのは銃撃の爆音(それ)ではもう、なかった。とても愉快なビートだった。心躍らせるリズムたちだった。それがエルビス・プレスリーの一九五七年のヒット曲『監獄ロック』だと気づいた途端に、ああスパイダー・マーフィーもリトル・ジョーもサッド・サックもシフティ・ヘンリーも、全員、このロックンロールの歌詞に歌われている人物なのだとお前は認識した。連なるように認識した。だから囚人47号がいる。囚人3号がいる。そうだ、レッツ……レッツ・ロック。

R。

おしまいの狐の終焉(おしまい)が来る。

Outroduction　長い歳月（としつき）

エピローグ／『ミライミライ』より

一九五〇年　チパシリ（網走）

むかしむかし、一頭の羆（ひぐま）がいづる大佐と間違えられてソ連軍に狙撃された。一九五〇年十月中旬のことだった。霧が一帯を埋めており、しかも狙撃手はずいぶん遠いところにいたから、その羆は人間に襲われたのだとは最初気づかなかったに違いない。それどころか、銃声がかすかに木霊（こだま）しなかったら、虻（あぶ）に螫（さ）されたと考えてすませたに違いない。実際、その雌の熊は左肩に自分の右の手のひらをやって、掻いた。痛みはその直後に来て、まるで自分の指が自分に咬みついた、と羆は感じた。銃創をいじったことをそう認識した。血が噴いた。激痛だった。羆はオオォ、オオォと唸った。走った。駆け、逃げることが反射的に選ばれた。とりあえず斜面を登らなければと考えていた。山の斜面を、と。もっと上に、と。

展（ひら）けすぎているところに佇んでいては駄目だ、と正確に判断した。

ただし残念でもあった。本当はその土地を離れたいとはその雌の熊は思っていなかった。少し前から――いわゆる「夏」のお終いから、熊はそこで試し掘りを始めていた。縦穴を掘り、横穴を掘っていた。いい具合に掘れるのはどこかと目星もつけていた。もちろん「冬」のための穴だった。冬籠もりの、いわゆる冬眠のための。もちろん既存の岩穴を利用してもよかったし大樹の洞でもよかったのだが、自ら掘った土の穴がいちばんだ、とその雌の熊は経験から感じていた。しかも次の「冬」にはできるかぎり最適の大きさの、最適な環境の穴を確保する必要もあった。なぜならば、その雌の熊は初めての出産をそこで行なうからだ。交尾はすでに終わっていた。孕んでいることも羆は理解していた。自分は、妊娠しているのだ、と。それどころか、いつ子供を放り出すことになるのか、どこで——最初の数カ月間——育てることになるのか、それも見通していた。もしも人間がこの熊に「なぜ見通せるのだ?」と尋ねたら、「わかるものはわかるよ」と答えたに違いない。あるいは、「ニンゲンは、そんなこともわからないほど愚か者なのかい?」と問い返されたに違いなかった。子を孕んだ瞬間から、産むことも、育てることも、いわば同じ時間に属している。それら全部が、今なのだった。今のことならば、誰でもわかる、そうだろう? と、もしも熊が人間に尋ねられたのならば即座に返答しているに違いないのだった。

しかし狙撃されたことが母熊のための時間に罅を入れた。じきに母親となる羆の、その、今に。

今という時間に。

ずっと精を出してきたのは食い溜めだった。冬籠もりに備えるために「秋」という時季には必須で、なにしろ穴に本格的に籠もったら絶食状態となる。飲まず食わずで、ほぼ四カ月間を過ごす。だから栄養をたっぷり摂り、脂肪をたんまり蓄えなければならなかった。しかも次の「冬」には出産がある、それに続いての哺育もあるのだ。だから、たっぷり、たっぷり、たっぷり——。

摂れなかった。狙撃の痕がどんどんと悪化した。しばしば、その熊は動きを鈍らせた。ゴオオと吠えもした。痛い、苦しい、傷口が蛆を涌かせている、臭い、と。樹に登るのは困難で、だから黒い、熟した木の実をしばしば諦めた。沢で水を飲む。鱒は獲れない。蝲蛄は獲れる。茸は、食める種類があり、手の（いや口の）届かない種類もある。樹上に生えているので。団栗はたっぷり貪る。それから山葡萄。蟻の巣を探す。蝦夷鹿の死骸に出喰わした時は、自分はそれなりに幸運だと感じたに違いない。しかし、その死骸の発している腐臭に、自らの左肩の匂いと通ずるものを嗅ぎ取った瞬間、何かしらの動揺を——もしかしたら恐怖を——覚えたのに違いなかった。

　肥らなければならない時期に、痩せた、と感じた。新しい土地で、（これは一種の妥協だったのだが）冬眠用の穴を確保した。岩穴だったが、覆い隠すように樹々が茂り、一見、樹洞だとも映る。入口は狭いが、内部は広い。正直言えば広すぎたが（あと二頭は成獣の羆が入れそうだった）、選り好みはできない。羆は数えていなかったけれども撃たれてから四週間が経過していた。そろそろ始めなければ、と思っていた。本当ならばもっともっと前に、自分で掘っていたのに、と思っていた。自分のこの手で掘って、その穴を手直しして、最適なものにしていたのに、と思っていた。この手で……この手で掘ったら、肩が痛い。痛い、痛い、痛い。掘れない。

　産みたい。産まれる。

　笹を集めた——実際には何日も前から集めていた。笹の葉を。それは食糧ではなかった。巣材だった。穴の底に敷いた。その「敷いている」環境だけは丁寧に、手直しできた。それから、また、思った。産みたい。産まれる、産まれる、産まれる。入口を封じた。これも笹の葉で。雪を感じた。降雪……降雪？　眠った。産まれる、産まれる、産まれる、痛い、痛い。異なる痛みが来た。陣りの痛みだった。明らかに早産だったが、生まれた。羆の雌は一頭から三頭の子を産むが、一頭だけが生まれた。小さかった。呼吸をしていた。鳴いた。

　それから、乳を与えた。

それから、子の全身を、舐めた。

それから、敷いた笹を、調えた。

それから、乳を与えた。

子熊が眠っている間は自分も眠った。

起きた。乳を与えた。舐めた。笹を調えた。眠った。衰弱した。衰弱は進んでいた。すっかり穴は雪の下にある、と感じた。もう「冬」で、雪に埋もれているのだ、と感じた。乳は、まだ出た。乳は、いずれ出ないだろう、と感じた。自分が死ぬのだとは思わなかった。この子供が死ぬのだと感じた。いやだ、と思った。いやなのだ。全部は今という時間に含まれていたのだから、その今が、断たれてしまうことには耐えられないのだ。だから未来を考えた。だから未来を、——もっと未来を、と考えた。しかし、どんなに考えたところで奇蹟は生じなかった。母熊の呼吸は絶えた。鼓動は止まっていて、それは子熊が乳を吸っている胸の、その、極度に脂肪の薄い皮膚の下でもう応えない。

そんなふうに死にながら、その雌の熊は、誰かが巣穴に入ってきたのを感じた。その冬眠用の穴に。亀裂の入ってしまった今を、さらに押し広げて。

一九五〇年　網走（チパシリ）

むかしむかし、いづる大佐は網走からチパシリに辿りついた。アイヌ語のチパシリ Ci-pa-sir は「我らが見つけた土地」との謂いであって、いづる大佐はまさに本人とその秘密の同胞しか知りようのない場所に到達していた。一九五〇年の十二月のことだった。そこは依然として――どこまでも――網走であった、とも言えた。なにしろ一切は伝説の、あの大いなる網走戦の続きで、いづる大佐の指揮する中隊がソ連の一大追討軍に狙われていた。むかしむかし、いづる大佐こと鱒淵いづるはいちど刑務所の置かれる網走市街から山中に逃れるや、無意味な反攻、無意味な逃走の策を採らず、すなわち逃げまわることを止めて潜伏に入った。作戦に関して、鱒淵いづるは天才だった。本人はそんなふうには自称しなかったが、周囲はそうした。「作戦の天才だ」と評した。鱒淵いづるは（そして配下の中隊は）腰を据えて対応した。二カ月で撤ける、と鱒淵いづるは六年抵抗組織の直属の兵たちに言った。それまで粘れ、と。粘ることは重要だった。食糧を確かめた。野戦食がどの程度あるのかを。二カ月か……まるで冬籠もりだな、と言った。自ら期間を区切ったのに、そうした感慨を抱いたことに苦笑した。逃げまわらずに潜行する、とはいえ、その範囲は網走湖をまるまる北側半分の領域に収めた五十キロメートル四方に及んだ。南は屈斜路湖に達していた。いわば、それら全域が網走だった。六年抵抗組織の兵たちは――もちろん鱒淵いづるも含めて――大半がアメリカ製の最新の銃火器で武装していたが、ソ連軍から奪うことも奨励した。中隊にはおよそ二百名が所属したが、そのうちの七十名もが逃走から二週間後にはAK47を一、二挺、予備に持つことになった。むかしむかし、そんな天才のいづる大佐も撃たれかけた。作戦の天才であることと、戦場での強靭さ、強運さは関係がなかった。あまりにも展けた平地で、あまりにも陣頭指揮に集中して、あまりにも「あれこそが抵抗組織の将である」と判然とし過ぎていて、狙われた。一時間超、じっと追尾されて（具体的には待機されて）、それから狙撃された。霧が出ていた。そして平原には別の――人間ではない生き物がいた。人間ではなかったが二本足で起ちあがることができて、しかも「なにやら奇妙な、不穏な雰囲気だな」と直感から察した時には警戒のために起立する習慣のある獣で、そんなふうに二本足になるとその体長は一メートル七十センチを超えていた。まさに人間に似ていた。むかしむかし、いづる大佐こと鱒淵いづるは、ある種の直感から誰かが自分を狙っていること、それがソ連軍以外の者ではありえないこと、だとしたら狙撃手の照準から咄嗟に、ただちに消えなければならないことを察して、ぱっと屈み、這いながら転び、それから駆け、位置を変えた。しかし自分が直前までいたところに――その何メートルか前に、または後ろに……狙撃手に向かって前方か後方に――手勢でもない者がいて、まるで自分の影のように見えることを知った。白い霧がそう見せた。そしてそれは、撃たれて、そしてそれは、血を噴き（左肩からだった）、そしてそれは、吠えた。いづる大佐は思った、俺の身代わりだ。俺の……影武者か？

　痛い、と感じた。

　左肩に幻痛を感じた。アアアアァと吠えそうになった。堪えた。

　羆だ、あれは。呆然とした。羆はただちに姿を晦ました。

　むかしむかし、いづる大佐の部隊は粘りに粘った。北海道占領軍であるソ連軍の掃討部隊は、後から後から増派され、補給、人員交替も万全に為された。俺は作戦を誤ったのか？　中隊を構成する六つの小隊のうちの半分が全滅するに及んで、いづる大佐は自問した。しかし、三小隊の壊滅は、五十キロメートル四方の仮定された「網走」につぎつぎと虚を生み出して、新しい可能性を芽吹かせた。じつは、この（仮定された）「網走」に、もはや六年抵抗組織の勢力は潜まないのではないか？　そう考えるソ連軍側の指揮官はいる、と見越して、それに添った欺きの作戦を新たに編んだ。この時、いづる大佐は無慈悲だった。配下の兵が……百人を切る。九十人を切る。八十人を切る……七十九人……七十八人……ぞろ目の77、すなわち七十七人となって、まだ粘る……。俺は今、といづる大佐は思った、ずいぶん自軍を犠牲にしているぞ。それどころか、あの熊……あの時の羆まで、手負いになあ。俺の身代わりに、なあ。

「しかし俺たちは二ヵ月は粘れる」

無慈悲になればなるほど、勝機は見える、それは信じられた。

むかしむかし、ソ連軍は最終的な判断のために（一、これにて撤退するか、または、二、追討を厳冬の十二月後半からも続行するか）、ヨーロッパ方面に配備している特殊部隊を「網走」に投入した。むかしむかし、いづる大佐は再び追いつめられた。むかしむかし、いづる大佐は死んだ部下たちの数を数えた。この二ヵ月で、何人が？　数えるほどに、その霊が体内に蓄積する、そうも感じられた。こいつらは全員、俺の身代わりになったのか？　そうとも言える。あの羆はどうだ？　そうとも言える。蓄えろ、蓄えろ、霊魂を蓄えろ。その果てに……どうなる？　吹雪（ふぶ）いた。山の中腹だった。追われた。いづる大佐の中隊は追われたが、まだ「網走」のなかにいた。いづる大佐の中隊は、もはや中隊と言えるような規模ではなかったが、しかし小隊よりは有効に、かつ組織立って機能していた。いづる大佐は続々と指示を与えて、それから散らした。さあお前たち、と言った、おのおの冬籠もりを終えろよ。あと何日かだけ……この十二月だけ、抗ソ六年のこの年の此方（こなた）だけは、しのげ。それから日誌にこう録（しる）す場面が来た。

抵抗の暦（こよみ）重ねた山の底
「そこだ」と狐がヒョーイと鳴いた

むかしむかし、鱒淵いづるは結局撃たれた。左肩をきれいに撃ち抜かれて、しかし、これならば一人で手当ては可能だ、と断じた。応急の手当てをする用具一式は携えていた。最低限の食糧、弾薬とともに、それを携帯していた。肝心なのは痕跡を残さないことだ、と断じた。ここに誰かが撃たれた痕があったら、それこそ血痕が点々と続いていたら、終わりだ。いっぽうで、俺がさっさと消えれば……消失すれば、「おや、誰もいなかったのか？　目の迷いか、野獣の誤認だったのか？」となる。むかしむかし、鱒淵いづるは耳をすました。気配はあった。雪降る山中に、狐が、ヒョーイと鳴いたのだ。そっちか？　と思った。お前らが生きているのはそっち、お前らが籠もるのはそっちか？　むかしむかし、鱒淵いづるは周囲を（もしかしたら体内から滲み出しながら）翔んでいる霊の群れを感じながら、そっと、そっと、這うように——しかし速やかに移動した。むかしむかし、樹々に埋もれて、さらに雪に埋もれている岩の、その雪を掻いてみたら笹の葉に埋もれている場所に、鱒淵いづるはあたかも導かれたかのように辿りついて、苦痛に耐えながら思った。……岩穴？　あの野狐はここに導いたのか？　俺を、案内したのか？　いいや、俺がやつの巣穴を奪おうとでもしているのか？　だとしたら……だとしたら、俺は感謝を込めて、無慈悲に、それを奪う。むかしむかし、鱒淵いづるは岩穴の奥まで入り、再び笹の葉で（もちろん雪でも）入口を擬装し、それから一瞬、はっと呼吸を停めた。俺は……羆の、巣に？　もしかしたら羆の、冬眠穴に？　むかしむかし、鱒淵いづるは暗闇に目を凝らして、そして待った。把捉できるのを。視界に、何かが捉えられるのを。むかしむかし、鱒淵いづるはそこに一頭の羆を発見した。死んでいた。それから、死んでいないものも発見した。まだ熊とは呼べそうもない生命。しかも刻々と死に近づいているのがわかった。何も調べずとも、誰にも教わらずとも、それはわかった。見通せた。鱒淵いづるは、死んでいるのは母熊だ、と理解した。これから死ぬのはその子供だ、と理解した。もっと近寄った。母親の羆の、胸にいた。その子供は、乳に吸いついていた。骸（むくろ）は、冷たいはずなのに、ぴたっと密着していた。全身で。鱒淵いづるは、子熊だ、と思った。正真正銘、これは子熊だ、と。

むかしむかし、鱒淵いづるは、その穴の奥へ、奥へ、這い進んだ。母熊の死骸に、それから瀕死の子熊に、添い寝した。子熊を、暖めようと……暖めようと。むかしむかし、鱒淵いづるは死んでいる母熊と、じきに死んでしまう子熊のかたわらに臥（ふ）し、その二者を抱き、眠りに落ち、罅（ひび）の入った今という時間に――誰かの今に、人間（ひと）ではない存在の今に――吸い込まれ、ある夢を見た。その穴にいる間じゅう、そこで傷を癒し、ソ連軍の特殊部隊の目を逸（そ）らしている間じゅう、見続けた。その夢は、情景を持たず、ただ思念のみで成り立っていた。その思念を言葉に換えるならば、こうだった。未来、――未来。未来、未来。むかしむかし、みらいみらい。その冬眠穴こそは、いづる大佐こと鱒淵いづるの到達したチパシリだった。「我らが見つけた土地」だった。いづる大佐と、その影武者ともなった羆とが。

やがて鱒淵いづるは目覚めて、知るだろう。北海道は一つだけではない、と。

本書の編纂（ミックス）担当者・三田村真氏について（古川日出男）

もちろん彼のプロフィールをここに掲げて、それで終わらせてもよい。あるいは、彼の言葉を拾って、それを「俺のところに古川って作家がやってきてさ。で……」と記し出してもよい。後者のほうが、よりサンプリング感があって、相応しい気もする。なぜならば、彼がＤＪだからだ。しかも、路上の音を拾いつづけてきて、ヒップホップを新たな音楽ジャンル〝ニップノップ〟にしてしまったオリジネーター（の一人）だからだ。一九八六年、北海道札幌市生まれ。アーティスト名は産土（うぶすな）、この名義をもって活動——というよりも活躍——している。私が、彼に今回の話をふった際、もちろん彼は怪訝な顔をした。俺は、音楽専門だから、と言った。しかし私は、「だから僕の小説を、まるっきり音楽のように編纂（ミックス）してくれればいいんですよ」と説明した。それから、私のこの本に要るのは、批評性よりも主題の強調云々よりもなによりもサウンドスケープの起伏なんです、とも言ったと記憶している。

サウンドスケープ？　と三田村真。

ランドスケープが風景のことで、と、私、古川日出男。

サウンドスケープは、音の風景、だね、と彼、三田村真。あるいはＤＪ産土。

そして、「それならわかる」と言ったのだった。

もちろん彼はわかっていた。この編纂（ミックス）は、親切で、不親切で、過剰で、荘厳で、ポップで、私に相応しい。感謝します。

解説　古川日出男のヨクナパトーファ

柴田元幸

『ポータブル・フォークナー』という本がある。一九四六年、アメリカのヴァイキング社の「ポータブル・ライブラリー」シリーズの一冊として刊行された。ウィリアム・フォークナーの大半の作品は、ミシシッピ州ヨクナパトーファ郡という架空の土地を舞台とし、同じ人物がくり返し登場する。乱暴に言えばフォークナーは、一冊の長い長い本をほぼ生涯書いていたと言っていい。が、しばしばおそろしく錯綜した語り口ゆえに、その大きな一冊のなかにあって、いつ、どこで、何が起きたのか、把握するのは容易でない。ましてやそれらを俯瞰し、時間軸に沿って整理するのは至難の業である。『ポータブル・フォークナー』の編者マルカム・カウリーは、その至難の業を自らに課し、この長篇からここを、こっちの中篇からそこを、この短篇はまるごと、というふうに繋いでいって、「この一冊を読めばヨクナパトーファの歴史がひとまず時系列順にわかる」と言える本を作ったのである。ある意味ではフォークナー文学の本質を裏切る暴挙とも思えるプロジェクトだが、この一冊の刊行によって、「過去に難解な作品を何冊か書いた人」としか顧みられなくなっていた作家フォークナーが、多くの読者によって再発見、もしくは初発見されたのだった。

　しばらく前に、著者本人からこの『とても短い長い歳月（としつき）』の構想を聞き、いままで書いた全作品のリミックス本を出すつもりだと知らされて、「では、古川さんもいよいよ『ポータブル・フルカワ』を作るわけですね」と自分が言ったことを覚えている。「いよいよ」と本当に言ったかどうか確信はないが、気持ちとしては間違いなく「いよいよ」だった。つまり、前々から『ポータブル・フルカワ』が作られるべきだ」とはっきり言語化して考えていたわけではないけれど、こういう本が古川日出男作品について作られると聞いた瞬間、それがとても自然に、相応しいことに感じられたのである。直感的に。

直感を離れて理屈で考えてみると、『ポータブル・フルカワ』を作ることはそれほど自然には思えないかもしれない。なぜなら古川日出男はべつに、ヨクナパトーファのようなひとつの土地を自作の半恒久的舞台として設定しているわけではないし、同じ人物をくり返し再登場させたりもしていないからだ。とはいえ、古川日出男の作品を何冊か読んだことがある読者であれば、この書き手の場合、たとえ違った場所・時間に生きる、違った名前を持つ人物を描いていても、なんとなく作品間の壁が低い・薄いように感じているのではないだろうか。

たとえば宮沢賢治とスティーヴ・エリクソンは、この作家に大きな刺激を与えていると思える重要な先達だが、この二人も、作品間の壁が低い・薄いように感じられる、あっちの作品の登場人物がこっちの作品でまた出てくる、あるいは出てきてもおかしくないような作品群を書いた（エリクソンはいまも書いている）。それと同じような印象が古川日出男の作品群にもあるということだ。ただここでも、賢治にはヨクナパトーファの代わりにイーハトーブがあり、エリクソンにはロサンゼルスがある。古川日出男の場合、東北はもちろん重要なトポスだが、東京だって重要だし、いくつもの大陸を舞台にした作品も数多い。だが強弁すれば（というか、これが強弁ではないと筆者は思いたがっているのだが）、どこの場であれいつの時間であれ、古川日出男が没入すればそこが古川日出男のヨクナパトーファなのだ。「俺はこの雑(ま)じる世界は気に入っている」とは、本書にも取り込まれている、『聖家族』の一人物が東北に流れ着いて抱く感慨だが、それは古川日出男作品に感応する読み手の感慨でもある。フォークナーは自らをヨクナパトーファ郡の“sole owner and proprietor”（唯一の所有者にして運営者）と称したが、筆者は古川日出男を、彼のヨクナパトーファの“soul owner”（魂の所有者）と呼びたい誘惑に駆られる（が、この呼び名はアメリカでは手足に塗るクリームの商品名になっているようなので、ひとまず呼ばない）。

――などとうだうだ考えていても始まらないので、まずは『とても短い長い歳月』を読んでみるべきだろう。『ポータブル・フォークナー』の編者がフォークナー本人ではなくマルカム・カウリーであったように、この本の編者も古川日出男ではなく、古川日出男の目下の最新作『ミライミライ』に出てくるＤＪ産土（うぶすな）こと三田村真である。ニッポンのヒップホップたるニップノップを生み出したＤＪが、古川作品群のあちこちから文章を取り出し、繋いでいるのである。これもまた、古川日出男にあってはとても相応しいことのように感じられる。作中人物が生きる虚構世界と、作者が生きる現実世界のあいだの壁も、この人にあってはやはり低い・薄いように思われるからだ。

　そして実際、『とても短い長い歳月』を読んでみると、一つひとつの文章がぐいぐい歩き、走る勢いもさることながら――というか、その勢いがないことには何も始まらないのだが――それが一つまたひとつと継がれることで、累積的な、あるいはそれ以上の、強さと速さが生まれている。もちろんＤＪが繋いでいるのだから、そうなってくれないと困るのだが、実際そうなっているのを読んで体感すると、やっぱり嬉しい。

　この繋がりは、具体的に指摘可能な形でも現われている。たとえば、冒頭の「Introduction とても短い」と次の「神楽坂のレバノン」は〈東京〉によって接続され、「神楽坂のレバノン」の〈ハシブトガラス〉は「『鳥の王』日誌」に出てくるもろもろの鳥たちに展開し、『鳥の王』日誌」での〈戯曲執筆〉というモチーフは「獰猛な舌Ⅱ」での〈シナリオ捏造〉に平行移動して……といった具合である。とはいえ、こうした文学的しりとりの次元においてDJを持ち上げるのはほとんど失礼というものだろう。おそらくそういう繋がりは、見ようと思えば、どの作品間にも——というか、世界のどこにでも——見つかるにちがいない。そうではなく、三田村真を紹介した巻末の文章で古川日出男が「サウンドスケープ」という言葉によって言い表わしているとおり、文章から文章にスイッチする際の、言葉の温度・速度・触感の連関や変化や対照の妙にこそ、DJの腕前は発揮されている。『ポータブル・フォークナー』の編者マルカム・カウリーが作品を繋ぐ際には「時系列の整理」という明確な大義があったが、DJ産土はもっとずっと感覚的な大義に奉仕している。その結果生じる、n個の1の和がn以上になっているという確かな手応え。

だから当然この本は、（しつこく『ポータブル・フォークナー』を参照するなら、あの本が「ベスト・オブ・ウィリアム・フォークナー」ではなかったのと同様に）「ベスト・オブ・古川日出男」ではまったくない。そもそも主要作品と思われるものがいくつか入っていないし、入っていても「スピンオフ」「プロトタイプ」といった副産物であったりする。古川文学のガイドブックではないのだ（いや、よく考えると最高のガイドブックなのだが、人気スポットに関するデータが過不足なく盛り込まれた情報本ではないということである）。

またこの本を読む上で、読者がこれまでに古川日出男作品を読んでいるかどうかはほとんど問題にならない。この本において、多くの作品が途中からいわばいきなり語り出されるなか、そういう知識のある読者が「ああ、これはあそこだな」と文脈を補足するということはもちろんあるだろう。だがそれよりも、それぞれの読者が、「自分」という知と情の総体から持ち込むものの方がはるかに大きいと思う（逆の言い方をすれば、普通の意味でまとまったストーリーが提示されるのではなく、意識下で感覚的に作用する繋がりが読者のなかに入り込んでくるために、この本は読者の「自分」を烈しく揺さぶる）。作者は小説をひとまず完結したものとして差し出すが、どのみち読み手は「受け取ったら発展させてしまう」と「『鳥の王』日誌」の語り手も述べているとおり、この本の場合、発展させないわけには行かない度合いが通常の小説よりも高い。だから、古川日出男作品知識ゼロの読者がいるとしたら、その人は「自分」を混じり気なしにこの本と融合させる自由を手にしているわけで、かえって羨ましい。

　そしてまた、この本は、古川作品の変遷を年代順にたどったものでもない。しいて言えば――本当にしいて言えば、だが――一冊全体の流れが、過去時制の語りから、現在時制、もしくは現在時制的な語りに移行していく印象はあって、これは古川日出男文学全体の変化に関する筆者の印象と一致する。そこに「進歩」を見る必要はかならずしもないが、「より本質に肉薄してきた」という思いは拭いがたい。取り返しのつかない決定性に染められた過去と、限（きり）のない未決定性に揺らぐ未来とにはさまれた、決定と未決定が錯綜する一点たる現在。その一点に深く沈み込むことから、世界は途方もない広がりを見せる。「お前はしっかりと小さな物語の（もしかしたら挿話程度の柄の、その）一瞬一瞬を生きてきた。その小ささこそが無制限（ノー・リミット）の巨大さに値する」と、東京最後の狐に向かって「阿弥陀は幾何級数的に増えます」の語り手は言うが、これは古川文学のすべての登場人物に対して言いうる言葉だ。

　だから、「現在」こそ古川日出男のヨクナパトーファなのだ、と自分の意見として言い切ってしまいたいが、それはカンニングというものである。この言い方は古川さん自身の言葉にインスパイアされているからだ。ウィリアム・フォークナーは過去を見据えつづけ、宮沢賢治は未来を見据えつづけた、という話になって、では古川さんはどこを？　と訊いたら「現在を」と即答が返ってきたのである（かつて、「反」を標榜する人もいるし「脱」を標榜する人もいるが古川さんは？　と訊いたときに「『入』だと思う」と答えたのと同じ即答ぶりだった）。自作に対する作者の発言に説得力があるとは限らないが、この一言には瞬時に説得された。

もうひとつだけ念のため指摘しておくと、『とても短い長い歳月』は、「ベスト・オブ」ではないのと同様に、古川文学の「集大成」でもない。代表作を網羅したガイドブックではないことはすでに述べたが、加えて、古川文学の可能性がもうあらかた出尽くしたということは断じてないという意味である。二〇一八年八月時点での最新作『ミライミライ』、そして現在「群像」で連載中の「森　おおきな森」を読めばわかる。いったいこの作家がこれからどれだけおおきな世界に分け入っていくのか、畏れ、戦かずにいられない。間違いなく、いつかまた別のＤＪが、また新たな『ポータブル・フルカワ』をミックスせねばならないだろう。

（米文学者、翻訳家）

古川日出男　Hideo Furukawa
とても短いプロフィールは「一九六六年生まれ。小説家」。長いプロフィールは「一九六六年七月十一日、福島県郡山市生まれ。小説家、劇作家、朗読者、その他。演劇活動を経た後、一九九八年に『13』で小説家デビュー。二〇〇五年より朗読活動をスタート。二〇一四年より劇作を再開する。文学賞受賞作には『アラビアの夜の種族』（日本推理作家協会賞、日本SF大賞）、『LOVE』（三島由紀夫賞）、『女たち三百人の裏切りの書』（野間文芸新人賞、読売文学賞）があり、CDブックに『春の先の春へ　震災への鎮魂歌　古川日出男、宮澤賢治「春と修羅」をよむ』があり、単行本化された戯曲に『冬眠する熊に添い寝してごらん』（岸田戯曲賞候補）があり、古典の現代語訳に『日本文学全集9　平家物語』がある。作品では国内外の歴史や多種の文化事象、多様な動物種に言及することが多い」。とても長いプロフィールは書き切れない。　　古川識す。

とても短い長い歳月
THE PORTABLE FURUKAWA

2018年11月20日　初版印刷
2018年11月30日　初版発行

著　者　古川日出男
発行者　小野寺優
発行所　株式会社河出書房新社
〒151-0051
東京都渋谷区千駄ヶ谷2-32-2
電話　03-3404-1201（営業）
03-3404-8611（編集）
http://www.kawade.co.jp/

装　幀　水戸部功
組　版　KAWADE DTP WORKS
印　刷　株式会社亨有堂印刷所
製　本　大口製本印刷株式会社

Printed in Japan
ISBN978-4-309-02749-4

著者とDJによるコメンタリー

Introduction　とても短い

『TYOゴシック』(ヴィレッジブックス、2011年)所収の掌篇

▼一発で聞こえるもの。一頁で見られるもの。短さをここに示した。(産土(うぶすな))▲この掌篇の収められた作品集『TYOゴシック』は、TYO＝東京の、ゴシック＝怪異、を描き出そうと努めた。すなわち、このタイトル（すでに日本語として呈示されているタイトル）をふたたび日本語に訳し直せば『東京奇譚集』となる。それでは、私は村上春樹の同名の作品集を意識したか？しなかったように思う。しなかったのだが、結局、東京を徹底的に掘り下げた。その深さは、私自身を驚かせた。(古川)

神楽坂のレバノン

『サウンドトラック』(集英社、2003年)から抜粋

▼イントロを蹴り出したのだから、そこからは持続する速さが要る。東京って主題(フレーズ)の持続も。(産土)▲『サウンドトラック』から切り出されたチャプターだが、ここに描かれている東京が二〇一八年現在、極めてリアルに映ることに作者ながら驚愕する。なにしろこのチャプターを執筆し、雑誌に発表したのは二〇〇二年なのだ。東京の夏の、その凄まじさ、不快さ、東京が示す表面だけの包容力、本質的な排他性、東京に生きる動物たち――人以外の動物たち――の、インディペンデントな強さ、知性。それらを攪拌したら、物語は「映画の誕生」とも言える地点に達した。そのことにも改めて驚愕する。それから、攪拌＝かき混ぜるという言葉を音楽用語に換えれば、ミックスかもしれない、との共振にも。(古川)

「鳥の王」日誌

「三田文學」2016年秋季号(三田文学会)　単行本初収録

▼繰り出された速さは鳥たちのそれである必要があるな、と俺は感じた。で、この中篇につないだ。(産土)▲この小説の執筆依頼は、枚数は「一五〇枚以内ならば、何枚でも」との束縛のゆるさで、かつ「詩のような文体で書かれたものも読みたい」との刺激にあふれたものだった。結果は、詩は孕まれず、しかし「戯曲が孕まれてしまう」という相当にぶっ飛んだものになった。ここには私の執筆期間――二〇一六年の夏――がそのまま封じ込められているのに等しいのだが（〝日録〟部分はそうだ)、しかし、もちろん私はその折に戯曲を書いていたわけではなくて、こんな戯曲は存在しない。……しないのだが、どうにも全篇読みたい。書いたほうがよいのか。(古川)

獰猛な舌II

『沈黙』(幻冬舎、1999年)から抜粋

▼そして日米戦争。戦後、っていうか、いまは戦前か？　そうした旋律(メロディ)を素直に聞かせた。そこから詐欺師の映画へ。(産土)▲小説において「語り手」というのが重要なわけだが、この編纂(ミックス)の流れで前作（「『鳥の王』日誌」）から本作を読むと、前作のお終いに登場した女がこの物語――『沈黙』からの抜粋――を私の耳に囁いているように感じる。いいや、実際にそうなのか？『沈黙』を執筆していた頃、私は、作家になれたというそのことだけで幸せを感じられた。いまはどうか？　いまを戦前にしないために、私は「幸福」を描けるか？それにしても、祝田慶典という人物が「劇作家だった」との設定を私は忘れていた。(古川)

サイプレス

『ゴシック名訳集成　暴夜(アラビア)幻想譚』(学研、2005年)所収の掌篇

▲この掌篇は、力を入れて『アラビアの夜の種族』を売りたいと言ってくれたインタ

ーネット書店のために書かれた。要するに購入特典だったわけだが、あれだけ「世界(世界観)の完結した」巨篇(メガノベル)に、どんなスピンオフを〝後出し〟で書けるというのか？　考えた末に、それ自身が自立する／している小説、というのにした。ここには「近代の、映画の誕生」が刻まれている。(古川)▼ここは直球で、映画をメイン・テーマにした。(産土)

アット・ザット・カウンター・オブ・ザ・バー

『アビニシアン』(幻冬舎、2000年)から抜粋

▲作中、ビクトル・エリセ監督のスペイン映画『ミツバチのささやき』が登場する。この映画を、私は、上京した年に有楽町で観たのだった。それは一九八五年のことで、私は大学一年生だった。この『アビシニアン』から抄された物語の「ぼく」も、大学一年生で、上京直後で、この映画を観ている。自伝的な要素が多々ある。私が、フラッシュを焚かれると偏頭痛を起こす、といった宿痾の持ち主であること、等。しかし自伝的な要素を詰め込んでも、やはり自伝にはならない。小説の、魔——魔の術がそこにある。(古川)▼映画の内側に映画があるってことは、音楽の内側に音楽があるってことで、それってDJの領分だな、と俺は思った。(産土)

低い世界

『gift』(集英社、2004年)所収の掌篇

▼で、そろそろ恐怖の旋律が鳴り出してもいいんじゃないか、と考えた。少しずつサウンドスケープを変化、というよりも変容、……誘導か？　そんなことを意図していった。(産土)▲『gift』という掌篇集は、あまりにも大事なもので、なぜならば、ここに収められた十九篇(文庫版ならば二十篇)は私を「クリエーターとして解放」したから。たとえば、ここに、十三歳の女の子が——語り手として——出る。その女の子の恐怖が「切実」であること。そんなことが……それこそが、私・古川日出男の最大の〝解放〟であったのだ。(古川)

野生夏桐

「The COOL! 小説新潮別冊 桐野夏生スペシャル」(新潮社、2005年)　単行本初収録

▼恐怖ってホラーだろ？　だから、その旋律をスーッとのばして、俺はミステリーに導いた。これは跳躍だった。(産土)▲桐野夏生さんを特集するムックのために執筆。ご本人が読まれることも明らかなので、だからこそ「楽しんで書こう」と思ったことを憶えている。いま読み返すと、安部公房の『燃えつきた地図』が反響しているようにも思えるのだが、執筆時には意識していなかったはず。桐野さんご本人から「面白かった」と言ってもらえ、すこぶる安堵したことを／ことも憶えている。(古川)

川、川、川、草書で

『ノン+フィクション』(角川書店、2010年)所収の短篇

▲この作品には雑誌掲載時および単行本収録時、次のような文章を付した。——「この短篇は吉増剛造の詩集『草書で書かれた、川』(思潮社、一九七七年)を自分なりにノヴェライズするものとして書かれた。吉増さんのノヴェライズの対象に、この『草書で書かれた、川』を選んだのは、第一にそれが吉増剛造の三十代をある意味で封印した書物であり、第二に現実の——という言いかたは妙だけども、生身の——吉増さんとお会いしたのが、多摩川であったこと、に由来する。／この短篇は、僕＝古川の、三十代最後の小説となる」(古川)▼この小説が完全に論理よりもグルーヴ優先で書かれていることが気に入った。この短篇は完璧にヒップホップ・マナーで産み出されているってことがわかった。(産土)

ハル、ハル、ハル

『ハル、ハル、ハル』(河出書房新社、2007年)所収の中篇

▼そうして、この中篇だ。前の「川、川、川、草書で」って話が疾(はし)るっていう宣言と

か命令でフィニッシュするから、しっかりと疾走を維持するミックスに。なにより、それを第一に心がけた。あと、この「ハル、ハル、ハル」に出てくる家族、っていうか家庭か？　それを俺は知っているから、そこにも何かを託した。何かを乗せた。乗せるっていうのは音楽作法だ。これは聖歌(アンセム)みたいな中篇だと思う。（産土）▲おそらく『サウンドトラック』以降、『LOVE』を経由して膨張した世界は、この一篇で（一つの）頂きに着いた。読み返しながら、私は少し泣いた。単行本『ハル、ハル、ハル』に付された後書きから、以下の文章を抜く。──「この本は犬吠埼の一頭の（本物の）〝犬〟に捧げる。お前が僕を案内した。ふいに現われて、太平洋に突出するその部分にまで。これは実話だ。／お前はまだ生きているのか？／僕は生きているよ」（古川）

静かな歌

『gift』（集英社、2004年）所収の掌篇

▼ちょっとしたブレイク。しかし歌だ。それと、あと、「犬の吠え声」でミックスしたい、って狙いがあったのも事実。（産土）▲ここで起きたイヌ事件も、私の身に──奄美大島にて──降りかかった実話である。怒れるヤギとの接近遭遇も。恋愛だけ虚構。（古川）

響一と犬の少年

『13』（幻冬舎、1998年）から抜粋

▼川、川、川、のあとにハル、ハル、ハル、で、だからこそ犬、犬、犬。つまりビート。「刻む」ってこと。（産土）▲私のデビュー作『13』にも、すでに犬はいた。それも軍用犬がいた。軍用犬が出るのは『ベルカ、吠えないのか？』だけではなかったわけだ（ちなみに『サウンドトラック』にも軍用犬譚が挿まれている）。『13』に触れると、やはり「スタート地点に帰った」という感覚がある。文章はそこそこ成熟していて、描写力もあり、言ってみれば「新人に見えない」わけだが、だからこそ、私はもっと前進しようとした。時間をかけて、私は成熟を「ほどいて」いった。描写力を、異形を視る固有の力、に変えんとした。（古川）

アリューシャン最西端

「文藝別冊 Jミステリー」（河出書房新社、2000年）
単行本初収録

▼ビート、ビート、ビート。もっと、もっと、犬を！（産土）▲これに関しては文庫版『ベルカ、吠えないのか？』の後書きから以下の部分を引用する。──「デビュー二作めとなる小説『沈黙』を書いている途上で、キスカ島のイヌたちの史実に突き当たった。このときはまだイヌたちの名は知らなかったし（突きとめられなかった）、日本軍の残した三頭、としか把握していなかった（米軍の捕虜犬は資料に出てこなかった）。二〇〇〇年の一月に、わたしは一篇の小説を書いた。一九四三年の八月のキスカ島を回想される舞台として、のちに言語学者となるアメリカ軍のサージェントが『撤収した日本軍に見捨てられた、三頭の仔犬』と邂逅する（そこでは仔犬という設定だった）。そして、歴史の裂け目を妄想した、という物語だ。ここまでが作家としてのわたしの〝二十世紀の記録〟となる。二十一世紀、わたしは『それであのイヌたちは？　イヌたちのその後は？』と問いつづけることになる。／結果として「ベルカ、吠えないのか？」は着手された。二〇〇四年の七月に」（古川）

Meat and Beat

『ボディ・アンド・ソウル』（双葉社、2004年）から抜粋

▲古川日出男によるフルカワヒデオ小説『ボディ・アンド・ソウル』は、読んでくれた人に深く愛され（ありがたい）、ほとんどの人が読む前にすでに誤解している本だ、と思う。しかし、それはそれでよい。（古川）▼さあフロアに戻ろう、っていうのが俺の宣言(マニフェスト)。そしてここにあるのはMeat Beat Manifesto だ。オマージュ？　いずれにしても、懐かしのＫＬＦまで登場

して、俺はうれしい。だから、さあ、現実のフロアだ。(産土)

アンケート

『gift』(集英社、2004年)所収の掌篇

▼と言いながら、ここでお茶を一杯。(産土) ▲この『gift』収録作は、本当に、ある雑誌のアンケートの回答だ。アンケートも小説になる、と知って、あるいは、私のアンケート——の回答——は小説である、と悟れて、私は小説家なのだ、と自負しえた。これも例の〝解放〟の一例である。(古川)

列島、ノラネコ刺すノライヌ

「群像」2016年3月号(講談社) 単行本初収録

▼DJの仕事は、フロアを用意することだ。踊れるフロアを。しかし、どうやったら踊ってもらえる? そのために俺は、犬と猫を同時にドロップすることに決めた。野良の、犬と猫を。それから未来を。そう、大事なのは未来だった。(産土) ▲文芸誌から「『三十年後の未来』という創作特集に寄稿してほしい」と言われて、書いた短篇。そういう注文仕事は、普段は受けない。が、だからこそ「たまに受けてみるのは、むしろ(クリエーションのために)大切なのではないか?」と判断して、執筆を決めた。浮浪児、という言葉が使えず、浮浪者、という言葉はホームレスに言い換えられ、じき、ホームレス、も差別語となって使えないであろう未来に、ノラネコ、なる語を投入した。これは猫の話ではない。これは犬の話ではない。これは人の——それも日本人の——話である。しかし、だからこそ、もしかしたら真の犬猫小説なのかもしれないのだ。冒頭の一行と、お終いの一段落に、私はある種のプライドを賭けた。(古川)

シュガー前夜

『非常出口の音楽』(河出書房新社、2017年)所収の掌篇

▲佐藤美余、という少女は『LOVE』に登場し、『MUSIC』で主役(の一人)を張った。そして、私は驚いた。この少女は、二〇一五年の秋——『MUSIC』の刊行から五年半後——に至ってもまだ自分の話を私に書かせたのだ!(古川) ▼この一篇は高-緊張度のエレクトロニカ(未来音楽)をトライバルなところに帰すために、ミックスされた。俺たちはきっと、全員、異人の子だ。(産土)

ブルー/ブルース

『LOVE』(祥伝社、2005年)所収の中篇

▼そして、そら、これがブルースだ。(産土) ▲二〇〇五年のブルース。と同時に、二〇一八年にもブルース。『LOVE』収録のこの中篇が、こうしてミックス用に切り出され、申さば「単独で」読まれる機会を得たことが、ただただ、単純にうれしい。そのように読まれてほしかった(とも願っていた。願いつづけていた)。もしも「あなたの作品で、実写映画化されたいものが——仮に——あるとしたら」と問われたら? きっと、私はこの「ブルー/ブルース」という一作を挙げるのだ。ここには〝本当のこと〟がある。もしかしたら、本物の純粋さがある。この「ブルー/ブルース」を書いている間に、長年飼っていた白猫が天に召された。号泣した——泣き暮らしつづけた。でも、小説のなかに、そいつの影はしっかり落とされた。いわば天上の〝影〟がここにある。その事実。それこそが、そう、至高の何事かなのだ。(古川)

ショッパーズあるいはホッパーズあるいはきみのレプリカ

『gift』(集英社、2004年)所収の掌篇

▼ここで鋭いフレーズを挿入する。(産土) ▲叙情の彼岸。この「ショッパーズあるいはホッパーズあるいはきみのレプリカ」こそ、人前で、初めて〝朗読〟なるものをした自作である。二、三分で読め、しかし、それは単なる小説家である(はずの、はずだった)私の人生を激変させた。その意義は、その存在は、鋭かった。(古川)

ミルク、それから慈雨、それから僕たちの石

未発表　単行本初収録

▼鋭さの次は優しさ、柔らかさ。これぞミックスの醍醐味、と俺は思った。で、猫だ。(産土) ▲二〇〇七年六月、この短篇は執筆された。私は、はっきりと、『MUSIC』という作品を産むのだ、と決めていた。『LOVE』の——いわば——続篇を、と。この「ミルク、それから慈雨、それから僕たちの石」以外に四篇が書かれて、総枚数は二五〇枚に達して、しかし、そのバージョンの『MUSIC』は棄てられた。何か……決定的な飛躍をしなければならない、と私は思ったのだと記憶している。そして、『MUSIC』は『LOVE』の続篇ではない、と悟ったのだとも記憶している。そういった意味で、この「ミルク、それから慈雨、それから僕たちの石」は『MUSIC』のプロトタイプだけれど、まだまだ『LOVE』の続篇である／でしかない『MUSIC』なのだ。少しだけ、『MUSIC』の着地について触れれば、単行本として発売されるこの長篇の脱稿の九日後に、飼っていた二匹めの白黒の猫が天に召された。脱稿する直前の日々、泣きながら、泣きながら、私は「希望と昂揚にあふれるエンディングを、物語の完結を！」と、自らに言い聞かせて、書いた。書きつづけた。書きあげた。(古川)

美食

「小説トリッパー」2016年秋季号(朝日新聞出版)
単行本初収録

▼十三歳の一歩手前の物語から、トリッキーなカウントダウン。(産土) ▲雑誌から「食特集に寄稿を」と乞われて、執筆した一篇。これほどトリッキーな重層構造を、あっさり書けてしまったのは、たぶん「本当に彼(ら)が語るように、かつ、本当に彼(ら)に耳を傾けるように」書いたからだろう。そういう資質が私にはある。(古川)

この鳥居は

『聖家族』(集英社、2008年)から抜粋

▲『聖家族』を上梓しなかったら、いまの私はない。それにしても『聖家族』というのは怪物で、こうして、そこから抜粋された文章を読むと、また別の物語が生じる——根を伸ばし、芽を吹く——のが体内に感じられる。……体内に、だろうか？　脳内に、が正確なのか？　いいや、むしろ魂(こん)魄(ばく)内に、だろう。この時点で、すでに東北のその先——北海道——が視野に入っていたことも、少々の驚きを私にもたらす。(古川) ▼北海道に近づける、という裏テーマはあった。ただ、それ以上に、歴史と時間の再始動(リスタート)、かな。そのための歌だった。(産土)

ある記録(「島」および森の誕生)

『あるいは修羅の十億年』(集英社、2016年)から抜粋

▼で、もう一つの現実を、ここにドクドク鼓動する律動として、入れた。(産土) ▲東日本大震災が直接駆動させた長篇『あるいは修羅の十億年』から、この部分がミックスされるとは予想だにしなかった。これは、はっきりとクロニクルで、これは、虚構をすでに踏みつけにしているフィクションで、これは、つまり、現実——そもそもの現実——ではないのか？(古川)

つわものどもが

「新潮」2013年5月号(新潮社)　単行本初収録

▼律動、鼓動。そんなことを考えてるとさ、「俺に息子がいたら」なんて、思うわけ。そして、「いたのに、いない、ってことになったら」とか。(産土) ▲二〇一一年の東日本大震災は、その直後、〝放射能に関する言説〟ばかり引き出した、という気がする。しかし津波はどうなのか？　土砂崩れは？　後者に対して、私は『あるいは修羅の十億年』内で向き合った。前者に関して、やはり……〝小説〟という形態をもって向き合いたい、と思った。簡単にできるとは思わなかった。どこまでも自分を追い

込んでみた。それは、自分を「親の立場に置く」ということで、とんでもない異質な作品となった。私の執筆史においては、だが。あと一つ、驚きがあって、この短篇は二〇一三年の春に書かれているのだが、すでに作品内で『平家物語』（あるいは源平の時代）につながり出している。私はこの短篇の発表三カ月後に『平家物語』の現代語訳のオファーを受ける。（古川）

どうやったらプールでうなぎを養殖できるか？

『4444』（河出書房新社、2010年）所収の掌篇

▼ゆるゆるとビートを加速させることにした。もう一度、ビート、ビート！　しかし、ゆるゆると……。アコースティック？（産土）▲私は、たぶん、〝きょうだい〟というモチーフから逃れられないのだ。私は弟になるし、兄になるし、姉になるし、妹になる。私は、たぶん、〝きょうだい〟の愛を信じているのだ。（古川）

プーラ

「母の友」2009年11月号（福音館書店）　単行本初収録

▼アコースティックはこれだった。（産土）▲これは、幼い子供を持つ母親たちのための雑誌に、「袋綴じにして載せます」と言われて、その依頼を受けた。綴じられた頁を、母が開けて——ちょきちょきと鋏を使うのだろう——作品にその瞳を落として、そして、「子供たちに朗読して聞かせるのです。そういう趣旨です」と言われた。すばらしい企画だ、と思った。想いを込めて、書いた。（古川）

阿弥陀は幾何級数的に増えます

『南無ロックンロール二十一部経』
（河出書房新社、2013年）から抜粋

▲この作品を、あなたは読めますか、と問いたい。読みづらいだろうと思う。投げ出すかもなと懸念する。しかし、読んでほしい。小説には、そのようにしか書けなかった、他には表わしようがなかった、というものがあって、そこは譲れないのだ。これほど読みづらい作品が、それほどの念を（そうだ、想いを）込めている。「このようにしか書けない」という小説が、ここにある。実例の、一つとして。私はこの一篇に誇りを持つ。（古川）▼お終いのお終いに向かって俺が仕込んだのは、スペクタクル。しかも、音の。音響の。これが混沌だ。これがロックだ。ロックンロールだ。そしてここに、エルビスがいる。（産土）

Outroduction　長い歳月（としつき）

『ミライミライ』（新潮社、2018年）から抜粋

▼俺の土地（大地）がここにあり、それは、俺たち全員の大地だって、そんなふうに思う。足をつけてるのはどこか？　フロアだ。俺がDJで、これは俺が編纂（ミックス）した一冊なんだから、読者＝オーディエンスみんなの足の裏がひっついてるのはクラブのフロアだ。これが永遠のサウンドスケープだ。（産土）▲二〇一八年現在の最新長篇『ミライミライ』がここに配された。しかも、『ミライミライ』本篇のエンディングでもない箇所が、この本のエンディングに。これは結尾（コーダ）なのか？　これは、むしろ、〝起源〟だとか〝始原〟だとか、そう言いたい衝動に駆られる。「映画の誕生」や「音楽の誕生」や「美術の誕生」と同様に、時間と空間の誕生なのだ——と。それは、還元すれば、歴史と地図の誕生？　あるいは輪廻か。あるいは転生か。かつて私は、輪廻転生という四文字に〝ロックンロール〟と振り仮名をふった。『南無ロックンロール二十一部経』内において。それは断乎たる、決然たる意思表示だった。そうした思いは、いまも変わらない。生まれ変われ、生まれ変われ——。鳴れ——。いまも私は言うのだ。鳴れ鳴れロックンロール、と。それから、私は産土に感謝して言うのだ。ヒップホップ、ニップノップ、ありとあらゆる貴賤を排した音楽、鳴れ、と。一人の文学者として、言う。（古川）